空に響くは竜の歌声

竜王を継ぐ御子

MIKI IIDA
飯田実樹

ILLUSTRATION
HITAKI
ひたき

この物語はフィクションであり、
実際の人物・団体・事件等とは、いっさい関係ありません。

Character

登場人物紹介

フェイワン

異世界エルマーン王国を統べる竜王。魂精が欠乏し、幼い姿に若退化していたが、龍聖と結ばれ、元の姿を取り戻した。金色の巨大な竜ジンヨンと命を分け合う

守屋龍聖

ごく普通の銀行員だったが、突然異世界へ飛ばされる。実は守屋家の先祖が交わした契約により、竜王に魂精を与えられる唯一の存在「リューセー」として生まれた。背中に赤い三本爪の痣がある

［**魂精とは…**］リューセーだけが与えることのできる、竜王の命の糧。魂精が得られないと竜王は若退化し、やがて死に至る。

シュレイ

リューセーの側近。リューセーの側近く仕えるために去勢されている

タンレン

武人。フェイワンの従兄弟にして親友。シュレイに熱い想いを向ける

ラウシャン

先々王弟。王位継承権第1位。かつて謀反を企むが、今は王を支える

ユイリィ

フェイワンの従兄弟。王位継承権第2位。母ミンファの陰謀に翻弄される

メイファン

神官長の長子。成人したばかり。知らず、シュレイに毒を盛ってしまう

Family tree

エルマーン王家家系図

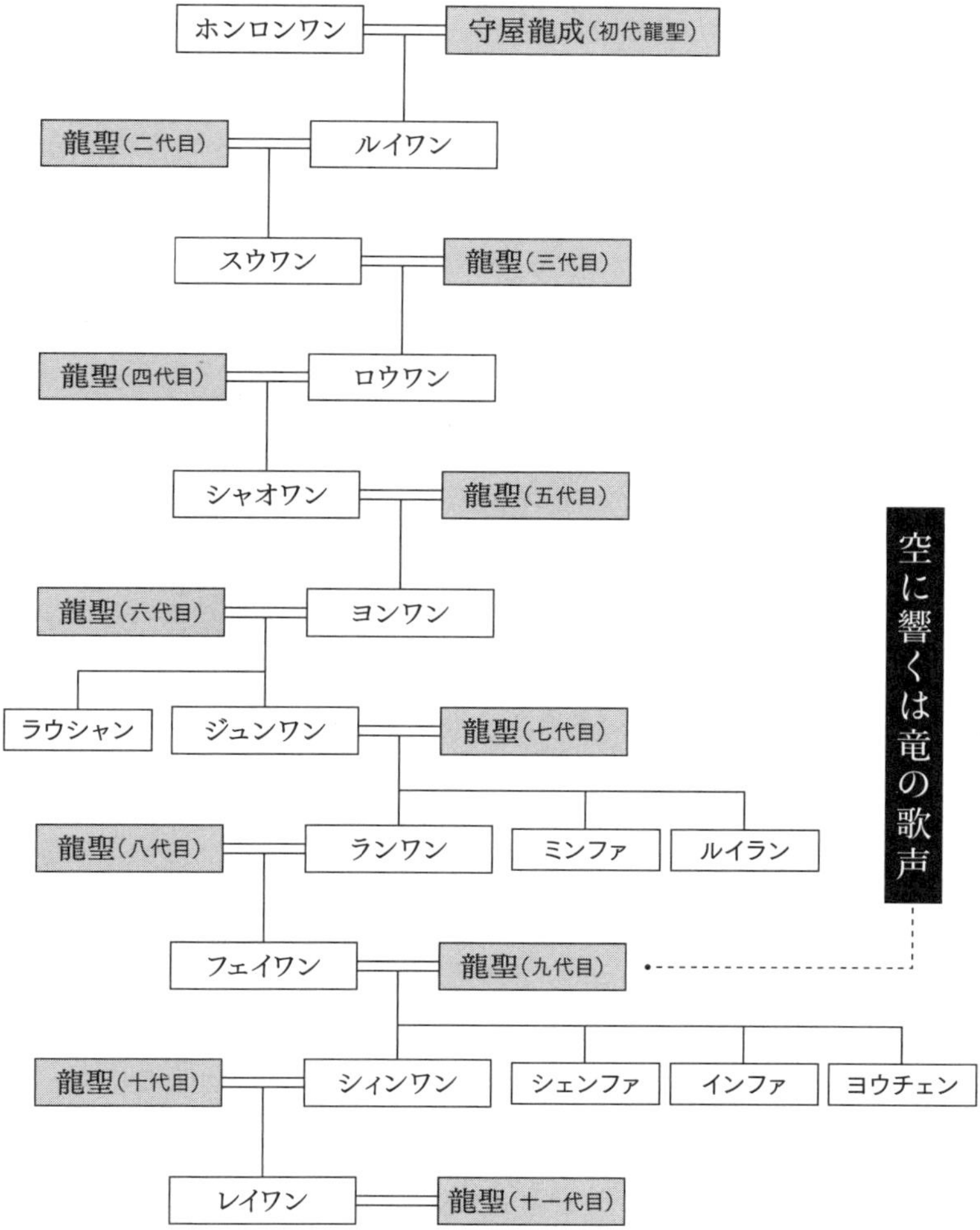

＊竜王の兄弟は本編に名前が登場した人物のみ記載しています

空に響くは竜の歌声　竜王を継ぐ御子

第11章　それぞれの想い

龍聖《りゅうせい》は、部屋の中を落ち着かない様子でウロウロと歩きまわったり、椅子に座ってしばらくぼんやりと窓の外や天井を眺めたりしていた。落ち着かない。落ち着けるはずがない。シュレイが倒れてから、もう丸1日が経《た》つ。フェイワンが「大丈夫だ」と言ったから、その言葉を信じるしかないのだけれど、それ以上の情報が何も入ってこない。

肝心のフェイワンも、今日は朝からずっといなくなったままだ。犯人の調査をするとは言っていたが、そういう事も気になって落ち着かない。

龍聖にとっては、目の前で起こった事、見た事がすべてだった。シュレイが突然倒れて、タンレンが介抱していた。それはあっという間で、倒れたシュレイがどんな状態だったのか、タンレンがどんな様子だったのか、何もかもが分からないまま過ぎてしまった。

『菓子の中に毒が入っていたんだ』

それだけがフェイワンから知らされた事実。

倒れたシュレイは、死人のように血色のない顔色をしていた。それと同じくらいにメイファンが蒼白になって立ち尽くしていた。そしてタンレンが取り乱していた。まるで映画のワンシーンのようだった。

冷静になって考えれば、菓子はメイファンが龍聖のために持ってきたもので、シュレイは側近の役割として形式上の毒見をしたのだ。それは前から龍聖も知っていたのだが、食べ物に本当に毒が入っているなんて、考えた事もなかった。

改めてシュレイの役割の重さを知り、龍聖はゾッと背筋が寒くなる。以前から何度もそんな事について の話をしていたはずなのだ。シュレイはよく言っていた。

『リューセー様の身代わりになるのが私の役割です。毒も代わりに食べますし、剣や矢の盾にもなります。この命に代えてリューセー様をお守りするのが私の使命です』

それがどういう事なのか、本当には分かっていなかった。

『毒を飲んだら死ぬじゃないか……もしもそんな事になったらどうするの？』と聞くと、シュレイは穏やかに微笑んで『私の代わりはいくらでもいますが、リューセー様の代わりはいません。私が死んだら、別の者が新しく側近となるでしょう』とあっさりと答えた。

そんな言葉、全然信じていなかった。そんな危機が本当にあるなんて、想像もしなかった。だって、龍聖の生まれ育った現代の日本では、まずは日常では経験し得ない事なのだから。

シュレイの代わり？　そんな事考えもしなかった。自分やフェイワンや、ほかの者達がそれぞれ一人しかいないように、シュレイだってただ一人だ。龍聖の側近は、シュレイ以外にはあり得ないと思っていた。ずっとずっと側《そば》にいてくれるものだと思っていた。

昨夜、そのシュレイの言葉を思い出して、フェイワンに尋《たず》ねたら、彼はしばらく神妙な顔をして考え込んでから「そうだな、側近はシュレイだけだ」と答えた。だがそれは龍聖の気持ちをフェイワンが気遣っての答えなのだろう。そうでなければ即答してくれてもいいはずだ。

シュレイは側近とは言っても、所詮《しょせん》はアルピン。リューセー専属の側近だから、それ相応の待遇をされているだけで、兵士達や従者達などの他のアルピン達と扱いは同じなのだ。そこに身分の差、人種差別を改めて感じさせられた。シュレイは『家臣』ではなく『下僕』なのだと……。

龍聖は、やはりじっとしていられなくて、王の私室の外へと出た。続く控えの間を通り過ぎて、廊下に続く扉を開けると、扉の前に立っていた兵士が驚いて、龍聖を呼び止めた。

「リューセー様、どちらへ行かれるのですか」

「シュレイの事が気になって、ちょっと様子を見に……」

「なりません。どうか陛下がお戻りになるまで、中でお待ちください」

兵士達は龍聖を引きとめようとしたが、さすがに体に触れるのは憚《はばか》られるらしく、無理に腕を摑んで引き戻すような事はしなかった。

「大丈夫、すぐに戻るから……ね？　頼むよ」

龍聖は両手を合わせて頼み込む仕草をすると、兵士達が戸惑っている隙に廊下を駆け出した。

「あ！　リューセー様!!」

龍聖は走ってシュレイの部屋へと向かった。部屋に辿り着くと、扉の前にはやはり見張りの兵士が立っていた。彼らもまた、突然の龍聖の来訪に驚いて慌てふためいた。

「リ……リューセー様!!」

「シュレイの様子を見に来たんだ。中に入っても良いだろう？」

龍聖の言葉に、兵士達は顔を見合わせて困ったような表情になった。

「その……恐れ入ります。申し訳ありませんが、陛下のお許しがなければ、リューセー様を中へお通しするわけには参りません」

「なぜ？　シュレイはオレの側近だぞ！」

「事が事ですから……今回の事件の詳細が明らかになるまでは、陛下の許しのあった者しか、中へ通さないようにと命じられています。たとえリューセー様でも、お通しするわけにはまいりません」

兵士はとても困った様子で説明した。龍聖はそれでも……と強引に押し切ろうとも思ったが、中にいるシュレイを思うと、騒ぐ事も出来ない。ガクリと肩を落として「分かった……」と言って立ち去る龍聖を、兵士達は動揺しながら見送った。

龍聖は気がつくと、ジンヨンのいる塔へと足を向けていた。塔の見張りの兵士は、龍聖にすんなりと道をあけてくれたので、上へと続く階段をゆっくりと上る。一人で来るのは初めてだ。いつも側にはシュレイがいた。本当はその龍聖の後ろを、困った様子の兵士達が、心配そうにゾロゾロとついてきていたのだが、龍聖は気づいていない。

塔の上は、窓も扉も閉じられているせいで、少し薄暗かった。壁にいくつか灯《とも》されているランプの明かりで、中央に丸くなって眠るジンヨンの姿が見える。

「ジンヨン」

龍聖が声をかけると、金色の竜はパチリと目を開けた。

「オレが来る時はいつも寝ているね。寝ぼすけだなぁ」

龍聖が思わず笑って言うと、ジンヨンは首を伸ばして、龍聖の側へ鼻先を近づけ、フンフンと龍聖の匂いを嗅《か》いだ。その鼻先を撫でてやると、グルグルと喉が鳴る。

「あのね、シュレイがね、大変なんだ。それもオレの身代わりになって……ねえ、ジンヨン。オレはどうしたらいい？　フェイワンはなんだか忙しそうだし……オレ、なんにも出来なくて情けなくてさ……」

龍聖はジンヨンの鼻先を撫でながら、愚痴《ぐち》を零《こぼ》していた。

するとふいに、ジンヨンがスッと頭を引いて首を上へと伸ばすと、ゆっくりと体を起こした。

「ジンヨン？　どうしたの？」

ジンヨンは、頭を上へと向けると、天井から下がる太い縄のような物を咥《くわ》えて、グイッと下に引いた。ガラガラガラ……と、何か歯車と滑車《かっしゃ》の動くような大きな音がして、風と光が入ってくる。見ると正面の壁が大きく開いていっている。まるで自動開閉のシャッターの開いた車庫みたいだ。やがて正面の壁が全開になると、そこには青い空が広がっていた。

強い風と眩《まぶ》しい光に、龍聖は思わず目を細める。体を押されたので目を開けると、ジンヨンが頭を押しつけてきていた。

「なに？　ジンヨン？」

グイグイと鼻先が下半身を押してくるので、バランスを崩して転びそうになり、思わずジンヨンの頭にしがみついた。するとそのまま体を持ち上げられて、ジンヨンの背中へと導かれる。

「え？　なに？　君の背中に乗れって言ってるの？　乗せてくれるの？」

龍聖の問いに答えるように、ジンヨンがグルグルと喉を鳴らしたので、龍聖は思い切ってピョンと飛び降りた。ジンヨンの広い背中の上は、硬い鱗《うろこ》に覆われているが弾力があり、不思議な感じがする。

龍聖が背中に乗ったのを確認すると、ジンヨンはゆっくりとその大きな翼を広げて、ズシズシと数歩歩いてから、バサバサと翼を動かした。次の瞬間、強い風に煽《あお》られて、龍聖は一瞬目を強く閉じた。頬に吹きつける風の強さと、足下のジンヨンの背中の筋肉が波打つ動きに、恐る恐る目を開けると、そこは空の上だった。

「ああ……」

感嘆の声を漏らして、龍聖はしばらくポカンと口を開けたまま、周りの景色を見ていた。風に煽られてよろめきそうになったので、その場に座り込んでジンヨンの背中に手をついた。確かに空を飛んでいる。竜の背に乗って空を飛ぶのは初めてではない。でも過去に経験した飛行はどれも自分の意に反したもので、危険に晒《さら》されていた。こんな風に穏やかな気持ちで、ゆっくりと景色を眺めて、空を堪能《たんのう》するのは初めてだった。

「すごい……すごい、ジンヨン！　すごいよ！」

龍聖が嬉しくて、歓喜の声を上げながら、ジンヨンの首の根辺りをパンパン叩くと、ジンヨンは首を高く上げて、オオオオオー――ッと咆哮《ほうこう》を上げた。それは喜びの韻を含んだ響きだった。龍聖もアハハハと笑う。

険しい山々の頂《いただき》が、眼下に見える。エルマーン王国の城下町など、家々が判別出来ないくらいに小さい。だけど少しも怖いと思わない。

体に直接受ける風はとても強くて、きっと立ち上がったら煽られて飛ばされてしまうかもしれないけれど、こうして座っていればなんとか大丈夫だ。それにジンヨンの背はとても広くて、多少よろめいたり転がったりしても落ちる事はないくらいだ。もしも落ちたとしても、きっとジンヨンが助けてくれるだろう。そんな信頼がある。

真っ青な空には雲一つなく、日差しも暖かくジンヨンの金の鱗をキラキラと輝かせている。風は強いが心地良い。何もかも忘れさせてくれる。

「ジンヨン……オレを慰めてくれてるんだね。ありがとう」

龍聖は両手をせいいっぱい広げて、ジンヨンの首の根に抱きつくように、ギュッとしがみつくと頬ずりをした。耳を当てると、グルグルと喉を鳴らしているのが分かる。龍聖はクスリと笑った。

「ジンヨンって犬か猫みたいだな。こんなにデッカイのに」

嬉しくて、愛しくて、ジンヨンの首を撫でながら、景色を眺めた。気がつくと、たくさんの竜の姿が見える。まるでこちらに向かって集まってきているようだった。

「わあ、竜達がこんなに……以前、ラウシャンさんに攫《さら》われた時みたいだ。みんな！　こんにちは!!」

竜達に向かって龍聖が笑いながら手を振ると、竜達はギャウとかグウとか口々に鳴き声を上げながら、まるで龍聖の側に行きたいというように、ジンヨンの周りをグルグルと飛びまわったり、すぐ側に近づいて並行飛行しようとした。

あんまりたくさんの竜達が、我も我もとそんな行為をしようとするので、竜同士がぶつかりそうになり、混乱が起こりはじめた。

「わあ！　どうしたの？　喧嘩《けんか》してるの？　危ないよ!!」

犬や猫の喧嘩ではない。巨大な生き物が牽制《けんせい》し合って牙を剝《む》いて争う姿は、まるで怪獣映画を観ているようで、迫力満点！　と笑える状況ではなかった。

「危ない！　危ないよ！」

龍聖は怖くなって、身を縮こまらせた。するとジンヨンが、グオオオオッと一際高く咆哮して、近くで争う竜を尻尾でバシンと払った。払われた竜達はクルクルと宙を回転して降下したが、すぐに体勢を立て直すと、逃げるようにどこかへ飛び去ってしまった。ジンヨンが、他の竜達をも威嚇《いかく》するように、大きく口を開けて牙を剥きながらガッと小さく吼《ほ》えると、竜達は怯えたように飛び去った。

「ジンヨン、ジンヨン！　そんなに怒らなくても大丈夫だよ。ごめん、きっとオレのせいだね。オレが竜達を呼び寄せたんだね。ジンヨン、ありがとう、もう大丈夫だから城に帰ろう？　フェイワンに見つかったら、きっと心配して叱られるからさ」

龍聖が一生懸命ジンヨンに言い聞かせるように叫ぶと、ジンヨンは首を龍聖の方へと向けて、静かにみつめた。金色の大きな瞳がとても綺麗《きれい》だ。フェイワンと同じ瞳。その瞳が何度か瞬きをして、ちょっと寂しそうな色を浮かべた気がした。

だから龍聖はニッコリと満面の笑みを見せた。

「ね、ジンヨン、ありがとう。オレはもう大丈夫、ジンヨンのおかげで元気になったから！　ね？　帰ろう」


ジンヨンが塔へと戻ってくると、そこにはフェイワンが待っていた。

豊かな真紅の長い髪が風になびいているので、遠くからでもすぐにフェイワンだと分かる。

濃紺のマントが風にあおられて、真紅の髪と相まってとても美しい。

きっとその凛々《りり》しい眉を、眉間にシワが出来るほど寄せて、ジンヨンと同じ美しい金色の瞳でこちらをまっすぐに見据えているだろう。心配しているだろうか？　怒っているだろうか？　どちらにしても彫りの深い精悍《せいかん》なあの顔を、少しばかり歪めているのが想像出来た。

「リューセー!!」

舞い降りたジンヨンの下に、フェイワンが駆け寄ってくる。

「フェイワン!?」

龍聖はジンヨンの頭に摑まって、下へと降ろしてもらうと、駆け寄ってきたフェイワンを不安そうにみつめた。

「フェイワン、どうしたの?」

やっぱり怒っているのかと思ったが、恐る恐るそう尋ねてみた。

「どうしたのじゃない! 一人でジンヨンに乗って空に出たから、心配したではないか! ジンヨン!! お前、オレに無断で、勝手にリューセーを連れ出すとはどういう事だ!」

フェイワンに怒鳴られて、ジンヨンは首を引っ込めながら目を細めて、グググッと低い唸《うな》り声を上げた。

「バカ! 『だって』じゃない! 言い訳するな!」

「フェイワン……ジンヨンの言葉が分かるの?」

「あぁ!?」

「いいなぁ～、オレもジンヨンとお話ししたいな～」

龍聖は瞳を輝かせて、羨《うらや》ましそうにフェイワンをみつめて言ったので、フェイワンはさらに眉間を寄せた。

「リューセー! そんな呑気《のんき》な事を言っている場合じゃない! 心配したんだぞ!」

「ごめんなさい、でもジンヨンは悪くないよ。オレを慰めてくれたんです。だから叱らないでください」

フェイワンは怒った様子のまま口を開いて何か言おうとしたが、龍聖に縋《すが》るように言われて「うっ」と息を止めてそれを飲み込むと、目を閉じてハア……と大きく溜息をついた。

両手を差し出して、龍聖の体を抱きしめると、髪の匂いを嗅いで頭に口づけた。

「心配したんだ」

龍聖にしか聞こえないくらいに小さな声でフェイワンが囁いたので、龍聖は目を閉じてフェイワンの胸に顔を埋めると「ごめんなさい」と小さく答えた。

「さあ、部屋へ戻ろう」

フェイワンは龍聖の肩を抱いて歩き出した。出口まで来て足を止めると、クルリと振り向き、ジンヨンに向かってビシッと指差した。

「お前！　今度こんな勝手な事したら、二度とリューセーに会わせてやらんからな！　覚えとけよ！」

フェイワンが叫ぶと、反論するかのようにジンヨンが唸り声を上げたが、無視して龍聖の背中を押して階段を降りた。龍聖はジンヨンの事が気になりながらも、チラリとフェイワンの顔を見上げた。

「今、ジンヨンはなんて言ったの？」

尋ねられて、フェイワンは一瞬視線を龍聖に向けてから、憮然《ぶぜん》とした顔のまま黙って前をみつめた。しばらく考えてから、言いたくないような顔で口を開いた。

「負け惜しみだ。嫉妬《しっと》深いドケチ野郎って言いやがった」

それを聞いて龍聖は思わず吹き出してしまった。

タンレンは、一晩中シュレイに付き添っていた。祈るような気持ちで、ずっとみつめる。何度か看護の侍女から休むように言われたが聞かなかった。自分が側にいて何が出来るわけでもないが、ひと時も離れたくない。

もうすぐ日が落ちて二度目の夜が訪れるという頃、初めて変化が起きた。シュレイの形の良い細めの眉がピクピクと動き、唇がかすかに動く。

「シュレイ!?」

タンレンはハッとして、名前を呼びかける。

「ん……ん……」

まずゆっくりとその瞼が開いた。半分ほど開いてからまた閉じ、二、三度瞬きをしてからハッキリと大きく開かれた。

「シュレイ」

その顔を覗《のぞ》き込みながら名を呼ぶ。

「医師を！」

タンレンは侍女に指示して、医師を呼びに走らせた。シュレイはまだ意識がハッキリしていないらしく、開いている瞳はぼんやりと宙をみつめるだけで、何も捉《とら》えていないようだ。

「シュレイ、シュレイ」

タンレンの何度目かの呼びかけで、ようやくシュレイの視線が動いて、タンレンをじっとみつめた。

「シュレイ！　分かるか？　大丈夫か？」

タンレンはシュレイの意識が戻った喜びと、まだぼんやりとした表情のままのシュレイへの不安とが入り交じった複雑な思いで、必死に呼びかけていた。

やがてシュレイの表情に「ハッ」と我に返った様子が現れた。ぼんやりとしていた視線が、はっきりとしたものへと変わる。

「シュレイ、気がついたか？」

その変化に、タンレンはようやくホッと安堵《あんど》した。

「リューセー様は!?　リューセー様はご無事ですか!!」

シュレイは身を起こそうとしながら、突然取り乱したように叫び出した。毒で喉を痛めたせいか、声がひどく掠《かす》れている。

「リューセー様は!?　リューセー様！」

「シュレイ！　シュレイ！　大丈夫だ！　リューセー様には何も差し障《さわ》りはなかった。大丈夫だ!!　今は陛下の側におられる!!」

タンレンが起き上がろうともがくシュレイを、ベッドに押さえ込みながら必死で宥《なだ》める。そこへ医師が駆けつけたので、タンレンはシュレイを医師へと引き渡した。タンレンの言葉に少し落ち着いたのか、シュレイはそれ以上騒ぐ事はなく、大人しく医師の診断を受けている。

タンレンは立ち上がると、ベッドから少し離れてその光景を見守った。

苦悩に満ちた顔で深く息をつきながら、腕組みをして自分の心と戦う。

『何をそんなに失望しているのだタンレン……シュレイの中にはリューセー様しかいないのだと分か

っていたはずだ。気がついて、最初に自分の名を呼んで欲しかったのか？　助けてくれてありがとうと感謝されたかったのか？　違う。シュレイが無事なら、また元気に戻るのならば、何も望まないと祈っていたはずではないか……これ以上、何を望むというのだ。タンレン、もう二度と、シュレイを傷つけないと誓ったはずだ』

心の中で何度も自分に言い聞かせ続けていた。

診断を終えた医師が立ち上がり、タンレンの側まで来ると穏やかな顔で頷《うなず》いてみせた。

「もう大丈夫です。体力が回復するまで、3～4日安静が必要ですが、すぐに元通りになられるでしょう。毒の後遺症もありません」

医師の言葉を聞いて、タンレンはホッと胸を撫で下ろした。

「ありがとう」

医師に礼を言うと、ベッドの側へと歩み寄る。

「シュレイ、陛下にお願いして、リューセー様に見舞いに来ていただけるようにしてやろう。リューセー様の元気な顔を見れば、お前も安心するだろう。その代わり、無理をせず安静にしているのだぞ」

「タンレン様」

シュレイは驚いたような顔で、タンレンをみつめた。今、冷静になってようやくタンレンの存在に気がついたのだ。タンレンは穏やかな笑みを浮かべてみせると、クルリと背を向けて部屋を去ろうとした。

「タンレン様！」

シュレイがその名を叫んだが、タンレンは振り返らずそのまま部屋を出ていってしまった。

シュレイは眉間を寄せて、唇を嚙む。

ずっと名前を呼ばれていたのを覚えている。混沌《こんとん》とする意識の中で、何度も名前を呼ぶその声は知っている。深く穏やかで温かな低い声。きっと今までの人生で、巡り合い関わり合った人々の中で、もっとも多く自分の名を呼んでくれた人。それは母でも、陛下でも、リューセー様でもない。誰よりも優しい声音で『シュレイ』と呼ぶ。その人がどんな想いを込めて、呼んでくれているのかを知らないわけではない。

目を閉じると、毒を食らって倒れた時の情景が、走馬灯《そうまとう》のように脳裏に浮かんだ。そこには、必死の形相《ぎょうそう》をしたタンレンの顔があった。

「なぜですか。タンレン様。なぜ私を放っておいてくれないのですか……なぜ、私を苦しめるのですか……」

シュレイは掠れる声で呟いて、両手で顔を覆った。

タンレンを想うと、心は激しい痛みと苦しみで悲鳴を上げる。しかしリューセーを愛する事で、シュレイはようやくそこに救いを求められるようになっていた。

リューセーを想うと心が休まる。リューセーへの愛は……リューセーへの想いは、最初から決して結ばれないと分かり切っている分だけ心が楽だった。苛《さいな》まれるのは『許されぬ想いを抱いている』という事だけ。それを懺悔《ざんげ》する事で自分を戒《いまし》め、救われていた。そう思う事で、タンレンへの気持を考えずに済んでいた。心の痛みをすり替える事が出来ていた。

リューセーにバカな想いを抱く痴《し》れ者とタンレンが呆《あき》れてくれれば一石二鳥。これで何もかもが解決すると思っていたのに……。

「タンレン様」

シュレイの心がまた悲鳴を上げていた。


龍聖がシュレイの見舞いを許されたのは、シュレイが意識を回復した翌日の午後だった。

シュレイの部屋の中に入るのは初めてだ。中はそれほど広くはなかった。龍聖の寝室と同じくらいの広さだろうか。龍聖の寝室と明らかに違うのは、豪奢《ごうしゃ》な置物や家具がひとつもなく、とても簡素な部屋だという事だ。部屋の中央には二人がけくらいの大きさのソファがひとつと丸い小さなテーブルが置かれ、壁際に一人用のベッドがあった。あとは奥の窓脇に小さな書机と、たくさんの本がびっしりと詰まった本棚がひとつあるだけだ。

ベッドには青白い顔のシュレイが寝ていて、龍聖の姿を見ると慌てて起き上がろうとした。

「シュレイ！　ダメだよ！　寝ててよ！」

龍聖は慌てて駆け寄ると、起き上がろうとするシュレイの体を押して、無理矢理寝かしつける。

「リューセー様……ご心配をおかけして申し訳ありませんでした」

「何を言っているんだよ。オレの身代わりに毒を飲んだんだから、オレ、なんて言ったらいいのか……本当にごめん。ごめんね。オレのせいで……でも良かった。もしもシュレイが死んだりしたら……オレは……」

龍聖は泣きそうになって、グッと唇を噛んで堪《こら》えた。

侍女が椅子を勧めたので、それに座るとベッドにピッタリと寄せて、シュレイの顔を覗き込むように身を乗り出した。

シュレイは微笑んで、龍聖の顔をじっとみつめていた。そこに元気な龍聖の顔がある……それだけでほっとしたようだ。

「私は大丈夫ですよ。そう簡単には死にません」

シュレイの手が伸びて、龍聖の髪に触れた。漆黒の艶のある髪に指が絡んでサラリと揺れる。

「良かった……本当に良かった」

龍聖は目を閉じて吐息混じりに何度も何度も呟いた。

本当に安堵した。フェイワンから何度「大丈夫だ」と言われても、この目で見るまで信じられなかった。フェイワンを信じていないわけではない。だが自分の目で確認しなくては安心など出来なかった。

「医師からはまだしばらく安静にするように言われています。4～5日もすれば歩きまわれるようになると思いますが……残念ながら、リューセー様の婚礼に立ち合う事は出来なくなりました」

「それは仕方ないよ。ちょっと心細いけど、でも大丈夫だから」

龍聖はシュレイを心配させまいと微笑んでみせた。それを見て、シュレイは頷いた。

「いよいよ明日ですね。明日は朝から禊《みそぎ》をして儀式のための衣装に着替えた後、神殿へ行って神殿長の言葉をいただき、儀式を行います。その後は陛下と共にジンヨンに乗って北の城へと向かい、3日間、リューセー様は北の城で陛下とお二人だけで過ごす事になられます。その期間はどちらにしても私はリューセー様のお側にはいられません」

「北の城？」

「はい、北のもっとも高い岩山の頂上に古い城があります。それはロンワンの始祖である初代竜王が、住処として造った城です。最初のシーフォン達もそこに住んでいました。その北の城の奥に、竜王の間と呼ばれる特別な場所があります。神聖な場所として、現在は新しい王がリューセーと婚姻を結ぶ時にそこへ行き儀式を行う場所となっています。王とリューセー以外は誰も入る事は出来ません」

　シュレイの言葉を聞いて、龍聖が少し顔を曇らせたのでシュレイも心配そうな顔になった。

「リューセー様、大丈夫ですか？　婚礼にまだ不安がありますか？」

「大丈夫、大丈夫だよ。フェイワンと一緒だから大丈夫。初めての経験だから、誰だってちょっとくらい不安にはなるものだろう？　それだけだよ。フェイワンと婚礼をあげて、王妃になるんだって、もう決心はとっくに出来ているんだから。それがオレの宿命なんだし、そうするしか道はないんだ。そのためにオレはこの世界に来たんだし、シュレイだけじゃない、たくさんの人がオレに期待していて、みんなオレに良くしてくれて、優しい。この国の人達はみんな好きだよ。オレがちゃんとした王妃になれるのかどうかなんて分からないけど……オレはフェイワンの事が好きだから」

　シュレイは龍聖の目をみつめてから、小さな溜息をついた。

「貴方《あなた》は不思議な方です」

「え？」

「とても危ういようで……とても強い。貴方はきっと歴代のリューセーの中でも、もっともこの国に繁栄をもたらす方になるかもしれませんね。貴方が最後のリューセーになるかもしれないけれど、衰退しつつあるシーフォンを救う鍵になるのかもしれない」

シュレイが『最後のリューセー』と言った言葉の意味は、龍聖自身理解している。守屋《もりや》家も現代の日本も何もかも時代が変わってしまった。『しきたり』なんてものがなくなりつつあり、龍聖自身もこの国に来るのが遅れてしまった。それも偶然のなりゆきでこの国に来たようなものだ。

これから後50年後なのか100年後なのか分からないけれど、自分の次の龍聖が生まれても、あの漆《うるし》の箱の意味を知らずに終わるかもしれない。

そして守屋家もシーフォンも滅亡するのだ。

「未来の事は分からないよ。でもオレに何かの力があるのならば、今ここにいる人達だけでも幸せになって欲しい。だからオレは王妃になるよ。少なくとも、フェイワンやシュレイ達は幸せに出来るんだろう？」

「私は貴方に幸せになっていただきたいのです」

今度は龍聖がシュレイの目をみつめて、やがて微笑を浮かべた。

「オレは幸せだよ。何も不自由していないし、みんなから大切にされているし、みんながオレを『好きだ』って言ってくれる。なによりフェイワンはオレを愛してくれているのだし、不幸なわけがないだろう？　元の世界に戻って元の通りに生活が出来るのならば、もちろんそれが一番良いんだろうけど、もうそんな事は無理だって分かっているし、この国で生きていく事も決めたんだからさ、過去の事なんてもう振り返らないで、今のオレがどうしたら幸せになれるのかを考えないとね。フェイワンが嫌な王様で、嫌な男だったら、オレは不幸かもしれないけど……ゲイじゃないオレがこんな風に流されるくらいに、フェイワンが素敵な人だから仕方ないよね。明日、オレはフェイワンの妃になるよ」

しっかりと言い切った龍聖に、シュレイは頷いてみせた。

「恙無《つつがな》く式が執り行われますように、心からお祈り申し上げます」

第12章　婚礼の儀

その朝は、自然と早く目覚めた。久しぶりに自室のベッドだ。

昨日は、王付きの侍従が来て婚礼の段取りについて説明をしてくれた。その後は一人で本などを読んで過ごした。フェイワンは随分《ずいぶん》忙しいようだったし、婚礼の前という事もあって、自分から自室で過ごそうと決めたのだ。シュレイの無事な姿を見る事も出来たし、とても穏やかな1日だった。そして迎えた朝もとても穏やかだ。

しばらくぼんやりとベッドの上に座って窓から見える遠くの景色を眺めていたが、やがてゆっくりと起き出す。寝室を出て居間に行くと、テーブルの上に置かれている呼び鈴を鳴らした。

いつもならば、もう居間には朝からシュレイが控えていて、何も言わなくてもすべての用意をしてくれる。シュレイのいない今はこうやって呼び鈴を鳴らして侍女を呼び出して、用事を言いつけなければならなかった。

侍女はすぐに現れた。

「おはようございます。今日の段取りは聞いているけど……先に禊をした方が良いのですか？」

龍聖が尋ねると、侍女は一度丁寧にお辞儀をしてから、少し俯《うつむ》き気味に視線を下げて龍聖に対峙《たいじ》した。

「先に朝食を召し上がった方がよろしいかと思います。禊をした後は、すぐに衣装に着替えていただきます」

「分かりました。じゃあ、食事を持ってきてもらえますか？」

「はい、すぐにご用意いたします」

侍女はまた頭を下げてから、部屋を出ていった。特にする事もなく椅子に座って待っていると、二人の侍女が、朝食を運んできて、テーブルに並べた。龍聖は小さく溜息をついてから食べはじめる。一人で食べる朝食は味気ない。婚礼をして妃になったら、これからはもっとフェイワンと共に過ごせるのだろうか？　夫婦として、毎日を一緒に過ごすのだろうか？　そうしたら朝食も一緒にとってくれるのだろうか？

高い身分というのは実に面倒だ。それでなくても、この国に家族のいない龍聖は、私生活がとても孤独だと思う。プライベートな時間は一人だし、こんな風に食事だって一人だ。身分が高いから誰とでも友達になれるわけではない。生まれつきの身分ならば、自然にそれに慣れてしまうのかもしれないけれど、龍聖はほんの数ヶ月前までは、一般市民だった。現代人で、日本人で……だから『王族』なんて、遠い遠い世界のもので現実味なんてなかった。こんなに寂しくて、堅苦しいなんて思わなかった。

それでもシュレイがいてくれて、龍聖にとっては家臣になるのだが、いつも側にいてくれて、食事も一緒にとってくれて（無理やり頼んだせいだが）孤独はなんとか癒されていた。しかしそこには、まだ龍聖には理解し難《がた》い壁があって、シュレイはあくまでも側近で、家臣で、友達や家族にはなってくれないのだ。

結婚したら、フェイワンは夫になる。家族が出来る。

現代の日本人の龍聖にとって『男と結婚して、男と夫婦になる』というのは、とても非現実的で想像を超えるものなのだが、この世界にいる事自体がとても非現実的な今は、深く考える事もなく、ただ『家族』が出来るという事が嬉しかった。

ゆっくりとした食事が終って、お茶を飲みながらのんびりとくつろいでいると、侍女が「そろそろ禊をいたします」と告げた。

いつものように湯が運ばれて、お風呂の準備がされる。

「禊の前に、お風呂に入られますか？」

侍女に聞かれて、龍聖はちょっと考えた。朝風呂は嬉しいけれど、『禊』というのがどういうものかピンと来なくて、尋ねられても「そうだね」と答えるしかなかった。

シュレイのいない今は、侍女が風呂の手伝いをするというのだが、丁重に断って一人で風呂に入った。

ゴシゴシといつもよりも念入りに体を洗った。髪も洗った。湯船に浸かって、ハア……と溜息をついて、本当にこれがあるだけでも助かる、と思う。これが風呂のない世界だったら、気が狂っていたかもしれないとさえ思う。もともと風呂は大好きだ。温泉も大好きだ。ここがアマゾンの奥地のような世界でなくて良かったとつくづくと思った。

風呂から上がり、体を拭いてからようやく侍女を呼んだ。待っていた侍女達は4人いて、壺《つぼ》を抱えてやってくると、せっかく体を拭いて長衣をまとっていたのに、浴室へと戻されて、裸にされてしまった。

「禊は簡単なものです。聖水で体を清めるだけですから……少し冷たいですが、ご辛抱《しんぼう》ください」

侍女達は持ってきた壺に入った聖水を柄杓《ひしゃく》に汲《く》むと、まず龍聖の両足にかけた。少し冷たかったが、震えるほどの冷たさではないので我慢出来た。足から次第に上へと上がってきて、背中から肩へとかけられる。龍聖はずっと目を閉じて、されるがままに大人しくしていた。隅々まで聖水で清められてから、真っ白な大きな布で体を包まれて、濡れた体を拭かれて浴室の外へと連れていかれた。

テキパキと、あっという間に婚礼の儀式の衣装に着替えさせられる。衣装は思ったよりも簡素だった。生地はとても軽くて肌触りが良く、上質のシルクのようだ。細かく金糸の刺繍《ししゅう》が施されているが、それは決して華美なものではない。シャツとズボンのように上下に分かれた服を着て、その上から足が隠れるほどに長いガウンのような上着を羽織った。それらすべてが真っ白で、金糸の細かい刺繍が施してある。

肩にかかるくらいに伸びてしまっている髪は、丁寧にブラシを入れられただけで結ぶなどはされなかった。最後に青い宝石の飾られた白い布製の靴を履かされて準備が終わる。

侍女が準備の終わった事を告げに部屋を去ってから、しばらく立ったままぼんやりと待っていた。まだ結婚するのだという実感がわかない。

やがて扉がノックされて、返事をすると、兵士を従えた左大臣が現れた。シーフォンの長老の一人で、左大臣という位には就《つ》いているが、実際の政務には関わっていない。シーフォンの掟《おきて》を後世に伝えるため、このような儀式などの際に、すべてを取り仕切る役を担《にな》っているのだと、フェイワンから聞いていた。

年輪のように深いシワが顔にいくつも刻まれていたが、とても優しげな眼差《まなざ》しで龍聖をみつめた後、恭《うやうや》しく深く頭を下げた。

「リューセー様、本日は婚礼の儀、おめでとうございます。神殿まで私がご案内をさせていただきます」

「よろしくお願いします」

龍聖は少し緊張した面持ちで、左大臣に会釈《えしゃく》すると前へと進み出た。左大臣はゆっくりと顔を上げると、龍聖の手を取りエスコートをした。


一歩一歩、神殿へと向かいながら、次第に龍聖の心臓は早鐘のように打ちはじめていた。

これから行われる儀式に対する不安はない。でも明らかに自分が変わってしまう……そんな運命の分岐点へと向かっているのだと思うと、緊張してしまう。

辿り着いた先には、大きな扉があった。

兵士達が合図を受けて、扉に手をかける。重々しい音をたてながら、その大きな扉は開かれた。

初めて入る神殿の中は、とても神聖な空気に満ちているのを肌で感じた。天井が高く、その天井も壁も、見事な彫刻が施されている。龍聖の世界の教会と似ているが、正面の祭壇にある巨大な竜の石像が、唯一異質なものだ。

たくさんの蠟燭《ろうそく》が灯された祭壇の前に、神殿長が一人立っている。

龍聖は左大臣に促されて、大きく深呼吸をすると神殿長の元まで歩いていった。

龍聖が祭壇の前に辿り着くと、神殿長が深々と頭を下げた。龍聖もつられてお辞儀をしてから顔を上げたのだが、神殿長はまだ頭を下げたままだった。それが礼儀なのかと、戸惑いつつも見守っていると、神殿長はようやくゆっくりと顔を上げて、沈痛な面持ちで龍聖の顔をみつめた。具合でも悪いのか、随分と血色の悪い顔色をしている。

年の頃は50代半ばぐらいだろうか？（もっともそれは現代人から見ての年齢なのだが）シーフォンだから年をとっていても、綺麗な顔立ちをしている。若い頃はさぞや美男子だったのだろう。つばのない白い帽子を被り、短く刈られた髪は橙色《だいだいいろ》をしていた。その髪の色を見て龍聖はハッと気づいた。この髪の色は、メイファンと同じだ。そういえば、以前メイファンから父親は神殿長をやっていると聞いた事がある。この人がメイファンの父親……。

一瞬顔色を変えた龍聖の様子に気づいたのか、神殿長は目を伏せた。

あれからメイファンがどうなったのか知らない。しばらくの間謹慎しているというのは聞いたが、どのような処分になるのかはまだ聞かされていなかった。

父親はどんな思いでいるのだろう。そう思うととても気の毒になる。

龍聖が何か声をかけようかと口を開こうとした時、後方で扉の開く重々しい音が響いた。振り向くと扉の向こうにフェイワンが立っていた。龍聖と同じ衣装を着ている。その姿を見た途端《とたん》、龍聖の心臓は跳ね上がり、再び緊張してきた。ドキドキと早鐘のように心臓が鳴る。

フェイワンはゆっくりとした足取りで、龍聖の元へと向かってきていた。その歩く姿は堂々たるものので、余裕さえも感じる。緊張でぼんやりとしてしまっている龍聖とは大違いだ。

真っ白な衣装に、真紅の長い髪が映《は》えて目に眩《まばゆ》いほどだ。宝石などの宝飾品は何もつけていないというのに、気品に満ちていてとても美しい。龍聖は思わずぼんやりと見惚れた。なんだか自分の知っているフェイワンとは別人のようにも思えた。いつもと違う衣装のせいなのか、この神殿という厳《おごそ》かな場所のせいなのか、フェイワンが神々しく見えて、まさしく『竜神』なのだと実感した。

そんな龍聖を、フェイワンもまた少し眩しげに目を細めてみつめていた。真っ白な衣装に漆黒の龍聖の髪が映えてとても美しい。祭壇の蠟燭の明かりが、龍聖の後光のように輝き、神秘的に龍聖の美しさを際立たせている。思わず溜息が漏れそうになり、いつまでもみつめていたくて無意識にゆっくりとした足取りになる。

フェイワンは祭壇の前まで来て龍聖の隣に立つと、チラリと一度龍聖の顔を見た。龍聖がすがるような目でフェイワンを見上げていたので、フェイワンは目を細めて笑みを漏らした。思わず抱きしめたくなる感情を抑える。

神殿長は再び深々と頭を下げると、大きく深呼吸をした。

「古《いにしえ》の慣《なら》わしにより、竜王・フェイワン陛下と9代目リューセー様の婚姻の儀を執《と》り行います」

神殿長は朗々《ろうろう》とした声で始まりを告げた。それから続けて何か呪文のような言葉を詠唱しはじめて、ゆっくりと後ろを向くと、祭壇に向かって祈りを捧げた。龍聖は事前に言われていた通りに膝を折って頭を下げた。隣でフェイワンも同じような姿勢を取っている。

詠唱がようやく終わると、神殿長が鈴のような物を数回シャンシャンと鳴らした。それを合図にフェイワンが立ち上がったので、龍聖もならって立ち上がった。見ると神殿長は鈴のような物がたくさん付いた金の棒を振りながら、祭壇に捧げてあった脚つきの杯を手に取って、こちらに向き直った。

「竜王よ、この者を真のリューセーと認め、汝《なんじ》の妃と迎え入れるならば、ここに誓約の証《あかし》を立てられよ」

神殿長が杯をフェイワンの前に差し出すと、フェイワンはその杯の上に左手を被せるように掲げた。

「竜王・フェイワンは、リューセーを我が妃と認める。我らシーフォンと我国エルマーンのために、そして我がために、リューセーを迎え入れ、生涯を共にする事を誓う。証としてこれをリューセーに与える」

フェイワンの低く通る声が、神殿の中に木霊《こだま》した。フェイワンは懐《ふところ》から銀の短剣を抜き出し、その刃先を杯に掲げる左手の指先に宛がうとピッと斬りつけた。指先から真っ赤な血が数滴滴《したた》り落ちると、次の瞬間ボオッと杯から赤い炎が上がる。

「……!!」

龍聖は驚いて思わず声を上げそうになったが、炎はすぐに消えてなくなった。まるで幻影だったかのように……。

神殿長が杯を下に下げると、フェイワンも左手を下ろした。その杯が今度は龍聖の前に差し出される。龍聖が驚きながらも恐る恐る中を覗き込むと、杯には液体が入っていて、その中に何かが沈んでいるのが見えた。よく見ると指輪のようにも見える。龍聖がぼんやりとみつめていると、フェイワンが杯の中に手を入れて、底から指輪を取り出した。

「リューセー、左手を」

フェイワンが囁いたので、慌てて龍聖は左手を差し出す。フェイワンはその手を取ると、中指に指輪を嵌《は》めた。その指輪は不思議なくらいに龍聖の中指にピッタリと嵌《はま》った。血の色のように真っ赤な石が真ん中に埋め込まれている。

「ここに王の指輪と妃の指輪が揃った。二人の心が真《まこと》であれば、竜神が祝福するでしょう。竜神の審判を受けに行かれよ」

神殿長がそう言ったので、龍聖は指輪の嵌った自分の左手に添えられているフェイワンの左手を見た。彼の左手の中指にも似たような指輪が嵌っていた。きっとそれが王の指輪なのだろう。

「リューセー、行こう」

「え？」

「これから竜神の審判を受けに北の城に向かう」

「え？　これから？　もう婚礼は終ったのですか？」

「まだだ」

フェイワンは有無《うむ》を言わさず、龍聖の手を引いて歩き出した。龍聖はなんだか分からないまま手を引かれてついていった。


神殿を出て、フェイワンはツカツカと廊下を歩いて塔へと向かっていた。廊下の両側には、ずっと兵士が整然と並んでいた。彼らに見送られるようにして、二人は塔へと向う。フェイワンは歩みを緩める事なく一気に階段を上がっていくので、龍聖は足が縺《もつ》れそうになりながらも、一生懸命ついていった。塔の上では、ジンヨンが待ちくたびれたような顔をして出迎えてくれた。龍聖の顔を見ると、嬉しそうにフンフンと鼻を鳴らしたが、フェイワンはそれを無視して龍聖をお姫様抱っこに抱き上げると、タンッとジャンプして下げられたジンヨンの頭の上に飛び乗り、タタタッと首を伝って背中まで一気に駆け上がった。そこでようやく龍聖を下ろし、満足そうに笑みを浮かべた。

「ジンヨン、北の城だ」

フェイワンのひと声に、ジンヨンはグルルッと唸って、翼を大きく広げ、空へと飛び立った。強い風が吹きつけてきて思わず目を閉じて、飛ばされないように足を踏ん張る。グイッと強い力でフェイワンが腰を抱いてきた。顔を上げて目を開ければ、そこには微笑むフェイワンの顔があった。

「北の城まではすぐだ。ここからはオレとお前だけだ。もう緊張しなくてもいいぞ」

「フェイワン、婚礼はまだ終っていないって……どういう事ですか？」

「さっきのは儀式の前置きみたいなもんだ。これから3日間北の城に行き竜神の審判を受けて夫婦の契《ちぎ》りを交わす。その後国民の前にお披露目《ひろめ》し、それでようやく終わる」

「そんなに長くかかるのですか？」

龍聖は少し気が遠くなりそうだった。難しい事はないなんて言われたけれど、なんだかややこしい気もする。竜神の審判ってなんだろう……そう思うと不安になった。

「竜神の審判ってなんですか？　そこでもしもオレが認められなかったらどうなるのですか？」

「そんな大したものじゃない。心配するな。竜神の審判というのは、ただ言葉でそう言っているだけだ……あ、ほら、それが北の城だ」

言われて視線を送ると、目の前にそびえる険しい岩山の頂上に、強固な姿の岩城があった。

ジンヨンはゆっくりと高度を下げて城へと近づき、城の入口らしき所から突き出ている大きな止まり木のような岩の柱に降り立った。首を伸ばして入口まで誘《いざな》うと、フェイワンは再び龍聖を抱き上げて、その首を伝って入口の前へと飛び降りた。

「ジンヨン、後を頼んだぞ」

「ジンヨンは帰るの？」

「いや、ここで3日間見張りをしてもらう事になる」

「そう……ジンヨン！　ごめんね！　ありがとう」

龍聖が声をかけると、ジンヨンは嬉しそうに、犬のように尻尾を振って喉を鳴らした。

「さあ行くぞ」

フェイワンは、龍聖を抱いたまま城の入口へと歩き出した。扉の前まで来たところで、龍聖を下ろすと扉の横に下がっている大きな鎖を力いっぱいに引いた。ガラガラガラッと大きな音がして、その重そうな鉄の扉がゆっくりと開かれた。

「中へ入ろう」

促されて龍聖はドキドキしながら中へと入っていった。

中に入ると暗くて狭い洞窟のような廊下がしばらく続き、やがて大広間へと出た。見事なくらいに何もない。何百人もの人がそこに集《つど》えそうだ。フェイワンはそこをまっすぐ横切るように躊躇《ちゅうちょ》なく進むので龍聖も後に続く。途中に何本もの太い石の柱がある。静まり返った空気は、なんだかとても古さを感じさせた。二人の足音だけが響く中、ギギキギッと後方で音がしたので、龍聖はびくりとして足を止めた。

「さっきの扉が閉まっただけだ。大丈夫だ」

フェイワンが優しく囁いて、龍聖の手を握ったので、安心してその手を握り返した。フェイワンがいるととても心強い。大丈夫だと言われると、本当にホッとする。

手を引かれて歩いていくと、ようやく別の扉が現れた。フェイワンはその扉も躊躇なく開けた。先には広く長い廊下が続いていた。廊下の両脇にはいくつもの扉があった。

「さっきの大広間が家臣達の集う場所だった。この廊下は王宮へと続いている。王の私室だな。廊下の両側には、家臣達の部屋や執務を行う部屋などがある。今の我々の住む城よりもずっと小規模だが、当時この城にいたのは、今の10倍以上の数のシーフォンだった。この城にはまだアルピンはほとんど入れなかったんだ」

龍聖はフェイワンの説明を聞きながらも、あたりをキョロキョロとめずらしそうに見まわしていた。今は誰もいないはずの城なのに、ずっと蠟燭の火が灯っていて、中は明るい。まるで侍従達はいるかのようだった。

「本当にオレ達しかいないの？」

「ん？　ああ、今はな。もちろんこの婚礼の準備のために数日前から、家臣達が城の中を掃除したり色々としてくれている。灯りもそうだ。なんだ、不思議に思ったのか？　魔法でも使ったと思ったか？」

フェイワンがからかうように笑って言った。

「そ、そうじゃないけど……」

龍聖はカアッと赤くなる。

長い廊下をひたすら歩いてようやく突き当たりに辿り着いた。

「ここからが儀式を行う竜王の間だ」

フェイワンが説明をしながら、突き当たりにある大きな鉄の扉を開けた。龍聖は扉の向こうの風景に驚いて、わあっと思わず声を上げてしまった。

そこは光に満ちていた。

蠟燭の明かりなどではない。昼間のような明るさだった。それに森のようにたくさんの緑が茂っていた。それは不思議な風景だった。手を引かれて中に入ると、龍聖は天井を仰いだ。眩しく光る高い天井は、ガラスがはめ込まれているようだ。光が乱反射してキラキラと降り注いでいる。綺麗な光景だ。

「あれは『竜の宝玉』と呼ばれる水晶のような石の一種だ。我々が神の怒りでシーフォンになる前……ただ竜だけの姿で生きていた頃、ここは竜の墓場だった。『竜の宝玉』とは竜の体内にある命の源《みなもと》のようなものだ。竜は死ぬと長い時間をかけて石化する。その石化した体は、水晶のような半透明の石になる。この部屋は、初代竜王が石化した竜の体や宝玉を使って造ったものだと言われている。宝玉は暗闇の中では、あのように自ら日の光のような輝きを放つ。だからここは年中こうして明るい……何千年経った今もなおな」

「綺麗ですね」

龍聖は上を見上げながら溜息をついた。向こうの世界では見る事が出来ない光景だ。それはとても神秘的で美しい。

「ここは儀式の間、竜王とリューセーがくつろぐ居間のようなものだ。宝玉から出るあの光は、明かりとしてだけではなく、微量ではあるが魂精《こんせい》に似た力も発している。我々の体を癒す効力があるのだ」

言われてようやく部屋の中を見まわした。広々とした居間は、まるで公園のようだった。所々に、床から生え出ているような木々が緑を茂らせていた。その木々の側に長椅子があったり、大きなダイニングテーブルがあったりしている。テーブルの上には果物の盛られた大きな皿と、飲み物の入った瓶が何本か並んでいた。

「リューセー、悪いが3日間の儀式の間は、ろくな食事が出来ない。口に出来るのはそこにある果物や飲み物だけだ」

「はい……それは平気、大丈夫です」

龍聖がニッコリと笑って頷いたので、フェイワンも頷き返した。

「ここまでは、誰でも入ってくる事が出来るんだが……この奥は本当に我々しか入れない」

フェイワンが再び歩き出したので、手を引かれて龍聖も歩き出した。広間を横切って、さらにその奥へと進むと、それまでの扉とは違う石で出来た扉があった。何か不思議な模様が一面に彫られていて、ドアノブがあるべき場所には、手の形に似た窪みがふたつあった。

「リューセー、こうして指輪の石を掌の方に向けなさい」

フェイワンが左手の中指に嵌った指輪をクルリと回してみせたので、龍聖もそれを真似てみせた。

「そのまま掌を、この窪みに合わせるんだ」

フェイワンが片側の窪みに左手を合わせたので、龍聖ももう片方に左手を合わせた。するとゴゴゴゴッと音を立てて、重そうな石の扉が勝手に動いて開かれた。

「ここは……」

部屋の中を見てまた龍聖は驚いてしまった。そこには大きなベッドが真ん中にひとつ鎮座《ちんざ》していた。ベッドの奥の壁には、飾り棚のような物があり、赤く光る大きな玉《ぎょく》が飾られていた。

「王の寝室だ」

フェイワンは一言だけ言うと、突然クルリと後ろを向いて、どこかに歩いていってしまった。龍聖はぼんやりと寝室の中をみつめて入口に佇んでいた。

儀式って……そういえば『契り』とか言っていたような……それってこういう意味？

「ほら、お前も手伝え」

いつの間にか戻ってきたフェイワンが、両腕に大量の布の塊《かたまり》を抱えていたので、龍聖はまた驚いてしまった。

「な……なに？」

「言っただろう。ここは我々しか入れないんだ。だからベッドの用意は自分でするしかない。寝具は用意してあったから、これを敷かないとな……前の儀式以来使われてないんだ」

『前の儀式って……』そう思って思わず赤くなった。

寝具を抱えたフェイワンが中へと入っていくので、龍聖も仕方なくついていった。何もないベッドの上に綿の入ったマットのような物を敷いて、シーツを敷いて……とフェイワンと二人で黙々と作業をしていたが、ふと龍聖は我に返って、なんだかおかしくなってアハハハハと笑い出していた。

「なんだ？　何がおかしい」

「だってフェイワンって、こういう事今までした事ないでしょ？　王様だから……そう思ったらなんだかおかしくて」

「仕方ないだろう、自分でするしかないんだから。そのままだと硬くて、寝るには痛いじゃないか」

「それはそうだけど」

楽しそうに龍聖が笑うので、フェイワンは苦笑して肩をすくめた。

「だが上手いだろう？」

「そうですね。練習したのですか？」

「ああ、侍女に習った」

真面目にフェイワンが答えたので、また龍聖が笑い出した。楽しくベッドメイクを終了して、ハアッと息をつきながら龍聖がベッドに腰を下ろした。

「リューセー、竜神の審判とはこの事だ」

「それって……エッチするって事ですよね？」

「エッチ？　あ、ああ、交わる事だ」

分かっていたが改めて言われて、龍聖は恥ずかしくなった。

「オレとお前の場合は、普通とは出会いが違ったから、順序が変わってしまったが……本来ならば、この国にリューセーが現れたら、10日以内に婚礼の儀が執り行われて、ここで初めて王とリューセーが交わるんだ。王はリューセーより魂精を貰う。リューセーが本物ならば、王はその身を満たす魂精が得られる。そしてリューセーもまた真のリューセーと認められる。この部屋は特別な部屋なんだ。竜神の力によって守られている。そこにある玉が、初代竜王が持っていたといわれている『竜王の宝玉』だ。それには他の宝玉とは違う力がある」

「違う力？」

フェイワンは頷いて『竜王の宝玉』の側まで歩み寄ると、赤い光を放つその玉にそっと触れた。

「この部屋の中では、オレ達の力や能力が活性化される。お前の魂精も満ち溢《あふ》れる。外にいる時の何倍も気力や体力が湧くようになる。この玉から出ている力は、他の宝玉の何倍もあるんだ」

そう言われると、なんだか体の中からポッポッと熱くなってきている気がした。

「前にも話したと思うが……我々シーフォンは、生殖能力が極端に低下している。子供が出来にくいんだ。もともと竜というのは雌雄《しゆう》同体で、一人で子を作り産む。その強靭な肉体は、滅多《めった》な事では死なないし、寿命も長いからたくさん子を作る必要がなかった。自分の寿命が尽きる前に、ひとつかふたつ卵を産み落とす。もともとそういう生き物だったのだ。それでも十分に繁栄してきた。だが呪いをかけられ、シーフォンになり、竜と人間とふたつに体を分けられた上、雌雄も別々にされてしまった。つまりみっつに体を分けられたのと同じだ。シーフォンの女は、人間の体しか持たず、竜の体はない。さっき生殖能力が低下していると言ったが、実は低下しているのは女の方なんだ。女が子を孕みにくくなっている。しかも発情期が来なければ性行為もしたがらない。男の方は普通の人間達と同じように、いつでも性行為を行えるのだがな。だからアルピンと浮気する者まで出る始末だ……」

フェイワンは小さく溜息をついた。龍聖には、その最後の言葉の真の意味は分からなかったが、シーフォン達の繁殖の仕組みは理解出来た。

「リューセーがこの国に来た時点では、まだその体が完全ではない。リューセーとしては、未成熟なんだ。だからこの部屋で竜王の宝玉の力を借りる必要があるんだ」

フェイワンはそう言いながら、宝玉の側に置かれた大きな砂時計をクルリと回した。上から下へ砂が静かに落ちはじめた。龍聖は不思議そうな顔で砂時計をみつめてから、視線をフェイワンへと戻した。

「未成熟？　ああ、そうですね、フェイワンに魂精を取られると、いつも気を失ってしまっていましたから」

龍聖は赤くなりながら頷いて答えた。フェイワンは、そっと龍聖の隣に腰を下ろすと、龍聖の体を抱き寄せた。

「あれはオレが悪いんだ。今までは、生命を維持するために、普通以上にお前から魂精を吸い取っていた。お前が気を失ってしまうほど、魂精を奪っていたのは申し訳なく思う。それはオレの意志に反してしてしまっていた事だ。この体が渇いていたから仕方ない。お前のおかげで、オレの体はもうこの通り元通りだ。命を維持するためだけなら、口づけだけでも十分にお前から魂精を貰える。だが今日からは、それだけの意味の交わりではなくなるんだ」

「え？　どういう事です？」

「3日間の儀式とは、この部屋で、竜王の宝玉の力を借りて、お前の体を成熟させる事。それによってオレはお前に種を植え付けねばならない」

「タネ？」

龍聖は分からなくて首を傾げた。

「子種だ。リューセー、お前にはオレの子を産んでもらわなければならない」

聞き間違いかと思った。聞き返したかったが、フェイワンの目が真剣だったので、その目をみつめたまま何もそれ以上は聞き返せなかった。

『オレは男で、フェイワンも男で……子を産むって……誰が？　オレが？』

頭の中でグルグルと疑問が繰り返し回っていた。そんな間も、体が熱く火照《ほて》ってくる。確かにこの部屋の中は何かの力で満ちていて、それが体に影響しているのだ。体中の血液が激しく流れるのを感じる。

龍聖は思い切って尋ねようと口を開きかけたが、その口はフェイワンの唇で塞がれてしまった。

フェイワンの口づけは、媚薬のようだと思った。

すぐに頭の芯が痺れて、体の奥が熱くなって、何も考える事が出来なくなる。同性愛に対する抵抗も、自分が男だという事すらも、難なくすっかりと忘れてしまうほどに、この口づけには媚薬のような威力がある。

フェイワンの唇が、愛撫するかのようにやんわりと龍聖の唇を揉んだり挟んだりする。強く弱く吸って、舌の先がゆっくりと龍聖の唇を舐める。それらの動作を何度も繰り返されて、「はあ……」と甘い吐息を吐きながら、うっとりと薄く口を開くと、その隙間に舌が入り込んできた。前歯をゆるゆると舌先で舐められて、歯の根も撫でられた。次第に息が上がり、その甘い愛撫に耐えられなくなり、口を開いて舌を差し出してフェイワンの舌に絡めると、それを待っていたかのように搦《から》め捕《と》られて咥内を弄《まさぐ》られた。一気に攻め立てるように強く吸われて咥内を愛撫されて、上がる息遣いが苦しくて、喉を鳴らして鼻から声が漏れた。

「ん……んふ……んん……」

求めるように背に回した腕が、その広い背中を掻くと、それに応えるように逞《たくま》しい腕が龍聖を強く抱きしめた。

「リューセー、愛しているよ」

「フェイワン……オレも……んっんんっ」

夢中でキスを求めて、クチュクチュと湿った音がする。口の端から唾液が溢れて顎《あご》へと伝ったが、それも気にせずもっともっととフェイワンの唇を求めた。本当に媚薬でどうにかなってしまったかのようだ。

かつては互いの『香り』のせいで、確かに媚薬を飲んだような状態になった事がある。でも今は違う。もっと浅い、意識のはっきりとした部分でフェイワンを求めていた。彼の口づけを求め、快楽に身を委《ゆだ》ねている。こんなキスは初めてで、今まで恋人とこんなにキスに溺《おぼ》れた事はなかった。

特に今日は、自分でも止める事が出来ない。いつもよりもまだ意識ははっきりとしているはずなのに、早くも快楽に身を委ねている。体が熱くてたまらなかった。

龍聖は無意識に、股間をフェイワンの膝に擦りつけていたのだが、もちろん無意識だから自らがキスだけでそんな状態になっているという自覚すらない。龍聖が腰をゆるゆると動かしている事にフェイワンは気づいていて、激しくキスをしながらも口端が嬉しそうに上がっていた。

「ん……んんっ……んんっ……んふぅっ……ん、ん、ん、んん」

龍聖の体がビクビクと痙攣《けいれん》するように震えて、ギュウッと背中に回した腕が強くしがみついてきた。

フェイワンは一度強く龍聖の舌を吸ってから、唇を離した。二人の唇の間をツゥ――ッと唾液の糸が引く。龍聖は頬を上気させながら、「はぁぁ」と甘く息を吐いた。

フェイワンは龍聖の左の肩口に顔を埋めて、チュウッと強く首筋を吸い上げた。

「はっ……はぁっ」

龍聖はビクビクと震えて、顎を上げながら目を閉じた。フェイワンはその体をゆっくりとベッドに押し倒すと、自分は体を起こしたままで、横たわる龍聖を見下ろした。龍聖は顔を上気させて胸を上下に動かしながら、うっとりと濡れた瞳でフェイワンを見上げている。

「リューセー……お前は本当に美しい」

「それは……こっちの台詞《せりふ》っ、あっ……」

フェイワンは器用な手つきで、次々と服のボタンを外していき前を大きく開けて龍聖の上半身を露《あらわ》にした。上着をスルリと脱がせてしまうと、帯を外してズボンのボタンも外し、ゆっくりと膝まで下ろした。龍聖の股間が露になる。自らの精液でビッショリと濡れながらも硬く勃起してビクビクと震えるペニスがそこにあった。それをみつめて、フェイワンはニヤリと笑った。

「もう出してしまったのか？」

フェイワンに言われて龍聖はカアッと赤くなったが、すぐにそんな羞恥を忘れる事になった。フェイワンが掌の腹の部分で、龍聖の陰嚢《いんのう》とペニスの根元の部分をグイグイと押し上げたからだ。

「あっ……ああっあっ　待って……ああっフェイワン……」

龍聖の体がビクリと跳ねて腰が少し浮いた。グイグイと押し上げるように擦られて、ペニスの先からトロトロと透明な液が流れ出た。ビクビクとペニスが震える。龍聖は快楽に流されるように、膝を立てて足を開き腰を浮かせていた。

もう何も考えられない。体が熱くて焼けるようだ。体の奥、下腹の辺りがジリジリと熱い。快楽のままに体が反応して、喘ぎ声が漏れてしまうが、そんな事には頭が回らない。ただこの熱い体をどうにかして欲しくてフェイワンを欲した。

フェイワンは開かれた龍聖の足に顔を寄せて、その内腿に口づけて吸い上げた。ピクンピクンと内腿の筋肉が反応して震える。その間も、ペニスへの愛撫は続けていた。

唇が次第に上へと上がり股間へと向かっていく。足の付け根を強く吸い上げられて、龍聖が声を上げた。

舌が陰嚢の付け根から蟻《あり》の門渡《とわた》りを丁寧に舐め上げて、窪みに辿り着いた。薄い紅色に色づいたアナルはまだ固く閉じられていたが、舌先がその中心を丁寧に愛撫すると、すぐに反応してヒクヒクと蠢《うごめ》いた。唾液をたっぷりとアナルに流し込み、舌先でアナルのシワを伸ばすように丁寧に舐めては、唇を押し当ててジュジュッと吸い上げた。

「はあっ……あああっ……んあっ、フェイワン……」

龍聖はシーツをぎゅっと握り締めて喘いだ。

フェイワンはその行為を執拗《しつよう》なほどに何度も繰り返して、アナルが緩んで小さな口を開けるまで解す。そこへ親指をゆっくりと挿《さ》し入れる。すっかり解されたアナルは親指を難なく受け入れて、根元まで呑み込んでいった。グイグイと指を深く挿し入れて内壁を押しながら愛撫しては、アナルの入口をさらに解した。入口の様子を見て、もう一方の手の親指もゆっくりと挿し入れる。

「んんっくうっ……は、は、は、ああ……」

親指を2本挿し入れられて、指の腹で内壁を愛撫されて、入口を広げられて、龍聖は体をよじらせながら喘いだ。唾液で濡れたアナルが指の動きに合わせて湿った音を立てる。

「痛くないか？」

フェイワンに優しく尋ねられ、龍聖は薄く目を開いて、少し顔を上げてからフェイワンを見た。何か言おうと口を開いたが、言葉より先に喘ぎが漏れてしまい、恥ずかしさに頬を上気させながら、ふるふると首を振った。痛くはない。異物感は確かにまだあるが、嫌な感じはしない。今はそれよりも快楽の波に溺れてしまいそうだった。

以前のセックスの時よりも、体中を執拗に愛撫されている今の方が、何倍も気持ち良かった。気持ち良すぎて「いやだ」とか「だめだ」とか、思わず口に出してしまうが、それは言葉そのままの意味ではない。体中の血が滾《たぎ》るようだった。心臓が痛いくらいに鼓動を打っている。息が上がり、はあはあと荒く口で呼吸をすると、それと一緒に声まで出てしまう。

恥ずかしそうに顔を歪めて喘ぐ龍聖をみつめながら、フェイワンは満足そうに微笑んだ。痛くないのならば安心した。龍聖を傷つけたくはない。気持ち良くなるように優しく扱いたかった。

フェイワンは2本の指で左右に広げたアナルに舌を挿し入れて、中までたっぷりと唾液で濡らす。

「フェイワン……フェイワン……」

龍聖がうわ言のように何度も名前を呼んだ。そろそろ良い頃合か？　とフェイワンはアナルへの愛撫を止めて顔を上げた。

全身を朱色に染めて喘ぐ龍聖をみつめながら、ゆっくりと自分も裸になった。腹に付くほどに硬く反り上がった太いペニスを擦って、先から溢れ出はじめている白い液体を全体に擦りつけた。

一度龍聖の体に覆い被さると、甘く唇を吸ってやる。龍聖はそれに応えるようにキスを返してきた。深く唇を吸い上げてから顔を上げた。

「リューセー」

優しく名を呼ぶと、龍聖が目を開けた。潤んだ瞳でこちらをみつめている。

「愛している」

龍聖にかける言葉はそれしかない。綺麗だとか美しいとか、龍聖を賛辞する言葉はいくらでもあるが、今のこの想いを伝えるには、これ以上の言葉は思い浮かばない。龍聖には何度言っても言い足りないほどだ。

龍聖は上気した顔で、フェイワンをみつめながら、うっとりとした表情で微笑んだ。フェイワンは笑みを浮かべる柔らかな唇にもう一度口づけると、両足を脇に抱いて龍聖の腰を摑んだ。

ペニスの先をアナルに宛がうと、グイグイと押して入口を刺激した。閉じかけていた入口が何度か押されて口を開けると、そのまま亀頭がゆっくりと入口を広げながら埋まっていった。

「んあっ……あああ……はぁっ……んん――――っ」

ズズズズッと肉を引き込みながら、フェイワンの昂《たかぶ》りが中へと埋まっていく。龍聖は内壁が押し広げられて、熱い肉塊が体を貫くのを感じた。体の深いところにまで届いている気がした。熱い。体の奥の深い部分に、熱い肉塊の温度を感じてさらに焼けるようだった。

フェイワンはすべてを挿入したところで、一度動きを止めた。目を閉じて眉間を寄せながら苦しげに息をして喘ぐ龍聖を心配そうにみつめた。

「リューセー、リューセー、痛いか？」

名前を呼ばれて、体を抱き寄せられて、龍聖は目を開けた。金色のフェイワンの瞳がそこにあった。

「大丈夫……ちょっと苦しいだけ……熱い……熱いんだ。フェイワンのが……中でとても熱い」

龍聖がうわ言のように囁いて答えたので、フェイワンは笑みを浮かべた。

「かわいい事を言う」

フェイワンはクッと喉を鳴らして、腰を前後に動かしはじめた。

「ああっあんっあんっあんっ……ふっ……うっ……ん、ん、ん、ん」

突然の攻めに、龍聖は思わず大きな喘ぎ声を漏らしてしまい、僅《わず》かばかりに残っていた意識がそれを恥ずかしく思って、ギュッと唇を噛んで声が漏れるのを堪えた。フェイワンの腰の動きに合わせて、突き上げられるたびに喉が鳴る。

ペニスがアナルに抜き差しされるたびに、ジュッジュッと淫猥《いんわい》な音を立てる。カリの部分が内壁を擦り上げて、前立腺を刺激した。湧き上がる快楽に、龍聖は朦朧《もうろう》となって、次第に声が上がりはじめた。

声が出ているのは自分でも分かっていた。消えかけている理性で、『AV女優みたいでみっともない』と恥ずかしく思う。必死で声を堪えようとしているのに、歯を食いしばって唇をきつく結んでいても、肉塊が体の奥まで深く突き上げてくるたびに、喉が鳴って口を開いてしまいそうになる。もう我慢も限界で、耐え続ける事の方が苦痛に感じるほどに、快楽の波に飲み込まれていく。すべてを投げ出してもっともっと快楽を味わいたいという衝動に駆られる。龍聖のペニスの先からは、トロトロと透明な液が流れ出続けていた。

「んんんん――――っっ」

龍聖が両足のつま先を曲げて、背を反らせて、ビクビクと射精すると、それに合わせるようにフェイワンも最奥《さいおう》にペニスを押しつけてドクンッと勢いよく射精した。小刻みに体を震わせて、絶頂の波に体を委ねる。恍惚《こうこつ》としてハアハアと息も荒く喘ぎながら、龍聖は目を閉じていた。フェイワンは眉を寄せて快楽の余韻に浸っていたが、再び腰をゆさゆさと揺さぶりはじめた。一度射精しても、まだフェイワンのペニスは硬く怒張していた。

朱色に染まって少し腫《は》れたように縁を盛り上げているアナルに咥え込まれたペニスが、ズルリと半分ほど引き抜かれてその赤黒い姿をさらした。濡れてテラテラと光っていた。カリが出口に引っかかるくらいまで引き抜いたところで止めて、小刻みに腰を動かしてそこを刺激した。アナルがぎゅうぎゅうと絞まって、亀頭を痛いくらいに締めつける。

「くっ……」

フェイワンは眉を寄せて、その刺激に耐えるように喉を鳴らして唇を噛んだ。射精してしまいそうになるのを堪えてから、ゆっくりと深く再び挿入した。

「はあっ……あ……んん……」

深く奥まで挿入されて、龍聖がせつない声を吐息と共に漏らした。フェイワンは根元まで挿入したままで、腰の動きを止めてゆっくりと龍聖の体を抱きしめると口づけをした。

貪るように荒々しく唇を吸うと、それに応えるように龍聖も夢中で唇を動かしてフェイワンの唇を求めた。龍聖が舌を出してきたので、それを唇で挟んで強く吸い上げてから舌を絡めた。

二人とも夢中で唇を求め合って、激しいキスに溺れていた。

フェイワンは両手を龍聖の胸に這わせて、人差し指の腹で胸の突起をコロコロと転がすように愛撫した。その刺激に龍聖が体をくねらせる。

「ん……ふ……ふ……」

龍聖はいつしか自ら腰を動かしはじめていた。肉を割って下腹部いっぱいに埋まっている熱い肉塊の感覚に焦《じ》れていた。

一度絶頂を迎えたら、何かから解放されてしまったような気分だった。自分が男とセックスしているなんて事はもうどうでも良い。女のように甘い声を出して喘いでるなんて事も、もうどうでも良か

った。下腹を埋める異物感も、アナルをいっぱいに広げられている鈍い痛みも、今は不思議な事に快楽へとすり替わってしまっている。

無意識に腰を揺さぶると、中に埋まっていた肉塊が動いてカリの部分が内壁を擦る。それがジリジリとした鈍い快楽を生み出す。

「あぁ……フェイワン……」

龍聖がせつなさで顔を歪める。自分で動くのでは、思うように快楽を得られない。そのジリジリとした鈍い快楽は、もっともっと心地良い快楽へと変換出来る事を体は知っているのに。動きを止めたフェイワンに焦らされているようで、体の奥が疼《うず》いて堪らず、眉を寄せて顔を歪めているのだ。

その様子をフェイワンは、嬉しそうに目を細めてみつめていた。ジワリと額に汗が浮いているのは、実は意外に余裕がないからだ。龍聖が快楽に溺れつつあるというのならば、フェイワンもそうだ。フェイワンにとっては、龍聖こそが媚薬に他ならない。

こんなに腕の中で、かわいく、艶やかに、乱れていく姿を冷静になど眺められるものではなかった。

「リューセー、愛しているよ」

一度精を吐き出したにもかかわらず、ペニスは一向に萎《な》える様子もなく、硬さを保ったままで、今はもう龍聖の柔らかな体内で、限界にまで怒張してしまっている。龍聖がせつない顔をして、腰をゆさゆさと自ら動かすたびに、亀頭が内壁を擦り、フェイワンもまた亀頭を刺激されて、甘い焦れるような刺激にジリジリとしてくる。激しく腰を前後に動かして、突き上げたい衝動に駆られる。だが今それをすれば、きっとまたすぐにでも射精してしまいそうなくらいに、切羽詰《せっぱつま》っていたのだ。

龍聖が愛しくて愛しくて堪らない。どんなに抱きしめて、どんなにキスを浴びせても、溢れる「愛しい」という想いのすべてを表現する事が出来ない。その「愛しい」という想いは、止める事の出来ない情欲になってしまっている。

もっともっと愛したい、愛したい、と叫ぶ心……自制しなければ、龍聖をめちゃめちゃにしてしまうだろう。それほど肉欲に溺れそうになっている。

「……ん……は……フェイワン……フェイワン」

龍聖が甘い吐息と共に何度も名前を呼んだ。

「リューセー、どうした？」

フェイワンは龍聖の首筋を舐めながら囁くように答える。

「お願い……もう……苦しいんだ……助けて……」

「リューセー？」

フェイワンは、龍聖の「苦しい」という言葉に、少し眉を寄せて心配そうに顔を上げると、龍聖の顔をみつめた。宙を泳いでいた龍聖の目が、フェイワンを捉えてすがるような視線を送る。

「お願い……動いて……いっぱい……動いて……イカせてよ……」

それはフェイワンの自制心を一瞬にして粉々に壊す呪文だった。

「リューセー……愛してる」

フェイワンは胸の内を吐き出すようにそう呟きながら、龍聖の両足を脇に抱え上げると、ズルリと抜けるギリギリまでペニスを引き出して、グイッと一気に深く挿し入れた。

「あぁ――――っっ」

龍聖は声を上げて背を弓なりに仰け反らせた。脳天まで突き抜けるような衝撃が走った。フェイワンの亀頭が強く内壁を擦るように押し上げて、快楽のツボを押されて、龍聖のペニスから透明な汁がビュルリと吐き出された。

「リューセー……リューセー……愛してる……愛してる」

フェイワンは何度も繰り返し愛を呟きながら、その想いを注ぎ込むように激しく腰を動かしはじめた。気の利《き》いた言葉など思い浮かばない。内から湧き上がるこの想いを言葉にすると、「愛している」という言葉以外何もなかった。ただ夢中で愛しい龍聖を抱いていた。グチュグチュと律動に合わせて湿った音がする。それに重なるように、龍聖が小さな喘ぎ声を上げていた。

激しく乱れて、やがて二人は絶頂を迎えて果てた。

泥のように眠っていたと思う。夢さえも見ていなくて、うっすらと目を開けて、そこでようやく龍聖は自分が眠っていた事に気がついた。

辺りは明るかった。いや、『明るい』という言い方は確かではない。『薄暗い』という表現よりはもう少し『明るい』という程度だ。蠟燭とかランプとか、そういう柔らかな光によって保たれているような明るさだ。それは竜王の宝玉から出ている光だという事に気づくのは少し経ってからだった。

そんな中で、目を開けた龍聖の視界に飛び込んできたのは、『赤』だった。眩しさに目が眩《くら》むくらいの『赤』。龍聖は一瞬目を細めた。寝起きのぼんやりとした脳には刺激が強すぎる。意識がはっきりとして、それを受けとめられるくらいになって、ようやくパッチリと目を開けてみつめた。

目の前に、豊かなフェイワンの赤い髪があった。少しばかり顔を上げて視線を向けると、龍聖の隣、顔より少し上の方にフェイワンの顔があった。こちら側に顔を向けて、うつぶせに眠っていた。両の瞼は閉じられて、長い睫毛《まつげ》が白い顔に映える。眉も睫毛も髪の色と同じ赤だ。その見事な色彩を、龍聖はマジマジとみつめた。

もうすっかり慣れたけれど、こうして間近でじっくりと見るのは初めてだ。龍聖のいた世界でならば、それは作りものか染めたものでしかありえない色彩だ。いや、そんなものよりもずっと鮮やかで美しい。随分熟睡しているようで、穏やかな表情で寝息を立てている。

『うつ伏せ寝なんだ……』そんな事をぼんやりと考えて、思わず微笑んだ。ほんの少し前まで、少年の姿であったフェイワンの事を思い出した。あの頃の姿が重なると、なんとも『かわいらしい』という思いがよぎる。

今ではそんな面影もないほどに、立派な王たる威厳を持ち、大人の風格で龍聖に対峙している。少年の姿だったあれは夢だったのかと思ってしまうけれど、こうして見るとやはりあれはフェイワンだったのだ。

いつの間にか、流されているだけではなく、確かにフェイワンに対して好意を抱いているという自覚がある。いやもう『好意』なんてものじゃない。愛しはじめていると思う。そうでなければ、彼に抱かれたりはしないだろう。

『魂精』を与えるだけの役目ではない。自らの意思でフェイワンに抱かれたのだ。

特にさっきまでは……そう思って思わず赤面した。

いつの間に眠ってしまったのかも覚えていない。記憶の中にあるのは、それまで経験した事がないほどの淫らな行為だった。何度抱き合ったかなんて分からない。フェイワンは容赦なく龍聖の体を抱いて、何度も挿入してきた。何度も龍聖の中に射精して……思い出したら死にそうなくらいに恥ずかしくなって目を閉じた。

もちろん自分だって気持ち良くて、何度もイッてしまったのだ。人の事は言えない。挿入されても痛くないし、むしろ気持ち良くなっている。フェイワンはとても優しく龍聖の体を抱いてくれた。

『オレ、性欲あんまりないとか思っていたのはなんだったんだよ』

そう思うと、自分で恥ずかしくなる。めちゃめちゃ性欲があるではないか。フェイワンにキスされただけで興奮するし、勃起するし、セックスが気持ち良くてもっとしたいなんて……。こんな日が来るなんて、考えてもみなかった。

それでも嫌悪感なんてないのだから仕方ない。愛しはじめてしまっているのだから仕方ない。そして何より、彼はとても愛のあるセックスをしてくれたのだ。それは王としての義務でも、魂精を貰うための儀式でもなく、彼は龍聖の体を求めて、激しいくらいの情熱をもって示してくれたのだ。体中にまだかすかに余韻として残る愛撫の跡がそれを物語っている。

それに何度も「愛している」と彼が囁いていた声も……。

「ん……んんっ」

隣でフェイワンが唸って体を動かした。龍聖はびくりとして目を開けるとフェイワンをみつめた。フェイワンは一度顔を反対側へと向けてしまって、少ししてまたこちらに顔を向けた。モゾモゾと手足を動かした後、ゆっくりと目を開けた。

みつめていた龍聖を見たが、すぐには視線が合わずフェイワンは少しぼんやりとしている様子だった。だが焦点が合ってフェイワンが龍聖の視線を捉えると、その金色の瞳がみるみる優しい色を浮かべた。

「起きたのか？」

「それはオレの台詞ですよ」

龍聖がクスリと笑って答えると、フェイワンは「ああ……」と小さく溜息を漏らして、頭を上げると、片手で顔をゴシゴシと擦ってから、再びベッドに顔を伏せて龍聖の方を向きニヤリと笑った。

「そうだないつの間にか寝てしまったようだ」

「すごくよく眠っていました」

「ずっとお前の寝顔を見ていたんだ……随分長い間見ていて、お前が起きるのを待っていたはずだったんだが、結局つられて寝てしまったようだ」

「え!?　オレの寝顔なんて見ていたんですか？」

「ああ……あんまりかわいいんでな」

フェイワンがくすりと笑ったので、龍聖は真っ赤になってしまった。それを見てフェイワンは楽しそうに微笑みながら、体を横向きにして片肘をついた。

「オレ……いつの間に寝たんだろう？」

「そうだな……五度目……いや六度目の射精をした後に気を失ったのかな？」

「気……」

失神したという事実はショックだった。セックスで失神するなんて……ああ、いやフェイワン相手では初めてではないという事を思い出して、気を取り直した。魂精を吸われると失神してしまうのだ。

「オレは魂精は取ってないぞ」

まるで心の声を聞いたかのようにフェイワンに間髪容《かんはつい》れずに言われてしまって、龍聖は目を丸くしてみつめ返した。

「この部屋にいる時は魂精をお前から取る必要がないんだ……宝玉の力があるって言っただろ？」

フェイワンは目を細めて優しく囁きながら、空いている方の手を伸ばして、頬にかかる龍聖の髪を搦め捕るように撫で上げた。

「フェイワンが……無茶しすぎるから……」

龍聖は赤くなったまま目を閉じて、聞かれてもいない言い訳を呟いた。フェイワンがククッと喉を鳴らして笑うのを聞きながら、羞恥でいたたまれず両手を顔で覆うと、その手首をやんわりと掴まれて外されてしまった。目を開けるとすぐ側にフェイワンの顔が近づいてきていて、反射的にまた目を閉じると、唇をチュウッと吸われた。

甘いキス。

こんな風に情事の後にピロートークをするのもなんだか新鮮だ。本当に『新婚さん』みたいだと思う。

唇が離れて、フェイワンをみつめる。そこにはとても優しい眼差しの赤い髪の王がいるのだ。

この互いの間に流れる甘い空気も、ちょっと照れ臭いくらいに幸せを感じる空間も、とても不思議だと思った。フェイワンの顔が再び近づいてきたので目を閉じると、瞼にキスされた。くすぐったくて、龍聖はまた微笑む。

「辛くはなかったか？」

「え？」

「お前を傷つけないように優しくするつもりだったが、オレも途中からそんな余裕がなくなってしまって、何度も交わってしまって……お前は何も言わないし……苦しかったんじゃないかと心配なんだ」

フェイワンは龍聖の頬を優しく撫でながらそう言ったので、龍聖は少し考えてからまた赤くなった。

「気持ち良かったんですけど……オレも……『愛してる』って言葉に応えたかったんですけど……口を開けると変な声が出ちゃうのが恥ずかしくて、何も言えなかったんです」

「変な声？」

「なんか……あんあん言っちゃうでしょ？　オレ……別に、『あんあん』なんて、そんな声を出したいわけじゃないいんだけど……言うつもりないいんだけど……口開けると言っちゃうんですよね……ああっ思い出すだけで恥ずかしい……なんであんな声出ちゃうんだろう」

龍聖は真っ赤になって、両手で顔を覆ってしまった。女の子が「あんあん」言うのはかわいいけど、男が言うのは気持ち悪いだろうと、龍聖は思ってしまって、自分が恥ずかしくなったのだ。

「少しも変な声ではないぞ……お前のその声に煽られて、オレは欲情したんだからな」

フェイワンがとても真面目な口調で言ったので、龍聖は少し驚いて、顔を隠していた手を半分下に下ろすようにして、フェイワンの顔をみつめた。フェイワンは真剣な顔で龍聖をみつめていた。

「なんだ、それで声を出すのを我慢していたのか？　だから苦しそうな顔だったのか？」

「そ、そうですよ……痛いとか辛いとかそんなんじゃないです。すごく……気持ち良かったし……フェイワンが『愛してる』って何度も言う声が……すごく心地良くて嬉しかった」

龍聖はまた恥ずかしそうに顔を隠したので、フェイワンはその手を引き剝《は》がすと、唇を重ねてきた。

「愛してるよ」

何度も優しく唇を吸われてから、そう囁かれた。龍聖はうっとりとする。フェイワンの低く甘い声が好きだと思った。

「お前が喜ぶならば一日中だって言い続けてもかまわない」

「そんな恥ずかしいです」

「愛しているよ」

龍聖が恥ずかしそうに笑うので、フェイワンは幸せそうに頬に口づけて愛を囁いた。しばらくの間、二人はじゃれ合うように睦《むつ》み合った。

「腹が減っただろう？　向こうで何か食べないか？」

「……うん」

龍聖は、はにかみながら頷き返した。

それに微笑みながら、フェイワンが体を起こしたので、龍聖も起き上がった。なんだかとても気だるくて、体が重い。辺りを見まわして、ベッドの端に投げ捨てられている上着を引き寄せて羽織った。

「立てるか？」

「ん……大丈夫だと思うけど……」

龍聖は答えながら足を下ろして床につくと、立ち上がろうとしてみた……が上手く足に力が入らなくて、腰が浮き上がらない。

「……連れていってやろう」

「いいです」

龍聖は慌てて断ったのだがそれは当然叶わず、ベッドを降りてグルリと龍聖側に歩いてきたフェイワンに、抱き上げられてしまった。お姫様抱っこなんて恥ずかしい。龍聖は慌ててバタバタと足を動かしてもがいてしまった。

「暴れると落とすぞ」

フェイワンが笑いながら言う。

「恥ずかしいよ！　下ろしてください」

「立ったらこの前みたいに、中に出したオレのが出てくるぞ」

意地悪い口調でフェイワンが囁いた。最初何を言っているのか分からなくて、龍聖はちょっと首を傾げたが、やがてその意味に気づいて、一層真っ赤になってしまった。ハッと気づくと、羽織っただけの上着は、はだけてしまって前が全開になっている。ズボンも穿《は》かせてもらっていないから、恥ずかしくて慌てて上着の前を合わせてボタンを留めた。長さがあるからなんとか股間を隠す事は出来た。

「まあこうなってしまったのはオレの責任だしな……それにせっかく入れたものをすぐに出されてしまうのも困る」

「なんの話ですか!?」

龍聖がジタバタともがいて文句を言ったが、その間にフェイワンはスタスタと歩いて寝室を出ると、広間を横断して果物が置かれているテーブルの所まで来てしまっていた。そっと椅子に龍聖を座らせるように下ろすと、果物が盛られた大皿を引き寄せた。

「どれを食う？」

龍聖はチラリと恨めしそうな顔をしてフェイワンを見てから、黙って好きな果物を手に取った。

「切るか？」

「このままでいいです」

龍聖が手にしたのは、梨に似た丸い果実だった。歯ごたえは梨に似ているが、味は桃に近い。この国の果物の中でも龍聖が特に気に入っているものだ。皮ごと食べられるので、龍聖はそれを男らしくガブリと齧《かじ》った。

フェイワンは隣に座ると、プルーンに似た小さな実を手に取って口に放り込みながら、嬉しそうな顔で龍聖をみつめていた。龍聖はみつめられて恥ずかしかったが、黙々と食べ続けていた。

「今何時くらいなんでしょう？」

ひとつ食べ終わったところでポツリと呟くと、フェイワンが「さあな」と答えた。

「時計がないから分からん……この場所はいつもこうやって年中明るいし……だがまだ一日は終わっていないと思うぞ？　ここへ来たのは昼前で、それからお前と抱き合って……ひと眠りはしたが……夜になったくらいじゃないのか？」

『抱き合って』の部分にまた反応して龍聖が赤くなった。それを隠すように、もうひとつ果実を取ってモグモグと食べた。

「そういえばあの部屋にあった大きな砂時計はなんですか？」

「あれは儀式の期間を知るためのものだ。今言ったように、ここには時計がないし、窓もないから朝も夜も分からないだろう……あの砂がすべて落ちるのに大体三日くらいかかる。それを目安に我々は外へと出る事になる」

フェイワンの説明を聞いて、龍聖は「そうなんだ」と小さく呟いて、また果実をパクリと食べた。

こうして二人きりで過ごすのも、もちろん限られた時間の中だけなのだなと、ふと思ったら少し寂しい気持ちになってしまった。黙り込んでしまって、黙々と果物を食べる龍聖の様子に、フェイワンは何を思ったのか小さく溜息をついた。

「すまなかったな」

フェイワンがグラスをふたつ取って、それに水を注ぎながらポツリと言ったので、龍聖は驚いてモグモグと口を動かしながらもフェイワンをみつめた。

「なんの事です？」

「あ……いや、ここに来てすぐ……ちゃんとお前に説明もしてやらずに、いきなり抱いてしまって……本当はもっとゆっくりと話をしてからのつもりだったんだが、我慢出来なかったんだ」

フェイワンの告白に、龍聖はまた赤くなった。そう赤裸々《せきらら》に言われると、もう何も言い返せない。

黙ってゴクリと口にあった物を飲み込むと、しばらく差し出されたグラスの中の水をみつめていた。

そういえば、龍聖には聞きたかった事があった。

「フェイワン……その……ここに来た時に、『種を仕込む』とか『子を産んでもらう』とか言ってましたけど……あれってどういう事ですか？　オレ……男だし……」

「ああ、そうだったな」

フェイワンは頷きながら水をごくごくと飲んで、空になったグラスをテーブルに置いた。

「これは大事な話だ。お前には理解して納得してもらわないといけない……が、すぐには納得出来ないかもしれない。聞くのが嫌になったら言ってくれ」

フェイワンがとても真面目な顔になったので、龍聖は食べるのを止めて姿勢を正した。

「お前は向こうの世界にある竜王の指輪の力でリューセーになってこの世界に来た。そこまではもう理解しているな？」

尋ねられて頷いた。フェイワンの言わんとする事は、もう理解している。ここで言っている『リューセー』というのは、龍聖の名前ではなく、その存在そのものを意味している。

あの指輪を嵌めた時に、龍聖の体は何かしら変わってしまったのだ。左腕に刻まれた刺青《いれずみ》のような痣《あざ》もそう、シーフォンを虜《とりこ》にする『香り』を放つのもそう、フェイワンに与えている『魂精』もそう、フェイワンと初めて結ばれた後に額に浮かび上がった『王の刻印』もそう……すべてが、龍聖のいた世界の人間の常識とは違う事ばかりで、確かにもう今の自分は、『現代人の成人男性』とは違う何かに変貌しているのだと思う。この世界がどこか不思議な世界で、シーフォンもまた異なる生き物である以上、何かが人間とは違うのだ。

「お前はリューセーになった。リューセーは竜王の妃となる。そして子孫を残さねばならない、もちろんオレとお前の子供だ」

「ごめんなさい。そこが理解出来ない。まさかオレは女性化しているって事ですか？」

龍聖の質問にフェイワンが首を振ったので、ちょっとホッとした。このままどんどん体が女性へと変わっていったらどうしようかと思ったからだ。

「人間の性別としての意味で言えば、お前は男性のままだ。その外見の形状は何も変わらない」

遠まわしに嫌な言い方をするな……と思った。それはつまりちょっと男性とも違うと言っているのだと、全部を言わなくても龍聖には分かった。覚悟をして聞こうと改めて思う。

「お前の体の中の変化はある。もう多分腹の中に『卵室《らんしつ》』が出来ているはずだ」

「ランシツ?」

「卵の部屋だ」

「卵の部屋!? ど、どういう事ですか? それって女性の子宮ですか? 子を腹の中で育てるのだったな。まあ、それに近いものだ。オレは医師でないから、くわしくは分からんが、リューセーは、リューセーになってから体の中に卵室が出来る。肉体の構造の変化だから、すぐに出来るってわけではないらしく、しばらく時間がかかるらしい。竜王とリューセーが交わる事で、リューセーの体は成熟していくのだが、その時に変化を速めるために宝玉の力を借りる。宝玉の力はそれだけではなくて、リューセーの体が変化をする時には、かなり負担がかかるから、それを楽にしてくれる作用もある。だからあの部屋で、初めて交わるべきだったのだが……お前とは儀式よりも先に交わってしまった。あの時は本当にすまなかったと思う」

フェイワンはそう言って深く頭を下げた。龍聖の方は、あまりに突飛《とっぴ》な話に、ぼんやりとした顔になっていた。そう言われると、フェイワンと初めてセックスをした後、下腹がものすごく痛くなった事を思い出した。本当は転がり苦しむくらい痛かったのだが、それよりもフェイワンの苦しみ方があまりにひどくて、自分の痛みを忘れてしまっていた。もしかしてあの時が『卵室』とかいうものが出来はじめた時なのだろうか?

「リューセーの体の成熟とはそういう意味だ。卵室が出来なければ、子種を植え付ける意味がない」

「ま、待ってください、卵室は分かりました。いや、本当はまだよく分からないけど、それは理解する事にします。でもオレは男だし、女性化もしないのならば、種付けって……どうやって子供を作るのですか？」

「オレの出す精液の中に『卵核』というのが混ざっている。すごく小さなものだ。砂粒くらいに……。とにかくその『卵核』がいわゆる『卵の素』みたいなものだ。それが上手く卵室に入って、定着する事が出来れば、あとはお前の魂精によって卵になる」

「卵!?　あの、オレ、卵を産むの？」

「そうだ。竜はもともと卵生《らんせい》だ。オレは卵から生まれた」

フェイワンはそう言うと、おもむろに自分の腹を指差した。ズボンしか穿いていないから、上半身は裸なのだが、その指している先をみつめて、思わず龍聖は「ああ！」と叫んでいた。

そこにあるべきものがないから驚いたのだ。今まで気づかなかった。いや、気にもしていなかった。

フェイワンには『ヘソ』がないのだ。

「卵核は、リューセーの卵室の中でしか卵にはならない。リューセーの魂精が必要なのだ。他に方法はない。卵にならなければ、子は生まれない。竜王が射精する精液は、人間の男の出すものとよく似ているらしい。だから人間の女と交われば子は出来る。だがそれはシーフォンではないし、竜王にもなれない。人間の子が出来るだけだ。竜を持っては生まれない。我々の血は残せるが、竜族はそこで絶えるんだ。だから竜王にはリューセーが必要なんだ」

真剣な顔で語るフェイワンをみつめながら、龍聖は困惑してゴクリと唾を飲み込んだ。

「ほ……他のシーフォンは？　みんな卵で生まれるの？」

「そうだが、竜王以外のシーフォンは、皆雌雄が分かれている。卵核は女が持っている。人間の男女が交わるように、シーフォンの男女が交われば、女の体内で卵が出来るが、ある程度大きく育ってから生まれてくる」

フェイワンの言っている意味が分からなくて、龍聖はまた首を傾げた。なんだかもう不思議な生物の授業のようだ。

「つまり女の腹の中で卵から孵《かえ》って、赤子の姿で生まれてくるんだ。竜王とシーフォンでは子の出来方が違う。シーフォンの女は、卵で産んでそれを育てる魂精を持たぬから、リューセーのようには卵を産めないのだ」

「それは胎生って事？」

「タイセイ？　人間のようなって事か？　そうだな。人間の出産は見た事がないが、多分同じだろう」

龍聖はなんだか混乱しそうだったので、深く考えるのはやめる事にした。それよりもっと悩まなければいけない事がある。

リューセーが卵を産む……卵を産むだって!?

龍聖は信じられなくて、何度も何度も心の中でその言葉を反芻《はんすう》していた。

「怖いか？　嫌になったか？」

ぼんやりとした顔で目を白黒させて黙り込んでしまった龍聖を、フェイワンが心配そうな顔で覗き込んだ。龍聖は視線を合わせてしばらくみつめ返してから、ゆるゆると首を振った。

「正直なところ、まだちゃんと理解していません。実感がないというか……卵を産むって説明されても、はい、そうですかって納得出来ないというか……どうすればいいのか困惑しています」

「散々抱いておいて、こんな事を言うのも変だが……お前が卵を産むのが嫌ならば、もう種付けはやめよう」

フェイワンが真顔で言ったので、龍聖はさらに驚いて困惑した。

「で、でもダメなんでしょう？　オレが子孫を残さなければ、滅びてしまうのでしょう？」

フェイワンはすぐには答えずに、真剣な顔で眉間を寄せて固まっていたが、溜息と共に頷いた。

「オレはお前を心から愛している。お前を失いたくない。前のリューセーのようにしたくないんだ」

フェイワンの言葉にハッとした。

「前のリューセーが亡くなったのって……理由はなんですか？」

「卵を産むのが苦痛だったらしい。とても繊細な人で、心を病んで自ら命を断ったそうだ。父王からはそう聞いている」

「前のリューセーって、貴方のお母さんになるのですよね？」

フェイワンは沈んだ顔で頷いた。

「卵を産んで、オレが卵から孵る直前に死んでしまった。だから顔は知らぬ」

「先王も早くに亡くなったんですよね？」

「リューセーがいなくなったからな。リューセーを失った竜王はもともとそう長くは生きられぬ。それでもオレがいたから……世継ぎは残さねばならないから、自らの余命を縮めて、その魂精のすべてをオレに注ぎ込んで、オレを育てて死んだ。竜王は成人するまで、母の……リューセーの魂精が必要なんだ。成人した後は、自らのリューセーが現れるまでを眠って待つ。冬眠のようなものだな。何十年も、時には100年近くも眠って待つ事もある。竜王とリューセーの死期が近づくと、お前の世界で次のリューセーが産まれる。竜王が崩御《ほうぎょ》したら次の竜王が眠りから覚めるのだ。父王は、オレを成人させてすぐに亡くなった。最期は……歴代のどの王よりも哀れな姿だったと思う。枯れ木のように痩せ、子供のように小さく縮んでいた。オレに魂精を注ぎ込んだからだ」

「フェイワン」

龍聖はいたたまれずに、フェイワンの手をギュッと強く握っていた。胸が痛んだ。そんなに淡々と話すべき話ではない。

「前のリューセーが、我々や父の事をどう思っていたか知る事は出来ないが、少なくとも父はリューセーを愛していた。だから、リューセーが自殺した事を誰よりも悼《いた》み悔いていた。それでもリューセーがオレを産んだから、オレの事を命に代えても育てたけれど……父は……リューセーの命に代えてまでは、オレを欲していなかったはずだと思う。だからオレは、同じ過《あやま》ちは繰り返したくないんだ。お前を失うくらいならば、卵は産まなくても良い」

龍聖は俯いていた。どう言葉を返せば良いのか分からない。でもフェイワンの惜しみない愛情は感じるし、両親の事で傷ついている彼の心の痛みを知ってしまった。自分が果たしてどうしたいのか、龍聖はフェイワンの手を強く握ったまま考えていた。

突然の話に当惑している。随分長い時間、龍聖は考え込んでしまっていた。フェイワンはその間何も言わなかった。やがて龍聖は顔を上げると、凛とした表情でフェイワンをみつめた。

「フェイワン、すごく考えたのですけど……卵を産むとか産まないとか、オレにはやっぱり実感がないし、よく分かりません。どうしたいのかなんて分からないし、嫌なのかさえも分からない。でも、でもね、フェイワン。ひとつだけ分かる事があります。オレは貴方が好きです。愛しています。だから貴方に抱かれた。オレは今まで普通の男として生きてきたから、男に抱かれるなんて、ちょっとやそっとの覚悟じゃないです。それも無理矢理じゃない。前のリューセーみたいに、心の準備もなくというわけじゃない。初めて貴方に抱かれるまでに、オレは貴方から十分な時間も貰って、自分で考えて決断して貴方に抱かれました。最初は確かにそれなりの覚悟がいったけど……今は違う。恥ずかしいけど、貴方に抱かれて嬉しいと思っている。貴方に抱かれたいと望んでいます。子作りとか……そういうのじゃなくて、愛しているから貴方とセックスしたい。セックスじゃ分からないか？　えっと……つまり……これっきりじゃなくて、これからも、今も……貴方に抱いて欲しいんです。抱いてください」

フェイワンは龍聖の言葉に驚いてしばらく固まっていたが、我に返ると少し困ったように笑ってから、龍聖を引き寄せて抱きしめた。

「ああ、そうだな……リューセー、お前の言う通りだ。子種を植え付けるなんて言い方をして悪かった。愛している。愛しているから、オレはお前を抱いたんだ。愛しているリューセー、愛している」

フェイワンは龍聖を強く抱きしめて、何度も何度も「愛している」と囁いた。龍聖はフェイワンの膝を跨《また》ぐ形で向かい合って座ると、その肩口に顔を埋めて、フェイワンの甘い囁きに目を閉じて聞き入った。

難しい事をいくら考えたって仕方ない。理解出来ない事を無理に理解しようとする必要はない。『卵を産む』なんて、どんなに口で説明されたって分からないし、自分の体が変化して『卵室』なんてものが出来ていると言われても、レントゲンでも見ない限りは、理解出来ようはずもない。

それよりも今は傷ついているフェイワンを癒してあげたいと心から思う。それが自分にしか出来ない事だというならしてあげたい。強く抱きしめられるなら、その腕に身を預けて彼を安心させたい。

なんだか発想が女の子みたいだな……と思う。誰かに抱きしめられるなんて、大人になってからはまったく経験した事がなかった。男なんだから抱きしめる側になるのが普通だと思っていた。だけどこうして抱きしめられるのは嫌じゃない。むしろ心地良い。その相手が自分を愛しているのだから当然なんだと思う。愛されるのは嫌な事ではない。嬉しい。素直に嬉しい。

そうだ、フェイワンに抱きしめられると気持ち良いし、体が熱くなるし、欲情する。それはもう隠せない事実だ。

卵とか、子作りとか、そんな事……そんな分からない事なんて今はどうだっていいと思う。愛しているから抱かれた。フェイワンだってそうだと思った。今だってとても体が熱い。あんなに激しく愛し合った後だというのに、まだ体が求めている。

龍聖は顔を上げると、フェイワンの顔をみつめた。

「金色の瞳が綺麗ですね」

「お前の漆黒の瞳の方が綺麗だよ」

低い声が甘い言葉を囁き、瞳が優しい色を湛《たた》える。龍聖から唇を重ねると、背中を強く抱かれて、深く深く唇を吸われた。龍聖も首に両腕を回して応える。

「ん……ふ……」

甘露《かんろ》の口づけに酔いながら、うっとりと目を閉じてもう何も考えない事にした。フェイワンの大きな手が、ゆっくりと背中を撫でる感触を全神経で捉える。ビリビリと背筋が痺れるような感覚を覚える。その手が下へと動いていき、腰を撫で、尻の肉を揉みはじめる頃、その先を体が期待してブルリと背筋が震えた。

口づけに夢中でいるはずなのに、全神経はフェイワンの手の動きを追う。尻を揉まれて、自然と少し腰を浮かせていた。フェイワンの手が弄るように動いて、衣服をたくし上げていき、龍聖の尻が露にされてしまった。割れ目にフェイワンの長い指が這ってきて、ゆっくりと撫で上げながら、指先が窪みに届くと、その入口をゆるゆると押すように円を描いて撫でられる。

「んっ……はっあっ……」

龍聖の体がビクリと反応して、唇が離れて吐息を漏らした。意識のすべてが一点へと向う。フェイワンの指が次にどう動くのか、体は知っていて腰がさらに浮き上がる。

窪みの中心は、今は固く閉じられているが、激しい情事の余韻で赤く色づいてプクリと腫れていた。そこはとても敏感になっていて、指で愛撫されるとヒクヒクとうごめきはじめた。

フェイワンの指の腹が中心をグイグイと押してくる。それだけで体は敏感に感じてしまい、次第に息が乱れてきた。フェイワンの指が中に入ると、龍聖は堪らず甘い声を漏らしていた。指が動いて入口を解している。

指が2本深く根元まで挿入されるようになるのに、そう長い時間はかからなかった。中へと吐き出されたフェイワンの精液が、吸収されずに少し残っていて、指で掻きまわされてクチュクチュと湿った音を立てながら入口まで降りてくるのを感じる。

龍聖はすっかり立ち上がったペニスを、グイグイとフェイワンの腹へ押しつけていた。そこにフェイワンの立ち上がったモノがあり、合わさってさらなる快楽をもたらした。

「ん……んんっ……くっ……ん……」

龍聖は目も口もギュッと閉じていた。頬が熱い。押し寄せる快楽の波に息が乱れる。体の中を掻きまわすフェイワンの指を感じて、堪らず大きな喘ぎ声を上げそうになるのを、必死で我慢していた。苦しくて顎を上げて顔を仰け反らせた。

「リューセー、そんなに苦しいならば我慢せずに声を出せ」

フェイワンにそう言われて、龍聖は薄く目を開けて間近にあるフェイワンの金色の瞳をみつめ返した。

「だって……んっ……みっともない声が……ああっ……でちゃって……恥ずかしいから……」

「オレはお前のよがる声が聞きたい。お前の声でオレはさらに欲情する。お前を鳴かせてみたくなる。ここにはオレ以外誰もいないんだ。さっきの情事の時のように声を聞かせてくれ」

「あっ……いや……だ……あああっ」

龍聖は真っ赤になって反論しようとしたが叶わず、代わりに艶やかな喘ぎ声を漏らした。龍聖の腰が少し持ち上げられて、指で広げられた秘所にズブズブとペニスの先が埋め込まれはじめたからだ。

龍聖はグッとフェイワンの肩を摑んで、腰が落ちるのを食い止めようとした。足に力を入れようとするが上手くいかない。もがこうと動いたら、さらにズズズッとペニスが中に入ってきた。

「あっ……あああっはぁっ」

その快楽には抗《あらが》えなかった。足の力が抜けて、ペタンと腰が落ちてしまった。最奥まで貫かれて、背を反らして喘ぎ混じりの息を吐き出す。

熱い。深い。

挿入される事に、こんなにも快楽を感じてしまっている。もうそこには不快な感覚はなかった。

「深いよ……」

龍聖が荒い息と共に呟いた。

「気持ち良いか？」

耳元で囁かれて、龍聖はコクコクと頷いた。

「気持ち良い……」

龍聖が小さく呟く。

フェイワンは額に汗を浮かべて、ニヤリと満足気な笑みを漏らすと、龍聖の尻の双方の肉を鷲掴《わしづか》みにしてグイッと上に持ち上げた。

「ああっっ!!　待って……まだ……っ……あっあっ……ああっ」

上下に体をユサユサと動かされて、龍聖は背を反らせながら喘いだ。気持ち良すぎておかしくなってしまいそうだ。長く続く射精感のような快楽が続き、自分が今どんな状態なのかも分からなくなっていた。龍聖のペニスの先からは、勢いをなくした透明な蜜がタラタラと溢れ続けていて、そそり立つ竿を伝って股の間へと流れていた。

静かな石造りの広間に、二人の交わる淫猥な音が響き渡る。龍聖の短い喘ぎ声もその音に連動していた。それにフェイワンの荒い息遣いが重なる。

「う……ん……くっ……」

フェイワンが小さく唸ってブルリと体を震わせた。熱い迸《ほとばし》りが体の中に放たれるのを感じ、龍聖は天を仰ぎハアハアと荒く息を吐きながら薄く目を開けた。

『眩しい……』

高い天井から光が降り注ぐ。キラキラと乱反射する光が、本当に頭上に落ちてくるように感じた。

脳天まで貫かれたような激しい快楽の衝撃が見せる幻想夢か……その光を『綺麗だ』と思いながらみつめていた。

「愛してる」

熱い息遣いと共に、フェイワンの低い艶のある声が耳をくすぐった。龍聖は堪らず息を呑む。

「愛してる」

フェイワンが龍聖の耳に口づけるように唇を寄せて、何度も『愛してる』と囁いてきた。もう何度も聞いている言葉なのに、龍聖は体が震えるほど、その言葉と声に感じていた。全身がフェイワンで満たされている……そんな感覚だった。

龍聖はフェイワンの頭をギュッと胸に抱きしめた。心からフェイワンを『愛しい』と想う感情が溢れだしてくる。だがその想いを口に出すのは、まだ少し恥ずかしかった。

そのまましばらくの間、二人は息が整うのを待つかのように、じっと動かなかった。ハアハアという互いの息遣いだけが聞こえる。

ようやく息が落ち着いて、龍聖はフェイワンの頭を離すとじっとみつめた。どちらからともなく、チュッチュッと啄《ついば》むように、何度も何度も軽いキスを交わした。龍聖はニッコリと微笑む。

「こんな所で……こんな格好で……ケダモノですね」

「ああ、オレ達はケダモノだ……交わり合う事しか頭にない」

フェイワンもニヤリと笑って答えた。二人は鼻の頭をくっつけ合って「フフフフ……」と笑った。

一度深いキスを交わしてから、また顔を離してみつめ合う。

「今日はもうこれで終わりですか？」

「疲れたか？」

「少し……でもフェイワンがまだしたいというのならば付き合いますよ」

「意外とお前はタフだな」

「一応武道を嗜《たしな》みましたから、ちょっとは体も鍛《きた》えてます。それともフェイワンはもうダメですか？」

「なに⁉」

フェイワンはムッとした顔になって、腰をユサユサと揺さぶった。挿入されたままのペニスが、内壁を刺激する。それはまだ十分な質量と硬さを保っていた。

龍聖は「んっ」と眉を寄せて、その突然の攻めによる淡い快楽に耐えると、溜息をついた。

「嫌になるくらいに元気ですね」

「続きはここで？　それともベッドで？」

龍聖はどっちとも答えずに、ただクスクスと笑いながらフェイワンに唇を重ねた。


ラウシャンは強く吹きつけてくる風に煽られながら、腕組みをしてテラスの手すりに腰かけていた。北の方角を目を細めながらみつめる。無意識に口元に笑みが浮かぶ。この状況では、誰だって笑みを零してしまうだろう。

「こちらでしたか」

声がしたので、ラウシャンは室内の方へと顔を向けた。タンレンがゆっくりとこちらに向かって歩いてくる。

「お披露目のための、城下町の警備の準備は済んだのか？」

ラウシャンがタンレンに尋ねると、タンレンは力強く頷いてみせた。

「城内の準備は順調ですか？」

「ああ、何事もなく無事に完了した。他国からの賓客《ひんきゃく》の整理も順調だ」

ラウシャンの言葉にタンレンは頷くと、隣に立ち同じように腕組みをして、北の方角を見た。

この国を取り巻く山々の中でも、もっとも険しい岩山がそこに見える。山頂近くが光って見えるのは、金色の竜のせいだろう。

「向こうも順調のようだな」

しばらくの間、二人とも無言で風に吹かれていたが、ふいにラウシャンが口を開いた。その言葉に、タンレンは北の方角をみつめたまま目を細めて笑みを零した。

「ええ、とても順調のようですね……仲が良すぎるくらいじゃないですか？」

苦笑して答えたタンレンに、ラウシャンも苦笑して頷いた。

「今日で3日ですね、明日の朝にはバイハン様が迎えに上がるのでしょう」

タンレンが言って、またラウシャンが頷く。

「それにしても……こりゃたまらないな」

「ん？」

「オレだったら、出来ればご免《めん》こうむりたいところです」

タンレンが苦笑しながら頭を掻いたので、ラウシャンは首を傾げてニヤリとした。

「アレの事か？」

ラウシャンが北の城の方を顎で指しながら言うと、タンレンは頷く。

「あんなに、仲良くやっていればやっているほど、竜が機嫌良くなって歌を歌われたんじゃたまったもんじゃない。国中に、『二人が仲良く子作りの真最中です』って触れまわられているようなもんだ。オレのスジュンがそんな事をしたら、一発叩いているところですよ」

ラウシャンはタンレンの言葉を聞いて、おかしそうにククッと笑う。

「仕方ないだろう。竜王は我々の竜に比べたら、ずっと感受性が豊かで知性も高い。言葉も操るし、歌も歌う。竜王が歌を歌えば、国が栄えるという。他の竜達にも、竜王の歌は良い影響を与えるという。良い事なのだ……まあ、オレもオレの竜が『情事の最中』に歌ったら嫌だけどな」

ラウシャンもそう言って笑った。

「前の王の婚礼の時は、ラウシャン様も記憶にあるのですよね？　このような感じでしたか？　やはり……」

次の問いに、それまで笑っていたラウシャンの顔が曇ってしまった。ラウシャンは首を振る。

「前の時は……竜王は歌わなかった。この国の空に竜王の歌が響き渡るのは、多分……随分久しいだろう。２００年以上ぶりかもしれない。アルピン達にとっては、もう伝説になるくらいだろう……」

二人は眼下に広がる街並みをみつめた。地上に住むのはアルピン達だ。この国の民の9割を占めるアルピン。彼らはシーフォンの庇護《ひご》下にあるが、シーフォンもまたアルピンによって生かされている。シーフォンが滅ぶ時、この国も滅び、アルピンも滅びるだろう。

「リューセー様が、フェイワンの子を産んでくれると良いんだが……」

ポツリとタンレンが呟いた。ラウシャンは眼下をみつめたまますぐには何も答えなかったが、ふいにククク ッと笑い出したので、タンレンが不思議そうな顔をした。

「あんなに竜王がご機嫌なのだ。この3日ずっと……そんなに仲睦まじくされているというのに、子が出来ぬはずはないだろう」

ラウシャンは顔を上げてタンレンを見るとニヤリと笑った。タンレンは首をすくめてみせた。

「仲が良すぎては子が出来ぬ……とも言いますよ？　ゆっくり子が出来る暇もないくらいに子作りに励まれたのではな」

そうタンレンが言ってニヤリと笑い返した。

「ああっ……ああっ……熱いっ……フェイワンのが……熱いよ……」

龍聖の擦れ気味の声が絶え間なく漏れていた。ギシギシとベッドが軋《きし》み、肉の交わる湿った音と二人の荒い息遣いが、規則正しく交互に聞こえる。

フェイワンは四つ這いになった龍聖に覆い被さるように後ろから体を重ねて、しっかりと掴んでいる腰に自らの腰を押しつける。深くペニスを挿入したまま、ゆさゆさと体を揺さぶる。その動きに合わせて、龍聖の甘い喘ぎ声が漏れる。

もう何度交わったのか分からない。飢えた獣のように、気がつけば体を重ねて淫らに求め合う。

龍聖はすでに朦朧としていて、いつからが朝でいつからが夜なのかさえも分からなかった。腰を抱かれると、もう反射的に足を開き、フェイワンを受け入れようとする。体が性の虜にでもなってしまったかのようだった。

フェイワンの熱い肉塊を、アナルが難なく飲み込んでいく。もう痛みも不快感もなくなっていた。むしろそれを悦《よろこ》びに思う。体を開かれ、中に熱い迸りを感じるたびに、体が悦びに震える。

自分がこんな体になるなんて思ってもみなかった。もっともっとさらなる快楽を体が求める。自分の声とは思えない、女のような喘ぎ声を上げる。甘えたように鼻から息が漏れる。フェイワンの事しか考えられなくなっている。

疲れて気を失うように眠って、目を覚ますとフェイワンの姿を探し、腕が彼の温もりを求めて、キスをせがむ。体をすり寄せ、次に来る甘い快楽を期待して足を開く。その行為を何度も繰り返していた。

「リューセー」と耳元で甘く囁くフェイワンの艶のある低い声に陶酔《とうすい》する。

「あっあっあっ……んんっ……動いて……フェイワン……もっと……もっと激しく突いて……」

まるでＡＶ女優のような淫猥な言葉を吐く。恥ずかしい……そう思うけれど、その羞恥心がさらに気持ちを昂らせる。

「リューセー……愛してる」

フェイワンが、龍聖の誘いに乗って、腰を大きく前後に動かしはじめた。いやらしい音を立てて、ペニスが抜き差しされる。ペニスがカリのぎりぎりまで大きく引き抜かれると、内壁を引きずられるような感覚がして、アナルが山形に盛り上がる。それからまた一気に深く挿入されると、肉が引き込まれていく。

龍聖はついていた両腕がガクガクと震えて、体を支えられなくなり、肩をベッドに押しつけた。

フェイワンは腰を激しく動かして攻め立てながら、両手を前へと伸ばして、龍聖の胸のあたりをまさぐると、ツンと立った乳首を指で摘《つま》んでこねるように愛撫した。

「リューセー……気持ちいいか？　リューセー、愛してる……愛してる」

「あ——っあー——っ……ん……ん……」

龍聖は大きく喘いだ後、ブルブルと体を震わせる。ペニスが跳ねて、ビュルビュルと透明な汁を吐き出した。パタタタッとシーツに染みを作る。

それでもまだフェイワンの律動は続いていて、激しく突き立てるたびに、龍聖の体が揺れた。

「フェイワン……もう……ダメ……おかしくなるよ……」

龍聖がうわ言のように呟いた。顔をベッドに押しつけて、ハアハアと息を吐く。

「愛してる……リューセー」

フェイワンは乳首を弄《いじ》っていた手を腰の方へと移動させると、龍聖の半勃ちのペニスを摑んで扱《しご》きはじめた。キュウキュウと扱くたびに、アナルが収縮してフェイワンのペニスをきつく締め上げた。

「んっ」とフェイワンが苦しげに眉を寄せる。

「ああ……ああ……んんっんんっ……はぁっ……ああっ……フェイワン……」

龍聖はもうあまり声が出なくなっていた。喘ぎすぎて、声が嗄《か》れてしまっていた。意識も朦朧としていて、今は突き上げられるたびに、ただ息と共に声が出ているだけのようだった。

「リューセー……んっんっ……ううっ」

フェイワンがブルリと腰を震わせて、龍聖の中に射精した。しばらく目を閉じて余韻を味わった後、ゆっくりとペニスを引き抜く。それから龍聖の体を仰向けに寝かせると、隣に体を横たえて、そっと龍聖を抱き寄せた。

「リューセー……愛してる……お前に溺れそうだ……いや、もう完全に溺れているな」

抱いても抱いても足りない。抱けば抱くほど龍聖が愛しくなる。欲情する。あまりひどくしては、龍聖が辛くなると思うのに、欲望を止める事が出来なかった。龍聖に溺れてしまっている自分が分かる。

ぐったりと気を失っている様子の龍聖を、強く抱きしめた。その額に何度もキスをする。愛している。愛している。何度も呟いた。

やがてそっと龍聖の体を離すと、体を起こしてベッドを下りた。ゆっくりとした足取りで寝室を出ると、居間を横切りその奥の水場へと向かった。

ひんやりとした石造りのその部屋には、大きな水槽があった。人が入れるほど大きなその水槽には、壁に彫られた竜頭の彫刻の口から絶え間なく水が注ぎ込まれていて、水浴びをする事も出来た。

フェイワンはそこで体を洗うと、持ってきた手拭いを水に浸して軽く絞った。

寝室へ戻ると、濡らしてきた手拭いで丁寧に龍聖の体を拭いてやり、それから竜王の宝玉の側に置かれている大きな砂時計に目をやった。少しずつ下に砂が落ちている。上の砂は残り僅かで、儀式が間もなく終わる事を指していた。もうすぐ迎えが来るだろう。

フェイワンはそっと、龍聖の下腹のあたりを撫でた。無事に卵室は出来ているのだろうか？　子はいらぬとは言ったものの、こうして互いに心から愛し合うと、やはり愛しい者との間の愛の結晶は欲しくなる。フェイワンの与える小さな卵核が、龍聖の卵室の中で、龍聖の魂精を与えられて命になる。

龍聖の腹の中で育てられる卵は、龍聖の魂精の影響で、龍聖に似た子になるだろうか？　そんな事を思うと愛しさが増す。

きっと龍聖ならば大丈夫、母のように弱くはない……そう思う。

ベッドの端に丸まってしまっている毛布を引き寄せると、体が冷えぬようにと、龍聖にそっとかけてやった。


浅い眠りから起こしたのは、遠くで聞こえるジンヨンの咆哮だった。

フェイワンはゆっくりと体を起こした。迎えが来たようだ。

「リューセー、リューセー」

優しく体を揺らして龍聖を起こした。龍聖は眠そうに何度か目を擦って、「なに？」と言いながら目を覚ました。

「婚礼の儀は終わった。城に帰るぞ」

微笑を浮かべてフェイワンが優しく囁いた。

「え……」

龍聖がぼんやりとした顔で目を開けてフェイワンをみつめた。

「起きられるか？」

「うん」

「腹は減ってないか？」

「うん」

コクリと大人しく頷く龍聖の前髪を撫でた。抱き起こしてやると、甘えるように身を委ねてくる。愛しくて一度胸に抱きしめて、頬にキスをした。

「神殿長のバイハンと、侍女達がもうすぐここに来る。儀式の締めを行ってから、禊をして衣装に着替え、街に下りて民達にお前を披露する。そして祝福を受けて、正式に夫婦として城に戻るのだ……疲れているかもしれないが、あと少しの辛抱だ」

「大丈夫だよ、不思議と疲れていないんだ。お腹も空いてない……この部屋の力のせいかな？」

「そうだな……ずっとというわけにはいかないが、しばらくならば食事も睡眠もとらなくても、この部屋の力で補える。宝玉の力でな。だがここに閉じ籠《こも》っているわけにもいくまい」

フェイワンは龍聖を抱き上げると、寝室を出た。水場へと連れていくと、そこで体を洗ってやった。水の冷たさに龍聖が顔を歪めてクスクスと笑う。じゃれ合うようにキスをして抱き合って水を浴びた。体を拭き終わった頃に、チリリンッという鈴の音が、扉の向こうでした。

フェイワンは、龍聖に服を羽織らせると、広間を横切って扉を開けた。そこには六人の侍女を従えたバイハンが、深々と頭を下げていた。

「お迎えに参りました」

「ご苦労」

フェイワンはそれもまた儀式のように言葉をかけて頷いた。

侍女達は中へと進み入ると、龍聖の所へと集まった。

「リューセー様、お召し替えをいたします」

深々と頭を下げられて、龍聖は困ったようにフェイワンの方を見たが、フェイワンはただ微笑みかけてくれただけで、何も言わなかった。

「お……お願いします」

ペコリと会釈をすると、侍女達もまた礼をして、床の上に大きな布を広げると、その真ん中に龍聖を立たせた。

羽織っていただけの服を脱がされて全裸にされた。体中のあちこちに、フェイワンのつけた赤い痣があるのが恥ずかしかったが、侍女達はまったく気にしていないようだった。

まず一人が、龍聖の体中にとても香りの良い液体を塗りはじめた。足の裏から手の先まで、隅々余すところなく塗られた。その上から、別の侍女が白粉《おしろい》を大きなスポンジのようなものにつけて、パタパタと龍聖の体中に叩きはじめた。

龍聖はじっとされるがままになっていたが、チラリと視線はフェイワンを探す。姿が見えないと思ったら、しばらくして寝室から丸めたシーツを抱えて現れた。ベッドの後片付けもフェイワンがやったのだと思うと笑ってしまいそうになる。フェイワンは、シーツを侍女に渡すと服を脱いで、同じように衣装の準備をされはじめた。

体中が甘くむせ返るような香りに包まれていた。首まで綺麗に白粉をふられて、なんだか変な気分だった。

次に真っ赤な生地のシャツのような上着を着させられた。金糸でビッシリと細かい刺繍《ししゅう》が施されている。衿はマオカラーのような形をしていた。ズボンも同じように真っ赤な生地だ。ダブダブのゆったりとしたズボンで、穿いた後足首をキュッと絞られる。腰の部分には、幅の広いサッシュベルトがグルグルと巻かれて、着物の帯のようだった。真っ赤な上下に黄色のサッシュベルトで、なんだか原色ずくめで目に眩しいくらいだ。普段はこんな色の服は着ない。やっぱりめでたい色なのかな？などと思っていたら、それで終わりではなかった。

その上から、シルクのような肌触りの薄い生地で作られた上着を羽織らされた。真っ青で丈が長い。袖もゆったりとしていて、前は留めずに羽織るだけだった。ボタンの代わりに、金糸の刺繡が首回りから裾まで縁取られている。同じような形の長衣をさらにその上から2枚重ねられる。色は緑と焦げ茶だった。なんだか十二単《じゅうにひとえ》みたいだなぁとぼんやりと思う。

最後に真っ白のガウンのようなものを羽織らされた。それは別珍《べっちん》みたいな立毛織物の厚い素材で出来ており、裾が引きずるほどに長くて、羽織るとズシリと重みがあった。それにも金糸で見事な刺繡が施されていた。

「これが婚礼衣装なの？」

「はい、これが正式な婚礼衣装です……赤は竜王を表します。青は空、緑は大地、茶は山を表し、白はリューセー様を表します」

侍女は頭を下げてひざまずいたまま龍聖の問いに答えた。それを聞いてへェ～と思っている間にも、首にたくさんの首飾りを下げられた。

髪を丁寧に梳《す》かれて、最後に王冠のようなものを頭に載せられた。

それは赤い宝石がたくさん埋め込まれた金の環で、すだれのように金の鎖状の飾りが下がっていた。頭に被ると、耳元でシャラシャラと揺れる。

王冠は結構な重さがあった。

「出来たか？」

フェイワンの声に目を向けると、似たような衣装を着たフェイワンが近くに立っていた。

違うのは王冠の形くらいだろうか？　フェイワンのそれは、よく見る西洋形式の物に似ていた。ギザギザと山形になっている形の王冠だ。

「美しいぞ、白はお前に一番良く似合う。黒い髪が映えて美しい」

フェイワンが、惚れ惚れとしているような顔で言ったので、龍聖は恥ずかしくて俯いてしまった。それは龍聖が言いたい台詞だ。真っ白のガウンに、フェイワンの赤い髪がとても美しく映えている。フェイワンにも白が似合うと思った。

手を差し出されたので、その手を取った。引き寄せられて、数歩前へと歩いた。引きずる衣装が重い。侍女が靴を履かせてくれて、フェイワンの隣に並んだ。

二人の前にバイハンが進み出ると、三度深く頭を下げた。

うやうやしい仕草で、小さな金の杯を差し出した。

「聖油を取り、契りの御印《みしるし》を清めください」

フェイワンは人差し指で、杯の中の聖油をひとすくいすると、それを龍聖の額の真ん中にチョンッと付けた。そこは以前、初めてフェイワンと結ばれた時、竜王の所有の証といわれた痣が浮かび上がったところだ。順序が違ってしまったが、本来ならこの婚礼の儀で、初めて二人が交わって、リューセーの額にその印が出るのだろう。

「確かに、竜王の御印をリューセー様の額にお見受けいたしました。無事お二人が契りを交わされた事が証明されました。おめでとうございます」

バイハンは慣例に従い厳かな口調で言いながら、深々と頭を下げた。


長い廊下を手を繋いで歩く。それは来た時と同じだった。だが少しばかり違って感じるのはなぜだろう？　この強く握ってくれている手を、絶対に離したくないと思うほど、こんなにも愛しいと思うのはなぜだろう？

男同士で結婚なんて、非現実的だし、形だけのものだなんて思っていたのが、もう随分遠い昔のように思う。龍聖はそんな事を考えながら、隣を歩くフェイワンの横顔をみつめた。

龍聖の視線に気づいて、フェイワンがこちらを向いて優しく微笑む。その微笑に、ぎゅっと胸が痛くなり、それと同時にとても幸せな気持ちになるなんて、本当に変わってしまったんだな……と自分自身を思った。

男性を好きになってしまうなんて、そんな日が来るなんて、思いもよらなかった。もちろん自分が『お嫁さん』になるだなんて事も……。

廊下の端まで辿り着くと、正面の大きな扉が重々しい音と共に開かれて、明るい日差しが差し込んできた。急に明るくなった視界に、龍聖は目を細めた。

「グググッグルルルッ」

唸るような声に目を開けると、目の前にジンヨンの姿があった。来た時と同じ場所にいて、こちらをみつめていた。

「ジンヨン！」

龍聖が嬉しそうに名前を呼ぶと、その大きく長い尻尾をブンブンと左右に振った。駆け寄ろうとする龍聖に、ジンヨンは首を伸ばして、頭を近づけた。金色の大きな頭の上に、緑の葉とツルとで編み上げられた冠のような物を載せていた。背には真っ赤なビロードのような大きな布をかけられている。

「ジンヨン、ずっとここにいたのかい？　フフフ……ジンヨンも婚礼用に飾ってもらったんだね。すごく似合うよ」

龍聖が笑いながら、ジンヨンの頭に両手を広げて抱きつき頬ずりすると、さらにジンヨンは嬉しそうに尻尾を振った。空気がブンブンと唸りを上げる。グルルルッと喉まで鳴らした。

「リューセー、ほら、早く乗ろう。街まで降りて、国民達に祝福をしてもらわねばならない。民達が待っているぞ」

フェイワンが両手を腰に当てて、イライラとした様子で言ったので、「はい」と龍聖は答えると、一度ジンヨンの鼻を撫でてから離れて、用意されている踏み台を使ってジンヨンの背に乗った。フェイワンがその後に続きながら、ちらりとジンヨンを見ると、ジンヨンもじっとフェイワンをみつめて「ケッ」と言った。

「お前、今『ケッ』って言ったのか？」

フェイワンが驚いた様子で、眉を寄せながら尋ねると、ジンヨンは視線を逸らしてしまった。フェイワンはさらに何か言おうとしたが止めると、呆れたように首をすくめて背に乗った。

二人が背に乗ったところで、ジンヨンは羽を大きく広げると、風に乗ってフワリと空に舞い上がった。

「ほら、あそこに小さな塔のようなものが見えるだろう？　街の外れの広場のようになっているところだ。あそこにこれから降りる。そこからは馬車に乗り換えて、街の中を一周するんだ。お披露目出来るのは、城下町だけで他の町や村は回れないが……多分お前見たさに、国中の者達が集まってきているだろう」

「馬車に乗り替えるの？」

「ああ、ジンヨンはデカすぎるからな……背に乗ったままでは、国民に見えないだろう。それにあまり低空を飛べないし……こいつが低く飛んだら、街が破壊されてしまう」

フェイワンの言葉に龍聖は楽しそうにアハハハと笑った。

「それは困るね」

龍聖が答えて、ジンヨンも聞いていたのかグルルルッと唸り返した。

次第に高度を下げていき、やがてゆっくりとした動作で、地上にある塔に舞い降りた。塔のてっぺんは、ジンヨンが着地出来るほどの広さがあった。まるでヘリポートみたいだな……と龍聖は思って一人でクスクスと笑った。塔にはたくさんの兵士が待ち構えていて、ジンヨンの下に駆け寄ると、降りるための台座が素早く作られた。

フェイワンは龍聖の手を取って、一緒にジンヨンの背から降りる。

「ご結婚、おめでとうございます」

兵士達の先頭に立ち、深々と礼を捧げて迎えたのはタンレンだった。

「タンレン……ありがとう」

フェイワンがそれに嬉しそうに答えて、龍聖も笑顔で頷いた。

「さあ、民達が待っています。お疲れとは思いますが、馬車へお乗りください。私が護衛いたします」

フェイワンは頷き、タンレンの後に続いて歩き出した。

「大丈夫か？」

階段を降りながら、少し歩みが遅くなる龍聖に、フェイワンが心配そうに尋ねる。

「ああ、うん、平気。ただ、ちょっと服が重くて……それに裾を踏みそうで歩きにくくて……あっ！」

龍聖が困ったように笑って答えると、すぐにフェイワンがその体を抱き上げた。驚いて龍聖が思わず声を上げたので、先導していたタンレンが足を止めて振り向いた。

「かまうな、行ってくれ」

フェイワンに言われて、タンレンは首をすくめてククク ッと笑った。

「言われなくてもかまわないよ」

呆れたように笑いながら答えて、同じように驚く兵士達を促して歩き出した。

「フェ……フェイワン！　下ろしてよ……恥ずかしいよ」

「大丈夫だ。ここで転ぶ方が恥ずかしいぞ？」

楽しそうな様子のフェイワンに、龍聖は赤くなって目を伏せた。諦めてしまったようだ。

しばらくしてようやく塔の外へと出ると、外にもたくさんの兵士達が整列して待っていた。お姫様抱っこで現れたフェイワンと龍聖に、兵士達はちょっと驚いたようだったが、騒ぎにまではならなかった。フェイワンはそのまま馬車まで行くと、そこでようやく龍聖を下ろした。

馬車は四輪のオープンタイプの物だった。馬が四頭繋いである。龍聖が知っている馬車とよく似ている。

二人が馬車に乗り込むと、御者《ぎょしゃ》も乗り込んだ。タンレンが馬に跨《また》がっている様子が見える。

「ああ、なんかこういうのテレビで見た事あったけど……自分がやるなんて不思議だな。皇族の結婚式とか、イギリス王室の結婚式で、こんな馬車に乗ってパレードしていたのを見たんだ」

「テレビ？　それはなんだ？」

「ああ……えっと……機械なんだけど……カメラで映したものを電波に乗せて、世界中で同じ映像を見る事が出来るんだよ……ああ、カメラが分かんないか……」

龍聖は一生懸命説明したが、フェイワンは分からないようで首を傾げている。龍聖も別に専門家ではないから、上手く説明出来なかった。いや、根本的に電化製品というもの自体を知らない人に、こんな事を説明出来るわけがない。

「いや、ごめん。その……本で見たんだよ。本で」

無理矢理話を誤魔化《ごまか》す事にした。龍聖が困ってしまっているのを察して、フェイワンはそれ以上聞いてはこなかった。

その時、ファンファーレが鳴ったので、龍聖は驚いて、話も中断されてしまった。それを合図に、馬車が動き出した。

先頭は馬に乗ったタンレンで、その後に十人のシーフォン達が馬に乗って列を成していた。恐らくユイリィやメイファン達のような兵士を束ねる役を担っているシーフォン達なのだろう。だがその中にユイリィとメイファンの姿はなかった。

馬車の後方には、アルピンの兵士達が馬に乗り整列している。

馬車が緩やかな丘を降りはじめた頃から、すでにどこからともなく歓声が聞こえてきていた。前方の街の入口が、なぜだか霞《かす》んで見える。

龍聖が不思議そうな顔でフェイワンを見ると、フェイワンはニコニコと笑っていた。その霞みの正体は、街に入るなり判明した。それは視界がぼやけるほどの、紙吹雪と花吹雪だったのだ。

「フェイワン様おめでとうございます」

「リューセー様おめでとうございます」

無数の大合唱に迎えられて、龍聖は驚いてただ目を丸くするばかりだった。雪のように紙吹雪と花吹雪が舞い落ちる中、歓声の渦《うず》に巻き込まれて、もう何がなんだか分からない。

「リューセー、ほら、民達に手を振ってやれ」

「え？」

フェイワンが笑いながら沿道に向かって手を振り、同じようにするように龍聖を促した。龍聖はそこで初めて沿道へと視線を送った。ビッシリと人、人、人、人の波がそこに出来ていた。皆が笑顔で両手を挙げてこちらに向かって叫んでいる。

馬車はわりとゆっくりとした速度で進んでいるのだが、流れゆくたくさんの人の顔を視線で追う事が出来なかった。

隙間もないほど沿道を埋め尽くす人々と、建物の窓という窓から身を乗り出す人々、見上げると屋根の上にもたくさんの人達が乗っていて、その人達が紙吹雪や花びらを撒いていていた。

ポカンとした顔で、ただただ圧倒されたようにキョロキョロと見まわすばかりの龍聖に、フェイワンは笑いながらもう一度「手を振ってやってくれ」と促して言ってみたが、龍聖には聞こえているようで聞こえていないようだ。

「リューセー？　大丈夫か？」

「え？」

「リューセー？　大丈夫か？　って聞いたんだ。驚いているのか？　みんながお前の名前を呼んでいるんだ。手を振ってやれば喜ぶ……アルピン達が、こんなに間近でお前を見られる事なんて、こんな時しかないんだからな」

フェイワンが歓声に負けないように、龍聖の耳元で大きな声を上げて言った。

「あ、ああ、うん、ごめん！　なんか何がなんだか分からなくって、なんか……ああ、なんだろう。興奮するっていうか……目がね、チカチカして、一度にたくさんの物が目の中に入ってくるから混乱して……ごめん、オレ……テンパってる」

「なんだ？　リューセー？　何を言っているのか分からない……大丈夫か？」

頬を上気させたまま、思わず日本語で答えてしまった龍聖に、フェイワンは心配になったのか、サッと顔色を変えた。

「ちょっと馬車を止めてくれ！」

フェイワンが御者に向かって怒鳴ったので、慌てて御者は馬の脚を止めた。それに驚いたのは兵士達だ。タンレンはいちはやくそれに気づいて、馬を反転させると馬車へと駆け寄ってきた。沿道の民衆も何事かとどよめいた。

驚いたのは龍聖自身もだ。馬車が止まって、フェイワンが叫んで、そこでようやくハッと我に返った。

「リューセー!?　しっかりしろ？　大丈夫か？」

フェイワンが心配そうな顔をして、両手で龍聖の両頬を包むようにしてじっと顔を覗き込んできた。

「フェイワン!?　どうした？」

「いや、リューセーが……」

「フェイワン。なに？　どうかしたの？」

目を丸くして答えた龍聖に、フェイワンはホッと安堵した顔に戻った。

「なに？」

「いや、お前が急に、分からない言葉を……大和《やまと》の言葉を話し出したから……どこか体調が悪くなったのかと思ったんだ」

大きく息を吐きながらフェイワンが言ったので、そこでようやく龍聖は冷静さを取り戻した。

「あ、ごめんね……さっき日本語で言ってたんだ。そんな事すら分からなくなるくらい舞い上がってしまって……。なんかみんなにこんな風に祝われて……興奮しちゃったんだ。ほら、紙キレや花びらが雪みたいで、すごく綺麗で……キラキラしてて、みんなの声もすごくキラキラしてて……こんなにたくさんのキラキラの中に自分がいるなんて、なんだか夢みたいで……この国は本当に綺麗な国だね」

龍聖が空を見上げながら、夢見るような顔で言った。その顔がとても綺麗でフェイワンは思わず言葉をなくして息を呑んでいた。

「フェイワン。貴方の国は、本当に素晴らしい国です」

龍聖が微笑んでもう一度言った。心の底からそう思っていた。王様が民に慕われていなければ、きっとこんな祝福はないだろう。迎えてくれる民の顔が、どれもこれも満面の笑顔だ。こんなに民達に祝われるなんて……それはもちろん龍聖の事も祝ってくれているのだけれど、フェイワンを慕う民が多いのだ。そう思うととても嬉しく思う。

ふいに龍聖は立ち上がると、馬車の上からグルリと周りを見まわした。

「リューセー様‼」

「リューセー様‼」

民衆がどよめき、一斉にリューセーコールを始めた。みんな笑顔だ。あそこも、あそこも、あそこも……全部全部笑顔だ。大人も子供も、おじいちゃんもおばあちゃんも、みんなみんな笑顔だ。屋根から落ちそうになりながら大きく手を振る青年達も笑顔だ。空にはたくさんの竜達が飛び交っていて、その空は真っ青で澄み渡っていて、キラキラと紙キレや花びらが光りながら龍聖の上に落ちてくる。幸せを形にするとこんな感じなんだろうか？　と思う。

「みなさん！　ありがとう！」

龍聖が大きな声を上げたので、フェイワンもタンレンも、民達も驚いて、一瞬静かになった。

「これからもフェイワンを助けて、この国をもっともっと良い国にしてください‼　オレもがんばりますから！」

龍聖は、なんでそんな演説をしてしまったのか、後で思い返して考えても分からなかった。だけど叫ばずにはいられないほど、気持ちが高まっていた。

一瞬の間を置いた後、ワアアアアッッ‼　という大気が揺れるほどの歓声が起きて、「リューセー様!!」というコールが響き渡った。

龍聖が驚いて立ちすくんでいると、ギュッとフェイワンに抱きしめられた。

「フェ、フェイワン……」

「ああ、まったくお前は……どうしてそんなにかわいいんだ」

フェイワンは溶けてしまうほど幸せそうに笑ってから、龍聖にキスをした。それを横目に見て笑いながら、タンレンは元の位置へと戻っていった。

民達も、ラブラブな二人の様子に、ドッと沸き上がる。

「皆よ見たか!? これがオレのリューセーだ!!」

フェイワンが叫ぶと、民衆もワアアアアッ! と歓声を上げて応えた。

「こんなお披露目……前代未聞だな」

タンレンはクスクスと笑いながら、御者に指示をして馬車を前進させた。

第13章　王国の光と影

シュレイは、四人の兵士を引き連れて静まり返った廊下を歩いていた。城のずっと奥まった所まで来ると、ひとつの扉の前で足を止めた。扉の左右には兵士が二人、見張りとして立っており、その扉には大きな錠前がかかっている。

シュレイに向かって見張りの兵士が敬礼をしたので、シュレイは頷いてみせた。懐《ふところ》から鍵を取り出すと、ガチャガチャと錠前に差し込んで回す。カチャリという冷たい金属音がして鍵が開いた。錠前を外すと、それを見張りの兵士に渡して、シュレイは一度大きく深呼吸をしてから、扉に手をかけてゆっくりと開いた。

昼間だというのに部屋の中は薄暗かった。窓がないせいだ。とても狭い部屋。ランプがいくつか灯っているが、それでも薄暗く感じるのはこの部屋が『監禁部屋』という意味合いのある部屋のせいかもしれない。大した調度品はなく、小さなテーブルと椅子、ベッドがあるだけの簡素な部屋だった。

中央の椅子に静かに座り、こちらを睨《にら》みつけるように強い視線を送る部屋の主がいた。

「お迎えに上がりました」

シュレイは一度礼をしてから、部屋の主に向かって声をかける。部屋の主は毅然《きぜん》として、シュレイの礼にも言葉にも一切反応を示さず、ただピンと背筋を伸ばして微動《びどう》だにせずにいる。

「黄昏《たそがれ》の塔へ移っていただきます」

シュレイが淡々とした口調で告げると、相手は少し笑みを浮かべたように見えた。無言のままゆっくりと立ち上がる。

「ミンファ様……速《すみ》やかに従っていただきます」

「分かっているわ。黄昏の塔とは……随分綺麗な名前ね。いっそ、昔からのその役割のままに『罪人の塔』と呼べばいいのに……ねえ、シュレイ？」

ミンファはゆっくりとした足取りでシュレイに近づいて微笑みながら言った。シュレイは表情を変えずに、冷静な様子で何も答えなかった。

「貴方が迎えに来るなんて……手の込んだ嫌がらせだこと。死にかけていたと聞いたけど、元気そうなのね」

ミンファはホホホホッと笑いながら、シュレイの横を通り過ぎて廊下へと向かった。シュレイはそのすぐ後を追うと、外で待つ兵士達と共に、ミンファを囲むようにした。グルリと兵士達を見まわしてから、ミンファはクスリと笑った。

「随分手薄なのね」

「これで十分かと思います。参りましょう」

シュレイは冷静なまま告げ、ゆっくりと歩き出した。長い廊下を歩くのはシュレイ達だけだ。しばらく歩いていると、遠くでワアアアッという歓声が聞こえたので、ミンファは眉を寄せて、廊下の窓へと視線を送った。

「あれは？」

「今日は、フェイワン様とリューセー様の婚礼のお披露目が行われています」

シュレイの説明に、ミンファは一瞬眉を寄せたが苦笑を漏らした。

「そんなめでたい日に、私のような罪人を移動させるなんて……どういうつもり？」

「これは陛下の命令です」

「他国からも多くの賓客が来ているでしょうに……街にもたくさんの人がいるでしょう」

「ですから今日にいたしました。皆、婚礼の祝いで忙しくしています。誰も貴方を気にする者もいません。貴方を見送るお味方すらいないという事です」

淡々としたシュレイの言葉に、ミンファはキッと睨みつけたが、視線は合わず、シュレイはまっすぐ前を向いたまま歩き続けている。無意識にミンファの歩調が遅くなっていたらしく、兵士から背を押されてミンファは顔を歪めた。

「私に触らないで！　アルピンのくせに汚らわしい!!　私を誰だと思っているの!?」

「罪人ですよ」

ヒステリックに声を荒らげたミンファに向かって、恐縮する兵士の代わりにシュレイが答えていた。鋭く冷たい言葉に、ミンファはハッとした顔になりシュレイをみつめた。シュレイは目を逸らさずにまっすぐにみつめ返してきたので、ミンファは蒼白な顔で怒りにワナワナと肩を震わせながらも、キュッと唇を引き締めて再び歩きはじめた。

廊下の端まで行き着くと、階段を上へと上がった。その先には、竜に乗り降りする騎乗場がある。

一同が階段を昇りきり、騎乗場に辿り着くと、そこはガランとしていて人の影も竜の姿もなかった。いつもは見回りの兵士達や待機する竜が数頭いるのだが、今は何もなくとても広々としている。いや、正確には中央に1頭の竜と大きな台車がある。竜の側にはシーフォンが一人立っていた。

ミンファは一瞬足を止めたが、それがユイリィではなかったので、少し気落ちしたような表情になった。

「あれにお乗りください」

「分かっています」

ミンファはイライラとした口調で返事をすると、足早に台車へと向かった。その後にシュレイが続く。

台車は箱型の馬車に使う車体とよく似ていた。車輪もついていて、実際馬車としても使用出来る物だ。兵士が先回りをして、台車の扉を開けると、その前でミンファは一旦足を止めて少し考え込んでいた。

「どうかなさいましたか？　チンユン様とユイリィ様がいらっしゃらないのでがっかりなさいましたか？」

「違います」

ミンファはキッとシュレイを睨みつけてから、台車の中へと乗り込んだ。シュレイもそれに続くと、扉が閉められた。

「婚礼中ならば、仕事で忙しくしている事は分かっています。それに私の見送りなど許されるわけがない事も……」

扉が閉められたところで、ミンファがシュレイに向かって言った。シュレイは向かいに座ったまま、何も答えなかった。台車には小さな明かり取り程度の窓がついているだけで、外を眺めるための窓はなかった。外で竜の羽ばたく音がして、しばらく後に台車がグラリと揺れた。台車は竜によって運ばれる。

空へと飛び立ったところでシュレイが目を伏せたまま口を開いた。

「チンユン様とユイリィ様は、婚礼には出席されていらっしゃいません。自室にて謹慎中でいらっしゃいます」

「な……なんですって？　だって……あの人は右大臣なのですよ！　こんな大事な席に出席しないわけにはいかないでしょう？　それにユイリィも、外務主席官なのですよ？」

「チンユン様もユイリィ様も、その地位を陛下に返上なさいました。ですから今はなんの肩書きもお持ちではありません。チンユン様は、隠居なさると申されています。ユイリィ様は下位兵士として働くと申されておいでです。陛下もそれを承諾なさいました」

「なぜ!!　なぜなの!!　なぜ!?」

ミンファが叫び声を上げて立ち上がった。真っ青な顔でガタガタと震えていた。

「貴方が犯した罪の尻拭いをなさっているのです」

「私を幽閉するのでしょう？　それで処罰は済むのでしょう？」

「貴方の罪への処罰は、黄昏の塔への永久幽閉と貴方の血統の断絶です。貴方の子は、結婚を永遠に許されず、子孫を残す事も許されません」

「わ……私は王族ですよ!?　ロンワンですよ!?　血統を残さないなんてそんな事……」

シュレイは淡々と答え続けていた。ミンファは今にも気を失いそうなほどに青くなって震えている。

「ご存知のはずです。シーフォンは同族殺しを禁忌《きんき》としています。もっとも許されない罪です。いくら未遂とは言っても貴方の度重なる所業の数々は、あからさまに悪意を表明してしまったようなもの……同族殺しと同等……貴方はその罪を犯してしまった。ですからそれ相応の処罰が下される事は覚悟されていたはずでしょう？」

「ユイリィは、ユイリィは関係ないわ。ユイリィは……まだあの子は若いのよ。まだこれからなのよ……」

ミンファはその場に泣き崩れてしまった。それをシュレイは冷たい眼差しで黙ってみつめていた。

「私を、私を責めればいいでしょう？　私にもっと酷い拷問でもなんでもすればいいでしょう？　私の罪ならば、私を……」

泣き叫ぶミンファをみつめながら、シュレイは眉間を寄せて苦しげな表情になった。

「ならば貴方も……そんなに私が憎ければ、私だけを殺せば良いでしょう!?　なぜ何度もリューセー様を殺そうとなさる!?　王を殺そうとなさる？　貴方の憎しみは、私と私の母だけだったはずだ。なぜ王位を奪うなどと野心まで持たれる!?」

シュレイは初めて声を荒らげていた。怒鳴るように叫んだシュレイに、ミンファは泣きはらした顔をゆっくりと上げた。

「フェイワンが憎かったのよ。あんな恥知らずな事をしたチンユンを許し、お前を保護して擁護《ようご》した兄上とフェイワンが憎かった。そればかりでなく、汚らわしいお前をリューセーの側近にするなど……死んでしまえば良いと思ったわ。だから魔術師を呼んで、竜神鏡《りゅうじんきょう》を曇らせる術をかけさせたのよ。鏡が曇ればバイハンのリューセーを呼び寄せる祈りが、大和の世界に届かなくなって、リューセーがこちらへ来られなくなるわ」

ミンファはまるで呪いを呟くように囁いてククッと笑った。

「それで……」とシュレイは信じられないという顔をして言葉を詰まらせた。

「あとはフェイワンが死にゆくのを待つだけだったわ。王が死ねば、王の指輪は血の契約をして次の王を選び渡されると聞いたわ。王位継承の一位はラウシャン様だけど、それもどうにか出来ると思った。そうしたらユイリィが王位を継げる」

「バカな……フェイワン様が指輪を渡すと思っていたのか？」

「当然でしょう⁉　指輪を継承せねば……竜王を引き継がなければ、この国は滅びるのですよ？　シーフォンは滅びるのですよ⁉」

シュレイは悲痛な面持ちで首を振った。

「フェイワン様は、先王の苦しみを身近で見ていらしたからこそ、この契約を自分で終わらせてしまっても良いと思っていらっしゃる。誰よりも心を痛めておいでだ。だから指輪を渡さないでしょう。それにもしも渡す事になったとしても、フェイワン様が選ばれる方は、タンレン様以外にはない」

「タンレンですって？　そういえばお前はタンレンの慰み者だったかしら？」

ミンファがクッと口の端を上げて、蔑《さげす》むような口調で言ったが、シュレイは何も答えなかった。

「お前のような汚らわしい異端児を好むような、あんな変わり者の男に竜王が務まるものですか！　普段からアルピンの兵士とも親しくしているなど、あの男はシーフォンの誇りを持たぬ変人だわ」

「私の事をなんと罵《ののし》ろうとかまわぬが、タンレン様を侮辱するのは止めていただきたい！　タンレン様はそのような方ではない！　それに誰よりも慈悲深い方だ。ユイリィ様もお優しい方だが……タンレン様に比べれば、王になられる器《うつわ》ではない！」

「なんと恥知らずな！　誰に向かってそのような事をっ‼　汚らわしいアルピンの子のくせに‼　お前が死ねば良かったのよ‼　お前が‼」

ミンファが半狂乱で泣き叫びながら、シュレイの服の裾を引っ張る。シュレイはそれを冷たい眼差しでみつめるだけだった。

「だから最初から私を殺せと言ったはずです。貴方はすべてを恨んで、野心を持ちすぎた。フェイワン様やリューセー様まで殺そうとした罪は、簡単に償《つぐな》えるものではありません。貴方は貴方の罪の深さをこれから身をもって知らなければならない。遙か昔、その罪を償うための代償として、神によってとても辛い宿命を負わされたシーフォンは、自らのために厳しい掟を作った。同族殺しは最大の罪です。それも王とリューセー様を手にかけようなど……貴方の命をもってしても償えない罪です。ですから見せしめとして、貴方の家族も処罰を受けるのです」

「私の……家族も処罰を？　地位を剝奪《はくだつ》された事が？」

「いいえ、地位は剝奪したのではありません。あれはチンユン様とユイリィ様自らが申し出られた事……王の処罰ではありません」

その時ガクンと台車が揺れて、ガタンッという音と共に地面に着いた。

「同族殺しが禁忌とされているシーフォンには、『死刑』はありません。だからその代わりの処罰が『血統断絶』です。生きながらにして貴方はこの世界から抹消されるのです。貴方の子孫はこの国には存在出来ない事になります。ユイリィ様には、私と同じ施術がいずれ施されます」

「いやぁぁぁぁぁ――――っっ!!」

ミンファは悲痛な叫びを上げて、髪を掻き毟《むし》り床に伏して泣き叫んだ。シュレイと同じ施術……それは『去勢』を意味するのだ。

「貴方の身内の苦しみを思い、これからあの塔の中で、自らの罪を悔い続けなさい。私の母を殺した罪と共に……」

扉が開けられて、外には十数人の兵士が並んでいた。刑務執行武官であるシーフォンが二名立っていて、シュレイと目が合うとコクリと頷いてみせた。シュレイはしがみついて狂ったように泣き叫ぶミンファの身柄を兵士に渡した。

ミンファは兵士達に台車から引きずり下ろされると、刑務執行武官の前に差し出された。

「ミンファ様、竜王の命によりこの塔の最上部にて、永久幽閉に従っていただきます。ロンワンの誇りをもって、罪を償ってください」

刑務執行武官の言葉をミンファは項垂《うなだ》れて聞いていた。二人の兵士が両脇から腕をしっかりと摑んで押さえつけていると、女官が近づいてきてミンファの服の背中を開けて離れた。

そこへ焼きゴテを持った兵士が近づくと、ミンファの背中に焼印を押しつけた。罪人の印が刻まれる。ミンファの悲鳴に、シュレイは眉を寄せてから、側にいた兵士に指示して台車の扉を閉めさせた。椅子にかけて深い溜息をつく。

シュレイは決してこんな結末を望んでいたわけではなかった。だが母の復讐を一度も考えなかったか？　と聞かれれば、「はい」とは答えられない。ミンファを恨んでいないとは決して言えない。いや……恨んでいた。憎んでいた。

それでも後味が悪くて、とても苦い気分だ。早く龍聖の幸せそうな顔を見たい。シュレイにとって今はそれだけが、心の支えだ。

シュレイを乗せた台車が再び揺れて空へと上がっていった。

婚礼の列は、城下町を大きく一周して、ジンヨンの待つ町外れの塔へと戻ってきた。城下町の盛り上がりぶりは相当なもので、近隣の町村まで歓声が響き渡るようだ。

フェイワンと龍聖は再びジンヨンの背に乗ると城へと向かった。3日ぶりに戻る城を、なんだか懐かしくさえ感じて、龍聖は不思議な気持ちでいた。城へと戻る事を『帰る』と自然に思ってしまう自分にも少し驚く。

ジンヨンの住処となっている城で一番高い塔の上へゆっくり舞い降りると、兵士達がズラリと並んで出迎えていた。

フェイワンに手を取られて龍聖がジンヨンの背から降りると、ジンヨンがグルルルッと名残惜しそうに喉を鳴らす。

「ジンヨン、ご苦労様。また遊ぼうね」

龍聖が優しく語りかけながら鼻の頭を撫でてやると、ジンヨンは目を細めて嬉しそうにした。

「しばらくは色々と忙しいから、遊べないぞ」

フェイワンは横から口を挟むと、ジンヨンと目が合うなりニヤリと笑ってみせた。

「そうなんだ……残念だけど、仕方ないな」

龍聖ががっかりとした顔で溜息を吐きながら、ジンヨンの鼻を撫でてそう言った。龍聖の頭の上ではジンヨンとフェイワンが睨み合い、火花を散らしている。

「リューセー様」

そこへ龍聖の名前を呼ぶ声がした。聞き覚えのあるその声に、龍聖はハッとして顔色を変えた。慌てて振り向くと、整然と並ぶ兵士達の真中から、シュレイが数歩前へと進み出て、龍聖と目が合うとニッコリと微笑んでみせた。

「シュレイ……シュレイ！　シュレイ!!」

あっと思う間もなく、龍聖は駆け出していた。衣装が重かったけれど、その時はそんな事も考えつかなかった。シュレイの胸に飛び込むような勢いで、龍聖がシュレイに抱きついたので、兵士達の間から小さな驚きの声が上がる。シュレイも驚いて目を丸くしたが、龍聖が強くしがみつくように抱きついてきたので、溜息混じりに微笑んで、その肩をそっと摑む。

フェイワンはとても驚いた様子で、呆然《ぼうぜん》とその光景を眺めていた。が、チラリとジンヨンに視線を送ると、ジンヨンも横目にフェイワンを見る。互いに驚いた顔でみつめ合った後、ジンヨンが少し目を細めて笑ったように見えた。そのすぐ後に、フンッと鼻を鳴らしたので、風のような鼻息がフェイワンの顔にかかり、フェイワンはムッとした顔になって、ジンヨンを睨みつける。

シュレイは、愛しげに龍聖の肩をしばらく撫でていたが、手に力を込めると、ゆっくりと龍聖の体を離した。龍聖は顔を上げてシュレイの顔をじっとみつめると微笑を浮かべる。

「もう……大丈夫なんだよね？」

「はい」

「どこももう悪くないんだよね？」

「はい」

「……良かった……」

龍聖はようやく心の底から安堵したような溜息をつくと、しみじみと呟いた。その様子に、シュレイは困ったように微笑んだ。

「リューセー様、花嫁が……王妃様が家臣にこのように抱きつくなど、もってのほかですよ？　陛下に私はなんと詫びたら良いのか分かりません」

「あ……」

龍聖はちょっと赤くなってから、チラリとフェイワンの方を振り返ってみた。フェイワンは不機嫌そうな顔をして、仁王立ちでこちらを見ている。もちろん不機嫌の原因は、シュレイではなくジンヨンのせいなのだが、それを知る由《よし》もない龍聖は、慌ててシュレイから体を離した。

「ごめんね。フェイワンには、オレから言っておくから……シュレイにお咎《とが》めはないよ」

申し訳なさそうに呟く龍聖に、シュレイはまた微笑を浮かべた。

愛しいと心から思う。この人のためならば、何度でも命を投げ出そうと思う。

こうしてフェイワンと結ばれ幸せそうな顔をする龍聖を見ても、嬉しくこそ思えど嫉妬の心はない。それは自分に『男』の性がないせいなのかもしれないと思ったが、それだけでもない。身を焦《こ》がすような情欲はなくとも、命をかけるほどに想う気持ちはある。それも愛なのだと思う。

最初から結ばれる事のない相手だと分かっていて愛した。それは諦めではない。側にいられるだけで良い。見守るだけの愛もある。何度も懺悔して苦しんだ果てに悟った。

「さあ中へ入りましょう。ここは風が冷たいです。それにこの後もまだ行事はたくさん控えています」

「ああ……そうだね」

龍聖は頷くと、くるりと振り向いてフェイワンに手招きをした。フェイワンは一瞬驚いたように眉を上げたが、かわいく笑いながら手招きをする龍聖の姿に微笑むと、チラリとジンヨンをもう一度見てから「じゃあな」と言って勝ち誇ったようにニヤリと笑った。

ジンヨンが、ググッと唸りを上げたので、フェイワンは一瞬足を止めて、またジンヨンに視線を送る。

「覚えてろ……だと？　バ～カ！　忘れるよ、忘れる！　お前がどんなにがんばったってな、体は人間のオレの勝ちなんだよ！　お前のその体じゃあ、リューセーを抱きしめたり出来ないだろ？　フフフ……ハハハハハ……」

フェイワンは上機嫌に笑いながら、足早に龍聖の元へと行くと、その手を取って強く握った。シュレイは一歩退いて、深々とフェイワンに頭を下げた。

「さあ、参ろうか？」

二人で手を繋いで、塔の階段を降りた。その後ろをシュレイと兵士達がついてくる。階段を降りきり、王の間へと向かう廊下を歩いていると、前方にラウシャンとタンレンが跪《ひざまず》いて出迎えていた。

「タンレン、先ほどはご苦労だったな、混乱もなく無事に城下町を回れて良かった」

「はい……アルピン達は大変喜んでいます。今夜、城下町は眠らないでしょう」

「祝いの酒を出来るだけ振舞え」

「はい」

タンレンはうやうやしく頭を下げた。

「ラウシャン、他国からの訪問者はどんな様子だ？」

「はい、すでに18カ国の使者が来ております。明日の準備は万全です」

「頼んだぞ」

「はい」

ラウシャンもうやうやしく頭を下げた。

「今夜の宴、シーフォン達の取りまとめもラウシャンに頼む事とする」

「はい、かしこまりました。すぐに準備の様子を見てまいります」

ラウシャンは再度頭を下げてから、その場を素早く立ち去った。

「リューセー、疲れただろう。部屋に戻って着替えをしてから、しばらく休むといい……この後、夜はシーフォン達全員へのお披露目を兼ねた宴《うたげ》が行われるからな」

「はい……あ、でもフェイワンは？」

「オレも用を済ませたらすぐに行くから……タンレン、リューセーを部屋まで送ってくれ……その後執務室へ来てくれ」

「はい……ではリューセー様、参りましょう」

タンレンは龍聖に一礼をしてから、エスコートするように龍聖を私室へと連れていった。残されたフェイワンとシュレイはしばらく無言でそれを見送った後、フェイワンに促されて、執務室へと向かった。

執務室には誰の姿もなかった。シュレイが扉を閉めると、フェイワンは小さく溜息をついて、シュレイと向かい合った。シュレイは跪くと深く頭を下げた。

「シュレイ……立ちなさい」

言われてシュレイは大人しく立ち上がった。そこへ突然目の前にフェイワンの手が伸びてきて、頬を撫でられたので、とても驚いて動きを止めてしまった。固まったまま視線だけをフェイワンに送ると、フェイワンは憐れむような表情でシュレイをみつめていた。

「シュレイ……リューセーの大事だという時に、婚礼に立ち合わせず、嫌な役回りをさせてしまってすまなかった」

フェイワンはそう言ってようやく手を引いた。フェイワンに触れられて、緊張していたシュレイも、フッと息を吐いた。慌てて頭を下げる。

「いえ……これは私が志願した事ですから……」

「それで……お前の気は済んだのか？」

「え？」

溜息混じりに問いかけてきたフェイワンの言葉に、シュレイは驚いて顔を上げた。視線が合うと、またフェイワンが哀れむような瞳を向ける。

「ミンファの処罰に立ち会って……それでお前は母の復讐を果たせたか？　気は楽になったか？」

フェイワンの言葉はとても深かった。シュレイはすぐに返事が出来ず、思わず視線を逸らして目を伏せた。

「ミンファのお前の母への仕打ちはあまりにも酷かった。だがお前の母はアルピンで、お前を産んだとは言っても、シーフォンの妻として認知された関係ではなく、あくまでも私生児で……だからお前の母が殺されたからといって、あの場ではミンファを罪に問う事は出来なかった。お前を保護する事でせいいっぱいだった。許してくれ」

「陛下。その事はもう何度も……仕方のない事だったのです。私を保護してくださったご恩を忘れた事はありません」

シュレイは頭を下げた。その後方でタンレンがそっと扉を開けて入ってきたが、二人の会話を見守るように、閉めた扉に背を預けて、黙ってみつめていた。

「やはりお前を行かせるべきではなかったな」

「え？」

「そんなに辛い顔をしているのを見ると、後悔せずにはいられない。復讐は何も生み出さない。ミンファはやりすぎた。もうオレの手には負えなかった。処罰は仕方のない事だ。だが、いくらなんでもお前をその場に立ち会わせるべきではなかった」

溜息をつきながら、淡々と語るフェイワンに、シュレイは首を振ってみせた。

「違います。陛下、違います。私はミンファ様の処罰に立ち会った事を後悔はしていません。むしろ恨みを晴らせて良かったと……汚い思いさえ抱いています。当然の報いだと思っています。ただ……」

「ただ？」

シュレイはしばらく俯いたまま言葉を選ぶかのように考え込んでいた。それをフェイワンは黙って待った。ようやく顔を上げたシュレイは、とても悲痛な顔をしていた。

「ただユイリィ様の処遇を……陛下、もう一度お考え直しいただけないでしょうか？」

「シュレイ……それは去勢の事か？」

「そうです!!　あまりにも酷い!!　陛下、どうかお慈悲を……ミンファ様は、自らの罪を償うためには仕方のない事……でもユイリィ様は関係ないではありませんか!?　ユイリィ様はまだ若く、これからの青年なのです。去勢など……私と同じ姿になるなど……私の血を分けた兄弟なのです!!」

「シュレイ。これはシーフォンの掟だ。変えられる事はない。例外はない」

「陛下!!　お願いです!!」

「シュレイ!!」

フェイワンにしがみつくようにして、必死になって訴えるシュレイを、タンレンが慌てて駆け寄り、後ろから羽交《はが》い絞《じ》めにして引き止めた。

「シュレイ！　やめろ！　やめるんだ！」

「陛下!!」

「フェイワン!!　もういいからお前はリューセー様の所へ行ってくれ!!」

タンレンがシュレイを押さえながら怒鳴ったので、フェイワンは悲痛な面持ちのまま黙ってその場を立ち去った。

「陛下!!　お待ちください!!」

「シュレイ!!」

もがくシュレイを、タンレンはしっかりと抱きしめて押さえつけたまま怒鳴りつけた。

「いい加減にしろ!!　身分をわきまえろ!!　お前が陛下に進言出来る立場か!?　自惚《うぬぼ》れるな!!」

「しかしっ!!」

「フェイワンが一番辛いという事が分からないのか!?　ユイリィは、フェイワンにとっても大事な従兄弟《いとこ》だ！」

「それならば……なぜ……」

シュレイは抵抗の力をなくして、大人しくなった。それでもタンレンは腕の力を緩めず、後ろからシュレイの体を強く抱きしめていた。

「ユイリィが、自白したんだ。竜神鏡にかけられた呪詛《じゅそ》の事も、ミンファがソルダの魔術師を招き入れていた事も、シュレイだけではなく、フェイワンとリューセーをも亡き者にしようと画策していた事も、すべて知っていながら、止める事もなく見てみぬふりをしていたと……他はともかく、竜神鏡の事は我々も知らなかった。ユイリィの自供で初めて知ってミンファを尋問した結果事実である事が判明したのだ。それだけでも十分な罪に値する。ユイリィは自らの心の弱さを悔いていた。そして処罰も甘んじて受けると……左大臣とラウシャン、オレと刑務官の立ち会いの下での自白だ。フェイワンでももう庇《かば》う事は出来ない。仕方ないんだ。辛いが分かってくれ……そしてこれ以上、フェイワンを責めないでくれ」

シュレイはもう何も言わなかった。キュッと唇を噛んで息を漏らすのさえこらえていた。その体をタンレンに預けて、ただ涙が溢れた。

あんなに恨み妬《ねた》んでいたのに、今初めてユイリィを『兄弟』と呼んでいた。憎しみと愛情は紙一重なのだと知った。ただ悲しくて涙が溢れる。

「シュレイ」

身を預けていたタンレンの腕の中で、その体を少し傾けられ目の前にタンレンの顔が現れた。じっとその灰青色の瞳をみつめていたら、そっと唇が重ねられた。それを受ける事も拒む事もなく、ただシュレイはなすがままに唇を吸われた。

タンレンはゆっくりと唇を離して、顔を寄せてシュレイの瞳をみつめた。

「シュレイ、オレではダメなのか？　どうしても……オレではダメなのか？」

「タンレン様」

そんな辛い顔のタンレンを見るのは初めてだと思った。シュレイはぼんやりとみつめていた。

「まだ……あの夢を見るのか？　今もまだ母を殺されたあの日の残酷な光景が夢に出るのか？　一人で悪夢にうなされるのか？　オレが側で、お前を抱きしめて夢から覚まさせてやる事は出来ないのか？」

シュレイはその言葉に、ビクリと初めて反応して体を震わせた。

「シュレイ、愛しているんだ」

『愛している』の言葉にハッとした。シュレイはタンレンの体を突き飛ばすと、よろめきながら離れてそのまま逃げるように駆け去っていった。

龍聖は着替えを済ませて風呂にも入れてもらい、ひと心地ついていた。長椅子に身を横たえて、ぼんやりとどこを眺めるでもなく放心している。まだ耳には、あの観衆の声が残っていて、まるで夢を見ているみたいだった。あんなにたくさんの人々が沿道に溢れて、皆が口々に龍聖の名前を呼んでい

た。

28年も生きてきて、こんな経験は初めてだ。いや、普通の人間ならば、ほとんどの人が経験する事などないだろう。思い出しただけで、胸がドキドキする。幸せだ。

幸せ？　ふと考えた。幸せなんだろうか？　国民からあんなに祝福されたんだから、不幸なわけがない。幸せだ。

龍聖は「ふう」と溜息をついて目を閉じた。

自分はこの国に来て「幸せだ」と思えるまでになった。本当にそれは不思議な事だ。この国に来て、一体どれくらいの月日が流れたのだろう？　この国の時間では2、3ヶ月近くになるだろうか？　向こうの世界では？　日本ではどれくらい経つのだろう。

守屋の家はどうなっただろう？　母は？　弟や妹は？　その事を今まで忘れていたわけではない。でももうあの世界に帰れないのだと分かってから、すべてを諦めて忘れようとしていた。思い出せば辛くなるだけで、帰りたい気持ちが募るだけだと思った。

家族や恋人、友人達には、もう『守屋龍聖』は死んだのだと思ってもらうしかない。母はきっと分かっているから、ある程度の覚悟を持ってくれているはずだ。弟達にもなんらかの説明がされたかもしれない。

麻衣《まい》は……彼女はどうしているだろう？　心配して悲しんでくれただろうか？　こんな事になってしまって、本当に申し訳ない事をしたと思う。彼女が一日も早く、龍聖の事を忘れて幸せになってくれればと願う。そうでなければ、自分の今のこの幸せは、彼女への裏切りに他ならないと思った。

今は、フェイワンを愛している。彼女の事を思い出しても、もう胸も痛まなくなるほどに、心の中はフェイワンでいっぱいだ。なんてひどい男なんだろうと自分でも思う。それでも愛してしまったのだから仕方がない。

「オレ……ゲイの素質があったのかな……」

ぼんやりと思って呟いた。そういえば、彼女との関係だって、随分淡白だったと思う。もちろん男女の仲だから、それなりの関係ではあったが、龍聖はもともとあまり性欲を強く感じない性質で、半年の付き合いの中で、本当に片手に余るほどにしか、彼女を抱いた事がなかった。彼女だけではない。今まで付き合った恋人すべてだ。だから自分でも淡白だと思っていたのだが……フェイワンとの関係は、とても淡白とは言えない。

龍聖は思い出して赤面した。特に、あの北の城での婚礼の儀は……乱れきっていたと思う。いくら子作りを目的とした儀式であったとはいえ、何度も何度も交わり合った。性欲に溺れてしまうほど、セックス三昧《ざんまい》だった。そう思い出したら、体の芯が熱くなってしまった。まったくすっかり淫乱な体になってしまったものだと呆れる。

再び溜息を漏らした時、扉が開いてフェイワンが入ってきた。

「フェイワン」

龍聖は慌てて体を起こし、フェイワンが来るのを待ち構えた。こちらへと歩いてくるフェイワンの表情を見て、龍聖は驚いて立ち上がった。フェイワンは微笑んでみせたが、龍聖が両手を伸ばしてフェイワンの頬に添えると、その顔を心配そうに覗き込んだので、不思議そうにみつめ返した。

「なんだ？　どうかしたのか？」

「それはオレの台詞です……何かあったのですか？」

龍聖の言葉に、フェイワンはちょっと驚いたが微笑んでみせた。

「いや、何もないよ……そんなにオレは変な顔をしていたか？」

「とても辛そうな顔をしていました。何かあったのかと……」

「大丈夫だよ。すべて順調だ」

フェイワンは龍聖の手を取って、頬から離させるとその体をそっと抱きしめた。

「いい香りがする。風呂に入ったのか？」

「はい、ゆっくりさせてもらいました」

「そうか……疲れただろう。夜の宴まではまだ時間がある。少し休むといい」

「フェイワンも疲れたでしょう？　休んでください」

「ああ、オレも水を浴びて着替えてこよう。先に休んでいなさい」

フェイワンは龍聖の額に口づけてから、寝室へと行くように促した。龍聖はまだ少し心配そうにしていたが、言われる通りに従った。

奥の寝室へと向かい、天蓋《てんがい》付きの大きなベッドにポツンと座った。

フェイワンはああ言ったが、絶対に何かあったのだろうと思った。シュレイと話をしていたようだが、シュレイに何かあったのだろうか？　さっきは元気そうだったのに……そう思うととても不安になった。

何度か溜息をついてから、両手で顔を覆った。なんだかとても女々しくなっている気がする。もともと自分でも男らしい方だとは思っていなかった。外見に左右されていて、昔からどこか女っぽい気がしていて、自分でもそれが嫌で合気道を習ったりした。

父親はそんな龍聖に「お前はとても繊細なんだよ、家族の誰よりもお前は優しいし、とても思いやりがある」と言ってくれていたけれど、やんちゃで男らしい弟を、いつも羨ましく思っていた。

この世界に来て、王の妻にと望まれて、男性に愛されて、それを受け入れたら……なんだかその女々しさに拍車がかかってしまっている気がした。考え方などがそうだ。ここに来る前は、もうちょっと『男』だったと思う。今はどうだろう？　おかしくないだろうか？

しかしフェイワンの前では、意識しなくてもなんだかそんな風になってしまう気がした。弱くなってしまうし、甘えたりしてしまう。そんな気がする。それは愛しているから？

「気分でも悪いのか？」

考え事をしていたら、いつの間にかフェイワンが戻ってきている事に気づかずにいたようだ。龍聖は驚いて顔を上げた。

「ううん、大丈夫。平気」

龍聖はニッコリと笑ってみせると、隣にフェイワンが腰を下ろして肩を抱いてくれた。

「オレが随分無茶をしてしまったように思って……お前の体に負担をかけたのではないかと心配だったんだ。だが自制が利かなくてな。すまなかった」

「そんな事ありません。オレだって男だし、それなりに体は鍛えているし……女の子じゃないんだから、そんなに簡単に壊れたりしません。それに、オレだって……望んで貴方に抱かれたんですから……」

言ってから恥ずかしくなって顔を伏せた。何言ってるんだろう。さっき考えていたせいで、変に『女っぽい』って事を意識しすぎている。男って事を主張したりするなんて変だろう……と自分にツッコミを入れていたら、ギュッと強く抱きしめられた。

「本当に、お前が愛しくて仕方ない。お前がこんな風にオレを受け入れて、愛してくれるようになるなんて、夢にも思わなかった。こんなに幸せな事はない。オレは必ずお前を幸せにする。どんな事があってもお前を守る。約束する。お前のためならばなんだってする」

「フェイワン……別にオレのためには何もしなくていいです。オレは今のままで十分幸せだと思うし……こうして、貴方がオレを心から愛してくれているというのならばそれだけで十分だ。だってこういうのって、オレもそうだけど、フェイワンだって自分の意志に関係なく勝手に決められた相手で、好みとかそういうの関係なくて、政略結婚みたいなものでしょう？　オレが本来通りに18歳の時に来ていたら、若くて少しはかわいかったのかもしれないけど、こんなに老けた花嫁が来て……がっかりされても仕方ないのだし……それでもこんなに愛してるって言ってくれて……大切にしてもらえて……それだけでオレは幸せだと思うから……」

「何を馬鹿な事を……」

フェイワンはそう言いながら、龍聖に口づけたので、それ以上の言葉が続けられなくなった。唇が離れると、フェイワンが優しい眼差しで、龍聖をみつめていた。

「オレはお前に一目惚れしたんだ。こんなに美しい人が、オレの元に来てくれるなんて、どんなに幸せだと思った事か……リューセー、美しいというのはお前の姿の事だけではない。お前は心も美しい……誰よりも優しく、誰よりも慈悲深い……お前のすべてに、一瞬にして心を奪われてしまったのだ。愛しても愛しても、愛し尽くせぬほどだ。お前を幸せにしたい。誰よりも幸せにしたいのだ」

フェイワンは、龍聖をみつめたままその低く甘い声で囁いた。龍聖は耳の奥がくすぐられて、体の芯が痺れるようだった。フェイワンの声はとても心地良い。いつまでも聞いていたいとさえ思う。

言葉が途切れて、再び唇が重ねられる。深く深く口づけをされて、舌が絡まり合った。龍聖もその口づけに応えた。溶けていくような熱い口づけに体も熱くなって、龍聖は崩れそうな体を支えようとフェイワンの背中に両手を回して抱きついた。そのままの体勢で、ゆっくりとベッドに押し倒されて、覆い被さるようにフェイワンが体を重ねて熱い口づけを続ける。

「ん……んん……ふ……んふ……」

重ねる唇の間から、甘い吐息が漏れた。フェイワンの大きな手が龍聖の寝着の薄い生地の上を撫でて、胸のあたりを擦った。乳首を撫でられてビクリと体が震えた。布越しにそこをクリクリと指で弄られるうちに、プクリと乳頭が立ってきてしまった。それを布と一緒に指で摘まれて弄られて、びくびくと体が震える。

『せっかくお風呂に入ったばかりなのに』と少し思ったが、これから始まる快楽への期待を振り払う事は出来ない。もうこの体はフェイワンとのセックスを覚えてしまっている。彼に与えてもらう愛撫の気持ち良さを体中が知っている。

フェイワンが顔を離して、唇を解放すると、龍聖は大きく息継ぎをして声を漏らす。フェイワンの唇は、龍聖の首筋へと落ちて、耳の下から鎖骨までのラインを舌でなぞった。

「ふぅ……んんっ……」

龍聖が身をよじって喉を鳴らすと、なおも胸を弄る手が愛撫を続ける。胸から腰へと下りて、さらに股間へと下りると、龍聖の昂りが寝着の前を張るように勃ち上がっていた。それをやんわりと手の中に包み込むように握り、ぎゅぎゅっと擦った。

「あぁ……あっ……ダメ……」

龍聖は頬を上気させてゆるゆると首を振った。昴りの先から滲《にじ》み出る蜜で、寝着の布がジンワリと染みて色を変える。

龍聖の体は、フェイワンと交わって以来変化していた。男の証であるペニスは、欲情すれば普通に勃起するが、そこから排出される精液はない。陰嚢はもう精子を作らず、射精しても白濁した精液が排出される事はなかった。精子を含まない透明な汁だけが排出されるだけだ。その部分ではもう生殖能力はなくなっている事になる。

フェイワンは龍聖の長衣の裾を捲り上げると、下半身を露にさせた。すっかりと勃ち上がったペニスを愛しげにみつめてから、それを口に含む。

「はあっ……ああっ……あ、あ、あ、あ……」

ペニスを愛撫されて、指でアナルを弄られて、龍聖は体を震わせながら喘ぎ声を上げた。すっかり慣らされたアナルは、フェイワンの指を難なく受け入れて、キュウキュウと吸いついてくる。

「フェイワン、フェイワン……ああ……早く……お願い……」

指で弄られて、体の奥がジリジリと焦れた。無意識に、もっと深い部分を突いて欲しいと願って腰を揺らす。

フェイワンも服の裾を捲り上げて、自らの昴りを手に持つと、龍聖の腰を抱いてその中心へと深く挿入した。

「あああっっ……んん――――っっ……んん――――っっ」

ゆっくりと入ってくる熱い肉塊に、深く肉を割られて、龍聖は背を反らせて喘いだ。それだけで射精してしまいそうな快楽が押し寄せてくる。変な声が出そうで、必死で奥歯を噛み締めたが、喉が鳴るのは抑えられない。痛みはもうまったく感じず、独特の刺激が下腹部から込み上げてくる。

フェイワンがゆっくりと腰を前後に動かしはじめると、内壁が擦られて快楽の波が押し寄せてきた。最奥まで深く突いてゆさゆさと腰を揺すられるのも気持ちいい。

「リューセー……また声が出るのを我慢しているのか？」

フェイワンに問われて、龍聖はぎゅっと唇を閉じて答えなかった。今口を開けば、突き上げられるたびに変な声が出てしまうと思ったからだ。

「気持ち良くないか？」

さらに問われて龍聖は首を振ってみせた。頑《かたく》なに口を開かない龍聖の様子を見て、フェイワンは苦笑すると、腰を激しく動かした。

「ああ……んっ……ん、ああ、あ、あ、あ……」

フェイワンの腰の動きに合わせて、押し寄せる快楽に、漏れる喘ぎを抑えられなくなって、ついに龍聖は恍惚とした顔で喘ぎはじめた。

「気持ち良いか？」

「あっああっ……気持ち……良い……ああっ……もっと、もっと動いて……」

思わず龍聖はうわ言のように呟いていた。フェイワンの熱い肉塊が、体の中を貫くたびに、気持ち良いと感じてしまう。体の内側を擦られて、こんな快楽を得られるとは思わなかった。

フェイワンは龍聖の体に被さるように体を重ねて、深く挿入したままゆさゆさと腰を揺さぶり続けていたが、体を起こして膝立ちになると、龍聖の両足を両脇に挟むようにして抱えて、パンパンと肉が当たって音が鳴るほどに激しく腰を前後に動かしはじめた。アナルにペニスが抜き差しされるたびに、その接合部分の隙間から、ジワリと少し白濁した液体が溢れ出ていた。そのせいで湿った淫猥な音が動きに合わせて鳴る。

「リューセー……愛してる」

「ああ、ああ、ああ……フェイワン……フェイワン……あああ――――っっ」

フェイワンの腰の動きが一段と速くなって、やがてビクンと腰が跳ねてから、龍聖の中へと熱い精を吐き出した。それに合わせて龍聖も絶頂を迎える。

小刻みに腰を痙攣させながらしばらく快楽の余韻を味わい、やがてゆっくりと龍聖の中からペニスを引き抜くと、乱れた息を吐きながら龍聖の隣へと体を横たえた。腕の中で龍聖も息を乱している。抱きしめ合っては、何度も軽くキスを交わし合った。

「リューセー……すまない……また余計に疲れさせた」

「謝らないでください」

龍聖はフェイワンの胸に顔を埋めて答える。

「オレは……嫌だなんて言ってないんですから……」

火照《ほて》った顔と体を、フェイワンにすり寄せた。それを愛しげにフェイワンも強く抱きしめる。そのまま二人は浅い眠りについた。

心地良い虚脱感で、二人は浅い眠りについていた。それを破ったのは鈴の音であった。扉の側にたくさんの鈴の塊が下がっている。寝室にいるフェイワンや龍聖に用のある者が来たら、王付きの侍従が次の間からこの鈴を鳴らすのだ。

フェイワンは気だるい様子で起き上がると、側にかけていたガウンをまとってゆっくりと扉へと向かって歩いていった。扉の向こうには侍従が控えていた。

「陛下、間もなく宴が始まります。そろそろご用意いただきませんと……」

侍従はひざまずいたままで申し訳なさそうに告げる。

「ああ……もうそんな時間か……分かった、龍聖を起こすから少し待ってくれ。あっ、また龍聖を風呂に入れてやりたい、用意をしてくれ」

「はい、かしこまりました」

侍従がうやうやしく頭を下げると、フェイワンは扉を閉めてベッドへと戻った。

安らかな寝息を立てて眠る龍聖の寝顔を、しばらくの間眺めていた。しかし小さく溜息をついてから、そっとその肩を揺すって起こした。

「リューセー、リューセー……起きなさい」

「ん……んんっ……フェイワン?」

「せっかく眠っているのにすまないが、そろそろ宴に出ねばならない」

「ああ、そうか……ごめん、すっかり眠っていたみたいで……」

龍聖はのろのろと体を起こした。気だるいのは、セックスをしたせいだ。それはしっかりと覚えている。少し気恥ずかしく思いながら、フェイワンと目が合うと微笑んでみせた。

「今、風呂の支度をさせている。体を洗うといい。辛いとは思うが、今だけの儀式だ。今日と明日の

2日だけ辛抱してくれ……明日は祝いに訪れた他国の者達に会わねばならない……それが終われば、あとはゆっくりとできる」

「はい……分かっています。大丈夫です」

龍聖が微笑みながらハッキリと頷いて答えると、フェイワンは安心したように微笑んで、龍聖にキスをした。


その夜の宴は、言わば披露宴のようなものだった。ここで初めて龍聖は、すべてのシーフォンに会う事になる。広間に整然と並べられた長テーブルに、シーフォン達が列席していた。男女問わずすべてのシーフォンだと、フェイワンが耳打ちして教えてくれた。総勢150人くらいだろうか？200人には到底満たないだろうという人数だ。大勢に見えるが、これが全シーフォンの人口だというのならばとても少ない。この世でシーフォンという種族は、たったこれだけしかいないという事だ。

それは美しい光景で、人々は目にも眩い極彩色《ごくさいしき》の髪の色をしていて、こうして一堂に会するととても華やかだ。ルックスも皆見目麗しい。美しく儚《はかな》い種族。そんな印象を持った。

龍聖はひな壇のように一段高い席に座らされて、シーフォン達と直接口をきく事もなく、とても静かな中で淡々と食事をするしかない。

時々不安になって、ちらりと隣のフェイワンを見ると、その気配に気づいてフェイワンもこちらを見て微笑んでくれる。その目が「お前は何もしなくていいから心配するな」と言っていた。

日本の結婚式の披露宴ならば、今頃友人知人がスピーチをしたり、歌を歌ったり、花嫁花婿の生まれてから出会いまでの恥ずかしいビデオが流れたりしているところだ。あの賑《にぎ》やかなイメージからはほど遠い。この披露宴はとても上品で、慎ましやかだ。

シーフォン達は食事をしながら、時々隣や近くの者達同士で、小声で何やら囁き合う程度だ。頻繁《ひんぱん》にこちらを見るので、多分話題はリューセーの事なのだろうとは思う。

食事が一段落したところで、新しい脚長のグラスが並べられて、綺麗なピンク色の液体が注がれた。

「シーフォンの婚姻の席でだけ振舞われる特別な酒だ。芳幸酒《ほうこうしゅ》という。縁起物だ」

フェイワンが説明してくれたので、「へえ」と感心しながらグラスを取ると、香りを嗅いだ。甘い花のような良い香りがする。口に少し含んでみると、少し強いが辛口で飲みやすかった。

その酒を出されたのが合図のように、席の右端から順に次々とシーフォン達が立ち上がり、龍聖の前まで進み出るとひざまずいてから名前を名乗った。

「あ……」

それに応えようと、慌てて立ち上がろうとした龍聖を、フェイワンは手を伸ばして制し、首を振ってみせた。

「お前は何も応えなくて良い。ただ皆の挨拶《あいさつ》に頷くだけで良いんだ。これはお披露目だから、無理にここで皆と交流をしたり、名前を覚えようとする必要はない。今日この場で挨拶をして、お前に頷いてもらって、初めて皆はこれからいつでもお前に目通りが叶うようになるんだ。これはその儀式のようなものだ」

説明されて驚いた。自分はそんな立派な人間じゃない。目通りが叶うなんて……そう思ったが、皆の挨拶は続く。一人一人がうやうやしくお辞儀をし、龍聖が頷くと嬉しそうな顔になって席に戻っていく。

それで改めて、自分の立場が「王妃」なのだと実感した。

異世界に来たというだけでなく、違う次元の立場になってしまったのだと思った。そう思うとますます不安になってくる。『王妃』なんて仕事（仕事と言っていいのか分からないが）が果たして務められるのだろうか？　明日は他国からの使者に接見すると言っていた。それを考えたら、突然緊張してきてしまった。

宴は思っていたよりも早く終わり、当然二次会三次会などはなく、すぐに部屋へと戻る事が出来た。しかし龍聖の気分は優れなかった。緊張して頭が痛くなってくる。お腹まで痛くなりそうだ。他国の使者との接見なんて、想像もつかない。一体どうすればいいのだろうか？　なんかとんでもない失態をして、王妃らしくないと思われて、フェイワンに恥をかかせたりしないだろうか？　それどころかエルマーン王国の恥になったりしないだろうか？

部屋に戻り、寝室へと直行してベッドに座ったまま、そんな事をグルグルと考えていたら、少し遅れてフェイワンも戻ってきた。

「疲れただろう、もう眠った方が良い……どうした？　具合でも悪いか？」

「フェイワン……オレ……明日どうしたらいいの？」

龍聖が不安そうに尋ねたので、フェイワンは優しく微笑んでみせた。

「なんだそんな事を心配していたのか、お前はさっきと同じようにただ座っているだけで良い。相手をするのは外務大臣であるラウシャンで、まあたまにオレが話をするくらいだ。お前は何もしなくて良いんだ。皆美しいお前を一目見たいと来るのだからな」

「でも……」

「緊張したか？　大丈夫だ。オレがいるから、心配などするな」

フェイワンが抱きしめてくれて、額や頬に何度もキスをしてくれた。

「そうだ、では明日はシュレイを呼ぼう。特別にお前のすぐ後ろに控えさせよう。それなら安心だろう？」

「シュレイが？　ああ……はい、ありがとうございます」

ようやく龍聖は安心したように微笑んだので、フェイワンもホッと安堵した。


翌日、早くから起こされて、接見の支度をさせられた。衣装は婚礼の時ほどではないが、随分豪奢なものだった。

フェイワンが龍聖の手を取って歩き出した。

「手が冷たいな……緊張しているのか？」

「はい、だって……こういうの初めてだし……」

「昨日説明した通りだ。お前は見物するみたいにただ座っていれば良い」

フェイワンに手を引かれて謁見《えっけん》の間へと向かった。階段をずっと降りていく。

王の居住区はこの城の中でも最上部の層にあり、その下の層に王族であるロンワン一族、さらにその下に他のシーフォン達が住む。

アルピンの兵士達は最下層に待機しており、他国の使者やその他のアルピンなどが出入りする執務に使う部屋や謁見の間などは、地上に近い別棟の城にあった。別棟とは言っても、同じ岩山を刳《く》り貫《ぬ》き造られており、トンネルのような通路で繋がっていた。その間には、幾重もの関所が設《もう》けられ、厳重に警備されている。

その少しばかり長い道程を、ずっとフェイワンに手を引かれて歩いた。

ようやく辿り着いた先の扉の前には、数人の大臣達や兵士と共にシュレイが立っていた。

「シュレイ」

龍聖が嬉しそうに名を呼ぶと、シュレイも微笑んでお辞儀をした。

兵士達が扉を開けると、「エルマーン国王フェイワン陛下、王妃リューセー陛下のおなりー！」という声がどこからともなく聞こえてきて、ドラのようなガーンガーンという鐘が鳴った。

扉のすぐ前には赤いビロードのカーテンが引かれていて向こうが見えない。龍聖がギョッとしていると、フェイワンに促された。中に入るとカーテンが開けられて、一気に視界が開けた。そして驚いた。

高い天井、縦に長々と広い回廊のような部屋。それはテレビや映画で見た事がある光景だった。『謁見の間』と言われてピンと来なかったが、この光景を見れば「そうだ映画で王様に会う部屋はこんな感じだ!!」と思う。

フェイワンと龍聖が入ってきた扉は、縦に長い広間の奥、玉座の置かれた高台の左側にあった。フェイワンと共に、そこからまっすぐに中央まで歩き、玉座の正面に来ると、クルリと皆には背を向けて、五段ほどの階段を昇り、その上に並ぶ玉座へと導かれた。中央の立派な玉座が王のもので、その隣の少し小さい玉座が王妃のものだと分かる。分かるが……そんな所に座れない……と思っていたが、フェイワンに座らされた。前を見据えると、遙か眼下に、たくさんの人々の姿が見える。

長い回廊のようなその部屋の両側にズラリと兵士達が並び、ずっとずっと遠いこちらからは対峙する形になる部屋の端に、たくさんの人々が整列してこちらにひざまずいた形で控えているようだった。多分あれが他国からの使者で、順番待ちで挨拶をするのを待っているのだろう。

一番玉座に近い階段の下に、ラウシャンの姿が見えて、知っている顔に少しホッとした。

「リューセー様、私はこちらにいますので、何かありましたらお声をおかけください」

後ろからシュレイの声がしたので振り向くと、龍聖の座る玉座のすぐ後ろに、シュレイがひざまずいて控えていた。龍聖はまた安堵した。心強い。フェイワンが隣に座っているといっても、玉座が大きすぎて遠く感じる。手を伸ばしても届かない。手を握っていてくれれば少しは安心するのだが、そうもいかない。緊張しながらも、大人しく座っているしかなかった。

フェイワンが合図を送ると、ラウシャンが朗々とした声で、次々と初めて聞く国の名前を読み上げた。呼ばれた使者が前へと進み出て、深々と礼をしてから祝いの言葉を告げる。貢物まで献上された。質問があれば代わりにラウシャンが答え、時々フェイワンも声をかける。

フェイワンが親しげに声をかける相手があれば、それは国交の深い国なのだなと分かった。使者も王弟など位の高い者が来ていたりする。

淡々と行事は滞《とどこお》りなく進んでいくのだが、この慣れない場での雰囲気に呑まれて、龍聖は緊張を解けずにいた。いや、こんな所に放り込まれて平気な方がおかしい。皆の注目する先は、もちろん龍聖なのだ。どんなに何もしなくても良いと言われても、人々は龍聖を隅々まで眺め、賛辞の言葉を投げかける。龍聖はただそれに微笑んで頷くしかないのだが、参列者は20カ国を越えて、時間も半日近くと随分長くかかった。その間ずっと緊張しているのだ。龍聖は気が遠くなりそうだった。

椅子の肘かけを掴む手の平には、ずっと汗が滲んでいた。喉もカラカラで頭痛がしてきた。こんなに緊張したのは大学受験以来だろうか？　いやそれとは比べ物にもならない。

なんだか吐き気までしてきた。早く終われば良いのに……そう願った。何もしていないのに、こんな弱音を吐くなんてフェイワンに申し訳ないとも思う。これでは王妃失格だ。だけど一般庶民には、なかなかすぐには慣れない事なのだ。許して欲しい。

「……シュレイ」

思わず助けを求めるように、小さな声でシュレイの名を呼んでいた。

「リューセー様？　どうかなさいましたか？」

「気持ち悪い……」

「リューセー様!?」

少し前へと進み出て、そっと龍聖の様子を窺《うかが》ったシュレイが、その真っ青な顔を見て声色を変えた。

龍聖も「気持ち悪い」と言ってから、なんだか貧血でも起こったように視界がグルグルと回ってきてしまった。

「陛下」

シュレイがそっと、それでも慌てた様子でフェイワンに声をかけた。

「どうした？」

「リューセー様が……あっ！　リューセー様!!」

椅子に座ったまま上体を崩した龍聖を、シュレイが慌てて抱きとめた。フェイワンも驚いて立ち上がった。

「ラウシャン！　リューセーを下がらせる……後を頼む」

フェイワンの叫ぶ声が、随分遠くに聞こえた気がして龍聖はそのまま気を失ってしまった。


次に龍聖が意識を取り戻した時、そこはベッドの上だった。見慣れた天蓋と、シュレイの顔が見えた。

「陛下、大丈夫です。極度の緊張のせいでしょう。すぐに医師が参りますから」

側にフェイワンもいるらしく、シュレイがそんな事を言っているのが聞こえて『極度の緊張から』という言葉に、恥ずかしながら自分でも納得してしまった。

「ああ……気がつかれましたか？　ご気分はいかがですか？」

「……水が欲しい……」

龍聖が呟くと、シュレイが小さな水差しを口に含ませてくれた。お母さんみたいだと、ちょっと思った。

「リューセー、大丈夫か？」

「フェイワン……ごめんなさい。大事な政務の途中で……」

「あんなのはどうでもいいんだ。気にするな」

フェイワンが覗き込んで笑ってみせた。長い赤い髪がサラサラと目の前に落ちてくる。

「少し熱もあるみたいですね。疲れが溜まったのでしょう」

シュレイがそっと額に手を当てて言った。添えられた手がひんやりと冷たくて気持ち良い。

「すまん、オレが無理をさせたから……いや、これでも大切に扱ったつもりなんだが、その……どうしても自制が利かずに……いや、すまん、オレが悪い」

フェイワンが一生懸命言い訳をしているのがおかしかった。

「リューセー様が倒れられたそうで……」

バタバタと足音が聞こえた。

「お医者様ですよ」

シュレイが龍聖に優しく告げて立ち上がろうとしたので、龍聖は慌てて引き止めようと声をかけた。

「待ってシュレイ……側にいて……フェイワンも……」

「はい、側にいますよ」

シュレイはクスリと笑って、フェイワンに場所をゆずると、そのすぐ後ろに控えながら龍聖を見守った。フェイワンは龍聖の手を両手で包むように握ると、とても心配そうな顔で龍聖をみつめた。

「先生……多分緊張と疲れのせいだと思いますが、少し熱があります。頭痛がひどいようです」

駆けつけた医師に、シュレイが説明をしながら龍聖をみつめた。そしてハッと顔色を変えた。

「こ……これは……」

「どうした？」

フェイワンが握る龍聖の左手をシュレイがジッとみつめてから、「失礼」と言って、その腕の袖を捲り上げた。露になった龍聖の左腕を皆が一斉に驚いてみつめた。龍聖も不思議そうに視線を向ける。

龍聖の左腕には、手の甲から二の腕の半分くらいまで、青い刺青のような文様があった。この国に飛ばされる前、竜王の指輪と言われる物を指に嵌めた時に浮き出た文様だ。リューセーの証だと言われている。もうすっかり見慣れたはずのその文様が、青から赤に色を変えていたのだ。濃紺に近いほどの濃い見事な青色だったのに、今は血のような真っ赤な色に変わっていた。これには龍聖も驚いた。

「ご懐妊の証です」

医師が喜びの声音で告げる。それはその場にいた皆が同様に思っていた事のようで、医師の言葉と同時に、「ああ!!」と一斉に感嘆の声を漏らして笑みを零した。

「え？　なに？」

一人、龍聖だけが何がなんだか分からずにいると、フェイワンがギュッと強く手を握った。見るとてもとても嬉しそうに満面の笑みを浮かべていた。

「リューセー、子が出来たんだ。オレとお前の子だ」

「ええ!?　それって……オレ、妊娠してるって事？」

龍聖は驚いて思わず声が大きくなってしまった。フェイワンは何度も頷き、シュレイが「おめでとうございます」と笑顔で言った。

『妊娠……だって？』

龍聖は驚きと共に、まだ信じられない様子で、そっと右手で自分の下腹を撫でていた。

ゆっくりと目を開けて、龍聖は見慣れた天蓋をぼんやりとみつめていた。自分が今眠りから覚めたのか、それともまだこれは夢の中なのか、そんな事すらハッキリしないほどぼんやりとしていた。

他国からの使者達が、祝いの品を持って拝謁《はいえつ》を求めに駆けつけた行事の最中に、龍聖は倒れた。体調不良を訴える龍聖に、医師もシュレイも皆が『ご懐妊です』と告げた。

あの日から何日が過ぎただろうか？　龍聖自身にはよく分からなかった。ただあれ以来、ずっと微熱が続き、ひどい眠気に襲われていた。眠っても眠っても眠い。こんなに寝たら脳みそが腐ってしまうのではないか？　というくらい眠っている。

時折自然と目は覚めるが、そんなに長くは起きていられず、起きていようとすればひどい睡魔と闘わなければならなかった。

微熱のせいで、体が中の方からジワジワと熱い。少し汗をかいているのが気持ち悪くて、喉も渇いた。視線を動かしてシュレイを探した。すぐに見える所にはいなくて、頭も動かして探す。

「リューセー様、お目覚めになりましたか？」

その小さな変化にも、シュレイは即座に気づいて、枕元へと歩み寄ると床に膝をついて龍聖の顔の高さに屈んで覗き込む。

「水……もらえる？」

「はい」

シュレイは微笑んで、すぐに小さな水差しを龍聖の口元へと差し出した。ゆっくりと飲ませてくれて、龍聖はふうと息をついた。

「何か召し上がりませんか？　軽い食事をすぐにご用意出来ます」

「ん……ちょっと貰おうかな……」

シュレイは頷くと立ち上がって呼び鈴を鳴らした。すると侍女が現れて、シュレイが何か指示を出している。それを龍聖はぼんやりとみつめていた。いつ目覚めても、必ず側にシュレイがいた。ずっと寝ずに側にいてくれているのだろうか？　そう思うと申し訳ないという思いと同時に、とても安心出来た。

シュレイはすぐに戻ってきて、また傍らにひざまずいた。

「リューセー様、今のうちにお召し物を替えましょう……汗をかかれているでしょう？　体も拭きましょうね」

シュレイは優しくゆっくりとした口調で告げると、龍聖の上体を起こしてくれた。枕をいくつか重ねて、そこにそっと背をもたれかけさせてくれた。

シュレイは前から優しかったが、特に倒れてから（懐妊してから）は、子供を相手にする保母さんのように優しかった。話し方に気をつけているようだ。多分、情緒不安定になりがちな妊婦への気遣いではないかと思ったが、そう考えるとなんだか変な気持ちになった。龍聖自身、まだまだ自分が妊婦だなんて自覚はない。ただ『懐妊した』と知らされただけで、だからってすぐに体がどう変わったというわけでもない。唯一変わった部分は、左腕の痣の色だけだ。

テキパキと服を脱がされて、濡れた布で体を丁寧に拭かれた。まだ寝ぼけているようなぼんやりとした意識のままで、じっとシュレイをみつめていた。

「ねえ……シュレイ……オレ、どのくらい寝てる？」

「そうですね、もう3日になりますね」

「3日……いつまで続くの？」

「多分あと2、3日くらいでしょうか？　卵が生まれたら、元通りの体になりますよ、ご安心なさってください」

「え!!　もう卵が生まれるの!?」

「はい……卵室の中で卵が形成されるのに5、6日ほどかかります。産卵時期になれば、自然と産み落とされます。それまでは、卵を守るために自然と体温が上がります。熱が出ているような状態になって、体がだるくなり、ひどい眠気を伴います。ですが、病気ではありませんから大丈夫ですよ」

シュレイは優しく説明をしてくれた。その間にあっという間に着替えが済んでしまって、そこへちょうどのタイミングで、侍女が食事を運んできた。

小さな台に乗せられた食事を、龍聖の腿の上あたりに設置して、シュレイが食べやすいように準備をしてくれた。食事はコーンポタージュのように見えるスープ状のものと、小さく切られた果物だった。

「やっぱり卵を産むんだ……」

龍聖がポツリと呟くと、シュレイが頷きながら、冷ましたスープを口元へと運んでくれた。それを大人しく飲む。コーンポタージュではなかったが、そういう穀物系の味がした。ほんのりと甘くて美味しい。

「ねえ……卵って……どこから出てくるの？」

ちょっと質問をしてみた。聞くのが怖いが、気になって仕方がない。すでに予想はついているのだが、それを考えると複雑な気分になった。

「はい……お尻の……排泄部分からです」

「やっぱり……」

ガクリとして、差し出されたスープを飲んだ。ああ……やっぱり、やっぱりそうなんだ。まあ出せる穴といえばそこくらいしかないのだけれど……と龍聖は悶々《もんもん》と考えながら、また怖い考えになってしまう。

「あの……うっかり別のものが出てしまわないかな？　その……出産の時に……」

ドキドキしながら聞き返したら、シュレイにクスクスと笑われてしまった。

「大丈夫ですよ。私はリューセー様ではないので、実際のところは分かりませんが……聞いた話では、ちゃんとその時は分かるそうですよ？　リューセー様ご自身には……」

それって『便意』とは違うって意味なんだろうか？　と考えながら、あえてもう聞かずに食事を続けた。

「赤ちゃんはいつ頃生まれるの？」

「まだ先になります。卵が生まれてから約1年後です」

「1年!?」

龍聖は驚きの声を上げた。今のでちょっと目が覚めた。1年？　卵が生まれてから1年？　驚いたが、よくよく考えれば、人間の子供だって、母親のお腹の中に10ヶ月もいるのだ。1年もお腹の中で育てなくて良かっただけ、龍聖にとっては幸運なのかもしれない。

「そろそろ……いらっしゃる頃ではないでしょうか？」

「誰が？」

聞き返したのと扉が開いたのが同時で、龍聖はちょっと驚いて扉の方を見た。

「リューセー!!　起きていたのか？　大丈夫か？　どこか具合の悪いところはないか？　何か欲しいものはないか？」

現れたフェイワンが、笑顔で次々と質問をまくし立てながら駆け寄ってきたので驚いた。

「フェイワン……どうしたの？」

「お前が心配で見に来たのだ。どうだ？　辛いか？」

「大丈夫ですよ。ほら、食事も今済んだところです。シュレイがついていてくれるから、何も心配ないですよ」

龍聖が微笑んで答えると、フェイワンは心配そうな顔をしながらも微笑み返して、龍聖の体を抱きしめた。額や頬に何度かキスをして、唇にもキスをした。

「起きていて大丈夫か？　横になった方が良いんじゃないのか？」

「もう……フェイワン、オレは病気じゃないんだから……それより、他国の方々の接見はどうなったのですか？」

「ああ、あれなら心配はいらない。懐妊したと報告したら、またまた祝いで大騒ぎにはなったがな……後で起きられるようになったら、窓の外を眺めるといい。国民達がたいそう喜んで、お前のために街中を花で飾り立てている。とても綺麗だぞ」

そう言われると気になって、すぐにでも見たくなったが、体がだるくて立っていけそうにもない。それよりもまた眠くなってきていた。

「ごめん……フェイワン……なんかまたすごく眠いんだ……」

「ああ、そうだな、大事な体だ。ゆっくり休め」

フェイワンは龍聖の体を支えながら、背の枕を取って寝かせてくれた。前髪を撫でられて龍聖は安心したように目を閉じた。


次に目が覚めた時にシュレイに聞いたのだが、フェイワンは龍聖が眠っている間も、一日に何度も様子を見に来ていたそうだ。日中は政務で忙しいはずなのだが、大臣達に小言を言われながら、政務中に10回以上は抜け出して、様子を見に来ていたらしい……という話を聞いて、龍聖はおかしくて仕方なかった。

気の毒な事に、龍聖が目覚めた時になかなか会う事が叶わず、いつも寝顔をしばらく眺めて、頰や額を撫でたりして後ろ髪を引かれるように、政務へと戻っていっていたそうだ。

そんなに嬉しいのだろうか？

龍聖は他人事のように、ぼんやりと夢うつつな意識の中で思った。本来ならば、妊娠した妻には母性が芽生えて、我が子への期待と不安と喜びに満ち、夫の方は生まれてくるまでなかなか父親としての実感が湧かない……というもののような気がしていた。

だが龍聖達ではまったく反対のようだ。

フェイワンはあんなにも喜び、龍聖にはまったく実感がない。ただ本当にちゃんと産めるのだろうか？　大丈夫なのだろうか？　そんな考えだけが頭の中をグルグルと回っていた。不安というわけではない。ただ本当に実感がないのだ。

眠ってばかりで日々が過ぎゆく実感もなく過ごしていた龍聖には、今が一体何日で、あとどれくらいで卵が生まれるのかも分からずにいた。

そんなある日、龍聖は眠りから突然パチリと覚めた。いつもはぼんやりとした目覚めなのだが、その時はとてもはっきりと目が覚めたのだ。

『産まれる』

自分でもその時なぜそう思ったのかは分からないが確かにそう感じたのだ。ムクリと起き上がると「どうされました?」とシュレイが声をかけて立ち上がった。

「シュレイ……産まれる……と、思う」

「お待ちください」

シュレイは驚いた顔をした後、すぐに冷静な顔に戻ると呼び鈴を鳴らした。現れた侍女に早口で何かを言うと、侍女はとても慌てた様子で駆けていった。

「リューセー様、すぐに産まれそうですか?」

「ん……そうだね……結構近いかも……」

龍聖は少し苦しげな顔をして、下腹を押さえながら呟いた。下腹がズキズキと痛んだ。熱も持っている気がした。内臓が別の生き物みたいに活発に動いているような、なんだか変な感覚だった。痛みといっても声を上げるほどの痛みではない。腹の底から鈍い痛みがズクズクと湧き上がるような感じだ。これを何に例えれば良いのかは分からない。

シュレイが背中から腰のあたりを擦ってくれた。女の人が子供を産む時ってこんななのかな？　と、ふと考えたが、ドラマや映画で見る限りでは、こんな苦しみどころではない気がする。我慢出来ないような痛みではないし、むしろ苦しいというか、変な感じなだけなのだ。

『何かが下に下りてくる感じ』を実感しながら、活発に収縮を繰り返す下腹の動きがちょっと苦しかった。

すぐに医師が駆けつけてきた。

「これをお飲みください」と何かの薬を飲まされた。そのまま寝かされて、寝着の下半身をはだけさせられた。恥ずかしいのだが仕方ない。腰の下に厚手の布が敷かれて、枕のようなものを腰から尻にかけてのあたりに差し入れられた。

「寝たままで大丈夫ですか？　体を起こされた方が楽でしたらそのようになさって結構ですよ？」

医師に聞かれて、龍聖は考えた。どっちが良いかなんて分からない。出産なんてした事はないのだ。

「あの……力んだりしなきゃいけないですか？」

「先ほど飲まれた薬で、少しは楽に下まで卵が下りてくるとは思いますが……初めてでいらっしゃいますので、力まなければならないかもしれませんね」

医師が丁寧に説明をしてくれた。それならば体を起こした方が楽に出来る気がした。

「じゃあ……起きます」

龍聖は決心したように言って、シュレイに手を貸してもらいながら上体を起こした。膝を立てて体育座りのような体勢にさせられる。尻が上に浮くように、いくつも枕のようなものを尻の両側に敷かれて、真ん中を空けるような格好になっていた。すごく変な体勢だ。しかも体を起こしたら、下半身を露にして皆の前に晒している事を改めて自分で知る事になり、恥ずかしくてちょっと後悔した。医師はともかく、侍女達もいるのだ。

それでもいつまでも恥ずかしがってなどいられなかったのは、『卵が産まれる』という感覚が次第にハッキリとしてきたからだ。少し顔を歪めて、かなり出口近くまで下りてきている物体を感じる。

「シュレイ……」

龍聖は両手を伸ばしてシュレイにしがみついた。なんだか急に不安になった。自分は今から何をするんだろう?

「んんっ……」

龍聖はギュッと両目を強く瞑《つむ》って力んでみた。それはもう今にも出かかっているソレを出すしかない状況にあっての行動だ。ここで我慢をするわけにもいかない。尻の穴がめいっぱいに広がるのを感じた。結構大きいものが出ていくのだなあ……と思った瞬間、それはポロリと排出された。

「おお!」と医師達が声を上げて、なにやら慌しくなったのを感じながら、龍聖はシュレイの胸に顔を押しつけて、ハアハアと息をついていた。

『終わったのかな?』とぼんやりと思う。さっきまでの鈍い痛みが嘘のようになくなった。水の音が聞こえて何かを洗っているのだと思いながら顔を上げた。

「リューセー様、卵をご覧になってください」

顔を上げてシュレイと目が合ったら、微笑みながらそう言われた。

「卵……」

龍聖がシュレイに促されて視線を向けると、真っ白な布の塊を大事そうに持った医師が、恭しく龍聖の前へと差し出した。

「姫君でいらっしゃいます。おめでとうございます」

「え？　姫君？」

差し出されたフワフワの布の塊の真ん中に、薄い桜色をした卵が鎮座していた。表面がツルリとして光っている。

「抱いてさしあげてください」

シュレイに言われて、恐る恐るそれを布ごと受け取った。

「触っても……大丈夫なの？」

「はい、むしろリューセー様には、たくさん卵に触れていただかなければいけません」

龍聖はそれを胸に抱えるようにして片手で持つと、もう片方の手で触れてみた。指先でそっと触ると、卵の表面はプルリと柔らかかった。ちょうど殻《から》を剥いたゆで卵のような感じだ。卵の大きさは鶏の卵のLサイズかそれよりちょっと大きいくらいだ。

「これ……本当にオレが今産んだの？」

「はい、確かに今お産みになられましたよ」

「どうして姫君って？」

「卵の色です。その色は女のお子様の証です」

龍聖は感心したようにマジマジと卵を眺めた。薄い桜色をした卵の表面は、ツルツルで光沢があった。光が当たるとラメでも入っているかのようにキラキラと光を反射した。こんな物体は見た事ないし、綺麗だけどとても不思議だ。触ると温かい。これを今自分が産んだというのは、まったく実感が湧かない。

「これから卵が無事に成長するように、リューセー様には毎日抱いて、触れて、卵に魂精を与えていただかなくてはなりません」

「抱く？　温めないといけないの？」

「いえ、温める必要はありません。毎日ほんの1時間でもかまいませんので、魂精を与えてください。リューセー様の愛情の分だけ、卵は育っていきます」

そう言われて改めて卵をみつめた。それでもまだよく分からない。こんな小さな卵から、どうやって子供が生まれてくるのかも分からない。この卵が生きているのだという実感もない。

「卵は普段は卵槽《らんそう》に入れていますので、リューセー様はいつでもお好きな時に会いに行かれてください」

「卵槽？」

「別の部屋に用意しています。卵を守る器のようなものです。卵はご覧になって分かるように、殻も持たずとても脆《もろ》いものですから、特別に作った器に納めてお守りするのです。……今日のところはお疲れでしょうから、明日ご案内いたしますね」

シュレイは説明をしながら、丁寧に龍聖の下半身を拭いて後始末をすると、もう一度龍聖を寝かしつけた。

「……フェイワンは？」

「陛下は今、北の門に行かれておいでです。立ち会えなくて、ひどくガッカリされると思いますが……今、使者が行っているので、間もなく戻られるはずです」

シュレイが微笑みながら言ったので、龍聖もつられて笑った。『ひどくガッカリ』するフェイワンの姿が目に浮かんだからだ。

「少しお休みになられた方がよろしいです」

「うん……」

龍聖は頷くと、チラリと医師が大切そうに抱える卵を見た。医師は深く頭を下げてから、侍女達と共に、慎重に歩いてどこかに持ち去ってしまった。それをしばらく眺めてから、ゆっくりと眠りに落ちた。


パチリと目を開けると、目の前にフェイワンの顔があったので、龍聖はちょっと驚いてさらにはっきりと目が覚めた。パチパチと何度か瞬きをしたら、目の前にあるフェイワンの顔がほころんで笑みを浮かべると「おはよう」と言った。

「おはようございます。フェイワン……何をしているのですか？」

「お前の寝顔を見ていた」

フェイワンは目を細めて、嬉しそうな顔で答える。それを聞いて龍聖は一瞬驚いたように目を見開いた後、恥ずかしさが込み上げてきて頬を染めながら目を伏せる。身をよじって顔を逸らそうとして、フェイワンの腕枕に抱かれている事に気がついた。

「いつから……そうしていたんですか？」

「もう随分になるかな……空がまだ薄暗いうちからだ」

「おかしな方だ……」

龍聖が照れ隠しに呟くと、フェイワンがククッと喉を鳴らして笑った。ギュッと一度強く抱き込んで、龍聖の額にキスをした。

「具合はどうだ？」

「具合？」

そう言われて思い出す。そういえば卵を産んだような気がするが、あれは夢だったのだろうか？　改めてフェイワンをみつめる。

「あの、オレ……卵を産みましたよね？」

恐る恐る尋ねると、途端にフェイワンが破顔《はがん》した。

「ああ、そうだ。お前は立派な卵を産んでくれた。本当にありがとう……大変だっただろう？　体はなんともないか？」

フェイワンは愛しそうに龍聖に頬ずりをした。龍聖は改めてそう言われて、本当に自分が卵を産んだのだと理解すると共に、嬉しそうなフェイワンの様子につられて、思わず笑みを漏らした。

「そんなに嬉しいですか？」

「当たり前だ。お前とオレの子だぞ？　オレの家族が出来たのだ」

「あ、でもお医者様が姫君って……本当は王子が良かったのですよね？」

「何を馬鹿な事を言う」

フェイワンは一度顔を離してから、驚いたような表情で、目の前の龍聖の顔をじっとみつめた。それから額に口づけて頬にも口づけて、嬉しそうに笑う。

「どちらでもいいのだ。オレがどれほどに嬉しいか分かるか？　姫ならばお前に似て、絶世の美姫《びき》となるだろう……ああ、夢のようだ。まさかこんなに早くお前が身籠《みごも》ってくれるとは思っていなかったから、オレも未だに信じられないのだ。リューセー、お前は本当にオレの宝だ。愛してる。オレは本当に幸せ者だ」

フェイワンは何度も愛してると言いながら、龍聖の頬に口づけをし、唇を優しく吸った。熱烈な愛情表現に、龍聖は戸惑いながらも嬉しくなり、笑って口づけを受け止める。

未だに卵を産んだ実感はないのだが、フェイワンがこんなに喜んでくれるのならば、産んで良かったと思えてきた。一時は自分がどうなってしまうのかという不安もあったが、妊娠期間は短かったし、出産もそれほど大変ではなかったし、これならばもっと産んであげても良いかなとさえ思う。

「フェイワン、仕事はいいのですか？」

何度目かの甘い口づけを交わしてから、ふと思い出して龍聖が尋ねる。フェイワンは現実を思い出したのか、少しばかり残念そうな表情になった。

「ああ、そろそろ行かなければならないな……だが今日はお前が起きてくれて、こうして話す事が出来たから、安心して政務に向かえる」

フェイワンの言葉を聞いて、シュレイが言っていた話を思い出した。

「そういえばオレが卵を産む前は、何度も見舞いに来てくれていたのですよね？　夜の間はどうされていたのですか？　どこでお休みに？」

「もちろんここでお前と寝ていたよ？　あまり起きてくれた事はなかったが、片時もお前の側を離れたくなかったからな」

その言葉を聞いて、龍聖は恥ずかしくなって思わず赤面した。それって龍聖の事を好きすぎるだろうと思ったからだ。そんな恥ずかしい言葉を、臆面《おくめん》もなくフェイワンが言うので、こちらがいたたまれない気持ちになる。

「ご、ごめんなさい」

赤い顔をして目を伏せながら謝ると、フェイワンはくすりと笑ってから体を起こした。

「起き上がれそうか？」

「はい」

フェイワンは龍聖に手を貸して、一緒に起き上がり、側にある呼び鈴を鳴らした。


呼び鈴を聞いて、侍女が現れた。起きている二人を見て、すぐに二人分の着替えを持った侍女が四人小走りでやってくる。

「食事が出来そうなら付き合うぞ？　だがまだあまり無理はしない方が良い」

「オレなら、全然大丈夫です。むしろなんだか身が軽くなったくらいです」

「そうか……それなら安心した。後で一緒に卵を見に行こうか？」

「あ、はい」

龍聖は思いがけない言葉に、嬉しくなり頷いた。まだ実感がないので、一人で卵を見に行くのは少し躊躇してしまいそうだが、フェイワンと一緒ならば心強い。

着替え終わると、龍聖の朝食にフェイワンは付き合ってくれて（フェイワンは別に食事しなくても平気なのだが）それから政務のために出かけていった。龍聖は行ってらっしゃいのキスをして彼を見送り、一人部屋に残って、ふう……と溜息をついて長椅子に腰を下ろした。今日は朝からシュレイがいない。いつもならば、起きて着替えのために侍女を呼ぶ鈴を鳴らすと、シュレイも一緒に現れていた。それがいないのだ。何かあったのだろうか？

しばらくぼんやりと座っていたが、ふいにお腹を擦ってみた。普通だ。特になんという事はない。それから夢のように思っていた出産の時の事を思い出してみた。下腹が痛くなって、でも病気の腹痛などとは違っていて……どう違うのか？　と聞かれても、今改めて考えると上手く説明出来そうにない。あれはきっと体験した者にしか分からないだろう。

「卵……産んだんだよな……」

呟いて腰を浮かせると、手を後ろへと回して自分の尻を触ってみた。服の上から割れ目を擦ってアナルの辺りに触れてみた。別に痛みも残っていないし、まったくどうにもなっていないと思う。龍聖は座り直すと、また溜息をついた。

龍聖がエルマーンの歴史書を読んでいると、フェイワンが戻ってきた。

「勉強をしているのか？」

ぼんやりしていたので、フェイワンが戻ってきた事に気づかなかった。

龍聖は卵を産んだ事で、自分には竜王の世継ぎを産まなければならないという使命がある事を、改めて考えさせられた。北の城でのフェイワンの言葉を思い出したのだ。

フェイワンは「嫌なら産まなくても良い」と言っていたのに、いざ生まれるとあんなに喜んでいたのだから、やはり子供は欲しいのだろう。そう思ったら、今までの竜王とリューセーの事が気になってきて、歴史書を読んでみようと思いたったのだ。

でもまだ自分の中で、卵と子供が繋がらない。親になったという実感がない。それで本に集中出来ずに、ぼんやりとしてしまっていたのだ。

「あ、フェイワン！　もうそんな時間？」

フェイワンが戻ってきたので、お昼になったのかと思って時計を探した。

「いや、昼にはまだ少しある。仕事が一段落したので抜けてきたのだ」

フェイワンはニコニコと笑いながら、顔を上げた龍聖にチュッと唇を重ねた。そんな様子を見て、龍聖はクスクスと笑った。

「シュレイから聞きました。オレが寝込んでいる時、1日に何度も仕事を抜け出して見に来ていたそうですね。王様がそんな事をしたらダメだと思うんですけど……」

「いいんだ。ちゃんと政務はやっている。お前の事が気になっていたのだから仕方ないじゃないか……それよりも、卵を見に行こう」

「あ……はい、そうですね。行きましょう」

龍聖はちょっと考えてから頷いた。卵を見に行くというのは、なんだかまだ抵抗があった。見て『それ』だと分かるだろうか？　つまり『自分で産んだ卵』と分かるだろうか？　鳥の卵を眺めるのとなんら気持ちが変わらなかったらどうしようかという不安がある。シュレイは卵を抱いて魂精を与えて欲しいと言っていた。もしも卵が『鳥の卵』という物質的なものにしか見えなかった時、果たして自分の子供のように育てる事が出来るんだろうか？

しかしそんな不安をフェイワンに言うわけにはいかない。ましてやフェイワンと一緒に卵を見に行って、もしも『卵』が物質的にしか見えなくても、そんな素振りを見せるわけにはいかないと思った。


二人は一度廊下に出て、すぐ近くの、卵槽のある部屋へと向かった。部屋の前には、フェイワン達の私室の前と同じように、兵士が二人長い槍を持って立っていて、フェイワン達に気づくと深々と礼をしてから扉が開かれた。扉の先は部屋ではなくて、2、3メートルくらいしかないとても短い廊下が続き奥にまた扉があった。そこにも兵士が二人立っている。それを見ただけでも、この部屋がとても特別な部屋なのだと龍聖も理解した。

中の扉の前にいた兵士は、二人の姿を確認すると、一度深く礼をしてから扉に付いている鎖を引いた。すると少し間をおいて扉の小窓が開き誰かがこちらを覗き見た。パタリと小窓はすぐに閉じて、中の方でガチャガチャと音がしたので、龍聖は驚いて隣に立つフェイワンの顔をみつめた。

「鍵は中からかけられているんだ。簡単にはこの扉は開かない」

「そんなに厳重なのですか？」

「ああ、卵を守る部屋だからな」

フェイワンはサラリと答えたのだが、龍聖は驚きを隠せない。ギギギッと重々しい音がして、その頑丈な扉がゆっくりと開いた。扉の向こうは小さな部屋になっていた。柔らかな色の明かりに満ちた部屋だった。

「陛下、リューセー様、お待ちしていました」

「シュレイ！　ここにいたの!?」

出迎えたのはシュレイで、その姿に驚いて龍聖が思わず声を上げたので、シュレイがクスクスと笑った。

「はい、申し訳ありません。まだ卵を護衛する責任者が決まっておりませんので、私が代わりに付いています」

「護衛の責任者？」

龍聖が不思議そうにフェイワンに尋ねたので、フェイワンも困ったように頷いた。

「ああ、卵が孵るまでの間、ここを守る責任者を任命しなければならないのだ。慣例ならば王の身内であるロンワンの中から選ばれるのだが……オレには兄弟がいないし、タンレン達はすでにそれぞれが重要な責務についているからな……1年もの間、役職を兼任する事も難しい……今、誰にするか選んでいるところだ。シュレイには申し訳ないが、彼に選任を任せているんだよ」

フェイワンの説明を受けて、シュレイが頷いたので、龍聖は二人を交互にみつめた。そんなに厳重に卵は守られているのだと知って、とても驚いていた。

フェイワンは龍聖の手を取って前へと進んだ。

「ほら、それが卵槽だよ」

言われて改めて視線を向けると、部屋の中央に大きな楕円形の物体があった。四角い金の台座の上に、楕円形の……それこそ『卵型』の透明な水槽のようなものが乗っていた。『水槽のようなもの』と思ったのは、中に液体が入っているように見えたからだ。その卵型のガラス製のような透明の器には、金の輪っかが3箇所ほど嵌っていて補強してある。てっぺんには丸い金色の蓋が付いていた。

「ご覧、中に卵が浮かんでいるだろう」

フェイワンが目を細めて微笑みながら、器の中を指差したので、龍聖は少し屈んで中を見た。中央に浮かんでいるような桜色の卵の姿が確認出来た。時折下から上ってくる泡が、卵に絡まりゆらゆらと揺れている。沈むでもなく、中央あたりに浮かんでいた。

「これは卵のベッドみたいなものだ。こう見えても、かなり頑丈で簡単には壊れない……鉄槌《てっつい》で叩いても割れないいんだ」

フェイワンが龍聖の手を取って、その水槽のようなものの表面を触らせながら説明してくれた。触れた感じはガラスのようだ。強いのならば強化ガラスとか防弾ガラスとかそういう感じのものなのだろうか？　表面は温かい。

「中は温かいのですか？」

「ああ、人の体温くらいの温かさになっている……常に適温になるように管理されているんだ」

水槽の向こうに侍女が四人並んで、こちらに向かってひざまずいていた。

「彼女達が世話を？」

「はい、この下の台座に、温めた石を入れてあります。中の温度が一定になるように、常に気をつけて取り替えたりしています」

シュレイが代わりに答えてくれた。

「リューセー様、卵を抱いてさしあげてください」

「ああ、そうだな、抱いてやってくれ」

フェイワンとシュレイから言われて、龍聖はゴクリと唾を飲み込んで、じっと水槽の中に浮かぶ卵をみつめた。シュレイが上の蓋に付けられた鍵を開けると、パカリと開いて見せてくれた。

龍聖は一度二人の顔をみつめてから、恐る恐る卵槽に近づくと開いている蓋の中を覗き込んだ。かすかに甘い香りがするような気がした。水面がゆらゆらと揺れていて、中に卵があるのが見える。

「あの……手を入れても大丈夫?」

「はい、手でじかにすくい上げてください。とても柔らかいものなので、あまり力を入れないでください」

そんな事を言われると緊張してしまう。龍聖はまたゴクリと唾を飲み込んでから、手を中へと差し入れた。卵槽はとても大きなもので、大人一人くらいすっぽりと入ってしまうだろう。上の口も広いので、ゆったりと両手を差し入れる事が出来る。

水のような液体に手を浸けると生温かった。お湯というほどではないが、冷たくもなくちょうど良い。一度手の先で卵に触れてみて、その感触を確認してから、両手で包み込むようにそっと持つと、慎重に上へと持ち上げた。

まだ両手の中に納まるくらいの小さな卵。外へと出して、胸元に抱くように脇を締めて持ってから、そっとフェイワン達の方を見た。

二人ともニコニコと笑っている。

「そんなに怖がらなくても大丈夫だよ……落としたりよほど強く握らない限りは大丈夫だ」

フェイワンがハハハと笑って言ったが、龍聖には笑えなかった。手の中にある卵は温かくて柔らかい。プニプニとした弾力があって、ツルツルしてて……本当にゆで卵みたいだった。

「名前を考えなければいけないな」

フェイワンが嬉しそうに目を細めて、顎を撫でながら言い、「そうですね」とシュレイも頷いた。

「名前？　卵の？」

龍聖が聞き返すと、また二人が笑う。

「卵……そうだな。オレ達の娘の名前だ。名前をつければ、少しはお前も卵が我が子であるという実感が湧くだろう。抱く時も名前を呼びかけてやれば、気持ちも少しは変わる」

言われて改めて手の中の卵をみつめた。こうして手の中に持っていると、この卵が決して『ゆで卵』ではなく生きているというのが分かる。なぜなら温もりが『冷めない』からだ。手の中の卵は、ずっと同じ温もりを保っている。龍聖の手の熱ではない。確かに卵の温もりなのだ。殻がない分それがじかに伝わってくる。

「手に……こうして抱いているだけでいいんですか？」

「ああ、それだけでも十分に喜んでいるはずだ。母親に抱かれるのは嬉しいはず。頬ずりしたりキスしたりしても喜ぶぞ」

「喜ぶ……」

その表現にはまだピンと来ない。卵が喜ぶ……果たしてこの卵にそういう意思があるかどうか分からない。でも母親ならば、赤ちゃんを抱きしめてキスして頬ずりするだろう。やろうと思わなくても、自《おの》ずとそうしたくなるはずだ。愛情があれば……。

「リューセー様のお手を通して、魂精が卵に伝わっているはずです。まだ実感が湧かないとは思いますが、毎日そうしていただければ次第に卵も育ってまいりますから……いずれ分かると思います」

シュレイの話をぼんやりと聞いた。そうなのだろうか？　母性というのはいずれ湧くのだろうか？　男でも？　その場合、『父性』ではなく、『母性』になるのだろうか？

考えながらフェイワンをみつめた。フェイワンはずっとニコニコしていて、とても嬉しそうだ。卵をみつめては微笑み、龍聖をみつめては微笑む。卵を抱く龍聖の姿を見るのが、特に嬉しいようだ。

「フェイワンも、こんな卵だったの？」

「ああ、そうだな。さすがに自分では覚えていないんだが……オレ達は卵から孵る」

「竜は？　シーフォンの持つ竜はどうやって生まれるの？」

「シーフォンの男子は、赤子の姿で生まれる時に、胸に竜の卵を抱いて出てくる。竜の卵は孵るのに、しばらく時間がかかるんだ」

「へえ……」

不思議な話に、龍聖はぼんやりとしてしまった。やはりこの世界は、龍聖のいた世界とは次元が違うのだと思い知らされる。あんなにたくさん空飛ぶ竜を見たり、自分が卵を産んでしまったりしてさえ、その『違い』を忘れそうになる。それはフェイワン達が自分と変わらない『人間』にしか見えないからだ。

竜なんて大雑把《おおざっぱ》に言えば恐竜みたいなものだし、ネス湖のネッシーじゃないけど、現代でもどこかにそういう生き物が生息していたって不思議じゃない気がする。だが『人』と『竜』が一対《いっつい》で、一緒に母の体から生まれてくるのだと聞かされると、やはりそれは違う『次元』なのだと思う。

「リューセー様、立ったままではお疲れになるでしょう。どうぞ椅子におかけになってください」

シュレイが龍聖を脅かさないように、そっと体に触れながら、すぐ側にある椅子の場所へと導いてくれた。ふかふかのソファのような大きな椅子に、手の中の卵を気にしながら龍聖は腰を下ろした。フェイワンが隣に座り、龍聖の肩を抱き寄せる。

　見るとやっぱりニコニコと笑っている。

「フェイワン……そんなに嬉しい？」

　思わず聞いていた。

「ああ、そりゃあ嬉しいさ。オレ達の子だ。お前は嬉しくないのか？」

「嬉……」

『嬉しい』と言いかけて言葉を止めた。それは本心ではないからだ。フェイワンを相手にこんな事で嘘をつきたくなかった。

「分からない。嬉しいって気持ちはないけど……別に嫌とかそういうわけじゃないんです。この卵が自分の子だっていう実感がなくて、フェイワンみたいに手放しでは喜べないです……ごめんなさい」

　龍聖は卵をみつめたまま答えた。今フェイワンの顔を見るのが怖くて、ただひたすら卵をみつめていた。すると肩を抱くフェイワンの手が、優しく肩から背中までを撫でた。顔を向けると、フェイワンは優しく微笑んでいる。

「当然だ。それは当然の事だよ。リューセー。そんな事を気に病んではいけないよ？　我々と大和人では種族が違うのだ。リューセー達の体はどちらかといえばアルピン達に近い……人間というものはそういう造りをしていて、卵を産まないし、第一男は子を産まないのだから、実感がなくて当然だ。無理はしなくて良い。一緒に育てていけば、きっとそのうちリューセーも子が愛しく思えてくるだろう。お前はとても優しいから、きっと子を慈《いつく》しんでくれると思う。オレはな、お前がそうやって卵を大事そうに抱いてくれる姿を見るだけで嬉しいんだ。ただそれだけだ」

フェイワンがその低い声で、優しく優しく語りかける。すぐ目の前にある美しい金色の瞳が、とても柔らかな色を宿す。じっとみつめ合って、龍聖は穏やかな気持ちになった。重心をフェイワンの体に傾ける。その広い胸にもたれかかると、肩を抱くフェイワンの手が、さらに強く抱き寄せてくれる。

「こんなに早く子に恵まれるとは思わなかった。お前は宝だ。我々の宝だ」

フェイワンが囁きながら、龍聖の旋毛《つむじ》に口づけている。龍聖は両手ですっぽりと卵を覆い包むと、その手の上に唇を寄せた。無事に育ってくれれば良いと願った。こんなにフェイワンが喜ぶのだから、ちゃんと孵るように育って欲しい。

「子供って出来にくいの？」

「ああ、とても出来にくい。だからこそ最初が大事だから、北の城のあの部屋で子作りをするのだ。あれでも出来ない場合もある。リューセーが身籠りにくいだけではない。もともとシーフォンは繁殖能力が低い。だがリューセーが卵を産めば、少しは良くなるだろう」

「オレが産んだら……何かあるの？」

「シーフォンはとにかくリューセーの影響を受けやすい。リューセーとは竜の聖人の事だからな。ほら、男達はお前の香りに惑わされたりしただろう。あれもそのひとつだし……竜達がお前に懐くのもそうだ。お前が身籠ったり、卵を産み育てる事で、今度はシーフォンの女達が影響を受けるはずだ。オレは男だからよくは分からないが……男を惑わせる香りに似たような感じのものが出るのではないかな？　リューセーが子を産むと、シーフォンの女達の繁殖能力が上がると言われている。たくさんの子に恵まれた王の時代は、シーフォンが栄えると言われるのもそういう意味だ」

話を聞きながら、また龍聖は卵をじっとみつめていた。

「なんか……オレって責任重大なんですね」

ポツリと呟いたら、髪を撫でられて頬にキスされた。

「子作りに関しては、オレにも責任がある。だがお前はすでに、こんなに立派な娘を産んでくれたではないか……十分だ。十分すぎるくらいだよ。オレ達は婚姻したばかりなのだぞ？　これから長い人生を共に過ごすのだ。時間はたくさんある。焦らずとも良い」

「うん……そうですね」

龍聖は頷いて手の中の温もりを再確認した。

第14章　孵化《ふか》

「タンレン様」

タンレンが兵舎棟へと向かうため城から続く廊下を歩いていると、後ろから声をかけられた。その声は知っている声で、まさかと思って驚いて振り返った。そこにはシュレイが立っていて、深く頭を下げている。

「タンレン様、もし差し支えなければ少しお時間をいただいてもよろしいでしょうか？」

「あ……ああ、かまわないが……」


シュレイの私室へと招かれる。椅子を勧められたタンレンは大人しく座ると、茶の用意をするシュレイをぼんやりと眺めていた。やがて「どうぞ」と茶を差し出されて、向かいにシュレイが座ったが、ぼんやりとみつめてくるタンレンの様子に、シュレイは少し首を傾げて「何か？」と怪訝《けげん》そうに尋ねた。

「あ、いや、すまん。もう口もきいてくれないだろうと思っていたものだから驚いたんだ」

「え？　なぜです」

「君を怒らせてしまったようだから」

少し困ったように言うタンレンに、シュレイはまた首を傾げて考えた。

「怒らせた？　私をですか？」

「君が気にしていないのなら別に良いよ。むしろオレには都合が良い。逆にここでまた思い出させて、せっかくの機会を逃すのも損だ」

タンレンはクスリと笑うと、差し出されたカップをようやく手に取った。シュレイは少し眉を寄せて困ったような顔をしていた。

「それで何かオレに用が？」

「ああ……失礼しました。実は、ご相談したい事がありまして……陛下からは、私に一任すると言われたのですが、私も何分初めての経験で……心もとないもので……」

「ああ、なんでも聞いてもらってかまわないよ」

「卵の事です。卵の護衛の責任者……誰を任命するのが適任でしょうか？」

シュレイがとても真面目な顔で、本題を突然切り出したので、タンレンは「ああ……」と唸って少し考え込んだ。

慣例ならば、卵の護衛責任者は国事の最重要任務に値し、王にもっとも近しい血縁者を任命する。王弟などがそうなのだが、フェイワンには兄弟がいない。

「こうなると……一番近いのは、オレか弟のシェンレンか……ユイリィなんだが……」

そこまで言ってタンレンは黙り込んでしまった。シュレイも目を伏せた。ユイリィにはもうその資格はない。

「困ったな」

タンレンが苦笑したので、シュレイは黙ったまま頷いた。しばらくの間二人ともカップから立ち昇る湯気を眺めていた。

「陛下は……昔と違ってシーフォンの数が減ってしまった今は、慣例にこだわっているわけにはいかないだろうとおっしゃられました。ですから……王族だけにこだわらずとも、その職務を任せられる者ならば誰でもかまわないとおっしゃいました」

「それでシュレイに誰を選ぶか任せると」

「はい……陛下にそこまで信頼していただけるのは光栄なのですが……ですが私の口から、シーフォンの中のどなたが良いとは選びがたく……」

「だがさすがにオレにはその任務は無理だな。国内警備をオレ一人で指揮しているだけでも手がいっぱいだ。東西南北の関所の管理を任せていたユイリィのいない今は、すべてオレがやらねばならない。弟のシェンレンにも手伝ってはもらっているが……シーフォンは人手不足だ」

『人手不足』という皮肉には、さすがにシュレイは笑えなかったらしく、目を伏せて考え込んだ。

シーフォンで、タンレン達くらいの若い世代は人数が少ない。それよりも上の世代で、現役で職務に従事している者は、それなりの役務を持っている。その中から選べと言われても、シュレイが悩むのも無理はなかった。

「シュレイ、分かった。オレから一度陛下に話をしてみよう。王族以外の誰でも良いというのならば、むしろ陛下から任命してもらった方が、他の皆の手前角《かど》も立たないだろうし……その方が良い」

タンレンの提案に、シュレイはとても安堵した顔になった。

「そうしていただけると、どんなに助かる事か……本当にありがとうございます」

シュレイは深々と頭を下げて、それから少し笑みが零れた。それを見てタンレンも微笑んだ。

「じゃあオレはこれで……今日中にその件はなんとかするから安心しなさい」

タンレンが立ち上がって念を押すように言うと、シュレイも慌てて立ち上がり、また頭を下げた。

「お忙しいのに、本当にすみませんでした。ありがとうございました」

「いや、こっちこそありがとう」

「え？」

キョトンとするシュレイに、タンレンは右手を伸ばして、そっとその髪を撫でた。

「こういう時に、オレを頼ってくれるのはとても嬉しい。それくらいには、オレは君から特別に好意を持たれていると思っても良いんだろう？」

「私は……今も昔も、タンレン様が一番信頼出来る方だと思っています。タンレン様から受けた数々のご恩を忘れた事はありません」

「恩などは良いから、それよりももう少しオレを好きになってくれると嬉しいんだがな」

「別に嫌いなどと申し上げた事はございません」

シュレイは困ったように俯いた。タンレンが優しく頬を撫でるとビクリと体が揺れる。

「じゃあ好き？」

「お戯《たわむ》れを……」

シュレイは眉を寄せて面《おもて》を上げると、寂しそうにみつめるタンレンの瞳があったので、驚いてじっとみつめ返した。

「今でもオレが命令すれば、夜伽《よとぎ》をしてくれるの？」

「……ご命令とあれば……」

「嘘だよ。もうそんな事はしないよ」

タンレンは苦笑して、もう一度シュレイの頬を撫でてから手を離した。

「それじゃあ、さっきの件はまた後で……」

「あっ……タンレン様……」

笑って手を振ってから、タンレンはさっさと部屋を出ていってしまった。シュレイはその後を追おうとして、パタンと閉じられた扉をみつめるとキュッと唇を噛んだ。

タンレンと最後に体を重ねたのはいつの事だっただろうか？　もう随分前のように感じる。いつからタンレンが、シュレイに夜伽の相手を命じなくなったのかは覚えていない。遊びに飽きたのだろうとシュレイは思っていた。体を求められたのは、興味本位からだったのだろう。こんな体を好き好んで抱きたいなどと思う者がいるとも思えない。

タンレンの事はとても尊敬している。すばらしい人だと思っている。アルピンに対しても慈悲深く、分け隔てなく接してくれるのはタンレンくらいのものだ。シュレイの事も、いつも庇ってくれていた。だから大恩があると思っていて、そんなタンレンが求めるのならば、こんな体で良ければと差し出した。

それなのに、いきなり『愛している』などと言われても、気が触れているとしか思えない。そんな言葉を信じろと言う方が無理な話だ。タンレンの戯れなのだと思う。しかしそう思うと胸がひどく痛んだ。

本当は、タンレンが戯れなどでそんな言葉を口にする人ではない事は、シュレイにもよく分かっている。あの瞳に嘘偽りがない事もよく知っている。そしてシュレイにはそれに答えることが出来ない。

「私はすべてをリューセー様に捧げているんだ。何を迷う……」

シュレイはギュッと拳《こぶし》を握り締めて、独り言を呟いていた。


翌日も龍聖が卵室へ行くのにフェイワンが付き合ってくれた。また1時間ほど卵室の中で卵を抱いて過ごす。不安を拭えない龍聖には、フェイワンが付き添ってくれるのが嬉しい。

卵の部屋から龍聖が帰ろうとすると、フェイワンも一緒についてきた。

「仕事に戻らなくていいのですか？」

「少し休憩をしてから戻るよ……一緒にお茶でも飲まないか？」

フェイワンがニッコリと笑ってそう言ったので、それがなんだかナンパされているようで、龍聖は思わずクスッと笑ってしまった。

「ええ、ぜひ」

龍聖が嬉しそうに頷いたので、フェイワンは少し安堵した。実のところ、初めて卵との対面をした時、龍聖が動揺しているように見えたのが心配だったのだ。その夜はいつものように振舞っていたが、龍聖らしくないと思った。口数も少なかった。今日も変わらずどこか不安そうにして見える。今は側にシュレイもいないので、このまま龍聖を、一人で部屋に戻したくなかった。

二人で仲良く部屋に戻ると、侍女にお茶の支度を頼んだ。ソファに二人で座ると、フェイワンが龍聖の肩を抱き寄せて頬に口づけた。

「疲れていないか？」

「少しも……フェイワンはオレに過保護すぎますよ」

龍聖は照れたように答えた。その頬にまた口づけられる。

「卵を産んだばかりなのだ。心配するのは当然だろう？　オレは何もしていない。お前にばかり負担をかけている。すまない」

「負担だなんて……」

心配そうなフェイワンの様子に、龍聖は困ったように笑ってみせた。自分が卵に対して、まだ母性を感じていないというわだかまりを持っている事を、フェイワンに気取《けど》られてしまっているのだろうなと思ったからだ。

侍女がお茶とお菓子をテーブルに並べて、二人に深くお辞儀をしてから、別の間へと下がっていった。二人はお茶を飲んで、同時にホッと息をついたので、顔を見合わせて笑い合った。

「それにしても、卵専用の部屋はすごく厳重に警備されてるんですね。昨日は驚くばかりだったのですが、今日改めて見ていたら、なんだか秘密基地みたいだと思って感心しました」

「卵はあのように脆くて儚いからな……悪者が攫おうと思えば簡単に攫えるし、卵を割る事も簡単だ……あんな小さな卵でも、王の嫡子《ちゃくし》なのだ。厳重に守るのは当然だろう」

「そうですね」

龍聖はそれを聞いて、また少し怖くなってしまった。育てられなかったらどうしようと思ったのだ。

「お前にはオレがいるし、シュレイもいる。護衛責任者が決まればもっと心強いだろう」

フェイワンはそう言って、龍聖の髪を撫でて、優しく口づけた。龍聖はフェイワンの体にもたれかかるように寄り添った。

フェイワンほど頼りになる人はいないと思う。こうして龍聖のすべてを包んで守ってくれる。本当はどんな小さな不安でも、すべてフェイワンに吐露《とろ》してしまえば良いのだろうと思う。きっとフェイワンはすべてを受け入れてくれるし、守って解決してくれるだろう。でもそこまで甘えてはいけないような気がしていた。

しばらくして扉がノックされて、フェイワンの侍従が現れた。

「陛下、タンレン様がお話があるとおいでですが……」

「タンレンが？　ああ、通してくれ」

フェイワンが頷いたので、侍従は一旦扉の向こうへと消えた。龍聖は身を起こして姿勢を正すと、タンレンが来るのを待った。

「フェイワン、休息中にすまないな。他の連中がいない所で話をしたかったものだから、お前の休憩時間を狙ってきたんだ」

タンレンが颯爽《さっそう》とマントを翻《ひるがえ》しながら、大股で部屋を横切ってきた。龍聖の前まで来ると、うやうやしく頭を下げた。

「リューセー様におかれましては、姫君のご出産、誠におめでとうございます」

「ありがとうございます」

龍聖は微笑んで礼を述べた。

「おいおい、それはまだ早いだろう。祝いは卵が孵ってからだ。あまりリューセーに精神的な負担をかけるな」

「そうだったな。リューセー様、失礼いたしました」

タンレンがまた深く頭を下げたので、龍聖もつられて頭を下げた。タンレンは立ち上がると、向かいの椅子に腰を下ろした。

「それで、皆のいない所でしたい話とは？」

「ああ……実は卵の護衛責任者の事なんだが……シュレイに聞いたが、お前からシュレイに一任すると言ったそうだな」

「ああ、言った。その事か？　シュレイでは何か不都合でもあるのか？」

「あるだろう。慣例通りでなく、王族以外のシーフォンから選ぶとなれば、選ばれた者は光栄だが、選ばれなかった者に対してシュレイの立場では角が立つ。それでなくても、シュレイは今までシーフォン達の間で色々と嫌な思いをしている。お前も知っているはずだ」

タンレンの言葉に、フェイワンは難しい顔になって腕を組むと考え込んだ。

「お前が誰かを指名した方がいい。お前の命令なら角も立たないだろう。王族以外が選ばれるのも、皆が仕方ない事だと納得する」

「そうだな。正直なところ、オレも誰を選ぶのが良いのか迷っている。龍聖の側にいて、龍聖に仕えるため様々な事を学んでいるシュレイならば、誰が適任なのか判断出来るかと思ったのだ。押しつけてしまったようですまなかったと思う。お前は誰が良いと思う？」

二人の話を聞いていた龍聖が首を傾げた。

「すみません。話に口を挟むつもりはないのですが……卵の護衛責任者というのは、今シュレイが代わりになっているのですよね？」

「ああ、1年間あの部屋でのすべての責務を負う役目だ。これは国事に匹敵する重要な職務なんだ。

今までは王の兄弟が任命されていたんだが、オレには兄弟がいないから、すぐに誰と任命出来ていないのだ」

フェイワンの説明に、ようやく龍聖は納得して頷いた。

「とても信頼出来る相手にしか任せられないんだ」

「ではタンレン様にやっていただいたら？」

「申し訳ありませんが、オレには無理なんですよ。現在の職務で手がいっぱいなのです。これは片手間に出来る仕事ではありません」

「そう……では、ラウシャン様やユイリィ様もダメなんですね」

ユイリィの名前に、フェイワンとタンレンは顔を見合わせた。

「リューセー、ユイリィは現在謹慎中だと話しただろう？」

フェイワンが優しく諭《さと》すように言った。詳しい刑務については龍聖には語られていなかったが、ミンファ達がそれぞれ罰を受けたという話は簡単にしてあった。

「信頼出来る者ならば誰でも良いのですか？　どういう人が良いという条件はあるのですか？」

「そうだな、特に条件はないが、兵士や侍女を束ねなければならないから、自らも動いて指揮出来る者が良いし、卵の管理をする上で気配りが出来る者ならなお良いだろう。精神的にも肉体的にも若い者の方が良いかもしれないな」

フェイワンが考えながらそう説明したので、タンレンも同意して頷いた。

「ではメイファンはいかがですか？　メイファンの謹慎はもう解かれているんでしょ？」

「メイファン？」

これにはフェイワンとタンレンも驚いて顔を見合わせた。確かにメイファンの謹慎は解かれていた。彼は元通り関所周辺の任に戻っている。メイファンがミンファの催眠術で操られていた事は、ユイリィの証言で明白だった上、以前に賊《ぞく》から龍聖を助けた一件もあり、情状酌量《じょうじょうしゃくりょう》で許されていたのだった。

「しかし……」

二人とも難しい顔になり腕組みをした。

「メイファンはとても気の毒だと思っています。神殿長のバイハン様も気に病んでいらっしゃると伺いました。これで彼が汚名返上出来るように、がんばってくれればと思うのですが……ダメですか？オレはメイファンの事が好きだから、どうにかがんばって欲しいと……手助けしたいのです。本当は、ユイリィ様にお願い出来ればと思ったんですが、それがまだダメだというのならば、メイファンにチャンスを与えたいんです。オレは……二人とも、悪い人だとは思えない。色々とあったとは思うんですけど……確かにオレも怖い目にはあったけど、別に恨んでなんかいないんです。二人はきっと後悔しているはずだと信じています。だから……オレがメイファンにお願いしたいと言ってもダメですか？」

フェイワンとタンレンは、しばらく考え込んでから、互いに顔を見合わせた。

「メイファンは明るくて人当たりも良いし、アルピンに対しても優しいところがあります。とても気配りが出来るし……卵の世話もきっと出来ると思うんです」

龍聖が一生懸命に言うので、フェイワンは困ったように溜息をついて頭をかいた。一度タンレンと目を合わせると、タンレンは肩をすくめてみせるので、フェイワンはもう一度深く考え込んだ。その様子を、龍聖は心配そうに見守っていた。

「リューセーがそこまで言うのならば……そうしよう。メイファンも喜ぶだろう」

「ラウシャン殿は苦い顔をするかもしれないがな」

タンレンが付け加えてハハハと笑った。

「オレのリューセーは、なんと慈悲深いのだろう。なぁ、タンレン」

「ああ、実に優しきお方だ」

「そんなんじゃないです」

龍聖は恥ずかしくなって俯いた。

別にそんなんではない。偽善者なのかもしれない。ただ現代人の龍聖は、王制の厳しい罰則や規律に慣れていないだけなのだ。

現代では罪人にも裁判をして罪を軽減したり、罪状を改めるチャンスがある。人権がある。王や王妃の暗殺を企《くわだ》てるという事が、大変な罪であるというのは理解出来るが、理由の如何《いかん》を問わずそのまま厳罰に処されるという現状を、龍聖はまだ受け入れられなかった。

情状酌量も出来ないような極悪非道な悪人ならばともかく、ユイリィやメイファンなどのように知っている人物ならば尚更だった。彼らにも何か逃れられない理由があったのだろうと信じたかった。

ふいにフェイワンが真面目な顔で、龍聖の顔を覗き込んできた。

「しかしリューセー、これだけは先に言っておくが……この任務は本当に重要なのだという事は理解して欲しい。今度はもう些細なミスも許されないのだ。万が一、卵に何かあった場合は、もう二度とメイファンは許されはしない。シーフォンに死罪はないが、それに値するほどの重い罰を受ける事になる。たとえそれがメイファンだけのせいではなくともだ……分かるな？　卵はただの卵ではない。オレ達の子供なのだ。まだ孵っていなくとも、我々の大事な……生きている子供なのだという事を忘れないで欲しい」

改めてそう言われて、龍聖はゴクリと唾を飲み込んだ。もしかしたら、とんでもない発言をしてしまったのかもしれない。一番分かっていないのは自分なのだろう。

テラスに立つと、心地良い風が吹き抜けていく。その風はとても良い香りを届けてくれていた。眼下に見下ろす町並みは美しい。それというのも、家々の窓辺や、町のいたるところに花々が飾られているからだ。

それは第一子を懐妊した王妃・リューセーを労《いたわ》って、民達が飾り立てたものだ。花の香りが風に乗ってリューセーの元に届けば、きっと心が安らぐだろうと民達が思ってしてくれているのだ。

懐妊の報が民達に伝えられてからすでに9日が経つ。その間にもう卵も生まれてしまった。だが花はなくなる事はなかった。枯れればすぐに新しい花が飾られるのだと、シュレイが教えてくれた。

卵が生まれて3日。あれから毎日卵に会いに行っていた。それが龍聖の務めで、そうしなければ卵は育たないし、孵らない。

ふと風に煽られてめくれ上がった袖から覗く左腕を見た。懐妊した時、赤く変わったあの痣も、元の青い色に戻っていた。

「リトマス紙みたい……」

龍聖は苦笑しながら左腕を撫でた。

「ここにいたのか」

後ろからフェイワンが声をかけてきたので、微笑みながら振り返った。

「また仕事を抜け出してきたのですか？」

「卵に会いに行く時は、一緒に行きたいんだよ」

フェイワンがちょっと口を尖らせるようにして言い返したので、その様子が少し子供っぽくて笑ってしまった。

「じゃあ早速行きましょうか？」

龍聖が部屋の中へと入り、フェイワンと手を繋いで行こうとした時、不思議な声が聞こえてきたので、龍聖は思わず足を止めてしまった。

「今の聞こえた？」

龍聖が不思議そうな顔をして、フェイワンの顔を見ると、フェイワンも少し眉を寄せて首を傾げた。

『アオアオアオアオッアオッアオッゥオウッ』

また変な鳴き声が聞こえてきた。

「あれ……何？」

龍聖が目を丸くしてフェイワンをみつめると、フェイワンは途端に顔を歪めて渋い顔になった。

「気にするな……」

フェイワンが言って、再び歩き出そうとした時、またそれが聞こえてきた。

『アオアオォッアオゥッオウオウッ』

今度は龍聖が吹き出していた。アハハハハと笑ってからフェイワンの顔を見た。

「あれって……もしかして、ジンヨン？」

尋ねられてフェイワンがチッと舌打ちをした。

「あいつ……なんであんな鳴き声……」

「行ってみよう！」

「いい！　気にするな」

「でも……」

『アオアオアオッアオッアオッ』

「アハハハハ……変な鳴き声！　どうしたんだろう……行ってみましょう！　ね？」

嫌がるフェイワンの手を引いて、龍聖はジンヨンの元へと向かった。


「わざとなんだよ、あいつ、お前の気を引こうとして、わざとあんな声を出しているんだ」

行く間、ずっとフェイワンがブツブツ文句を言っていた。それを聞きながら、龍聖はずっとクスクスと笑っていた。階段を上りきり、ジンヨンのいる塔の上まで上がる。

「ジンヨン！」

龍聖が大きな声で名を呼ぶと、ジンヨンが首を持ち上げて、前脚を揃えてお座りのようなポーズを取っていた。ブンブンと尻尾が振られるたびに、空気が鳴る。

「ジンヨン!!　元気だった？　なんだかものすごく久しぶりだよね」

駆け寄る龍聖を出迎えるように、ジンヨンが首を下げて、頭を床スレスレまで下ろしてきた。その頭にギュッと龍聖が抱きつくと、グルルルッとジンヨンが喉を鳴らす。激しく尻尾を振るから、床に当たってバンバンと音を立てていた。

「さっきのあれは何？　なんであんな変な声で鳴いたりしたんだ？」

龍聖が楽しそうに笑いながら、ジンヨンの鼻頭を撫でて尋ねると、ジンヨンがグググッと唸った。

「なんて言ってるの？」

クルリとフェイワンの方に顔を向けて尋ねると、フェイワンは少し離れたところで腕組みをしながら面白くなさそうな顔をして立っていた。

「寂しかったんだと」

仕方なくフェイワンが通訳をする。

「寂しかったんだ？　そう、ごめんね。オレ、卵を産んだんだよ……知ってる？」

龍聖はジンヨンに語りかけて鼻を撫でると、ジンヨンがグググッと唸った。それを聞いて、また通訳を期待するかのように龍聖がフェイワンを見たので、フェイワンは腕組みしたまま「知っている、おめでとうだと」と答えた。

「ふふふ……ありがとう。ジンヨンとフェイワンは二人で一人だよね？　じゃああの卵のパパはジンヨンでもあるって事なのかな？　なんか不思議だよね」

龍聖は楽しそうに笑って、ジンヨンの鼻から頬にかけてを撫でながら、金色の大きな瞳を覗き込んで言った。するとまたジンヨンが目を細めてググッと喉を鳴らすので、龍聖がフェイワンの方を見ると、フェイワンは眉間を寄せて口を固く閉じたまま通訳はしてくれなかった。

「今のはなんて言ったの？」

「別に……リューセー、オレはあまり時間がないんだ。早く卵の所に行こう」

「ああ……そうでした。ジンヨン。今度ゆっくり遊ぼうね。またね」

龍聖はジンヨンの鼻の頭にチュッとキスをして、バイバイと手を振った。ジンヨンは寂しそうにフンフンと鼻を鳴らして、尻尾をバンバンと振っている。

フェイワンが龍聖の手を引っ張って戻りながら、出口の所で足を止めてクルリと振り返ると、ジンヨンに向かって指を差した。

「今度ゆっくり話し合おう……分かったな」

フェイワンの言葉に、ジンヨンが答えるようにググッと唸った。

「何を話し合うのですか？」

「なんでもない、気にするな」

フェイワンはムッとした様子で答えた。龍聖の前で、かわい子ぶるジンヨンが許せなかった。半身のくせに……舌打ちをする。何が『フェイワンよりオレの方が良いパパになるよ』だ。ふざけるな！と怒鳴りたかったが我慢したのだ。竜の体のくせに……調子に乗りやがって……と、ブツブツ独り言を呟いていたら、龍聖が不思議そうに顔を覗き込んできたので、フェイワンは足を止めた。

「すみません。フェイワンは忙しいのに……オレがジンヨンに会いに行くなんて言ったから……怒っているのですか？」

「あ？　いや……違う。別に怒ってなどいない。これはオレと奴の問題だ。お前には関係ない」

「？　ジンヨンがフェイワンに何か言ったのですか？」

「あいつは……お前の事が大好きなんだ。なんとか独り占めしたがっていて、オレに文句ばかり言うんだ」

フェイワンがそんな事を、真面目な顔で言うので、龍聖は一瞬驚いたような顔をした後、ぷっと吹き出して笑い出した。

「なんだ……何がおかしい？」

「だって……フェイワンとジンヨンは、双子みたいなものなんでしょ？　魂精も共有するし、痛みとか喜びも共に感じ合うのでしょう？　だったら……フェイワンがオレを愛しているというのならば、ジンヨンがオレを想ってくれるのも当然なのに……独り占めだなんて……おかしいです」

「おかしくなどない！　オレとお前の仲を、奴は邪魔しようとするんだ」

「そんな子供みたいな。フェイワン。オレはいつも貴方と一緒にいるんだから……たまにはジンヨンと遊んでも良いでしょ？　独り占めだなんて……オレはジンヨンも大好きだけど、竜なんだから……それ以上どうなるわけでもないんだし……ジンヨンは貴方の半身なんだから、オレがジンヨンといる時間だって、貴方と共にいるのと同じですよ。こんな事で喧嘩するなんておかしいですよ」

龍聖はちょっと真面目な顔になって、諫《いさ》めるようにフェイワンに告げてから、ニッコリと笑って背伸びをして唇を重ねた。

「やきもち焼きなんですね」

龍聖がクスクスと笑って囁くと、フェイワンはその体を抱きしめて深く唇を重ねてきた。舌を搦め捕り一度深く吸ってからゆっくりと離した。

「ああ、お前に関しては、オレはムキになるぞ。世界一のやきもち焼きにもなる」

フェイワンの囁きに、龍聖はクスクスと笑った。


その日の夕方、王の従者が龍聖に謁見の間へと来るようにと呼びに来た。侍女達が慌てて「お召し替えを」と言ったので、従者には廊下でしばらく待ってもらい、龍聖は侍女が用意した服に着替えた。

龍聖は従者に先導され、兵士に護衛されて謁見の間へと向かった。いつもならばシュレイが付いてきてくれるのだろうが今は仕方ない。少し心細く思いながらも、以前婚礼の宴の時に行った道のりを歩いた。

謁見の間に辿り着くと、フェイワンが待っていて「迎えに行けずにすまなかったな」と言ったので、龍聖は首を振って微笑んでみせた。その間も、フェイワンは忙しそうにしている。たくさんの人々が列を成していて、王への拝謁の順番を待っているようだった。ラウシャンが間に立って書状を読み上げたり、フェイワンに説明をしたりしている。それを眺めながら、邪魔にならないようにそっと隣の玉座へと腰かけた。

龍聖の登場に、謁見待ちの人々の間から、ざわめきが起きた。皆溜息混じりに、龍聖の美しい姿を眺めている。

『王様って、ただ玉座に座っているだけじゃないんだよな』と思いながら、フェイワンの仕事ぶりをぼんやりとみつめていた。ドラマや映画で知っている『王様』のイメージから、政務はすべて大臣などに任せていて、王様はふんぞり返って何もしないように思っていた。

しかしフェイワンはよく働く。朝から「仕事をしてくるよ」と出かけていき、日が暮れる頃に帰ってくる。それを見送り出迎えていると、なんだかサラリーマンの奥さんみたいだなぁ……と龍聖は思ったりした。

私室に戻ってきても、書簡の束を持ったままの時もあるので、相当多忙であるという事は以前から知っていたが、今改めて仕事ぶりを眺めながら感心していた。謁見を求めてくる人々と、一人一人対峙している。他国の使者はもちろん、一介の商人であったとしても、王への進言があるのならば耳を傾けている。

外務大臣であるラウシャンが、厳しく人選はしているようではあるが、それでも毎日多くの人の話を聞いているのだ。王が直接話を聞き、自らの考えを述べ指示を与える。だからきっとこんなにもたくさんの人々がやってくるのだ。

しばらく眺めているうちに一段落ついたようで、謁見を待つ列もなくなった。フェイワンが、ふう……と溜息をついて、龍聖の方を向くとニッコリと笑った。

「すまんな、退屈だったろう」

「いえ、フェイワンの仕事ぶりを見る事が出来てよかったと思います。オレは何も出来ないけど……」

「お前が来てくれたおかげで、この場の雰囲気が一気に和《やわ》らいだ。オレに文句のひとつも言ってやろうと思っていただろう連中も、毒気を抜かれたようだ。随分話が早く済んだよ」

フェイワンがハハハと笑って言ったので、階段下にいたラウシャンもハハハと一緒に笑って頷いた。

「時々リューセー様に来ていただくのも良いかもしれませんな」

「ラウシャン、それはお前が嬉しいのだろう？」

「当然です。が……それは私だけではなく、皆、リューセー様に来ていただければ喜びます」

ラウシャンがニヤリと笑って開き直るように言ったので、フェイワンが額を擦りながら苦笑した。

「あの……ここに座っているだけでも良ければ、オレは全然かまいません」

龍聖の言葉に、フェイワンは微笑み頷いた。

「リューセーは……今は卵を育てる事で手いっぱいだろうから、無理はしなくてもいい。だが部屋にばかり籠らずに、ここに来る事で気晴らしになるのならば、いつでも来てくれてかまわないぞ」

フェイワンの優しい言葉は、龍聖を深く気遣っているのだと感じられた。龍聖は微笑み返して頷いた。

「ああ……今日呼んだのは、お前に接見して欲しい者がいたからだ」

「オレに？」

「うむ……呼んでくれ」

フェイワンがラウシャンに指示すると、ラウシャンが一礼して近くの兵士に指示した。しばらくして奥の扉が開き、一人の青年が現れた。彼は数歩前へと進み出ると、その場にひざまずき土下座をするように低く頭を下げた。

「メイファン!!」

龍聖は思わず大きな声を上げていた。久しぶりに見るメイファンは少しばかり様相を変えていた。腰まで豊かに伸びていた橙色の巻き毛は、肩に付くくらいの長さに短く切られていた。

「メイファン、そんなに遠くでは話も出来ぬ……もっとこちらに参れ」

フェイワンが告げると、メイファンは顔を上げてひざまずいたまま数歩前へと進んだ。

「メイファン!!　何をしている！　もっと近くに来なくては話が出来ないと陛下がおっしゃっているだろう」

ラウシャンがイライラとした様子で、少し声を荒らげて言った。タンレンが冗談のように言った言葉が、龍聖の脳裏を掠めた。ラウシャンはメイファンの事をまだ快く思っていないようだ。姿を見ただけでも苛ついているのが分かる。

ラウシャンに怒鳴られて、メイファンはおずおずと立ち上がると、ゆっくりと前へと進み出た。ようやくはっきりとみつめ合えるくらいの距離まで来たところで、またひざまずいて平伏してしまった。

「リューセー、お前が任命した卵の護衛責任者だ。改めて正式にここで本人に命じてくれ」

フェイワンが龍聖に囁いて説明をした。そこでようやく龍聖は状況を把握した。フェイワンの顔を見て、ラウシャンの顔を見た。ラウシャンは苦虫を噛み潰したような顔をして、それでも龍聖には文句は言えないというように目を伏せていた。

「メイファン……」

龍聖は声をかけようとしたが、気がついたら立ち上がって階段を駆け下りていた。

「リューセー!?」

フェイワンが驚いたように立ち上がる。龍聖はメイファンの元へと駆け寄り、平伏するその手を取って握り締めた。メイファンは驚いて顔を上げた。

「メイファン……少し痩せたんじゃない？　大丈夫？　心配していたんだよ」

「リューセー様……」

メイファンはガクガクと震えはじめて、両目にみるみる涙を溢れさせた。

「も……申し訳っ……すみま……」

謝罪の言葉を告げようとしているようだが、嗚咽《おえつ》して上手く言葉にならない。メイファンは子供のようにしゃくり上げて、ボロボロと泣きはじめた。

「メイファン……大丈夫……もうオレは大丈夫だから……何も心配いらないよ？　大丈夫だよ」

龍聖はメイファンを抱きしめると、優しく宥めるように背中を撫でながら、何度も何度も「大丈夫」の言葉を繰り返した。


「オレは反対なんだ」

ラウシャンはその不機嫌具合を露《あらわ》にして、椅子にふんぞり返りながら肘かけに頬杖をついて呟いた。相手の返事はないのだが、もう一度ラウシャンが「反対なんだ」と繰り返す。それでもまだ返事がないので、ラウシャンは諦めたように、口を曲げて黙り込んだ。

じーっと不満そうな視線を投げかけると、相手は机の上に並ぶ書類の束をめくりながら、時々何かを黙々と書き込んでいた。

しばらくの間沈黙が続いたので、仕事をする手を止めてラウシャンを見た。

「気は済みました？」

クスリと笑って言ったのはタンレンだった。タンレンの仕事部屋にラウシャンが押しかけてきていたのだ。

「済むわけがないだろう」

ラウシャンは苦々しく答えた。その答えに、タンレンは首をすくめてハハハと軽く笑う。ふうと一息吐いてから、書類を重ねてペンを置いた。

「茶でも煎れますよ」

タンレンはチリリンと呼び鈴を鳴らして侍女を呼ぶと、お茶の用意をするように命じた。

「邪魔してすまんな」

「いえいえ……愚痴を言う相手がオレぐらいしかいないでしょう。こんな愚痴、ヘタに誰かに聞かれたら大事になる。それを分かっていらっしゃるからオレの所に来たんでしょ？　別にオレが聞いていなくても、貴方をかまわなくても良いのでしょ？　討論をしに来たわけではない」

「……その通り」

ラウシャンは頷いて溜息をついた。すぐに侍女が茶を持ってきた。それを受け取ると、しばらくカップをみつめていた。

「リューセー様が決められた事に異議を唱えるつもりはない。陛下も了承された事だ。君は早くから聞いていたんだろう？」

「その事ですが……言えばラウシャン様がまた腹を立てられそうで言いにくいんだが……もとはと言えばオレのせいなんですよ」

「君が？」

ラウシャンはタンレンの意外な言葉に首を傾げた。

「責任者に任命出来る適切な人材がいなかったという話は、もう陛下からお聞きになられたでしょう。

王族以外から選出するというのは陛下が決められたことだ」

「ああ、それは承知している。オレだって今の職務があるから言われても引き受けられない。君だってそうだろう。ユイリィのバカはあんな事になってしまったし……ああ、失礼」

「いえ、まあそういうわけですよ、だから困ったのですよ、陛下から責任者を決める任を与えられた者がね」

「……誰だ？」

「まあ、とにかく……その者が困っていまして……それをオレが聞いたものですから……余計な口出しをしてしまった。これは陛下に決めてもらった方が、皆の手前角が立たないだろうと……誰が選ばれても、文句は出ないだろうと……陰でどうなるかは知りませんが……少なくとも選んだ時点では揉める事はない」

「……シュレイだな」

ラウシャンが、少し厳しい視線を向けてタンレンに言った。タンレンは一瞬言葉を止めて、じっとラウシャンをみつめ返してから「ええ」と小さく頷いた。その返事を聞いて、ラウシャンがわざとらしく大きな溜息をついたので、タンレンは苦笑してみせた。

「個人的感情で動くのは良くないぞ」

「分かっていますよ」

タンレンは自嘲《じちょう》気味に笑って、茶をすすった。

「オレはまだまだ甘ちゃんです。貴方のように感情を切り離して、職務を全《まっと》うする事が出来ない」

「それは嫌味か？」

「いえいえ、本当の事です」

タンレンが首を振って否定したが、ラウシャンはフンと鼻を鳴らして苦い顔をした。

「オレがメイファンを責任者とした件を快く思っていないのは、リューセー様が傷つく事にならなければ良いと案じてだ。リューセー様はお優しい。あの事件で降格したメイファンを思い、この職務に推《お》したのだろうと分かっている。だがメイファンはまだ若い。多分重責に耐えられなくなるだろう」

「ええ、分かっていますよ。多分それは陛下も思っている事です」

「妬みや恨みはすごいぞ」

ラウシャンがポツリと呟いた。タンレンは黙ったままその目をみつめ返した。

「小僧には耐えられないかもしれないな」

「……そんなに……ですか？」

タンレンは言葉を選ぶように尋ねた。ラウシャンは目を伏せてゆっくりと頷いた。そして茶を一口すする。

「オレもメイファンも、同じようなもんだ。メイファンのやった事を、オレが責める立場にはない。何しろオレはリューセー様を誘拐しようとしたのだからな」

ラウシャンはククッと自嘲気味に笑った。タンレンは黙っていた。

「陛下の温情で許されて、元通りの職務に戻った。なんの罰もなく」

「ひと月謹慎なさったではないですか。黄昏の塔にも入られた」

「それくらいは罰にはならないだろう。休暇を貰ったようなものだ」

その言葉にタンレンはもうそれ以上擁護の言葉は言わなかった。タンレンのかける言葉がすべて空々しくなってしまいそうに思えたからだ。

「オレは直系の王族だし、この年だ。直接オレを中傷出来る立場の者はほとんどいない。まあオレもいい加減面《つら》の皮が厚いのでな。何を言われようとも屁とも思わないのだが……メイファンはそういうわけにはいかないだろう。庶家だし、年も若い……今だってそれなりに嫌味のひとつふたつなど毎日言われているはずだ。それが護衛責任者などという大役に任命されて……シーフォン中を敵に回しているようなものだ。イビリ殺されるかもしれんな」

「それは……大げさに申されているのではなく？」

タンレンは深刻な顔で聞き返した。

「ああ、大げさではない。皆が皆、君のように懐の広い人物であれば良いんだがな」

ラウシャンの言葉に、タンレンは謙遜《けんそん》の言葉を返そうかと思ったがやめた。今はそんな事にこだわっている場合ではない。

言われる話に、嫌なくらいに納得している。それはタンレンがシュレイの身を案じた時に心配した事だからだ。責任者を任命するという役も大役で、その事によってシュレイがシーフォン達から妬まれイビられる事を心配して、タンレンが庇い立てをしたのだ。シュレイが免《まぬが》れたから良かった、という他人事ではないように思えてくる。

「メイファンが護衛責任者を引き受けたのならば、それらすべて覚悟の上だろう。自分の犯した罪に対する償いのつもりで……それも罰だと思って引き受けたのかもしれない。そうでなければ恐れ多い事と辞退しているはずだ。覚悟があるんだろう。しかしメイファンが、もしも重責と中傷に潰されてしまったら、リューセー様が傷つくように思えて……それが心配なのだ」

タンレンは考え込みながら、カップをテーブルに置いた。

「オレに……出来る事はあるでしょうか？」

「……分からん……だが、君がメイファンを護衛するわけにもいかないだろうし、そうそう庇い立ても出来ないだろう。中傷するような連中は、堂々とはしないからな」

タンレンは腕組みをして考え込んだ。

「陛下はそれもすべて承知している……と？」

ラウシャンは頷く。

「陛下はすべてご存知だ。人の心を誰よりもよく分かっておいでだ。オレがあの事件を起こした後……謹慎中に、陛下の私室へ呼ばれた。最初に『すまなかった』と申された。オレの乱心も、シーフォン達の心に闇がかかるのも、すべて王のせいだとおっしゃられた。王の力が弱まれば、シーフォン達の心が乱れるのだと……オレにはタンレンと共に、この国を支えて欲しいと言われた。王にもしもの事があった場合は、王位をタンレンに譲るつもりだとも申された。その上で、オレに助けて欲しいと頭を下げられた」

ラウシャンの話にタンレンはとても驚いた。思わず何か言おうとしたのだが、ラウシャンがそれを制して話を続ける。

「オレは正直なところ……王位を狙う気持ちがあった。だからこそリューセー様を攫おうとした。だがオレは王にはなれない。自分でも分かっているんだ。王の器ではない。なにしろアルピンを嫌っているのだからな。アルピンを慈しめぬオレが、この国の王になれるはずがない……ユイリィではなく、君に王位を譲ろうと考えていた陛下の判断は正しい。あの頃から薄々とミンファの事も気づいていたのだろうし、ユイリィの弱さも知っていた。陛下は慈悲深い方だが、王であるからには誰よりも厳しい判断もお持ちだ。メイファンの事は……もしかしたら、我々以上に何かメイファンに期待をお持ちなのかもしれない」

ラウシャンの言葉はとても重いものだった。タンレンはひとつひとつを噛み締めるように聞いていた。

「期待を……メイファンに期待をお持ちですか？」

タンレンが尋ねると、ラウシャンは難しそうな顔のまま「う〜ん」と唸る。

「いや、分からない。だがいくらリューセー様の願いであっても、無理だと分かっている相手ならば、陛下だって許しはしないだろう。陛下は若いシーフォン達を育てようとお考えのようだ。ロンワンが数少なくなった今は、血筋にこだわってはいられない。下位のシーフォンであっても、若い者達の意識を変えて、能力のある者は取り立てて、国務の中心となる者を育てたいとお考えのようだ」

「国務の中心となる者……それでメイファンを護衛責任者に？」

「多分」

ラウシャンは頷いてお茶を一口飲んだ。タンレンは腕組みをして深く考え込んでいる。

「フェイワンがそんな事を考えていたなんて知らなかった」

「当然と言えば当然の事なのだがな」

ラウシャンがそう言ったので、タンレンは首を傾げた。

「今の国務の中心メンバーはどうだ？　左大臣であるオレの兄は、いつ死んでもおかしくない年だ。右大臣であったチンユンは去り空席、本来なら外務大臣のオレの席をユイリィに譲り、オレが兄に代わって左大臣の任に就くはずだったが、ユイリィも外された。国内警備大臣でもある内務大臣のお前も、その席を弟のシェンレンに譲り、右大臣につくべきなのだが、ユイリィの就いていた外務主席官の任務をシェンレンに任せているので兼任も出来ない。直系のロンワンで現役で働ける者が我々だけしかいないのだ。人手不足どころの話ではないだろう」

ラウシャンに改めて言われて、タンレンは眉を寄せて頷いた。

「もちろんそれはオレも分かっています。今までだってぎりぎりの顔ぶれで、なんとかやってきました。すでにロンワンの男では足りないので、ミンファ様の夫であるチンユン様が右大臣を務め、妹姫であるオレの母の夫である父・ダーハイが財務大臣を務めています。父達が引退した後、オレ達が継いでも、オレ達の職務を継ぐ者がまだいません……それは深刻な現状として考えなければならないと思っていましたが……」

「そうだ。それは我々では決められない事だ」

タンレンが言おうとした続きをラウシャンが言って頷いた。

「国務の中心をロンワンが務めるという慣例を崩すという事は、国王にしか決断できない。だから陛下は悩まれておいでだろう。庶家から取り立てるというのは、簡単な話ではない。直系であるロンワン以外の血筋を言い出せば、とても複雑な話になる。誰を取り立てても、妬まれる事になる」

二人はしばらくの間、腕組みをして考え込んでいた。やがてどちらともなく大きく溜息をついて、すっかり冷めてしまった茶をすすった。

「まあ……どちらにしても我々は見守るしかないわけですね」

「まあ……そうだな」

二人とも深く考え込むように目を伏せた。

「それにしても……お前は変わり者だな」

「は？」

突然の言葉に、それまで深刻な顔をしていたタンレンが、きょとんとした様子でラウシャンをみつめた。

「シュレイに惚れているなど……変わり者だ。男の上に、アルピンの混血で、宦官《かんがん》ときたら……何も良いところがないではないか。非生産的だな。お前は直系の王族なのだから、結婚して子孫を残すという義務があるのだぞ？」

「……お言葉ですが、その事については、ラウシャン様にとやかく言われたくないですね。順番からするならば、ラウシャン様こそ早くご結婚なさるべきでしょう。理想が高すぎるのではないですか」

「オレは良いんだ。どうせ昔から変わり者と言われている。独身主義者がひとりくらいいても良いだろう」

「では変わり者の男色《だんしょく》のシーフォンがいても良いでしょう」

負けずにタンレンが言い返したので、ラウシャンは眉を寄せた。

「屁理屈だな」

「屁理屈で結構です。オレは……シュレイに心を奪われてしまった。今はシュレイ以外、誰も愛せないし、心が動きません。シュレイはリューセー様の側近としての延命治療を受けているし、混血でもあるから、アルピンよりも寿命は長い。だがオレ達よりもずっと短い寿命だ。あと百年も生きないでしょう。彼がこの世を去るまでは、ずっと愛し続けたいのです。シーフォンとしての義務を果たせというのならば……その後にも続くオレの長い人生で、結婚して子孫を残せば良いのでしょう？」

「本当に変わり者だな……お前ほどの男がもったいないと言っているんだ」

ラウシャンが首をすくめて、呆れたように溜息混じりに呟いた。

「お互い様ですよ」

タンレンがクククッと笑って返したので、ラウシャンは違うとばかりに首を振った。

「オレはお前ほどではないよ……そうだな、リューセー様のような方がいればいつでも結婚するよ」

ラウシャンの発言に、タンレンは「ほお」と呟いて、眉を上げた。

「では……このたびお生まれになった姫様を貰われたらいかがですか？」

「からかうな……いくつ年が違うと思っているんだ」

「ラウシャン様ならばまだまだ……子孫を残すのに、妻が若い分にはいくらでも良いというではないですか。きっとお似合いですよ」

「バカを言うな……まったく……だからオレはお前と合わないのだ」

ムッとした様子のラウシャンに、タンレンはハハハハと明るく笑った。


「フェイワン！」

夜になってようやく戻ってきたフェイワンの元に龍聖が駆け寄った。

「ああ、ただいま……あの後シュレイとメイファンと共に、卵の護衛について色々と話をしていて遅くなってしまった……ん？　どうした？」

ギュッといきなり抱きついてきた龍聖の髪を撫でながら、フェイワンが不思議そうな顔で龍聖をみつめた。龍聖が何か言いたげな顔をしていたからだ。

「フェイワン……メイファンの事なのですが」

「ん？　メイファンがどうかしたか？」

「あの……オレ……メイファンが弟みたいにかわいいんです。オレには向こうの世界に年の離れた弟がいて……弟の稔《みのる》はメイファンみたいに綺麗な顔をしていないんですけど、明るくて、やんちゃで……なんだかメイファンと姿が重なって……」

「お前は本当に優しいな……メイファンがどれほどお前に感謝し、どれほど自分の行いを悔やんだか……すべてはお前の慈悲深い心のおかげだ」

フェイワンが龍聖を抱きしめて言ったので、龍聖は首を振った。

「違います。違います。オレは別に優しくなんかない……ただの偽善者なんです。弟への償いにしようとしているんです」

「償い？」

首を傾げるフェイワンに、龍聖は何度も頷いた。

「オレは小さな頃からとてもとても大切に育てられて……祖父母や父は、それはもうオレを壊れ物を扱うみたいに大事にして……オレ、一度も叱られた事などなかったんです。それに比べて、弟はとても厳しくしつけられて、可哀想なくらいで……普通は長男であるオレがそうされるべきで、末っ子の弟が甘やかされるべきなのに……反対で……結局、オレはこの世界に来る運命だったから、弟は跡継ぎとして厳しく育てられたんです。弟に家の事とかすべて押しつけてしまって、それが心残りで……

だから……代わりにメイファンに優しくしている偽善者なんです」

一生懸命になって話す龍聖の顔をみつめながら、フェイワンは微笑んで頷いていた。

「リューセー……だがな、偽善者という者は、自分を殺そうとした相手を許して、抱きしめてやる事など出来ないだろう。いや、偽善者ではなくとも、普通の者には出来る事ではない。お前のその優しさが、きっとこれからお前を守ってくれるだろう。お前の優しさは、人の心を解きほぐし誰をも優しくする。誰もがお前の味方となり、お前の役に立ちたいと思うだろう。オレもお前のおかげで優しくなったと思うぞ」

「……そんなんじゃないです」

龍聖は少し困ったように俯いてしまった。フェイワンはその頬に手を添えて、上へと顔を向けさせた。

「なんだ？　そんな話をしたかったのか？　帰ってくるなり急にどうしたのかと思ったぞ？　何か困った事でもあったのかと心配したじゃないか」

フェイワンがクスクスと笑うと、龍聖が少し頬を染めながら背伸びをした。

「困っていたんです！」

「何？」

「どうしようかと……だって……オレがメイファンを抱きしめたりしたから……フェイワンが怒ってしまったんじゃないかと思って……それで帰りが遅いのかと……ずっとずっと心配していたんです!!」

必死な様子で龍聖が言うので、フェイワンは驚いてしばらくポカンと口を開けていたが、やがて大笑いを始めた。

「わ……笑い事じゃありません!!」

「ハハハハハ……なんでオレが……ハハハハハ……そんな事で怒ると思ったんだ」

「だって……だって……フェイワンが世界一のやきもち焼きだなんて言うから……ジンヨン相手にもやきもち焼いていたから……だから……」

龍聖が真っ赤になって一生懸命言うので、フェイワンは笑いながら龍聖の体を高く抱き上げた。

「そうだ！　オレはやきもち焼きだ……メイファンは子供だから許してやるが……そうだな、お前がタンレンやラウシャンに抱きついたら、ただでは済まないぞ！　覚えておけ」

「フェ……フェイワン！　下ろしてください！」

「ああ、下ろすよ……ベッドの上で良いか？」

フェイワンがニヤリと笑って言ったので、龍聖はさらに赤くなった。

「そんな……恥ずかしい事を聞かないでください」

フェイワンはクスクスと笑いながら、龍聖を抱き上げたままベッドへと向かった。


深い口づけの後で前髪を優しくかき上げられながら、覗き込んできた金色の瞳をうっとりと見つめ返すと「すまない」と低い優しい声が囁いた。龍聖が小さく首を傾げると、フェイワンはクスリと笑って、チュッとまた唇を吸った。

「お前は卵を産んだばかりの体なのに……こんな無理をさせようとしている」

龍聖はそれを聞いて、カアッと頬を染めた。

「そんな事……別に……」

龍聖がごにょごにょと答えると、フェイワンは愛しそうに目を細めて耳たぶを甘く噛んで、首筋にチュッとキスした。

「本当は、卵が孵るまでは、交わる事は禁止されているのだ。お前は卵を育てるのと、オレへ与える通常の魂精だけでも手いっぱいで、体に負担をかけるからな……性交で魂精を余分に取らないようにする事は出来るのだが、魂精を取らなくても体への負担は変わらないだろう？　それにもしもまた懐妊してしまったら大変だからな……だから性交してはならないと禁止されているんだ」

フェイワンは言い終わると、いたずらっ子のような顔をしてクスクスと笑った。

「シュレイに知られたら、オレは大目玉をくらうだろう」

「フェイワン」

「だが我慢など出来ぬ、お前がこんなに愛しいのに、1年も我慢など出来るものか……シーフォンは性欲が薄いと言われるが、オレはお前の前では絶倫になりそうだ」

「フェイワン！」

龍聖は恥ずかしくてそれ以上聞いていられず、思わず大きな声で名前を呼んで制した。そんな龍聖を見て、フェイワンは嬉しそうにクスクスと笑ってキスをした。

「大丈夫……懐妊だけはさせぬように気をつけるよ。ああ、それから魂精も取らないようにする。だが結構余裕がないのだぞ？　オレも……」

唇が再び重ねられて、食《は》むように唇を愛撫され、挿し入れられた舌が歯茎を撫でた。大きな手が衣服を剝ぎ取り、胸の上を撫でまわす。乳頭を指の先で押したり捏ねたりされて、びくりと体が反応した。

もうこの体は、フェイワン仕様に改造されてしまっている。女性を愛していた日本人の守屋龍聖の体は、とっくの昔になくなっていた。この体は、フェイワンを求め、フェイワンの愛撫に喜ぶようになってしまっている。その指の感触も、肌の温もりもすべて覚えているから、それを感じ取っては喜びに震える。これからの快楽を期待している。

口づけだけでももう十分に、体が興奮を覚えて、ペニスが立ち上がりかけている。やがてそこにやってくるフェイワンの手の感触を待っている。

龍聖は目を閉じて、すでに乱れはじめている息遣いを堪えようと、最後の足掻《あが》きをしようとしていた。ちょっと気を抜けば、甘い声を上げそうになる。女のように喘ぎそうになってしまう。

「リューセー、お前は本当にかわいい」

フェイワンが耳たぶに口づけて、低い声で囁く。体の芯が痺れるようで、龍聖は小さく喘いだ。

「愛しているよ」

フェイワンの唇が首筋を伝って、胸へと降りてきて、乳首をチュウッと吸った時に、「ああっ」と思わず声が漏れてしまって、龍聖は頰を染めながら唇を噛んだ。ビクリビクリと体が揺れる。フェイワンは龍聖の反応を楽しむように、胸を執拗に愛撫し、片手を股間へと下ろした。やんわりと包み込むように、立ち上がっている龍聖の昂りを押さえ込んで、手の腹で揉みしだく。

「ん……んん……んあっ……」

ずっと唇を噛んで我慢していたが、乱れる息が苦しくなり、思わず口を開くとすぐに喉が鳴って声が出てしまった。一度出ると止められないもので、龍聖は恥ずかしそうに眉間を寄せながらも、甘い声を上げはじめた。その姿にフェイワンはさらに欲情する。

「お前はなんとかわいいのだろう……これを我慢するなど……誰が出来ようか……」

フェイワンも息を荒らげて囁きながら、龍聖の白い肌を舐めまわす。手の腹でグイグイ擦り上げられて、龍聖のペニスは先走りを漏らして濡れていた。

「は……ああっ…フェイワン……ああ……」

龍聖は無意識に、フェイワンの手の動きに合わせて腰を揺らしていた。久しぶりの快楽に、体がひどく反応して乱れる。頭の奥で「おかしいよ」と思うのだが、その欲望を止める事は出来なかった。もっともっとと体が快楽を求めて期待している。

フェイワンが龍聖の滴りで濡れた指先を、アナルへと這わせると、小さく口を閉ざしているその場所が、ヒクヒクと反応して動いた。ツプリと指先を押し込むと、小さな抵抗があるだけで、指は中へと入っていった。

「あ！　……んんっ……んんっ」

差し入れた指で中をかきまわすと、龍聖は顔を手で覆ったまま「ああ、ああ」と声を漏らし悶《もだ》えている。

フェイワンは空いている手で、龍聖の手を掴んで顔から離させると、鼻が触れ合うほど間近に覗き込む。

「苦しいか？」

フェイワンの問いかけに、龍聖は赤い顔をして眉を寄せながらブルブルと首を振った。

「気持ち悪いか？」

その問いにも首を振った。フェイワンは高揚《こうよう》した顔で息を荒らげながらも、龍聖を気遣っていた。挿し入れた指に肉が絡まり締めつけてくる。抽送《ちゅうそう》を繰り返しながら、解すように弄り続けていた。

「フェイワン……ちがっ……う」

龍聖が目を潤ませて、上気した顔でようやく口を開いた。

「変……なんだ……そこが……もっと……して欲しくて……」

龍聖はなんとかそこまで言って、目を強くつぶってしまった。恥ずかしさに耐えられないというように、一生懸命顔を隠そうとした。フェイワンは苦しげだが嬉しそうに顔を歪めて、龍聖に何度もキスをした。貪るようにキスをした。

「すまぬ、大切にしたかったのだが、オレももう限界だ」

やっとの思いでという感じでフェイワンがそう言うと、熱い昂りを龍聖の中心に押し込んだ。

「あ……やっ……あああ……」

両足を抱え上げて、その中心に一気に挿し込んだ。きつい入り口の肉に押し返されるような感じがしたが、無理矢理中へと挿し入れた。ギュウギュウとペニスを締め上げられて、フェイワンは顔を歪める。しばらく浅い動きで腰を揺らして、最奥まで挿し入れた肉塊で中をかきまわした。龍聖の声が、苦しげなものから次第に甘い声へと変わっていく。

次第に腰の動きを速く大きくしていきながら、フェイワンはハアハアと荒い息をついていた。腰の動きに合わせて、交わる音とベッドの軋む音が重なり、龍聖の甘い喘ぎ声とフェイワンの荒い息遣いが重なり合う。

「フェイワン……ああっ……フェイワンのがっ……熱いよ……」

龍聖が身悶えながらうわ言のように呟いた。その甘い声に、フェイワンはさらに欲情して腰を揺すった。突き上げるたびに、龍聖の甘い声が上がる。

絶頂が近づき、龍聖が両手でシーツを強く握り締めながら、首を振って唇を噛んだ。ギュウウッとアナルがきつく締まり、フェイワンも顔を歪めた。射精する寸前で、ズルリとペニスを引き抜くと、龍聖のペニスと一緒に握り込んで、上下に扱き上げた。

「あっあっ……んぁ……あああああ——っっ」

龍聖が背を仰け反らせて喘ぎ声を上げながら射精すると、フェイワンも同時に射精した。二人の精液が、龍聖の体の上に飛び散る。ガクガクと腰を痙攣させて、ハアハアと大きく息をつきながら、龍聖は両手を伸ばしてフェイワンの背に回した。ギュッとしがみつかれて、フェイワンもその体を抱きしめた。

「愛している」

「愛している」

二人とも何度も囁き合った。

「フェイワン、フェイワン」

龍聖が何度も名を囁く。フェイワンはその唇に頬に額にキスをした。

「フェイワン……オレ……フェイワンに抱かれてこんなに喜ぶなんて……変なのかな?」

「変なものか……オレはいくらでもお前を抱きたいと思うぞ」

フェイワンは深く口づけをして、嬉しそうに笑った。

翌日、シュレイにはすぐにバレてしまい、ひどくフェイワンが叱られていたので、龍聖はおかしくてずっと笑っていた。その後卵を抱きに行ったら、龍聖がひどく疲れてしまって、戻ってから横になったので、またその事でフェイワンがシュレイに叱られたようだ。龍聖が代わりに謝ってなんとかその場を収めたが、エッチ禁止令にフェイワンが最後まで抵抗したので、色々と条件をつけられた上に、「10日に1度ならば」と許された。

「10日!?　10日だと!?」

「それがお嫌なら、卵が孵るまで禁欲なさいませ」

シュレイがビシリと言ったので、フェイワンは不満そうな顔で口を閉ざしてしまった。その様子を見て、また龍聖が楽しそうに笑う。

「リューセー様、笑い事ではありませんよ?」

「はい……すみませんでした」

龍聖まで叱られてしゅんとすると、シュレイがクスリと笑った。

「仲がよろしいのは良い事ですが……きっとこんな事、前代未聞ですよ。今後の側近の教育指示書に書き入れておかなければなりませんね」

シュレイがやれやれというように言って、なんとかその場が収まった。

龍聖の卵を抱く日課は、最初は義務的に行われていたが、ひと月も過ぎた頃には、龍聖が夢中になっていた。それは卵の成長が目に見えて分かってきたからだ。鶏の卵ほどの大きさでしかなかった卵が、ひと月経った頃には、ソフトボールくらいの大きさになっていた。両手で持たないと持てないくらいだ。

「卵ってちゃんと成長しているんだね」

龍聖の言葉に、シュレイが微笑みながら頷いた。プリプリした手触りは変わらないのだが、確実に育った卵の変化に、龍聖も「自分が育てているのだ」という実感が湧いてきた。

それにフェイワンが卵に名前をつけてくれたせいもある。

「姫の名前は『シェンファ』だ」

「シェンファ?」

「ああ、アルピン達が『神々の愛《め》でる花』と呼んでいる花の名前だ。高い山の頂上にしか咲かない花で、全体が真っ白で花びらの中心が淡い紫色をしている美しい花だ」

「シェンファ……綺麗な名前だね」

龍聖が嬉しそうに笑って頷いたので、フェイワンも嬉しそうに笑った。

「こんにちは、メイファン……シェンファは元気?」

龍聖は卵の部屋へとやってくると、いつも一番にメイファンにニッコリと笑って挨拶をする。メイファンは深く頭を下げて礼をする。それが毎日の日課のような光景だった。

「あれ？　シュレイは？」

「はい、今日は朝から少しだけいらしただけで、別の仕事があるからと出ていかれました……もう私に任せて大丈夫だろうとおっしゃって……」

「そうだね、もうひと月になるから、メイファンも慣れただろう？」

「慣れたというにはまだ……この仕事はとても繊細で大切な仕事ですから、いつまでも慣れる事はありません。毎日が勉強です」

「メイファンなら大丈夫だよ」

龍聖がニッコリと笑って、その頭をナデナデと撫でたので、メイファンは最初目を丸くしてから、恥ずかしそうに目を伏せた。

「ずっとここに詰めていたら疲れない？」

「はい大丈夫です。皆も4交代制で随分慣れてきたみたいなので、私も少しはここを離れられるようになりましたから……」

「少しは？　ちゃんと家に帰ってる？　いつもどうやって寝ているの？」

「シュレイがいる時は、交代で家に帰らせてもらっています。そろそろ私だけに任されるようになるので、またしばらくは帰れなくなるかもしれませんが、睡眠はここで取らせてもらっています」

「ここでって……どうやって寝てるの？　ソファで？」

「はい」

「……フェイワンに言って、ここにベッドを入れてもらうよ」

「いいえ！　大丈夫です。それに……あんまりぐっすり眠れてしまうのも困るので、仮眠出来る程度が良いんです。ずっとというわけではないし……皆がそれぞれの仕事にもう少し慣れたら、私も付きっきりにならずに済みますから……。1日に2回温石と水を換《か》える時間にいれば良いだけになります。それとリューセー様がいらっしゃる時間と……」

「ああ、そうか、じゃあ、オレが来る時間は、毎日決めていた方が良いね。今度からそうするよ」

「あ……いえ、そういうつもりでは……リューセー様はお忙しいのですから、どうぞいらっしゃれる時間に自由にお越しください」

　メイファンが慌てて両手を振りながら言い直したが、龍聖は微笑んだまま首を振った。

「オレは他に何もする事がないから良いんだよ。気にしないで。メイファンもそうだけど、他の皆も、オレが来る時間が分かっている方が色々と良いだろう？　心の準備が出来るし」

　龍聖は言いながら、部屋の中を見まわして侍女や兵士達の顔を見て「ね？」と言ったので、皆は驚いた様子で、目をウロウロとさせていた。

「じゃあ……今度から午後一番に来るね。もちろんその時間に来れない時もあると思うけど、大体それくらいって事で決めておこう」

　龍聖の優しい気遣いに、メイファンは胸が熱くなってギュッと奥歯に力を入れた。泣きそうな顔をするわけにはいかない。あの時から……謁見の間で龍聖に抱きしめられて以来、もう二度と泣かないと誓ったのだ。龍聖のためにすべてを捧げる。どんなに辛い事があっても、絶対に泣いたりしない、絶対に弱音は吐かない。そう決めた。

　護衛責任者になってから、他のシーフォン達の風当たりが強かった。

メイファンの家は代々神殿長の任を命じられてはいるものの、曾祖母はロンワンではあったが、以降の血筋は庶家で王族の血筋からは遠い流れにある下級シーフォンになる。

代々王弟がなるべき責任者の任を、血筋にかかわらず王が任命するという噂は、早くからひそかに流れていた。それはとても大きな話題であった。なぜなら選ばれれば、大変栄誉ある事だからだ。王族から血筋の遠い下級シーフォンにとって、どんな位を与えられる事よりも誉《ほま》れ高い。まさかそれに自分が選ばれようとは思いもよらなかった。

王より直々に内密に話があった時には断った。受けられるはずがない。仮にもリューセー殺しの企てに加担してしまった身で、そんな大それた任を受けられるはずがなかった。罪を問われなかっただけでも、十分な慈悲を貰ったと思っていた。

だが王の口より、龍聖の真意が伝えられ、龍聖がそう望んでいるのだと聞かされて心が動いた。これからの自分の人生のすべてをリューセー様に捧げよう。そう心に誓った。

この任を引き受ける事で、自分がどのような立場になるのか、他の者達からどんな仕打ちを受けるのか、それは容易に想像出来た。妬みを一身に受けてしまうのは仕方がない。普通の者でさえ、やっかみの対象となりうるのに、罪を償うべき立場のメイファンがそのような栄誉を受けたのでは、「どんな策を使ったのだ」と思われても仕方ない。

それでもこうして、龍聖がメイファンに多大なる信頼を寄せてくれて、この身を案じてくれているというのならば、どんな罵声にも、いじめにも耐え抜こうと思った。すべては龍聖のため。

微笑みながら卵を抱き上げる龍聖の姿をみつめて、メイファンは何度目か知れない誓いを立てた。それが出来ないようならば、死んだ方がマシだ。心底そう思う。

「メイファン……ほら、なんだかまた少し大きくなったような気がしないか？」

「はい、シェンファ様は、リューセー様の愛情を一身に受けて、すくすくと育っていらっしゃいます。きっととても愛らしい姫君の姿でお生まれになるでしょう」

メイファンが微笑んで答えると、龍聖が嬉しそうに笑う。

「不思議だね。最初はなんだか実感がなかったんだけど……ああ、今も『母親』なんて実感はないんだけど……でもこの子は確実に生きていて、こうして日々育っていて、それがオレの魂精をあげているからだって思うと、なんだかとても嬉しいんだ。もっともっと育って、早く生まれてきてくれないかな？　って心から思うよ」

「はい、私も待ち遠しいです。それまで大切にお守りいたします」

「うん、メイファンがいてくれるから、オレは安心しているよ……それに皆さんもね」

再び龍聖が侍女や兵士達に微笑みかけて言ったので、皆は困ったような嬉しいような顔をして、落ち着かない様子で互いに顔を見合わせた。

「シェンファ……早く生まれておいで。皆君に会えるのを待っているよ。特に……フェイワンが」

龍聖は卵に唇を寄せるようにして話しかけながら、フェイワンの事を思い出してくすりと笑った。卵の成長を喜んでいるのは、もちろん龍聖だけではない。いやむしろフェイワンの方が１００倍は喜んでいるように思う。今からあんな状態では、生まれた時にどうなるのだろう？　と思ってしまう。

「きっとフェイワンは親バカになるね」

龍聖は誰にも聞こえぬくらいの小さな声で呟いて、また楽しそうにクスリと笑った。

「メイファン様、換え水を取りに行った侍女がまだ戻りません」

卵の部屋の片隅にある机で、卵の管理記録を台帳に書き記しているメイファンに、そっと侍女の一人が耳打ちした。メイファンは顔を上げてから、壁にかけられている時計に目をやった。それから懐中時計を取り出して、蓋を開いて時間を確認した。壁の時計と、懐中時計の時間が合っている事を確認する。

「誰が行っているのですか？」

「エメです」

メイファンは少し顔を曇らせて考え込んだ。嫌な予感がする。エメという侍女は、城仕えになって7年になる経験豊かな者であり、とても真面目な働きぶりだ。だからこそ卵の世話をする侍女として選ばれた。水換えも初めてではない。段取りを間違えたり、遅れたりする事は考えられない。

「私が見に行ってきます。卵から目を離さないでください」

メイファンは立ち上がり、侍女にそう告げると部屋の外へと出ていった。

卵を守る水槽の水は、毎日2回取り換えられる。その水は、城の最下層の奥に、さらに続く特別な階段を下りた先にある水場から汲んでくる。その水場の水は、山脈の地下深くを流れる水脈より汲み上げられている水で、この世でもっとも清らかな水とされていた。王以外の者は使う事を許されない特別な水であり、卵のために使われる水でもあった。

メイファンは足早に廊下を通り、水場へと向かった。その途中で荒々しい声が聞こえたのでハッとして、その声の方向へと駆け出した。

「貴様《きさま》！　アルピンの分際で、オレに指図をするつもりか！」

「滅相《めっそう》もございません！　お咎めは、後ほどいくらでもお受けいたします！　ですが今は時間がありませんので、水を汲み直しに行く事をお許しくださいと申し上げているのです」

侍女は床に平伏し、必死の形相で訴えていた。

「オレの全身に水を浴びせ、このようにずぶ濡れにしておきながら、そのまま立ち去るつもりなのか!?」

「ですからこの水は……!!」

「アルピン風情《ふぜい》が口ごたえをするな！」

シーフォンの男が怒鳴るので、侍女は頭が床につくほどに平伏して震えていた。

「何事でしょうか!?」

そこへメイファンが駆けつけると、二人の間に割って入った。

「メイファン様!!」

侍女は救いの主とばかりに瞳を輝かせて、メイファンを見上げた。

「メイファンか……」

男はクッと笑ったが、メイファンは顔色を変えずに二人の姿をじっくりと見比べた。

「ガンジ様、一体何事ですか？　侍女が何か粗相《そそう》をしたのでしょうか？」

「粗相も何も見れば分かるだろう！　そのアルピンの女が、オレに頭から水をかけたんだよ」

「水をかけたと申しましても、わざと、と言うわけではないでしょう。廊下でぶつかりでもしたのでしょうか？　大切な水を運んでいる時ですから、侍女が廊下を走ったり飛び出したりはしないと思うのですが……エメ、どういう事なのですか？」

「メイファン様……私は……」

「おい！　メイファン！　貴様はオレの言う事よりも、アルピンの女の言う事の方を聞くというのか？」

「ガンジ様……私は別にそのような事を申しているのではありません。ただ、状況を知りたかっただけです。今の私の言葉に失礼があれば謝ります」

「随分生意気になったものだな！」

ガンジと呼ばれる男は、フンと鼻を鳴らして、忌々《いまいま》しげに口を歪めた。メイファンには分かっていた。ガンジはメイファンが護衛責任者になって以来、何かと嫌味を言ったり辛く当たってきたりしていた。だからこの件も、明らかな嫌がらせだと思う。

ガンジはメイファンよりも年上で、タンレン達とほぼ同じくらいの年齢だった。同じ庶家ではあるが、ガンジは先々王弟の長子の血筋のためメイファンよりも少し位が高い。職務は財務役の徴税官(国民からの徴税を取り仕切る責任者)に就いている。自分よりも年も位も下のメイファンが、名誉ある任務を命じられたので、それを妬むのは仕方のない事だった。

「エメ、ここは良いから早く新しい水を汲み直してきなさい。交換の時間を過ぎています」

「はい」

メイファンが侍女に指示をする。

「おい！　何を勝手な事をしている！　オレは許していないぞ！」

「ガンジ様、あれは私のところの侍女です。侍女の失態は私が代わりに詫びますので、どうぞこの場はお許しください。侍女にはまだ大切な仕事があるのです。それとも卵の水換えに差し障ってもかまわないと言われるのですか？」

「なに!?」

ガンジはカッとなって顔色を変えた。しかしメイファンはそれを無視して、戸惑う侍女を促してその場を下がらせた。

「おい！　メイファン！　今なんと言った！」

「ですから……この水が、普通の水ではない事はご承知のはずです。こちらに失礼があったのは詫びますが、いつまでもそのようにごねられるのは、ガンジ様にとってもあまりよろしい事とは思えません。この場で侍女を叱りつけたところで、何が解決するわけでもないでしょう。私におっしゃりたい事があれば、直接私にお願いします。水換えの水をこのようにして、侍女を足止めして、卵の水換えに支障を来せば、それは私だけの失態ではなく、ガンジ様もなんらかの責任を問われぬとも限りません」

「生意気を言うな！」

ガンジはそう怒鳴りつけると同時に、バシッとメイファンの頬を平手で殴りつけた。

「メイファン様！」

たまたま通りかかったシュレイが、ただならぬ怒鳴り声に驚いて近づくと同時に、バシッという異音が響き渡った。シュレイが思わず止めに入ろうと駆け出した時、グイッと後ろから腕を引っ張られて、強い力で柱の陰へと引きずり込まれた。驚いて振り向くと叫びそうになった口を塞がれる。そこにはタンレンの顔があり、立てた人差し指を口元に当てて「静かに」という言葉を唇が模《かたど》った。

シュレイはしばらくの間驚いたようにタンレンの顔を凝視していたが、やがてコクリと頷くと、ようやく塞がれていた口を解放された。ギュッと後ろから抱きしめられるような形で、タンレンがシュレイの耳元で囁く。

「もう少しここで様子を見ていよう」

「貴様！　誰に向かってそんな口をきいているのだ!!」

ガンジは真っ赤な顔で怒鳴っていた。怒りに震える顔であった。頬を殴られたメイファンは、よろめきながらも踏みとどまり、凛とした表情でガンジをまっすぐにみつめ返す。

「私は……本当の事を言ったまでです」

「オレがわざと水を零させたと言いたいのか!?　ハッ!?　お前でもあるまいし！　オレが陛下にたてつくような事をすると思うか!?　リューセー様を殺そうとした罪人にそのような事を言われる覚えはないわ！」

「私は……私はリューセー様を殺そうなどと企んだ事は一度もありません！　罪人でもありません！　私は……私は誰よりも、リューセー様に忠誠を誓っています。何も恥じ入る事はありません」

メイファンは、グッと奥歯を噛み締めて、目に力を込める。絶対にガンジから視線を逸らすまいとしていた。殴られた頬は、ひどく痛みジンジンと熱くなっていたが、決して手で覆うような事はしなかった。

しばらく睨み合うようにしていたが、先に目を逸らしたのはメイファンだった。目を伏せると、ゆっくりとした仕草でその場にひざまずいて頭を深く下げる。

「侍女の無礼には、この通りお詫びいたします。これでどうかお許しください」

そのメイファンの態度は、とても凛として誠実であった。ガンジは一瞬驚いて泡を食ったような顔になる。眉間を寄せて、気まずいという表情で、目をウロウロとさせながら、チッと舌打ちをした。

「恥知らずめ！」

ガンジは、メイファンに向かって捨て台詞を吐くと、クルリと踵《きびす》を返して大股で去っていった。足音が聞こえなくなるまで、ずっとメイファンはひざまずいていた。それからゆっくりと体を起こすと、ハアと深く溜息をついて、ようやく頬を手で擦った。

これくらいの痛みなどなんともない。叩きつけられる言葉の暴力で、傷つく心の痛みも我慢出来る。苦い過去……心の弱さが、あのような事件を引き起こす事になったのだ。自分はもっともっと強くならなければならない。これくらい平気だ。平気。

メイファンは自分に言い聞かせると、床に散らばった壺の破片を、ひとつひとつ拾い上げた。

「メイファン様！」

心配して見に来ていた他の侍女達が駆け寄ってくる。あまりの騒動に、怖くて近寄れずに、遠巻きにみつめていたのだ。

「ああ、皆来てしまったの？　すぐにエメが水を持ってくるから、部屋にいないとダメじゃないか……もうここは大丈夫だから……そうだ、誰か他の侍女達を呼んで、ここの片付けをしてもらってもいいかい？　私は部屋に先に戻ります。皆もすぐに戻ってください」

「はい」

メイファンがニッコリと笑ったので、侍女達は安堵して深々と頭を下げた。メイファンは頷いて、卵の部屋へと戻っていった。


ホッとしたのはシュレイも同じだった。深く溜息をついていると、「もう大丈夫だな」とタンレンが囁いた。

「タンレン様はいつから見ていらしたのですか？」

「ガンジが侍女を怒鳴り散らしている声に気がついて来てみたんだよ。止めようとしたところへちょうどメイファンが来たんだ。だから行くのをやめてここで様子を見ていた」

「どうして止めるのをやめたのですか？　メイファン様が嫌がらせを受けているのは分かっていたでしょう」

「うん……メイファンがどうするのかを見たかったんだ。あまりにひどい状況ならば、もちろん止めるつもりだったが……闇雲《やみくも》にオレが出ていっても解決する事ではない。オレが出ていけば、ガンジは大人しく立ち去っただろう。だがまたメイファンはいじめられる。今のメイファンの態度は立派だった。あれならもうガンジも懲《こ》りて、今回ほどのあからさまな所業はしないだろう」

「ではいじめはやみますか？」

「いや……やまないだろうな。小さな嫌がらせはこれからもあるだろう。ガンジだけじゃない。他にも妬んでいる者はたくさんいるし、妬んでいなくとも、メイファン自身をまだ快く思っていない者もいる。皆に理解してもらうには、まだまだ時間がかかるだろう。それらはすべてメイファンが自分自身で解決しなければならない。だが……あれならもう大丈夫だ」

タンレンも安堵したような声音だった。振り返って見なくても、いつもの穏やかな顔をしているのが分かる。

「メイファン様は、以前とは別人のようになられました。私ももう安心してお任せ出来ます。陛下はこの事を分かっていらしたのですね？」

「ああ、そうだな。メイファンは子供だったんだよ。だがバイハンの子だ。正しい道を知る子だ。きっとこれから立派な男になる」

シュレイも頷いて、ほうっと息を吐いた。そこでようやくハッと気がついた。

「タンレン様！　いつまでこのようにしているのですか！　お離しください!!」

シュレイが慌てて身をよじって、後ろから抱きしめているタンレンの腕の中から逃れた。必死にもがいたので、少しばかり頬を上気させて息を荒らげて、その美しい銀の髪を乱しながら振り返ると、タンレンは楽しそうに笑っていた。

「すまないすまない、あんまり抱き心地が良かったもので、ついつい手を離すのを忘れていたよ」

笑いながらそう言うタンレンの顔を、シュレイが驚いたようにじっと見るので、タンレンは小首を傾げた。

「どうかしたか？」

「……タンレン様がそのような戯言《ざれごと》を言われるなんて思いませんでした」

「戯言？　ああ、『抱き心地が良い』という事かい？　別に戯言ではないよ。本当にそう思うから言ったまでだ」

タンレンが微笑みながらシレッと言ったので、シュレイはまた頬を上気させた。

「それが戯言だと言うのです！　男の硬い体が、抱き心地良いわけがないでしょう」

ムキになったように言うシュレイに、タンレンは首をすくめてみせた。

「好きな相手の体なのだから、抱き心地が悪いわけがないじゃないか……オレとしては、ドサクサ紛れの役得で、とても満足しているよ。君を怒らせてしまったけれどね」

「……冗談に付き合ってはいられません！　失礼いたします！」

シュレイは赤くなってクルリと背を向けると、足早に去っていってしまった。それを見送りながら、タンレンは「やれやれ」というように苦笑した。

「君もメイファンのように、変わってくれればいいのにね」

タンレンは独り言を呟いてから、またこんなところをラウシャンに見られたら嫌味のひとつも言われそうだなと、小さくぼやいて歩き出した。


廊下をタタタタッと駆けていく龍聖の後を、兵士達が慌てた様子で必死に追いかけていた。

「リュ……リューセー様!!　お待ちください!!」

「早く早く！」

龍聖は兵士達を待っていられないというように、速度も緩めずにひたすら駆けていた。目指す先は、フェイワンのいる謁見の間だ。廊下の先の大きな扉が見えてきた。扉の前にいた兵士達は、こちらへ駆けてくる龍聖の姿にギョッとしている。

扉の前でようやく止まり、弾む息で「開けてくれる？」と龍聖が言うので、兵士達は慌てて扉を開いた。

さすがにそこからは走るわけにはいかず、部屋の中の様子を窺いながら、龍聖は中へと進んだ。時々ラウシャンとフェイワンの声が聞こえる。まだ接見の最中らしい。舞台裏のようになっている玉座の後ろから、耳をそばだてながら近づいた。赤いビロードのような厚い生地のカーテンを、そっとめくって中を覗き込む。まだ息が乱れていて、頬がポッポと熱くなっていた。

カーテンの揺れに、ラウシャンが目ざとく気づいて、視線を向けてきた。龍聖と目が合うと、とても驚いた顔になってから、姿勢を正してうやうやしく礼をした。

「どうした？」

「陛下……リューセー様がおいでになっていらっしゃいます」

「なに？」

龍聖は「しまった」と思って、強く両目を瞑って少し顔を歪めた。頃合を見て、邪魔にならないところで声をかけるつもりでいた。どうやら思いっきり邪魔をしてしまったようだ。

「リューセー……どうかしたのか？」

フェイワンが玉座から立ち上がり、体を屈めてこちらを覗き込んできたので、龍聖は諦めたように小さく息をついた。カーテンをめくって中へと進み出ると、一度ラウシャンに会釈をした。ラウシャンもそれに応えるように再び頭を下げる。龍聖はフェイワンの側へと歩み寄った。

「すみません……仕事の邪魔をしてしまって……」

「いや、それはかまわないが……お前がここに来るなんて、何かあったのか？」

フェイワンの問いかけに、龍聖の顔がみるみる輝いた。満面の笑みを浮かべると、さらに顔を近づけた。

「それが……シェンファが動いたんです」

「ん？」

「初めて……卵の中でハッキリと動いたんですよ！」

「なに!?　本当か!?」

フェイワンが驚いて大きな声を上げると、龍聖が顔を近づけながらフフフフと笑う。フェイワンは玉座から離れて龍聖の元へと歩み寄った。そして間髪容れずに、龍聖の手をしっかりと掴んで「行くぞ」と叫ぶなり駆け出していた。それは『脱兎《だっと》のごとく』という言葉がそのまま当てはまるくらいに、あっという間の出来事で、当の龍聖も驚いたほどだ。

「陛下!!」

ラウシャンがハッと気づいて叫んだ時には、もう二人の姿はとっくに見えなくなっていた。もちろん声など届かなかっただろう。残された人々も兵士達も、ただただ唖然《あぜん》としている。

しばらくポカンとした顔で、二人の去っていった玉座の奥の扉をみつめていたラウシャンだったが、やがて大仰な溜息をついて俯いた。そのままの格好でぼんやりと、手に持っていた謁見者一覧の書類をみつめた。接見の済んだ者には名前の横に印が付いている。何か王の指示や結論が付いたものには、名前の横の空欄に色々な言葉が書き込まれていた。

白紙でまだ謁見を待っている者は3分の1と言うところだ。謁見の順番は、優先順位になっている。後になればなるほど、重要度が低くなるというわけなのだが、だからと言って会わなくても良いというわけではない。

「そういうわけにはいかんだろう」

ラウシャンは、誰にも聞こえぬくらいの声で呟いた。

「ラウシャン様……」

それまで呆然と立ち尽くしていた部下が、何度も溜息をつくラウシャンに、恐る恐る声をかけた。

「……陛下はしばらく休憩に入られた。半刻後に再開するので、それまで待たれよと伝えておけ……オレが呼びに行ってくる」

ラウシャンはそう部下に告げると、重い足取りで王宮の方へと向かって歩き出した。

幸せいっぱいの二人のところへ行って水を差す役目をするのは、誰だって気持ちのいいものではない。損な役回りだ……そう思ってまた溜息をついた。

「開けろ！　早く開けぬか！」

卵の部屋の前まで辿り着いたフェイワンが、厳重な入口が開くのを待つ間、イライラとした様子で足踏みをしながら言った。それをみつめながら、ハアハアと息継ぎをして龍聖が笑みを漏らす。

「そんな……フェイワン、子供みたいな事を言うなんておかしいです。そんなに慌てなくても、シェンファはいなくなりませんから……」

龍聖はおかしくておかしくて、吹き出しそうになりながらも兵士達の手前、一生懸命に我慢した。それでなくても、国王が廊下を全力疾走する姿など、きっとこの王宮では前代未聞の光景だったはずだ。

目の前で最後の扉が開くのを、イライラと足踏みして待つフェイワンの背中をみつめながら、龍聖は声を殺して笑った。

扉が開くと同時に、飛び込んできたフェイワンの姿に、中にいたメイファンも侍女や兵士達も、とても驚いて、すぐに礼をするのを忘れたほどだった。だがフェイワンはそんな事など気にせずに、卵の水槽に飛びつくと、中を覗き込んで嬉しそうに卵を抱き上げた。

メイファンが慌てて侍女に指示して、濡れた卵を包む布を用意させてフェイワンに渡す。フェイワンは待てずに卵を抱き上げたせいで服の前も袖もビショビショに濡らしてしまっているが、それでもまったく気にせずに、卵を大切そうに抱えて、側の長椅子へと腰を下ろした。龍聖が侍女から布を受け取って、フェイワンの服を拭きながら、そっと卵を布でくるんだ。

「動かぬぞ?」

「動きますよ……シェンファ……シェンファ……さっきはご機嫌だったんだよね」

龍聖は卵に語りかけながら、優しく何度も卵の表面を両手で撫でた。すると卵の中で、確かにモゴモゴと動いたのだ。柔らかな卵の表面が、かすかに波打って、その動きは直接腕に感じられた。

フェイワンの顔が輝き、龍聖の顔をみつめたので、龍聖はニッコリと笑って頷いてみせた。

「シェンファ!!　賢いな！　リューセーが分かるのか？　良い子だ。良い子だ」

　ワハハハハと嬉しそうに笑うフェイワン。その横で嬉しそうに微笑む龍聖。それは幸せな光景だった。侍女達も兵士達も、とてもとても幸せな気持ちになった。

「陛下……陛下……恐れながら、部屋の外でラウシャン様がお呼びです」

　少し間をおいて、困った様子のメイファンが、チラチラと扉の方へ視線を送りながら、フェイワンに声をかけた。

「ラウシャン様が？　あ！　……フェイワン！　仕事の途中だったのですよね？」

　龍聖が思い出して、慌ててそう言ったが、フェイワンは聞いていないようだった。

「陛下……」

「フェイワン……」

「いいんだ。放っておけ……なあ、シェンファ」

　そんなフェイワンに、龍聖とメイファンは困ったように顔を見合わせた。

「陛下！！！　いい加減になされませ！！！　陛下――――！！！　へいかぁ――っっ！！！」

　廊下で怒鳴るラウシャンの声が、二重の扉を通しても聞こえてきて、龍聖とメイファンは目を丸くして顔を見合わせてから、急いでフェイワンをなだめはじめた。

　コンコンッと開いている扉を叩いて「失礼」とタンレンが、部屋の中を忙しく動きまわる相手に声をかけた。

「忙しそうだね……今、良いかい？」

「タンレン様」

シュレイは、手に持っていたたくさんの書類の束を、側にある小さなテーブルの上に置くと、姿勢を正して頭を下げた。

「ああ、良いよ、そんな他人行儀な……あ、いや、失礼。冗談だ。そんなに真顔で驚かないでくれ」

タンレンは『他人行儀な』という言葉に、目を丸くして固まってしまったシュレイに向かって、苦笑しながら手をヒラヒラと振ってみせた。

「邪魔をしに来たのではないのだ。用件はすぐ済む」

シュレイの側に歩み寄りながら、タンレンは辺りを見まわした。

「順調なようだね」

「はい、なんとかご誕生までには間に合いそうです」

シュレイは心から安堵したような様子で答えて、一緒に部屋の中を見まわした。

第一子の卵が『姫君』だと分かった時から、準備は着々と進められていた。

王宮の奥、フェイワン達の住まいとしている階層には、まだまだ空き部屋がたくさんある。それはもちろん国王一家のための空間で、将来生まれてくる子供達のための空間でもあった。

その中の一室を、新しく誕生する姫君のために改装していた。床から、壁紙、天井まですべて新しく取り替えられた。壁紙には薄い藤色のような紫をベースにして、シェンファの名前の由来となった花の模様が白く浮き上がるように描かれている。新しく貼り替えられた真っ白い床石の上には、後ほど絨毯が敷かれるのだろうが、恐らくそれにもシェンファの花の模様が織り込まれる事だろう。すべて特別に集められた最上級の素材で作られた特注品だ。

部屋の中は内装工事が終わったばかりのようで、数人の侍女達が、隅々まで磨《みが》き上げている最中だ。広い部屋の床の半分が、もうピカピカに光っていて、鏡のようにまでなっている。わずかな埃《ほこり》も見逃さないほどの勢いで、一心不乱に掃除をしている。

「家具もすべて出来ているのか？」

「はい、ほとんど……しばらくの間、私が卵の警護についていましたので、準備が遅れ気味でしたが……この掃除が済めば、絨毯を敷き詰めて、それから家具の搬入になります」

「君も相変わらず、よく働くな」

「は？　私は当たり前の務めをしているだけです」

キョトンとした様子のシュレイに苦笑して、タンレンは小さな溜息をついた。

王妃の側近であるシュレイが、王妃に関わるすべての事を担っている。つまり生まれた子供の世話についても、シュレイが全権を持っているのだ。寝る暇もないのではないかというほど、シュレイは真面目に務めを果たしていた。

「そうそう、用件というのは、シェンファ様付きの警護兵についてだ。今選んでいるところで、これが候補者の名簿だ。目を通してくれ……忙しいとは思うが、一度君にも大丈夫かどうか、面接してもらった方が良いかと思ってね」

シュレイは渡された名簿に目を通した。真面目な顔で一通り見てから、視線をタンレンへと戻す。いつもながらそのまっすぐな瞳に、タンレンは少しだけドキリとしてしまうのだ。慣れる事がないのは、特別な想いを持っているせいだと思う。

「面接の必要はありません」

「え？」

「ああ……別に忙しいからというわけではなく……タンレン様の人選に間違いはないと思いますから、私が改めて面接する必要はないでしょう」

「しかし……」

「私はタンレン様を信頼していますから、すべてお任せいたします」

まっすぐにみつめられて、そんな言葉を言われて、タンレンはすぐに返事のひとつも返せずにいた。

「まったくこれだから困ったものだ」と心の中で呟いて、溜息をつく。『溜息』と言っても憂鬱《ゆううつ》な意味でのそれではない。甘い吐息に似たそれだ。

シュレイを愛しているという心に拍車がかかって、随分煮詰まってしまって、一時はシュレイに無理矢理迫るほどの勢いだった。だがそれではダメだと、ある日悩んだ末に吹っ切れたのだ。押してもダメなら引いてみろというわけではないが、強引に想いを押しつけても、シュレイの心は手に入らないと気がついた。

いや、それは以前から分かっていたはずなのに、なぜあんなにも焦ってしまったのか……一人悩めば色々と見えてきた。答えはとても単純なもので、すべては『嫉妬』のせいだ。とても醜《みにく》い想いだ。

龍聖一筋になって、簡単に命も投げ出してしまうシュレイの姿に驚いた。主従以上の想いを秘めて、神殿で懺悔をするシュレイの姿を見て焦った。ただそれだけで、あんなにも子供じみた行動を取ってしまった。反省している。

今はもう開き直って吹っ切れた。シュレイを愛している。この気持ちに偽りはなく、心変わりもない。シュレイも決して自分を嫌っているわけではない。むしろこんなにも信頼してくれている。そこに愛はなくとも、フェイワンや龍聖を除いて、他の誰よりも一番にタンレンを信頼してくれているというならそれで十分だと思う。嫌われない程度に、側にいられれば十分だ。

それなのにこんな態度を取られると、惚れた弱みと言うか……シュレイが素なだけに厄介なのだ。

「タンレン様？　いかがなさいました？」

「いや……別に……ん？　また竜王が歌を歌っているな」

「本当ですね」

二人は窓の方へと視線を向けた。ジンヨンの軽やかな歌声が聞こえてくる。

「まさか……こんな昼間から、フェイワンの奴……」

「は？」

「あ、いや……竜王が歌うから……フェイワンがリューセー様と睦み合っているのではないかと……」

タンレンは真面目な顔のシュレイに向かって、とても言いにくそうに答えた。だがシュレイは顔色を変えずに首を振ってみせた。

「それはございません。陛下は接見の最中のはずですし、今日は約束の日ではありませんから」

「約束の日？」

タンレンは不思議そうに首を傾げたが、シュレイは答えるつもりはないようで、視線を窓の外へと向けている。ジンヨンの歌声に重なるように、やがて別の歌声が遠くで聞こえてきた。

「それに、竜王が歌を歌うのは、そういう時だけではありません。陛下が特別に嬉しい時……心が踊るような事があった時、その心に竜王が呼応して歌を歌うのです。竜王の歌は国王の幸せの証……良い国の証です」

歌声は次々に重なってきて増えていく。侍女達も聞き惚れるように手を止めて窓の外へと視線を向けていた。

「かつて王国が栄えていた時は、毎日のように空を歌声が埋め尽くしていたそうだ。しかしオレは生まれてこの方、ずっと竜の歌声を聞いた事がなくて、母が寝る前に語ってくれる物語の中だけの話だと思っていた。それが最近は、本当によく聞くようになった。我々以上にアルピン達にとっても、とても嬉しい事だろう。本当に良い国だ……陛下とリューセー様がもっと良い国にしてくださるだろう」

「はい」

タンレンはそっとシュレイの肩を抱いたが、振り払われる事はなかった。微笑みながら窓の外をみつめるシュレイの横顔を、一度チラリと見てから、タンレンも微笑んで窓の外に広がる青空と、飛び交う竜達の姿をみつめた。

その日王宮の中は、いつにもまして慌しい雰囲気が流れていた。特にバタバタと騒がしいというわけではなかったが、皆が一様にそわそわとしていて、落ち着きがない。

それというのも仕方のない事で、今日明日にも姫君が卵から孵りそうなのだ。

フェイワンに至っては、気もそぞろ……政務に集中など出来るはずもない。それでも休んでもらうわけにはいかないと、ラウシャン達が発破《はっぱ》をかけて出来る範囲の政務に取り組んでもらっているという現状であった。

龍聖は、その日のほとんどを卵の側で過ごしていた。卵は2日前に水槽より上げられて、ふかふかのベビーベッドを思わせるような、綿を敷き詰められた籠の中へと移されていた。

「2、3日のうちに孵ります」

メイファンから、そう報告が来たのは2日前の早朝だった。龍聖とフェイワンが卵の部屋へと駆けつけると、卵は水槽から上げられたばかりだった。

「卵の表面が硬くなってきています。もうすぐ生まれるという印です」

説明されて龍聖が卵に触ると、確かに表面が硬くなっていた。あのプルンプルンとしたゆで卵のような肌触りではなくなって、むしろ『卵』らしくなったという感じだ。

「こんなに硬くなって……大丈夫なの？　この子は一人で殻を割れるの？」

「殻が割れやすいように硬くなるのです。以前の状態は、柔らかくて脆《もろ》いようにも見えましたが、多少爪を立てても破れないくらいに、あの表面は強いものだったのです。あのままでは赤子の小さな手では、破る事が出来ません。これは硬いですけど、とても薄いので、ちょっとした力で割る事が出来ます」

「こっちで割ってあげた方がいいの？」

「生まれ出にくいようであれば、そうした方がよろしいのですが……自分で殻を割って出てくる方が良いのです。卵の中から、外の世界に出てくるという事は、赤子にとって、とても衝撃が強くて大変みたいですよ？　これは母の言葉の受け売りなんですが……」

メイファンがそこまで話してから、ちょっと照れくさそうに笑ったので、龍聖も笑って頷いた。

「メイファン……これまで長い間、本当によくがんばったね。オレはメイファンに本当にたくさんたくさん助けてもらって、初めての経験だったけど、とても心強かった。ありがとう。君にこの仕事を任せて、本当に良かったと思うよ」

「リューセー様……」

「途中……メイファンがひどく痩せちゃったりして……本当は色々と辛くて大変なんだろうなって、心配したんだけど……だけどメイファンなら、きっと最後までがんばるって信じてた。ごめんね。無理矢理こんな責任の重い仕事を命じたりして……恨まれていたかもしれないけど……」

「そんなっ……恨むだなんて……っ」

メイファンは言葉を詰まらせてしまって、唇を噛んで俯いた。眉間を寄せて、必死に涙を堪える。男なのだから、絶対メソメソ泣かないのだと誓った。でも今までとは違う。これは辛い涙でも、悔し涙でもない。嬉しくて涙が出そうなのだ。それなら泣いても良いよね？　とメイファンは一瞬考えたが、奥歯を噛み締めてグッと堪えると、顔を上げて龍聖をまっすぐにみつめてから微笑んだ。

「私は、リューセー様にとても感謝しています。この仕事をさせてもらえなかったら、きっと私は一生立ち直れずに、ダメな人間のままでいるところでした。そして誰よりも自分を嫌いなままでいるところでした。これで少しは……胸を張って外を歩けるようになったし、自分を少しだけ好きになれそうです。だけどまだ卵が孵るまでは、私の仕事は終わっていません。ここでリューセー様に礼を言われて浮かれているわけにはいきませんから……最後までがんばります」

最後までハキハキとした口調で言い終えて、またニッコリと笑ったメイファンに、龍聖は両手を伸ばすと、ギュッとその体を抱きしめていた。

それにギョッとしたのは、メイファンだけではなかった。それまで体を屈めて、卵を愛しそうに覗き込みながら、そっと撫でていたフェイワンが、とても驚いた様子で立ち上がると、二人をじっと凝視していた。

「リ……リ……リューセー様!?」

「メイファン……ありがとう」

メイファンは赤くなってドギマギしながら、チラチラとフェイワンの視線を気にしていた。フェイワンの方は、両手を腰に当てて「まったく……」と小さくぼやいてから溜息をついた。

「今日は生まれるかな?」

龍聖が卵の側に椅子を持ってきて座り、ずっと見守るように撫でていた。

「そうですね、もう生まれるはずです」

メイファンが、龍聖のためにお茶の準備をしながら答えた。忙しそうなシュレイも何度か様子を見に来てくれた。

シュレイからは、事前にみっちりと赤ちゃんの抱き方や、あやし方の訓練を受けていた。もちろん龍聖には初めての経験で、その時また改めて「大丈夫だろうか？」と不安にもなった。

龍聖がそっと卵に耳を寄せると、コッコッと中から音がする。一瞬目を見開いて、顔を上げて卵をみつめてから、もう一度卵に耳をつけてみた。中から音がする。

「メイファン！　音がするよ!?　まるで殻を中から叩いているみたいだ」

「お生まれになりますね！」

メイファンも龍聖も顔を輝かせて笑い合った。メイファンはすぐに侍女に指示をして産湯《うぶゆ》の準備をさせた。それから兵士に伝えて、フェイワンとシュレイを呼びに向かわせた。


バタバタという足音と共に、フェイワンが飛び込んできた。扉を開ける前から、中にいた龍聖達にはフェイワンが駆けつけた事が分かった。扉の前でダンダンと足踏みをする音に、二人は顔を見合わせてからクスクスと笑い合ったりした。

「生まれたか!?」

飛び込んでくるなりの第一声がそれで、龍聖が笑いながら首を振ると、ハアと息を大きく吐いて、ドカリと側の椅子に腰を下ろした。

「そんなに慌てて来たのですか？　王が廊下を走るなんてダメだと叱られたばかりですよ？　……仕事は途中なんですよね？　ラウシャン様に叱られませんか？」

龍聖がメイファンから茶を受け取って、それをフェイワンに差し出した。フェイワンは茶を一口呑んでから、乱れた息を整えて首を振る。

「姫の誕生だぞ？　誰が文句を言うものか……ああ、待ち遠しいな……シェンファはお前に似て美しいだろうな」

「オレに？　……オレの遺伝子は入っていないでしょ？」

「イデンシ？」

「あ……えっと……普通の人間などは、男性の精子と女性の卵子が受精して子供になるのです。多分……この世界もそうだと思うのですが……でもオレ達の場合は……フェイワンの卵核をオレの魂精で育てただけでしょ？　だから言わば、フェイワンの分身のようなもので……オレに似るはずがないじゃないですか」

「似るんだ似るんだ。二人の子だ。それほどお前の魂精は、竜の血筋には血や肉よりも重要だという事だ」

フェイワンが自信を持って言うので、龍聖は疑問を残しつつも納得したふりをしてみせた。

遺伝学とか医学とか、そういう専門知識はないから、いくら科学の進歩した現代から来た龍聖だからといっても、何も知らない相手に対して、遺伝子だのＤＮＡだのをくわしく説明してあげられる自信はない。だからフェイワン達の種族の生物学的な事も、聞いたところで突っ込みようもないし、理解出来なくても納得するしかないのだと、この世界に来てつくづく感じた事だった。

その時、パリッとかすかな音がした。フェイワンも龍聖もメイファンもそれを聞き逃さなかった。

急いで卵の側へと駆け寄って覗き込むと、いつの間にか表面にたくさんのひび割れが入っていた。卵全体がグラグラと動いて、またパリッと音がした。一部が大きく割れて、そこがモゴモゴと動いている。

カラリとその欠片が転がって、ポッカリと穴が空くと、やがてそこから小さな白い手が現れて、何かを探すように手のひらを開いたり閉じたりした。

龍聖は息を呑んで、両手で口を押さえていた。思わず大きな声を上げてしまいそうになって、フェイワンがその肩を強く抱きしめてくれたので、なんとか堪える事が出来た。

歓喜の声といっても良いだろうか、多分その瞬間の事は一生忘れない。1年間、大切に抱いて育てて、確かにこの腕の中で、卵はどんどん育っていって、それでもどんなに大きくなっても、それはただの丸い卵で……だけど今その中から現れた小さな手のひらは、とてもかわいい5本の指を付けた紛れもない赤ちゃんの手だった。

「もう大丈夫です。出てくるのをお二人で助けてさしあげてください」

いつの間に現れたのか、後ろに立っていたシュレイが、フェイワン達にそっと耳打ちをした。二人は顔を見合わせてから、卵に手を伸ばした。

龍聖は最初に思わず、その小さな手のひらに触れていた。すると小さな手は、ぎゅっと力強く龍聖の人差し指を摑んだ。

「ああ……シェンファ……」

これが父性なのか母性なのか分からないけれど、その瞬間に龍聖は涙が出るほど、指を一生懸命握る小さな手が愛しくて堪らなくなった。その様子を微笑んでみつめながら、フェイワンがそっとそっと殻を割って取り去りはじめた。間違っても欠片が中に入ってしまわないように、シェンファを傷つけてしまわないように、とても注意深く殻を取り払っていった。

丸く体を曲げた小さな姿が次第に現れてきた。

「あぁぁ～ん」

一声小さな泣き声を上げて、次に大きく深呼吸をしてから、大きな泣き声を上げた。

「ああ……なんと愛らしい……」

側で見守っていたメイファンが思わず歓喜の声を漏らす。

「これはなんとした事か……」

フェイワンも驚きの声を漏らした。

すっかり卵の殻を取り去り、現れた小さな姫君を、龍聖が恐々ながらも思わず抱き上げていた。それにシュレイが手を貸して、産湯に浸からせる。綺麗に全身を洗ってから、柔らかな産着に包んで、シュレイが再び龍聖の腕の中へと預けた。

龍聖は腕の中のシェンファを、まじまじとみつめた。まず真珠のような肌だと思った。真っ白な透き通るような肌をしていた。なんとか泣き止んだが、泣いたせいで頬が朱《しゅ》に染まっていてそれがまたとても愛らしかった。

フランス人形のようだ……と稚拙《ちせつ》な例えかもしれないが、龍聖はつくづくそう思っていた。本当にかわいらしい女の子だ。まだ目が開いていないが、閉じていても、きっとその目はクルクルと大きいだろうと想像出来た。そして意外な事に、髪の毛は漆黒だった。天然の巻き毛で、クルンクルンの黒髪が、生まれたばかりなのにふさふさと生えていた。

しばらくシェンファをみつめていた龍聖だったが、あまりにも周囲が静かな事に驚いて顔を上げた。

フェイワンもメイファンもシュレイも、とても驚いた顔でジッとこちらをみつめている。

「？？　……みんな……どうしたの？　フェイワン？　嬉しくないの？」

龍聖の言葉に、フェイワンはハッとして、ようやく満面の笑みを浮かべた。

「いや……すまん……ちょっとびっくりしていたのだ」

「何が？」

龍聖は不思議そうに首を傾げた。

「リューセー……以前にも言ったつもりだったが……この国で、黒髪なのはリューセー、お前ただ一人だけなのだ。シーフォンはおろか、アルピンにも黒髪はいない。いやとにかく……シーフォンで黒髪はいまだかつてただ一人としていないのだ。たとえリューセーが産んだとしても……。だから黒髪はリューセーの象徴として、皆の憧《あこが》れなのだ」

「え？　それって……この子が黒髪だとダメだって事？」

龍聖が不安そうな顔で聞き返したので、全員が慌てて首も手も振ってみせた。

「そうではない、そうではない。ただ驚いただけだ。これは何か良い兆《きざ》しなのかもしれない……竜王の姫が黒髪……シェンファはきっと歴史に残る美姫になるだろう」

フェイワンが喜びの声を上げて、一度バンザイをしてからシェンファごと龍聖を強く抱きしめた。

それに驚いてシェンファが再び泣き出したが、フェイワンはとても嬉しそうであった。

第15章　日記

シェンファが産まれてからというもの、龍聖《りゅうせい》の生活はガラリと変わってしまった。新しく知る事の連続。すべてはシェンファを中心に動き、時間などは本当に『光陰矢《こういんや》のごとし』で過ぎ去ってしまうのだ。

基本的なシェンファの身の回りの世話は、乳母がいるので任せてはいるが、龍聖はこの新しく出来た小さな家族を、もっともっと知りたい、もっともっと愛したいと思っていた。

龍聖にそう思わせたきっかけのすべてはフェイワンで、生まれたばかりのシェンファにかけ値なしの愛情を注ぐフェイワンの姿に圧倒されたからだった。

『オレはまだそこまでシェンファを愛していない』

フェイワンの姿を見て、龍聖は愕然《がくぜん》としてしまった。

卵を産んだのは龍聖で、育てたのも龍聖だ。もちろん当初は『卵を産む』という行為自体に戸惑い、その産み落とした卵を我が子として愛せないのでは？　という不安があった。だが一年という月日をかけて魂精《こんせい》を注ぎ育てる間に、自然と情も湧いたし、卵を『愛しい我が子』と思えるまでにはなっていたと思う。

卵が割れて、中からシェンファが誕生した時は、本当にとても感動してさらに『我が子』としての実感が湧いたように思えた。自然とその腕に抱きしめて、『母性』のような感情も湧いたように思えた。

だけど……。

フェイワンはなぜあんなにもシェンファに愛情を注げるのだろうと、ふと冷静になって思う事がある。フェイワンはもちろん卵を産んだわけではないし、毎日抱いて育てたわけでもない。龍聖が卵を育てている時から、暇を見てはたびたび駆けつけてはいたけれど、もちろんそれは仕事の都合で毎日ではなかったし、側にいる時も卵を抱く龍聖を、幸せそうな顔で眺めているだけだった。

龍聖の中には、まだシェンファに対して本当に「我が子」という思いが足りないのではないだろうか？　という疑問がある。

借りてきたよその赤ちゃんを「かわいい、かわいい」と思って抱いている。そんな思いが心のどこかにあった。

フェイワンのように、すべてを投げ出してもシェンファに集中出来るほどの愛情は持てていない気がした。

『そんなんじゃダメだ』

龍聖は思う。

フェイワンとシェンファが親子に見えるのに、自分一人だけが他人なのは悲しい。きっとフェイワンやシュレイにそんな事を言えば否定してくれるだろうとは思うけれど、龍聖自身にはまだ自分とシェンファは親子に見えていないという気がしていた。

その上子供には、卵から孵《かえ》ったらもう龍聖の魂精は必要ないとも言われてしまった。ずっと龍聖の魂精を必要とするのは『竜王』だけなので、それ以外の子供については他のシーフォンと同じく、普通の食生活で事足りるのだと聞かされた。

シーフォン達は、アルピン達普通の「人間」と同じ食物だけで体を維持している。唯一特別な事といえば、『ジンシェ』と呼ばれる特別な果実を1日1個食するだけだ。それは『竜の巣』と呼ばれているこの国のどこかにある秘密の場所で栽培されている植物の実だそうだ。

はるか昔、神の怒りで竜の姿と人の姿のふたつに分けられた時、食物は竜の体ではほとんど摂取出来なくなった。竜のみの姿であった時、たくさんの動物や人間を捕食していた残忍な肉食の習性を戒《いまし》めるための罰だった。しかし人の体で摂取出来る食物の量には限りがある。竜とのふたつの体を維持する事は、とても困難だ。それはあまりにも哀れとして、神より与えられたのが『ジンシェ』という果物だそうだ。成分としては、龍聖の『魂精』に似たものだろうと言われている。

龍聖もシェンファを育てるために、乳母が持ってきたジンシェを初めて見た。見た目はマンゴーに似ている。乳母はそれの皮を剥《む》いて、実をペースト状に擂《す》ってからシェンファに与えていた。

「それ、オレにさせてくれない？」

「王妃様がなさるのですか？」

乳母が驚いた顔で聞き返してきた。そんなに驚く事なんだろうか？　龍聖はちょっと戸惑ったが、気持ちを変える気はない。母親ならば食事の世話や、おしめ換えだって当然の仕事だと思う。

毎日卵を抱いて、魂精を与えて育てて、それでようやく卵を愛する事が出来た。シェンファと親子になるためには、やっぱりシェンファを育てなければいけない気がする。魂精がもう必要ないのなら、他に龍聖が出来る事をしたい。

シェンファを抱いてあやして、ジンシェや食事などの世話は龍聖がやった。

シェンファが生まれて、龍聖は改めてもっとこの国の事、この世界の事を知りたいと思うようになった。一時中断となっていた勉強会を再開するために、忙しそうなシュレイに時間を作ってもらった。たくさんの書物を集めて龍聖専用の書庫も作ってもらい、シュレイに時間がない時は、そこで独自に勉強を進める事にした。

日々の半分をシェンファに費《つい》やし、半分を勉強に費やし、毎日クタクタに疲れて、夜にはパタンと眠る事が多くなった。そんな事をしていると、日々はあっという間に過ぎて、自分では自覚がなかったのだが、気がつくとシェンファが生まれてから半年が過ぎ去っていた。

それを知ったのは、フェイワンのぼやきからだ。

「え!? 半年!? もうそんなになるのですか? シェンファの誕生祝いを盛大にやったのは、つい先日のように思いますけど……」

「半年だよ、半年……お前はすべてがシェンファ、シェンファ、シェンファだ……オレの事など、もうどうでもいいのだろう?」

拗《す》ねたようにフェイワンが言って、ゴロリとベッドに横になったので、龍聖は目を丸くしてみつめていたが、慌ててベッドへと駆け寄った。

「そんな事はありません。フェイワンだって、シェンファ、シェンファではないですか? それはお互い様です」

「オレはお前ほどではないよ。そりゃあシェンファがかわいいから、顔を見たいと思うのは当たり前で、毎日抱きに行くくらいは良いだろう? ちゃんと政務はやっているぞ? ラウシャンがうるさいからな……しかしお前は一日中シェンファにベッタリではないか。聞いたら乳母の仕事まで取り上げて、お前がやっているとか」

「そんな人聞きの悪い……食事の世話だけです。子供の世話をするのは、親なのだから当然の事でしょう？」

「オレの世話は？」

フェイワンは怒っているように口を尖らせてそう言うと、手を伸ばして龍聖の腕を掴みグイッと強く引っ張った。

「あっ……」

バランスを崩して、ドサリとベッドの上に倒れ込んだ龍聖の体を、フェイワンが抱きとめてそのまま仰向けにベッドに押し倒した。上に被《かぶ》さるような形で、鼻先がくっつくほど顔を近づけて、じっと目をみつめてきた。金色の瞳、龍聖の好きな瞳だが、こんなに近くに見るのは久しぶりのような気がした。

「随分《ずいぶん》髪が伸びたな」

フェイワンは囁いて、白いシーツの上に無造作に広がっている龍聖の長い黒髪を一房、右手に取って香りを嗅《か》ぐ仕草をすると、その金色の瞳が笑って揺れた。

「ずっと切っていませんから……シュレイが前髪しか切る事を許してくれないのです……この国に来て、もう2年になります」

龍聖はフェイワンの瞳をジッとみつめたまま囁くように答える。

「お前は清潔好きだから、いつもとても良い匂いがするな。どんなに疲れていても、風呂には必ず入る」

「日本人は風呂が好きなのです。風呂に入る事で疲れを癒す事も出来ます」

「オレの事は放っておくのに？」

フェイワンの言葉に「また」と思って龍聖は苦笑したが、フェイワンの瞳は笑っていたのでホッとする。

「そんなに月日が経《た》っていたとは、正直気づきませんでした。毎日があっという間で……それにシェンファを見ていると、まだそんなには育っていないし……半年だなんて、まだ信じられません」

「我々の時の流れはゆっくりなのだ。この国の暦《こよみ》は、この世界の人間のものに合わせている。アルピン達のためだ。だから暦の1年は、我々シーフォンにとってはほんの僅《わず》かな時でしかない。我々の1年は、アルピン達にとっては5年余りに換算される。だから半年経ってもシェンファはそんなには育たないのだよ。シェンファが歩けるようになるには、まだまだ時を重ねなければならない」

フェイワンに言われて「ああ、そうだった」と思った。それは勉強した。フェイワン達の年齢が150歳以上なんてすごいと思っていたら、それはこの国の暦に合わせた年の数え方のせいなのだという事も知った。

日々はちゃんと過ぎていて、半年という月日は経っていたとしても、シェンファはそれに応じては成長しないのだ。きっとまだ生後ひと月くらいのものでしかないのだろう。ようやく最近目を開けて、じっと龍聖をみつめるようになって喜んでいたけれど、ハッキリと見えるようになるには、まだまだかかりそうだ。早く龍聖の顔を覚えてくれれば嬉しいのにと思う。

「今、またシェンファの事を考えていただろう」

チュッと唇を吸われて、そう言われて驚いた。

「どうして？」

「そんな顔をしていた」

「そんな顔って……どんな顔？」

驚いて龍聖が目を丸くして聞き返す。フェイワンは目を細めて笑った。

「とても優しい顔だ。慈愛に満ちていて、ちょっとだけ嫉妬《しっと》してしまうような顔だ」

「そんな……」

フェイワンがまた唇を重ねてきたので、目を閉じてそれを受け入れる。軽く口づけられ、一度離れてゆっくりと唇全体を食《は》むように包まれ、チュウと吸われて愛撫するように上と下の唇が動き、開いた隙間から舌が差し入れられた。受け入れて舌を絡め合わせる。久しぶりの深い口づけにうっとりとした。

「お前のそんな顔を見るのは好きだけどな」

唇を離して、フェイワンが微笑みながら呟いた。

「え？」

「母の顔とはこういうものなのだと、見ていてとても幸せな気持ちになれる……とても良いものだと思う」

それを聞いて龍聖は前の代のリューセー、フェイワンの母親が早くに亡くなっていた事を思い出した。フェイワンが卵から孵《かえ》る時にはもう亡くなっていたと聞いた。

「フェイワン」

龍聖は両手をフェイワンの背中に回して、ギュッと抱きついた。その体を愛しそうにフェイワンも抱きしめる。

こめかみに、額に、何度もフェイワンの唇が優しく触れる。

「お前がオレのリューセーで良かった、本当に神に感謝する」

フェイワンの優しい囁きが好きだ。その低い幅のある声は、耳に心地良い。龍聖は目を閉じて、フェイワンの口づけを感じながら身を預けた。

「オレも……この国に来て良かったって、今は心から思っているよ」

「リューセー」

フェイワンはキスをしようと少し体を離して、龍聖の顔を覗《のぞ》き込んでから、フッと笑いを漏らした。抱きしめていた腕を、そっと解いて龍聖の体をベッドに横たえる。龍聖は穏やかな顔で寝息を立てていた。額をそっと撫でて前髪をかき上げると、チュッと口づけた。

「まったく……せっかく解禁になったというのに……まだお預けさせられるのか？」

やれやれというように呟いて、上がけを引き上げると龍聖にかけてやって、ごろりと横に添い寝した。


翌日、龍聖はシェンファの相手をした後、夕方近くなってジンヨンの元を訪れていた。朝起きてからフェイワンに「たまにはジンヨンに会ってやってくれ。オレに愚痴《ぐち》ばかり言ってきてかなわん」と言われたからだ。昨夜はフェイワンが拗ねていたが、そう言われると半年もジンヨンに会いに行っていなかったのだと気づいた。

階段を駆け上がって、広間へ入ろうとして驚いた。入口のまん前に、ジンヨンの金色の鼻先があったからだ。

「ジンヨン……ここまで出迎えに来てくれたの？」

龍聖が驚きながらも、その鼻先をナデナデしてやると、フンフンと鼻息荒くジンヨンがググッと喉を鳴らしたので、おかしくなって龍聖は大声で笑ってしまった。

「ごめんね、ずっと忙しくてさ……シェンファの誕生祝いの時に報告しに来て以来会ってないよね……半年も経っていたなんて知らなくてさ……ごめんね」

バンバンと音がしているのは、ジンヨンの尻尾が床を叩いている音だろう。ジンヨンは時々犬のように尻尾を振るから、壁や床を叩いてしまう。その全身を使っての感情表現を、龍聖は微笑ましく思っていた。

「忘れていたわけじゃないんだよ？　本当だよ？」

龍聖の言葉ひとつひとつに返事をするように、グルグルと喉を鳴らしては、バンバンと尻尾が床を叩いていた。鼻先を両手で撫でられたり、抱きつかれたりするとさらに興奮したようにフンフンと鼻息を吐き出した。

「アハハハハ……ジンヨン！　鼻息で飛ばされちゃうよ」

龍聖が大笑いをしていると、服の裾を口で引っ張ってゴロゴロと喉を鳴らす。

「なに？　……え？　背中に乗れって？　空を飛んでくれるの？　ありがとう。久しぶりだね！　嬉しいよ」

龍聖は嬉しそうに笑って、ジンヨンに促されるままに頭によじ登ってから、広い背中へと移動した。

龍聖が定位置に着くのを確認して、ジンヨンはゆっくりと体を起こすと、大きく翼を広げた。

「ああ……やっぱり気持ち良いね……ジンヨンありがとう」

吹きつけてくる強い風に目を細めながら、心地良さに笑みが零れる。ジンヨンの大きな体は、フワリと風に乗って悠々と空を旋回《せんかい》した。それにはジャンボジェット機に乗っているような安心感があった。あちこちに他の竜の姿も見える。皆龍聖に気づいて、こちらへと飛んできているようだった。

「綺麗《きれい》だね……この国は本当に綺麗だね」

少し身を乗り出して地上を眺めると、おもちゃのような小さな家々が見える。パッチワークのように綺麗な四角の連なりは畑なのだろう。よくぞこんな土地があったものだというくらいに、見事に周囲を山脈に囲まれていて、まるで箱庭のようだった。

ジンヨンはゆっくりと降下して、山脈の頂《いただき》のひとつへと舞い降りた。ゴツゴツとした岩肌が剝《む》き出しになっているその頂上に、ジンヨンは大きな体をなんとか乗っけているという感じだった。

「ジンヨン？　どうしたの？」

龍聖が不思議に思って声をかけると、ジンヨンは長い首を伸ばして、頂への道を作った。それは龍聖に降りろと言っているようだ。

龍聖は首を傾げながらも立ち上がると、首を伝って頭の先まで行った。その先に続く山の頂上は、足場はあまりよくないが、絶壁というわけではなく、人が普通に歩けるくらいの場所はある。足下を確認しながら、龍聖はそこへと降り立った。

眺めは最高で、右手にエルマーン王国の国土が、左に外の世界が広がっている。外の世界はどこまでも広がる平地があるが、茶色の部分と黄緑の部分が点々とあって、豊かな草原という感じではあまりなかった。荒地などもあるのだろう。あちらこちらに小さな森や、集落のようなものも見える。

龍聖がしばらくその壮大な景色を眺めていると、ふいにジンヨンがググググッと唸《うな》った。

「ん？　なに？」

振り返るとジンヨンは何度か瞬きをして、鼻を少しだけ左右に動かした。何かを言いたいらしいのだが、龍聖には分からない。首を傾げたまましばらくジンヨンの顔をみつめていたが、ふとその鼻先の岩の周りに、たくさんの小さな花が咲いている事に気がついた。龍聖が近づいて体を屈めて覗き込むと、小さな白い花は、その中心が淡い紫色をしていた。

「これって……もしかしてシェンファ？」

龍聖が呟くと、ジンヨンが答えるようにググググッと唸ったので、龍聖は顔を上げてジンヨンを見て笑った。

「そう!?　ジンヨン、オレにこれを見せたかったんだ！　もしかしてシェンファの誕生祝いなの？　そう……ありがとう!!　ジンヨンは優しいね」

満面の笑顔で龍聖が言うと、ジンヨンは満足気に目を細めて、グルグルグルと喉を鳴らす。

「じゃあ……シェンファにひとつだけ持って帰ろうね」

龍聖はひとつだけ、そっと花を取った。根元を慎重に引いて、出来るだけ根を残してから取ると、大事そうに手に包んで持ち、再びジンヨンの背へと乗り移った。

「ちゃんとジンヨンからだよって、シェンファに言っておくね」

龍聖の言葉に、ブンッと尻尾を振ってから、ふわりとまた空へと飛び上がった。

ラウシャンは、タンレンの書斎を訪ねてきていた。茶を飲みながら少し不機嫌な顔をしている。愚痴を言いに来るのは珍しい事ではなく、タンレンも慣れているので特に気にしていなかった。

「お前は上手くやっているようではないか？」

愚痴を言いに来たはずなのに、ずっと黙ったままだったラウシャンが突然口を開いた。

「え？」

「最近何日かごとに、お前がシュレイを竜に乗せて、二人でどこかに行っていると聞いたぞ？」

「ああ……」

タンレンは軽い返事をしただけで、微笑を浮かべたまま立ち上がると、ラウシャンの側《そば》まで歩み寄った。向かいの椅子へと座り、そこに用意されていた自分の分のカップを手に取った。

「なんだ？」

「いえ……別になんにも……そんなに色っぽい話ではないんですよ」

タンレンは苦笑して答えると、一口茶をすすった。

「シュレイが出かけるのに、行き先が遠い場所なので馬では不便だろうと、オレがおせっかいを焼いて送ってやっているだけです」

「は⁉」

ラウシャンがあんぐりと口を開けてタンレンをみつめているのだが、タンレンは別に気にしていないというように、澄ました顔で茶を飲み続けた。

「今、なんと言った？」

「え？　だからシュレイを竜で送っているのです」

「……アルピンの送迎をしてやっているのか⁉」

「シュレイはアルピンではありません。それに、そのような差別発言はおやめください」

「ああ……すまん、失礼した。いや、その……あんまりにも驚いたもので……オレも以前ほどはアルピンを蔑視《べっし》しているわけではないのだ。ただ差別という意味でなくとも、我々とシュレイでは身分が違うだろう。上の者が下の者の送迎をしてやるなど……聞いた事がない」

「惚れた弱みです。目を瞑《つむ》ってやってください」

タンレンはハハハと笑って目配せをしてから呟いた。それをラウシャンは真面目な顔でみつめていた。

「随分……余裕が出来たようだな？」

「ねえ、ラウシャン様……我々は随分変わったと思いませんか？」

質問をしたつもりが、逆に質問を返されて、ラウシャンは不思議そうな顔をして首を傾げた。

「我々が？」

「はい、オレやラウシャン様も含めて……シーフォンの者達みんなです」

「……どう変わったと？」

「優しくなりました」

「は？」

ポカンとした顔のラウシャンをよそに、タンレンはフフフフと笑って、ゆっくりとした仕草で茶を飲んだ。

「皆が優しくなりましたよ。少し前までは殺伐《さつばつ》としていたと思いませんか？　陛下が以前言っておられたように、竜王の力が弱まったせいで、シーフォン達の心に闇がかかっていて、とても荒《すさ》んでいました。でも今のリューセー様がいらして、陛下も元の姿に戻り、姫君も生まれて、陛下があんなにも幸せそうな顔をしている。だから我々も皆心穏やかになった。アルピンへの差別も少なくなった。シーフォン同士の争いもなくなった。夫婦は仲睦《なかむつ》まじくなり、しばらく恵まれなかった子供も、また誕生しようとしています。……先日、ガンジのところにようやく子が出来たと報告がありました」

「ほお……ガンジに……あそこは、結婚してもう40年になるだろう。今まで子が出来ずに、夫婦仲も険悪になっていたと聞いたが……ガンジは荒い気性になっていたからな、メイファンを一番いじめていたのも奴だろう」

タンレンはその問いにあえて答えず、ただ微笑んでみせた。

「まあとにかく今は人が変わったように穏やかになりましたよ。子が出来て朗《ほが》らかになった。彼の奥方はよくシェンファ様に会いに行っていたようです」

「シェンファ様に？」

「シェンファ様は、シーフォンの女性達の間で大人気のようですよ？　黒髪で黒い瞳の愛らしい姫君ですから……抱かせていただけると母性を思い出すと言って、女性達に引っぱりだこだとか」

「それが……ご利益があると？」

タンレンは「さあ」と小さく呟いて笑いながら首を傾げてみせた。ラウシャンも腕組みをしてしばらく考え込むような素振りをした。

「確かに……リューセー様なら、この国を変えてしまえるだろうとは思っていた」

「ラウシャン様はリューセー様に惚れておいでなのですよね？」

「からかうな……リューセー様を嫌いな者などいるものか……まあ……お慕い申し上げているがな」

最後の方は、バツが悪そうにゴニョゴニョと言葉を濁らせた。ちょっと顔を赤らめたラウシャンを、タンレンは笑いを噛み殺しながら、茶を飲みつつチラリと見た。

「とにかく……リューセー様がいらしてから、本当にこの国は生き返ったような気がします。シェンファ様にもどこか不思議な力を感じます。きっと明るい未来に続いているような気がするのです」

「そうだな」

ラウシャンは何度も頷いてみせた。二人はしばらく黙ったまま、それぞれの思いにふけっていた。

先に視線を動かしたのはタンレンで、ちょっと首を傾げる素振りをしながら、ラウシャンをみつめた。

「ところで……ラウシャン様は、何か愚痴を零しに来られたのではなかったのですか？」

「いや……それはもう良い。ただ……『シェンファが立った』とか『シェンファがしゃべった』とか何かにつけて、陛下が政務を投げ出してしまわれるので、ほとほと困ると……言いたかっただけなのだが……もう良い」

ラウシャンの言葉に、タンレンは楽しそうに大声で笑っていた。

「はぁ……あ、あ、フェイワン……」

テーブルの上にうつ伏せに上体を預けて、端に手をかけてしがみつくようにしながら、龍聖は甘く喘ぎ声を上げていた。服の裾をめくり上げられて、露《あらわ》になっている白い下肢にフェイワンが腰を押しつけている。

「ああっあっ……深いっ……ああっそんなっ……フェイワンっ」

龍聖は何度も深く突き上げられ、そのたびに揺れる体を必死にテーブルの端を握って支えながらも、乱れる息と喘ぎ声を抑えられず、硬いテーブルの上で身悶《みもだ》えていた。長い黒髪が乱れて広がる様を、欲望のままに腰を前後に動かしながら、高揚《こうよう》した表情でフェイワンはみつめる。

『美しい』とうっとりと思うと共に、こんな風に乱暴に組み伏せている事への罪悪感と、恍惚《こうこつ》とした支配感が入り乱れて、さらに欲情させられた。

「リューセー……すまぬ」

はあはあと、荒い息と共に掠れる声で囁いたが、龍聖はただ喘ぎ続けるだけでそれへの返事はなかった。高まる絶頂感に、腰の動きを速めた。

「あっあっあっ……フェイワン……フェイワン……」

龍聖が甘い声で何度もその名を呼ぶ。それに誘われるように、フェイワンは龍聖の腰を抱いていた手に力を込めて、最奥《さいおう》へと昂《たかぶ》りを埋め込むとブルリと腰を震わせて精を吐き出した。

ぐったりと目を閉じたままの龍聖の体を抱きしめて、ソファに座ったフェイワンは、龍聖の乱れた髪を梳《す》くように何度も優しく撫でた。汗に濡れた額も服の袖で拭ってやる。龍聖は頬を紅潮させて、ハアハアとまだ息を乱していた。じっとその顔をみつめていると、やがてゆっくりと瞳を開けてみつめ返してくる。

「すまない」

フェイワンはもう一度呟いた。

「ひどいです」

龍聖は眉間を少し寄せてから、ぽつりと一言返した。黒い瞳が潤んでいる。フェイワンはそっと唇を重ねてから、また顔を上げて「すまぬ」と囁いた。

「こんな時間に……あんな所で……ひどいです」

「すまない」

「誰か……入ってきたら……どうなさるのですか?」

「呼ばぬ限り、誰も入ってこぬ……知っているだろう?」

「シェンファに何かあれば、誰かが駆け込んできます。いえ、シェンファが来るかもしれません」

「シェンファは昼寝中だ」

「政務はどうなさったのですか?」

「休憩時間だ」

「どうしていきなりこんな所で……」

「突然お前が欲しくなったのだ。お前が美しいのだから仕方ない」

「立ったまままあんな……テーブルの所でなんて……あれは食事をするテーブルです」

「寝室なら良かったのか？」

「まだ昼間です」

「オレはいつでもお前に欲情しているよ。一度で止めたのだから許せ」

何を言っても屁理屈のような返事を返されて、龍聖はもう何も言う気がないというように、困ったような顔をしてフェイワンをみつめた。ひとつ答えるたびに唇をついばむように吸われて、熱い眼差《まなざ》しでみつめられると、龍聖はいつだって何も言えなくなって負けてしまうのだ。

「たまにはこういうのも良いだろう？　刺激的で……」

「フェイワン！」

龍聖が真っ赤になって、咎《とが》めるように名を呼ぶと、フェイワンはハハハハハと明るく笑って、また軽くチュッとキスをする。まだ体は熱く熱を持っていた。フェイワンの逞《たくま》しい腕が、龍聖の腰を抱きしめているのを意識してしまう。キスをされ、その低い声で甘く囁かれ、いつまで経っても熱が冷めなかった。もっと激しく抱かれたいと、ふと考えそうになって、必死にそれを振り払うように、フェイワンに向かって怒ってみせる。

「新婚じゃないんですから」

「何年経ってもオレは新婚気分だよ」

フェイワンはそう言ってまた頬に口づけた。龍聖の頬が上気しているのに気づいているはずだ。

『いじわるだ』と思う。

「フェイワン……昨夜だって……求めてこられたばかりではないですか」

「だから言ったろ？　いつもお前に欲情しているって……それなのにお前はすぐオレを放っておくか

らな。シェンファの事になると、いつもオレより優先だろう？」

「それはお互い様です。フェイワンだってシェンファ、シェンファって」

「そろそろ二人目を作らないと、シェンファも一人では寂しいだろう」

「そんな事ばっかり……」

龍聖が口を尖らせて言うので、フェイワンはまた笑ってその唇にチュッとキスをした。

「今までだって十分励んできたのに、なかなか二人目が出来ないのだ。これで分かっただろう？　シーフォンは子が出来にくいのだ。だからさらによりいっそう努力をしなければならない」

フェイワンは甘く囁きながらニヤリと笑った。龍聖は赤い顔で、恨めしそうにじっとみつめる。

シーフォンの子が出来にくいのは性欲が薄いからだと聞いた事があるが、フェイワンを見る限りでは、それは嘘だと思う。そして嫌だ嫌だと、口では言ってみても、フェイワンに抱かれる事に喜びを覚えている自分の体も恨めしい。

子供といる時間が多いせいで、すっかり母親モードになっているが、こうしてフェイワンと二人きりになると、エッチな気持ちを思い出してしまう。

「仕事に戻らなくても良いのですか？」

「まだ大丈夫だ。なんならもう少しベッドで休もうか？」

フェイワンが耳元でそう囁いて、耳たぶに口づけたので、龍聖はゾクリと体が痺れた。エッチな気持ちが加速しそうだ。

「フェイワン」

うっとりとした顔で、龍聖がフェイワンの唇に口づける。

その時扉がノックされて、フェイワンが返事をすると、侍従が顔を出して深々と頭を下げた。

「失礼いたします。シェンファ様が……」

言いかけた侍従の足下をすり抜けて、3歳くらいの小さな女の子がトテテテと今にも転びそうな勢いで駆け込んできた。肩まであるクルクルの黒髪の巻き毛が、フワフワと跳ねている。

「リューセー！」

「シェンファ!?」

龍聖は驚いて起き上がると、慌ててフェイワンの膝の上から降りて、駆けてくる少女を両手を広げて受け止めた。そのままひょいと抱き上げると、少女はウフフフと笑いながら、龍聖の首にしがみつくように抱きつく。

「シェンファ、お昼寝は？」

「もういいの……リューセー遊びましょう？」

シェンファは大きな黒い瞳をクルクルと動かして、まだ少し舌足らずながらもオマセな口調で言った。

「シェンファ、お父様にご挨拶《あいさつ》は？」

龍聖がニッコリと笑って、シェンファの頬にキスしながらそう言うと、シェンファはその丸い目をさらに大きくして、驚いたように龍聖の促す方へと顔を向けた。

「お父様!!」

満面の笑顔で呼ばれて、フェイワンは嬉しそうにニコニコと笑いながら立ち上がると、両手を広げてみせた。シェンファも両手を広げたので、龍聖はそのまま引き渡した。ギュッとフェイワンが抱きしめると、シェンファがウフフフフと明るく鈴のように笑う。

「シェンファはお父様が大好きだね」

「はい、でもリューセーも大好きよ？」

「ありがとう」

龍聖はシェンファとやりとりをしながら、クスクスと笑ってフェイワンの顔を見た。フェイワンはとても幸せそうな顔をしている。これは父親の顔で、さっきまで龍聖を腕に抱いていた時とは、同じ笑顔でもまったく違う。

「どうしてお父様がここにいるの？」

「お父様がここにいちゃいけないのかい？」

首に両手を回してしがみつきながら、かわいらしく小首を傾げてシェンファが尋《たず》ねた。フェイワンは優しく微笑みながら答える。

「いけなくはないの、でもお仕事は？」

シェンファの言葉に、龍聖が思わず吹き出して、クククククッと肩を震わせて笑うので、フェイワンは困ったようにチラリと龍聖を見てから、シェンファの額にキスをした。

「休憩をしていたのだよ。またこれから仕事だ」

「ちゃんとお仕事をしてくださいね」

「お前、だんだんお母様に似てくるね」

フェイワンが苦笑してから、シェンファの頬にキスをして頬ずりをすると、シェンファはウフフフと笑ってくすぐったいというように首をすくめた。そのまま龍聖の腕に返して、「やれやれ」とフェイワンは小さく呟いて「では仕事に戻るよ」と言った。

「いってらっしゃい」

龍聖が気の毒そうに笑って、シェンファの右手を持ちながらバイバイと振ってあげた。二人で後ろ髪を引かれているようなフェイワンを見送ると、シェンファは龍聖の顔を覗き込んでウフフフッと笑った。

「あのね、リューセーのお部屋に行くの」

「はいはい……シェンファはあの部屋が大好きだね」

龍聖はシェンファを抱いたまま、王妃の私室へと向かった。


絨毯《じゅうたん》の上にペタンと座って、目の前に広げられた宝石箱の中身を、その小さな手でひとつひとつ並べているシェンファの姿を、龍聖はすぐ側の小物棚に寄りかかって眺めていた。宝石に興味を持つなんてやっぱり女の子なんだなぁ……と思う。

龍聖は王妃とは言っても、もちろん男なのだからそういうものにはまったく興味がない。ちょっとした行事とか、公の場に出る時にそれなりの服装を求められるので、その衣装を飾る宝飾として持っているだけ……という程度だ。普段は一切身につけないので、こうして私室の宝石箱に、無造作に放り込んだままでいる。

「綺麗ねぇ」

時々シェンファがそう呟いて、ニコニコと笑いながら振り返っては龍聖を仰ぎ見る。

「どれかシェンファにあげるよ」

ニッコリと微笑み返して答えると、シェンファはフルフルと首を振った。

「これはリューセーのだから、リューセーが持っていないとダメなの。シェンファは見ているだけでいいの」

最近、驚くくらいにませた言葉を言うようになった。女の子だからおしゃべりを始めると、歩き出すよりも早いようで、どこで覚えてくるのかいっぱしの言葉を言うようになる。

「そう……じゃあ、お父様に言って、シェンファだけの物を贈ってもらおうか？」

「あのね、シェンファはまだ子供だからいらないの」

龍聖はその言葉に驚いて目を丸くしてから、ハハハハハと笑い出した。かわいいなぁと思いながら、それじゃあ他に何かないかな？　と小物棚のたくさん並ぶ引き出しをいくつか開けて探した。下の方の引き出しに、龍聖が現代にいた頃の持ち物が少し入っている。携帯電話や小銭入れなどだ。「あ！」と思って、ひとつを手に取った。それは車の鍵で、キーホルダーと一緒に、根つけタイプのお守りがぶら下がっていた。それを外すと、シェンファに差し出した。

「シェンファ……それじゃあ、これを君にあげるよ。これはね、オレがいた『日本』って国の神様から貰ったお守りなんだよ」

小さな貝殻に綺麗な千代紙柄の布を貼りつけたものだ。小さな鈴も付いていた。

「おまもり？」

「そう、悪い事が起きないように神様が守ってくれるんだよ……シェンファを守ってくれるよ」

シェンファは小さな手を伸ばしてそれを受け取ると、チリリッと耳元で鈴を鳴らしては、嬉しそうに何度も眺めていた。

「ありがとうございます」

「どういたしまして」

ニッコリと笑って答えてから、龍聖は棚の引き出しをひとつひとつ閉めていった。一番下の引き出しが、ぴったりと閉まらないので、何度かグイグイと押してみたりする。

「前からここって、ちゃんと閉まらなかったんだよな……何か引っかかっているのかな？」

龍聖は独り言を呟いて、一度その引き出しを引き抜いてみた。床に頭をつけるようにして、棚の奥を覗き込む。するとそこに何かが挟まっているのが見えた。

「やっぱり何かが引っかかってたんだ」

手を突っ込んで奥の方を探った。本のような物が手に触る。それを摑んで引っ張り出した。出てきたのは、手帳ほどの小さな本だった。赤茶の革張りの表紙がついている。随分と古い物のようだ。

龍聖は首を傾げながらパラリと中を開いてみた。それは日記のようだった。中に書かれている手書きの文字を見て、龍聖は驚いて息を呑んだ。それは懐かしい文字……日本語だったからだ。

「これは……リューセー？」

最初のページの日付は、明治三十七年五月十二日とある。それは自殺したというリューセーの日記だった。

明治三十七年五月十二日　快晴

本日よりこの手帳に日々の事を書き記す事にする。

外は快晴、まだ夜が明けたばかりではあるが、空には雲ひとつなく良い天気になるだろう。

本日で私は十八歳となる。

かねてよりの教えの通り、龍聖の名前を賜《たまわ》った者の定めとして、竜神の生贄《いけにえ》となる儀式が行われる。

昨夜は祖父に呼ばれ、改めて覚悟をするように言われた。父も母も誉《ほま》れだと言っていた。

昨夜は眠る事が出来ずに、すでに片付けて物もない部屋を、何度も見まわしては、兄や周作《しゅうさく》、アキ、マツに形見分けする物などを分けた。

途中兄がやってきたので、家人に気づかれぬよう明かりもつけずに、月明かりだけを頼りに長い時間話をした。最後だからと、私は思いのすべてを兄に語った。

私は次男なので、家を継がなくて良いのだから、陸軍士官学校に入り、信正《のぶまさ》叔父上のような軍人になりたかったという事。陸軍幼年学校を途中で止めさせられた事が、一番悲しかったという事。茶道や日舞《にちぶ》ではなく、剣道を続けたかったという事。すべての不満を話した。兄はすべてを聞いてくれた。きっと不憫《ふびん》に思ったのだろう。

生贄が嫌なら逃げても良いと言われたがそれは断った。

生贄というのがどうなる事なのか分からない。

死ぬのは怖くはない。軍人になって、お国のために戦う事が私の望みなのだから、死ぬ事は恐れてはいない。

今の私の運命が、竜神の生贄となる事で、それで守屋《もりや》の家を守る事が出来るというのであれば、私はその運命に従うつもりだ。

これは遺書として、今日の儀式に身につけていくつもりで書く。

お祖父《じい》様、お祖母《ばあ》様、お体をご自愛ください。

お父様、お母様、長い間お世話になりました。親孝行も満足に出来ず申し訳ありませんでした。

元輔《もとすけ》兄様、優しくしてくださりありがとうございました。守屋の事をよろしくお願いします。

周作、私の代わりに兄様を助けてください。アキやマツの面倒も見てください。

アキ、マツ、お母様の言う事をよく聞いて、良いお嫁さんになってください。

明治三十七年五月十三日
儀式の後、私は気を失ってしまっていたようだ。ここは異国のようで、部屋の中も窓の外も知らぬ世界だ。

日付を書いたが、今日が翌日かどうかも不明だ。

私の世話をするというジョンシーという異国の男が、日本語で話しかけてきた。私の側近だと言った。この国で、私はこれから竜王に尽くさねばならないようだ。

まだ信じられない事ばかりで混乱している。

明治三十七年五月十四日
窓の外を奇妙な動物が飛んでいる。何かと尋ねたら竜だと言われた。私の知っている竜とは形が違うと言ったら、ジョンシーは何も答えなかった。不思議な事ばかりだ。

明治三十七年五月十五日
初めて竜王に会う。真っ赤な髪に驚いた。以前横浜《よこはま》で見た異人によく似ていた。体がとても大きいが、威厳があり王らしい人物だった。私はこれから彼に仕える事になるようだ。言葉があまり通じないので、ジョンシーを介して、ふた言ほど挨拶を交わして終わった。

明治三十七年五月十六日
この国の事を学ぶ。どれも奇怪な事ばかりだ。慣れない暮らしのせいか、ひどく疲れる。

明治三十七年五月二十日
疲れのせいか、ずっと寝込んでしまった。王から毎日花が届けられた。とても優しい人だ。

明治三十七年五月二十一日
ジョンシーより婚礼の話を聞く。私は竜王の妻となるためにこの国に遣わされたのだと初めて知った。男らしくなる事を、いつも祖父から咎《とが》められていた理由がようやく分かる。私は異人の男妾《おとこめかけ》にされるようだ。拒めばどうなるのだろうか？　死にたい。

明治三十七年五月二十二日
ジョンシーを信頼して、男に抱かれるのは嫌だと話した。しかしそれは拒めないのだと言われた。

拒めば守屋の家が断絶になるそうだ。王のために働けというのならば、なんでもするつもりだ。兵士にもなって命をかけて戦うと言ったが許されないと言われた。

男娼《だんしょう》の真似事は出来ない。死にたい。


(日付なし)

私は私ではない。ここにいるのはリューセーという人物だ。

守屋龍聖は死んだ。


(日付なし)

私は男娼だ。そうに違いない。男に抱かれて喜ぶ男娼だ。死にたい。


(日付なし)

辛い。死にたい。

なぜ私を抱くのだろう。私は女ではない。私は誰だろう。


(日付なし)

思う事があり、久しぶりに手帳を開く。日本語を書くのは久しぶりだ。正しく書けているだろうか？　最近は言葉も、日本語を話さなくなった。

私が正気なうちに書いておきたい。

ランワンは素晴らしい人だ。とても男らしく、寛大で、慈悲深く、民を愛する偉大なる王だ。私は彼と友人として出会う事が出来たのならば、どれほど素晴しい人生だったのだろうと思う。この国にシーフォンとして生まれて、友となりたかった。共に竜に乗り空を駆けたかった。

もしくは女に生まれ、彼を愛する喜びを知りたかった。

なぜ私はこのように生まれてきたのだろう。なぜ私は男でなければならなかったのだろう。ランワンの愛情を、素直に受け止める事が出来ない自分が恨めしい。

私はこの体を恥じ、胸が苦しくて仕方がない。この体が忌《い》まわしい。

(日付なし)

私の中に獣がいる。

(日付なし)

私は獣になった。忌まわしい体。忌まわしい体。

(日付なし)

ケモノ ケモノ ケモノ ケモノ ケモノ ケモノ

日記はそこで終わっていた。最後のページはもう判読がつかないほどに、字が乱れていた。ページいっぱいに乱れる文字で書かれた「ケモノ」という文字が痛かった。

「ああ……」

「リューセー？　どうしたの？　泣いてるの？　痛いの？」

「シェンファ……」

驚いて抱きついてきたシェンファの体を、龍聖はギュッと強く抱きしめた。涙が溢《あふ》れて止まらない。

先代のリューセーが、あまりにも痛々しくて辛かった。

「ああ～～ん!!」

驚いて大声で泣き出したシェンファに、乳母が慌てて駆けつけた。

「どうなさったのですか？　リューセー様!?」

「シュレイを……シュレイを呼んで……お願い、騒がないでください」


しばらくして駆けつけたシュレイに、龍聖はすがりついて泣いた。

シェンファは乳母が別の部屋へと連れていき、そこには龍聖とシュレイだけになった。長椅子に並んで座り、シュレイにもたれかかりながら、優しく宥《なだ》められるように髪を撫でられた。

随分長い時間そうしていて、ようやく龍聖が落ち着いたところで、日記の事を打ち明けた。

「リューセーは、心が壊れてしまったんだね……」

龍聖がポツリと呟いた。テラスから身投げしたというリューセー。なぜか竜達も助けられなかったらしい。

「自殺ではなかったのかもしれない……事故かどうかも分からないけれど、竜が助けられなかったのも、もうその時はリューセーの心が壊れて閉ざされてしまっていて、竜達はリューセーが身投げした事に気づかなかったんだと思うよ……きっと本人も死ぬという自覚はなかったんだ」

シュレイは何も言わなかった。何も聞かないし、何も言わず、ただ龍聖の手を握ってくれていた。

「シュレイ達には理解出来ないかもしれないけれど……オレにはなんとなく分かる。同じ日本人だから……。リューセーが育った時代って、日本は軍国主義の真っ只中で……リューセーは軍人に憧れていたみたいだし、きっとオレの何十倍も男らしい心を持っていたんだと思うよ。それにあの時代だったら、衆道《しゅどう》なんて習慣は一般的ではなくなっていたし、オレの時代みたいにゲイ文化が認められているわけでもないし……男らしくあれと思っているならば、男に抱かれるって事は、オレの何十倍も抵抗があったと思う……きっと次第に王様に惹《ひ》かれていたんだろうけれど……理性が許さなかったんじゃないかな」

「それで狂ってしまわれたと？」

初めてシュレイに尋ねられて、龍聖はしばらく考え込んだ。

「これはオレの想像なんだけど……多分、卵を身籠《みごも》るという事が、一番の原因だったと思う。それに卵を産むという行為が……彼の心を壊してしまったのかもしれない」

龍聖は言って目を閉じた。乱れた「ケモノ」の文字が頭から離れない。かわいそうなリューセー。王様を愛してしまった事に苦しんだかわいそうなリューセー。残されたかわいそうな王様。かわいそうなフェイワン。

思うとまた涙がこみ上げてきた。

「それで……その日記はどうなさるのですか？　陛下にお知らせしますか？」

龍聖は尋ねられて、じっと手の中の手帳をみつめた。これはなぜあそこに挟まっていたのだろう？　リューセーは誰かに読んで欲しかったのだろうか？

そこまで思って、小さく首を振った。

もうこの時点では、正気ではなかったはずだ。偶然あそこに挟まっていただけだろう。それにこれはフェイワンには見せられない。いくら日本語が読めなくとも、あの最後の方の乱れた文字の異様なページを、誤魔化《ごまか》す事は出来ない。

もしも見せるべき人があったとすれば、それは多分前王・ランワンだろう。ランワン王にもしもリューセーの本当の想いが伝わっていないままだったのならば、教えてあげたかった。リューセーは決してランワンを嫌っていたわけではないと……愛していたからこそ、狂ってしまったのだと……。

「これは燃やしてしまおう」

「え？」

「もう誰にも見せる必要はないんだ。残す必要もない……リューセーも王様も、もういないのだから、この手帳も燃やして天に返してあげよう」

「はい」

シュレイは神妙な面持ちで、龍聖の言葉に深く頷《うなず》いた。

龍聖は立ち上がると、テラスへと向かった。シュレイが器《うつわ》を用意してくれて、そこにページをちぎって火をつけた。パッとすぐに火は大きくなり、灰色の煙が空へ向かって上がっていく。それをしゃがんだままの格好で、龍聖はぼんやりと眺めていた。隣にシュレイもしゃがみ込んでいる。

「ねえ、シュレイ……前の側近の人……自殺しちゃったんだよね？」

「はい、リューセー様が亡くなられて……責任を感じて後を追ったと……。前のリューセー様が正気を失われたという事は、内々に隠されていましたので、ほとんどのシーフォンが真実を知りません。自殺の事もくわしくは語られず、ただ噂だけが先行していました。それで前の側近と過《あやま》ちを犯したのだという噂まで……。私は、側近としての教育の中で、事実を聞かされました。前のリューセー様の時の反省があって……大和《やまと》の国は急激に変化していて、この『リューセー』の制度に対応しきれていないのではないかと推測しまして、次のリューセー様がいらしたら、さらに慎重に扱わなければならないという事になりました。それでそういう教育を……」

「だからオレがフェイワンに会うまでに、随分時間をかけたんだね」

「はい」

「もしもオレが自殺したら、シュレイも自殺してしまうの？」

「もちろんです」

間髪《かんはつ》容れずに、あまりにもキッパリと答えるので、龍聖は困ったように苦笑しながらシュレイをみつめた。

「自殺なんてしないけどね」

「はい、分かっています」

それも即答された。だが今度は、少しだけシュレイが微笑んでいたので、龍聖も微笑み返した。シュレイから渡された金箸《かなばし》のようなもので、燃えカスをつつきながら、消えかかっている炎を寄せて、燃え残りもすべて綺麗に燃やした。

「オレも最初は嫌だった……それはシュレイにも言ったから知っていると思うけど……。だってやっぱり男に抱かれるなんて抵抗があるよ……もともとそういう趣味なわけじゃないんだしさ、向こうには女性の恋人もいたんだ。でもオレはこういう性格だし……意外と平気だったよね。すぐ順応しちゃうっていうか……バカなのかな」

「そんな事はありません」

多分そう言うだろうと思った通りに、シュレイが答えたので龍聖はクスクスと笑った。

「フェイワンのおかげかな？　フェイワンだったから、オレは受け入れられたし、幸せなのかもしれない……今はシェンファもいるしね。とても幸せだよ。もう日本の事なんて考えなくなっちゃった。この国の人になれたのかな？」

「はい、リューセー様は、この国ではかけがえのない存在です」

シュレイが真面目にそう答えたので、龍聖は苦笑しながら、小さくなっていく炎をみつめていた。

「それにしても不思議です」

「何が？」

ふいにシュレイがそう言ったので、龍聖は顔を上げてシュレイをみつめた。

「この日記は棚の奥に挟まっていたとおっしゃいましたよね？」

「うん、以前から引き出しの閉まりが悪くて気になっていたんだけど……」

「王と王妃の部屋は、代替わりの時に、内装を新しくするのです。家具などもすべて……あの棚のような壁に作りつけられている物は、そのまま使われますが、塗装を塗り変えたりはするので、引き出しもすべて出しているはずなのですが……」

「そうなんだ」

シュレイの話を聞いて、龍聖も驚いたような顔になり、灰となっている日記の方へと視線を戻した。

「オレもね、なんであんな所にって思ったんだ……もしかしてリューセーは誰かに見つけて欲しかったのかな？　とも思った。それか、リューセーじゃなくて、側近の人が隠したのかもね……。真実は分からないけど……誰にも見つからず、オレが見つけたのは、神様がそうするように仕向けたのかもしれない」

龍聖は独り言のように呟いた。シュレイはそんな龍聖を穏やかな眼差しでみつめていた。

やがてすっかり燃え切った残骸の上に、シュレイが水をかけた。龍聖はしばらくじっとそれをみつめてから、空を見上げた。煙はもう空に消えてしまった。リューセーも王様も今は空の上で分かり合えているだろうか？　と思う。

この空はきっと昔と変わっていないはずだ。空にはたくさんの竜達が飛び交っている。テラスに出ている龍聖に気づいて集まってきたのだ。

「この事は、二人だけの秘密だね」

「はい、かしこまりました」

無理をして微笑んでみせる龍聖に、シュレイは頭を下げて答えたが、なおもみつめられているような気がして、シュレイが顔を上げると、龍聖がじっとまだ何か言いたげな様子でみつめていた。

「あの……何か？」

「ねえ、ところで噂で聞いたのだけど、シュレイって、時々タンレンとデートしているんだって？」

「は？」

シュレイにはめずらしく、とても驚いた様子で目を大きく見開いて、口をポカンと開けて聞き返してきた。

「二人でタンレンの竜に乗ってどこかに行っているって聞いたけど……」

「それは……ち……違います!! 誤解です!! 私はシェンファ様やこれから生まれてくる次の竜王様のために、今から養育係を育てる役目を負っていて……その場所が遠いので、タンレン様が……」

「まあまあまあまあまあまあ、良いから、良いから……オレはね、シュレイにも仕事以外の楽しみを見つけて欲しいんだよ」

「リューセー様、ですからそれは」

「さ、おしまい。片付けよう……灰はどこかに埋めようね。これはきっと早く忘れてあげた方が良いと思うからさ」

「リューセー様!」

「ねえシュレイ、オレに新しい考えがあるんだけど、聞いてくれる?」

「は?」

「合気道をね、兵士達に教えてみたいと思うんだけどさ……」

「アイキドーですか?」

龍聖が器を持って立ち上がったので、シュレイも慌てて立ち上がってそれを受け取ると、スタスタと部屋の中へと入りながら話を続ける龍聖の後を追った。

食事をしながらぼんやりと考える。

「忘れよう」とは言ったけれど、あの日記はとても衝撃的で、そんなに簡単に忘れられそうもなかった。気がつくとついついその事ばかりを考えている。

フェイワンは、いつものように龍聖の食事に付き合って、向かいに座って茶を飲みながら、先ほどから様子のおかしい龍聖の事を気にしていた。

随分ぼんやりとしている。何か考え込んだかと思うと、ぼんやりとして心ここにあらずという風になったり、急にニコニコとしてなんでもない話をフェイワンにしてきたり、明らかに態度がおかしかった。

「リューセー」

「え？　なに？」

声をかけると、ニコニコと微笑んで答える。フェイワンは、そんな龍聖をじっとみつめた。

「どうかしたのか？　何か困った事でもあるのか？」

「え？　あ……ううん、何もないですよ」

ニッコリと笑って答えたが、フェイワンはみつめる視線を逸《そ》らさない。何か感づかれてしまったのかと、龍聖はどきりとした。なんとか誤魔化そうと頭を巡らせる。

「あ……あのね……実は、フェイワンには反対されるかもしれないんだけど……オレ、ちょっとやってみたい事があるんです」

龍聖は苦し紛れに話しはじめた。フェイワンは少し首を傾げる。

「兵士にね、合気道を教えたいんだけど」

「アイキドー？　なんだそれは」

「武術だよ。日本の武術……とは言っても、攻撃的なものではないんです。もっとこう……柔軟な技で、天地自然と一体になって行う技です」

それでもまだフェイワンは首を傾げていた。

「勝負にこだわったり、相手をやっつけるために使う技ではないんです。むしろ相手からの攻撃をかわして、相手の力を利用する技で……そうだ、ちょっとやってみましょう」

「は？」

「フェイワン、立ってください……それでオレに摑みかかってきてください」

「そんな事出来るわけないだろう」

「いいから、早く！　オレを押し倒すくらいのつもりで来てください」

龍聖は立ち上がると、無理矢理フェイワンを立ち上がらせた。戸惑う様子のフェイワンにしつこく催促をして、摑みかかってこさせた。龍聖の手を摑もうとしてきたフェイワンの手を摑み、一歩踏み込んで体を回転させながら、フェイワンをクルリと投げ飛ばした。ドサリと床に投げられたフェイワンは、今何が起こったのかを理解出来ずに、尻餅をついた状態のままで、きょとんと龍聖を見上げた。

龍聖はその様子にフフフと笑う。

「今のは、片手取《かたてど》り四方投《しほうな》げという合気道の技のひとつです」

「今、何をしたのだ」

「だから貴方を投げ飛ばしたのですよ」

龍聖は笑いながら、フェイワンの手を引いて立ち上がらせた。

「驚きました？　合気道というのは、こういう武道なんです。男女とか大人とか子供とか、そういう体格の差は関係のない武道なんです。自分から攻撃する技でもないし、力が必要なわけでもありません。相手の力を利用するんですよ。だからオレよりも大きくて強い貴方を、こんなに簡単に投げられるのです」

　立ち上がったフェイワンはまだ信じられないという顔をしていた。

「今のはオレも油断していたのだ……もう一度、今度は簡単にはいかないぞ」

　フェイワンがもう一度摑みかかるという素振りを見せたので、龍聖はクスクスと笑いながら「良いですよ」と言って、数歩下がって身構えた。

「押し倒してやろう」

　フェイワンが笑って両手を前へと突き出しながら、龍聖に向かっていった。龍聖は流れるような動きで、その手をかわすと懐《ふところ》に入って、そのままフェイワンの体を仰向けに投げ飛ばしていた。あっという間の出来事だった。またもやいとも簡単に床に倒されて、フェイワンはキョトンとしたままでいた。

「オレは力を使わないんです。相手の力が強ければ強いほど、それを利用して投げ飛ばせます。今のは正面《しょうめん》打ち入り身《いりみ》投げです。合気道には千の技があると言われています。相手の攻撃を利用した技ですから、相手の戦い方によって、何通りも対応の仕方があるのです。その動きは『静』であり、『舞』のようだとも言われています」

　龍聖が説明をしながら、フェイワンを再び立ち上がらせようと手を差し出したが、フェイワンは床にドカリと座ったまま、まだ驚いたような顔で見上げている。

「これを兵士達に教えると言うのか？」

「はい、色々と調べて学んで思ったのですが……アルピンという種族は、温厚で忠実で勤勉で……シーフォンに従属する民ですが、それはアルピン単独では生きていけない民族だからなのですよね？　闘争心がまったくないから、自らの意思では戦う事が出来ない。シーフォンの指揮下に入り、訓練を受けることによって、なんとか兵士として成り立っている。それはあくまでもアルピンが、忠誠心が強くシーフォンに従っているから……。剣術は決して上手くないと聞きました。それならば、合気道の方が合っているのではないかと思ったのです」

龍聖はフェイワンの側に座り込んで説明をした。フェイワンも黙って頷きながら聞いている。

「それは面白い考えかもしれないが……お前ひとりで兵士全員に教えるわけにはいかないだろう」

「はい、何人か指導者に相応《ふさわ》しい者を選んでもらって、オレがその者を教育します。ある程度身についたら、その者が兵士達に教えればいいと思うのです。それにオレには、アルピンよりもずっと時間がありますからね。ゆっくり時間をかければ、いずれみんなにも合気道が広まるようになるでしょう」

フェイワンはしばらく目を閉じて考え込んでいた。龍聖が心配そうに顔を覗き込む。

「ダメですか？」

するとパチリと目を開いて、ひとつ溜息をついてから「仕方ないな」と呟いた。

「お前が兵士達と体を触れ合わすのが嫌なのだが……嫌だと言っても、お前はオレが良いと言うまで諦めないのだろう？」

「ええ……そうですね……フェイワンを説得するためならば、色仕かけを使ってもかまいません」

龍聖はクスクスと笑って、フェイワンに軽くキスをした。

「もう降参だよ」

フェイワンが囁いて笑うと、再び唇を重ねた。二、三度ついばむように唇を重ねて、鼻の頭をくっつけたまま、互いの瞳をみつめ合ってクスクスと笑いあった。

「タンレンに言っておこう。どういう風にするかは、タンレンに相談するといい」

「はい、ありがとうございます」

「まったく……オレのリューセーは、オレが一番ではないから困る。いつも国の事やアルピンの事を考え慈しみ、娘にも夢中で、王の事など三番目くらいだ」

「そんな事はありませんよ」

「歴代のリューセーの中でもめずらしいだろうな」

フェイワンが何気なく言った『歴代のリューセー』という言葉に、龍聖は先代のリューセーの事が頭の中に甦《よみがえ》って、ずきりとひどく胸が痛んだ。苦しくて痛くて、眉間を寄せてギュッと目を閉じると、フェイワンが不思議そうな顔をした。

「リューセー？　どうした？」

『ケモノ』の文字が脳裏に焼きついて離れない。

「リューセー？」

不審に思ってもう一度名を呼んだフェイワンの唇に、龍聖から唇を重ねると、強く深く唇を吸った。フェイワンの首に両手を回して、体を寄せるとさらに深く唇を求めた。フェイワンはちょっと驚いたように目を見開いていたが、求めてくる龍聖の誘惑にすぐに応えた。龍聖の背に腕を回して抱きしめながら、舌を絡めて咥内を愛撫する。クチュクチュと湿った音を立てながら、濃厚な口づけを交わし合った。

息をするのも忘れるほどに激しいキスをした。口の端から唾液が溢れてもかまう事なく求め合い、貪り合うように唇を吸い、舌を絡め合い、咥内を弄《まさぐ》り合った。

「ん……ふぅ……ん……」

次第に息が上がり喉が鳴る。

ようやく唇が離れた時には、二人とも興奮に頬を上気させて、息も乱れて、艶のある眼差しでみつめ合っていた。

「リューセー……そんなにオレを誘惑するな……昼もしたばかりだというのに……さすがにお前の体が心配だ」

「オレはそんなにやわじゃないですよ……簡単には……壊れませんから……」

囁いて誘うように唇を重ねた。チュウと深く吸い合ってからまた唇を離してみつめ合った。

「オレだって、貴方に欲情して、貴方を欲しいと思う事はありますよ」

龍聖は甘く囁いてから、右手をそっとフェイワンの股間の上へと置いて、服の上からでも分かるほどに熱く昂《たかぶ》るその部分をやんわりと包み込んだ。

「んっんっんっ……あああっ……んぁっ」

突き上げられるたびに、龍聖の体も揺れて喘ぎ声を上げる。太く熱い肉塊が出し入れされるのを感じながら、それを確かなフェイワンの存在と受け止めていた。グイッと深く挿入されて、ドクンと熱い精が注ぎ込まれるのを感じて、龍聖も背を反らせて甘い吐息を吐く。ビクビクと腰を痙攣《けいれん》させてから、フェイワンがゆっくりと引き抜こうとするのを、龍聖はギュッとアナルを締めて拒んだ。

「いや……もっと……もっとして」

「リューセー……しかし……」

「もう出来ないの?」

龍聖が顔を少し起こして、フェイワンを紅潮した顔でみつめながら、少し微笑んで言った。フェイワンは少し考えてから「まだまだ出来る」と答えて、抜きかけていたペニスを一気に挿《さ》し入れた。

「あああああっっ!!」

ベッドがギシギシと軋《きし》んだ。


それはあの婚礼の3日間の時のようだった。激しく求め合い何度も何度も体を重ね合った。もっともっと抱いて欲しいと思った。激しく、痛いくらいに抱いて欲しかった。それは辛い記憶を忘れたいためかもしれない。

フェイワンをもっと感じたい。肉欲だけがそれを確かめる術《すべ》だとはもちろん思っていない。こんな事をしなくても、今の龍聖はフェイワンに愛されている事を分かっているし、いつでもフェイワンを感じている。

それでも感情的な部分だけではなく、自分は性別を超えて、フェイワン自身に欲情しているのだという事を確かめたかった。肉欲が愛情の極端な表現手段であるならば、愛されるだけではなく、龍聖自身がフェイワンを求めたいと心から願った。めちゃくちゃになるくらいに抱いて欲しい。

体の中にも、触れ合う肌にも、腕に、胸に、唇に、フェイワンを感じたかった。

「愛してる……愛してる」

最後はほとんどその言葉をうわ言のように繰り返していた。


目を覚ますと、あたりは柔らかな光に包まれていた。眩《まぶ》しさに目を細める。その瞼に優しいキスが降りてきた。目を見開くと、赤く輝くフェイワンの髪の色が視界に飛び込んできて、その後にフェイワンの笑顔が目に入った。

「おはよう……っていうか、もう随分明るいみたいですね」

龍聖が微笑んでそう言ったら、声がひどく掠れていて驚いた。フェイワンがクスクスと笑う。

「もう昼だよ。お前のおかげで仕事を休んでしまった」

「……たまには、オレのせいで仕事が出来ないって文句を言ってみるのも良いもんでしょ？」

龍聖が笑ってちょっと皮肉を言ったら、フェイワンもニヤリと笑って「良いもんだな」と答えて唇を重ねた。

「ねえ、フェイワン……オレ、身籠ったと思います」

「ん？　いっぱい交わったからか？」

フェイワンのからかうような返事に、龍聖はプッと吹き出してから首を振った。

「ううん、そういうわけじゃなくて……なんとなく、今、そう思ったんです。オレの中にフェイワンを感じるし……それがひとつの命になっているような気がする」

「それが本当なら、努力した甲斐《かい》があったな」

二人は顔を見合わせて笑い合った。

「こうやって……ずっと竜王とリューセーは、みんな愛し合ってきたんですよね」

「そうだな。そうかもしれないいな」

「そうですよ。代々のリューセー達はちゃんと子孫を残してきたでしょう？　貴方だって、貴方のお父様だって、皆、竜王とリューセーが愛し合ってきた証拠ですよ」

龍聖の唐突な言葉にフェイワンは少し不思議そうな表情をしたが、あえて何も尋ねず、ただ頷いている。龍聖にはフェイワンに伝えたい想いがあったので話を続けた。

「リューセー達はみんな男なんだし、見知らぬ異国にただ独りで来て……男が男に抱かれるってだけでも、相当な覚悟がいるんですよ？　義務だけじゃ出来ないと思う。オレだって……守屋の家を守るためだけでは、我慢にも限界があるよ。ましてや卵を産むなんて……普通は無理です。本当に本当に嫌だと思ったら、なんとかして逃げ出すと思うし、それがダメなら死んでしまうかもしれない」

『死』という言葉を口にするのに一瞬躊躇《ちゅうちょ》した。やはり先代リューセーの事が頭をかすめたからだ。

「だけどね。みんな卵を産んで子孫を残しているでしょ？　それはつまり、リューセーが竜王を愛したからだと思うんです。守屋の家のためなんかじゃない。愛する人のためですよ。愛する人のために卵を産むんですよ。愛しているから、体の中に芽生えた命を育てて産み落とすんですよ」

龍聖は目を閉じて、先代リューセーの事を想った。心が壊れてしまう限界まで耐えたリューセー。

そのギリギリのガラスのような繊細な魂《たましい》で、卵を産み落としたリューセー。そして卵が孵《かえ》る直前まで、魂精を与え続けたリューセー。

あの今にも割れそうな柔らかな卵を、腕に毎日抱いたのだ。きっと時々戻る正気の心が、愛する人との間に授かった命を壊さぬように必死で守り抜いたのだと思う。その腕に卵から孵ったフェイワンを抱いてやることは出来なかったけれど、卵が孵るまで決して命を絶たなかった事に、フェイワンへの愛情を感じる。

先代リューセーは間違いなく、ランワン王もフェイワンも愛していた。

「オレも身籠って、卵を産んで、魂精を与えて卵を育てたから、だから分かるんです。リューセー達はみんなみんな……ちゃんと、竜王を愛して、我が子も愛していた。オレはね、本当に心からそう思うんです」

「リューセー」

フェイワンがそっと肩を抱き寄せたので、龍聖は体をフェイワンの方に寄せると、その胸に顔を埋めた。

「オレはね、だから、守屋の繁栄のために子供は産まない。エルマーンの……シーフォンの繁栄のためにも子供は産まない。フェイワンを愛しているから、フェイワンの子供だから産むんだ。フェイワンの子供だから愛しいんだ。オレ、フェイワンの子供がたくさん欲しいよ。フェイワンとこれからもずっとずっと愛し合って、たくさん愛し合って、たくさん子供を産みたいよ」

「リューセー……」

フェイワンがギュッと龍聖を抱きしめて、掠れる声で愛しいその名を噛み締めるように呼んだ。龍聖はその胸に額をすり寄せてから、そっと顔を上げてフェイワンをみつめた。そして驚いて目を大きく見開いた。

「フェイワン……どうして泣いているの？」

フェイワンはギュッと目を閉じて何も答えなかった。ただその両目からは一筋の涙が流れ出ていた。

「フェイワン？」

龍聖はそっと手を上げて、フェイワンの涙を指で拭った。

「愛しているよ」

フェイワンはただ一言振り絞るように囁いた。

それから5日後、龍聖は予言通り卵をひとつ産んだ。淡い桜色の卵だった。二人目の姫君の誕生に、誰もが喜び、フェイワンもまたとても喜んだ。

卵の警護責任者には、再びメイファンが任命された。今度は誰もそれに反対する者はなく、安心して任される事となった。

ただ以前の時とは違うのは、毎日龍聖と共に、シェンファも卵の部屋へと通ってきて、一緒に卵を抱き、一緒に卵に語りかける仲の良い親子の姿が見られる事であった。

1年の後生まれてきた姫君は、卵の色と同じ、淡い桜色の柔らかなサラサラの髪と、サファイヤのように深い蒼《あお》い瞳をしていた。美しいその姫君は『インファ』と名づけられた。この国の桜に似たピンク色の花の名前だったので、龍聖がその名を付けたいと言って決まった。

インファの誕生後、シーフォンの中では確実に何かが変わりつつあった。特にその翌年、四人ものシーフォンの子が生まれた事が何よりの『変化』であった。

ずっと長く数年に一人ほどしか新しい生命の誕生のなかったシーフォンにとっては、一度に四人も生まれた事は、大事件であった。それはとても明るい大事件だった。

「それでは失礼いたします」

館の玄関先で一礼をしてから、シュレイは扉を閉めて歩き出した。もう何度この館に通ってきたのか分からない。すっかり通い慣れてしまった。

シェンファ達の養育係を育てなければならないと、王命が下った。極秘で選ばれた候補者は、城下町から遠く離れた郊外の小さな館に身を置いていた。シュレイは5年も前から、この館に通い続けている。

養育係を育てるという事は、決して容易ではない。ただ知識を学ばせるというだけでは済まないからだ。大切な王子や王女の養育係となる人物なのだから、誠実で忠義に厚い人格に育て上げなければならなかった。

候補者であるその相手は、心に深い傷と闇を抱えている人物だ。そのため、最初のうちは、その者の心を解きほぐし、誠意を尽くして信頼を得るところから始めなければならなかった。

彼と向き合った最初の2年間は、シュレイ自身にとってもとても辛いものであった。何度もくじけそうになった。この大役を降りたいと弱音を吐きそうになった。そんな時、常に心の支えとなった人がいる。

シュレイはゆっくりと歩いて館の門をくぐり、細い道を歩きながら、その先に見える丘の上へと視線を向ける。そこには緑の竜が一頭翼を畳んで大人しく座っているのが見える。これも見慣れた光景だ。それを見るたびに、シュレイはいつも無意識に、ほっと息を吐いてから微笑を浮かべるのだ。緑の竜の傍《かたわ》らで、草の上にあぐらをかき、ぼんやりと空を仰ぎ見ている人物の姿を思い浮かべるからだ。

やがてシュレイが丘を登りはじめると、その人は立ち上がり、シュレイの姿を見つけると、とても優しい笑顔を浮かべて出迎えてくれる。それはまるで草原を渡る風のように爽やかな笑顔なのだ。

そんな彼に、今日こそは言わねばならない事があった。シュレイは出かける前から、強い決意を持っていた。彼にそれをはぐらかされないように、何度も頭の中で話し方を練習した。誠実で優しい彼が困らないように、きちんと伝えなければならない。

「お疲れ様」

丘の上まで上がると、笑顔でそう言ってくれる。

「タンレン様、お待たせしてしまい申し訳ありません」

「待っていないよ。オレは今来たところだ」

彼は決まってそう答える。だが早くからここで待ってくれている事を、シュレイは知っていた。朝、シュレイをここまで送り、一度城へ戻るが、シュレイの仕事が終わる予定の時刻よりもかなり前には、ここに来て待っていてくれるのだ。

「では城へ戻ろうか」

タンレンは多くは語らずそう言って、シュレイの手を取り、竜の背へと上げてくれる。その後でひらりと自らも竜の背へと飛び乗る。

「タンレン様」

タンレンが背に乗ったところで、飛び立つ前に話しかけた。

「なんだい？」

「あの……少しお話ししたい事があるのですが、城へ戻ってからお時間はありますか？　そんなに時間はかかりませんから……」

シュレイが真面目な顔でそう言ったので、タンレンは少しぼんやりとした様子で、シュレイの瞳をみつめてから、すぐにニッコリと笑ってみせた。

「時間はいくらでもあるけど……今は話せないのかい？」

「はい、城へ戻ってからで……」

シュレイは少しだけ困った顔になって答えた。別に今話せない話ではない。だが今話したら、色々とこじれて面倒くさい事になりそうだったので、城へ戻ってから話したかった。それも事前に考えての事だ。

そんなシュレイの様子をみつめながら、タンレンはまた少し考え込んだ。

「君の方は、時間は大丈夫？」

「あ、はい、私は大丈夫です」

「じゃあ……少し寄り道しよう」

「え？」

シュレイが驚いて聞き返す暇もなく、タンレンは竜を飛び立たせると、ゆっくりと旋回して、城へは向かわなかった。

「ど、どちらに行かれるのですか？」

「すぐそこだよ」

タンレンがそう答えて間もなく、竜はゆっくりと降下して地上に降り立った。そこは小さな湖のほとりにある立派な館の側だった。

「オレの別荘だよ……お茶くらい付き合ってくれるだろう?」

タンレンは笑いながらそう言って、シュレイの返事も待たずに手を取ると、竜の背から降りて、館の方へと歩き出した。

別荘の守りを任されていた従者達は、主人の突然の来訪に慌てたが、タンレンは気にする様子もなく、奥の部屋に入ると、お茶の用意をさせてから、人払いをした。

そこはタンレンの私室らしく、こぢんまりとした部屋だったが、南にガラス張りのサンルームがあり、たくさんの美しい植物が置かれていた。部屋の壁には作りつけの本棚があり、世界中の色々な書物が並んでいる。休日に緑に囲まれたこの静かな部屋で、読書をして過ごすタンレンの姿が想像出来た。

「で? 話ってなに?」

ソファに座り、部屋をもの珍しそうに見まわしていたシュレイに、向かいに腰かけたタンレンが突然切り出した。

「え?」

「さっき話があると言っていただろう?」

「……それは……城に戻ってから」

「ここでは話せないのか? 誰もいないよ?」

シュレイは困ってしまった。外なら「外で話す話ではない」と言い訳するつもりだったが、こういう形を取られると、言い訳を考えていなかった。ちらりとタンレンを見ると、なんだか楽しそうな顔で、お茶を飲んでいた。こちらの手のうちは読まれているようだ。

シュレイは形の良い眉を少し寄せて、目の前に置かれたお茶の入ったカップをみつめた。

「話というのは……もう、私の送り迎えは結構ですと……お断りしようと思ったのです。随分長い間、タンレン様のご厚意に甘えてしまって……申し訳ありませんでした」

「またその話？」

タンレンが溜息と共にそう言って、やれやれと肩をすくめてみせたので、シュレイはぐっと拳を握りしめた。

「何度も申し上げたかもしれませんが、今回は本気です。本当にもうこれを最後に、送迎は結構です。今までありがとうございました」

シュレイは強い口調でそう告げると、深く頭を下げた。しかしタンレンの返事がない。なんらかの返事を待っていたら、返事の代わりに、隣にタンレンが座ってきたので驚いた。慌てて顔を上げようとしたら、肩を抱かれてタンレンが覗き込むように顔を近づけてきたのでもっと驚いた。

「なんで今回は本気のお断りなんだい？」

「そ、それは……」

目の前にタンレンの灰色がかった青い瞳があったので、シュレイは少しだけ赤くなった。思わず視線を逸らす。

「リューセー様が……私がタンレン様とデートに出かけていると誤解されていますし……それ以外にも……他のシーフォンの方々にも誤解されているようなので……もうこれ以上、タンレン様にご迷惑をおかけするわけには参りません」

「シュレイ、オレは好きでやっている事なんだって、もう何回も言ったよね？　君が今まで何回断ろうとしたか覚えてる？　そしていつも断れずに失敗しているよね？　本当は城に戻って、これだけ告げて逃げるつもりだったんだろ？」

図星を指されて、シュレイは「うっ」と小さく唸ってしまった。

「シュレイ……この際だから、もう玉砕《ぎょくさい》覚悟で聞くけど、君はどうしたいの？」

「え？」

近い距離のままで尋ねられて、シュレイはとても困惑していた。視線を逸らしても、すぐ目の前に自分を凝視しているタンレンの瞳がある。頬が熱かった。

「オレが送迎するのは迷惑なのかい？」

「迷惑だなんて……」

「シュレイ、本心を言ってくれ、君が心から迷惑しているのならばやめるから」

タンレンの目の前でシュレイはとても困ったように眉を寄せた。実のところタンレンは、こう尋ねたらシュレイが困る事は分かっていた。真面目なシュレイが、嘘でも「迷惑だ」なんて言うわけがない事も分かっていて、わざとこんな聞き方をしている。ずるい事は承知だ。

「……ずるい」

しばらくの沈黙の後、小さくシュレイがそう言ったので、タンレンは驚いて目を大きく見開いた。

「え？」

聞き返したが、シュレイは唇をキュッと結んで、二度目は言わなかった。タンレンは確かに聞いた。

「ずるい」と……タンレンの心の声ではなく、シュレイがそう言ったのだ。

考える暇もなく、タンレンはシュレイの顎《あご》に手を添えて、唇を重ねていた。一度軽く重ねて、そっと離した。目の前のシュレイの蒼い瞳が、まっすぐにタンレンの瞳をみつめ返した後、ゆっくりと瞼が閉じられた。それが合図のように、再び唇を重ねた。今度は深く吸った。体を強く抱きしめて、シュレイの薄く柔らかな唇を包み込むように深く吸った。

ゆっくりと唇を離して、少し顔を離した。強く抱いていた体も離す。

「シュレイ」

小さな声で囁くように名を呼ぶと、シュレイが静かに目を開けた。その美しい瞳が、タンレンをみつめ返す。

「愛してる」

思わずその言葉が口から零れていた。きっと拒まれると思っていたが、シュレイは少しだけ困ったように目を伏せただけだった。

「シュレイ」

今度ははっきりとその名を呼んだ。すると再びシュレイがみつめ返してきた。

「これは夢か？」

タンレンはそう独り言のように呟いて、恐る恐る右手を伸ばして、シュレイの頬を撫でた。

「なぜ……私なのですか？」

シュレイが口を開いた。珍しく少し狼狽《ろうばい》したような声だった。

「シュレイ」

「何度も……貴方は何度もそう言う……どんなに拒んでも……。すみません、分かっているのです。誠実な貴方の心には、なにひとつ曇りもなく、本当にそう思って、私に言い続けてくれているのだと。……でもなぜ？　と……。私には分からないのです。なぜ私のような者なのかと……貴方に愛される価値など、私にはありません」

「君が……オレが愛するに足る価値のある人かどうかは、オレが決める。君はオレに無理に応える必要もない……ただ拒まずに受け入れてくれれば、それだけでいいんだ。オレは何も望まない。君を愛している。シュレイ」

再び強く抱きしめられて、シュレイは答える代りに両腕をタンレンの背中に回した。この逞《たくま》しい腕に、広い背中に、熱い想いに、何度救われたか分からない。いつも側で守り支えてくれた人。「愛している」と言われて、「愛している」とは、とても答えられない。そんな価値は自分にはないけれど、全身全霊をもって、何かを返したいと思っていた。もうこれ以上、拒む事が出来ない。

深く唇を吸われて、シュレイはその口づけに応えた。彼の熱い想いが伝わってくる。

押し倒されるようにソファに身を沈めて、首筋を吸われた。

「タンレン様」

甘い吐息と共に名前を口にした。

「シュレイ……もうオレを止める事は出来んぞ」

タンレンが耳元でそう囁いた。シュレイはぞくりと身震いがして、強く目を閉じた。

王宮はとても賑《にぎ》やかになっていた。二人の小さな姫君のかわいらしい声がいつも聞こえていて、笑い声が絶えなかった。

「ママ、抱っこ！　抱っこ！」

「インファは甘えん坊だなぁ……」

龍聖がクスクスと笑いながら、足にしがみつくように抱きついて離れない桜色の髪の小さな姫君を、ヒョイッと抱き上げた。

「インファ、ママじゃなくてリューセーだって教えたでしょ？」

「ママだもん」

シェンファが上を見上げながら、口を尖らせて言っているのを、微笑ましく思ってシェンファの頭をナデナデと撫でてやった。

「リューセーって言いにくいんだよね。だけどシェンファはすぐに言えるようになったよね。偉いね」

龍聖に頭を撫でられて、嬉しそうに頬を染めてシェンファははにかんで笑った。

「さあ、ご本を読んであげようね」

龍聖は本棚から1冊の本を取り出すと、インファを抱いたまま近くのソファへと座った。

「シェンファもここにおいで」

手招きして膝の上をポンポンと叩くと、シェンファは嬉しそうに駆けてきて、龍聖の膝の上にチョコンと座った。

「今日はなんのお話？」

「ん？　『かぐや姫』っていうオレがいた国の昔話だよ」

龍聖は子供が生まれてから、この国には小さな子供に読み聞かせるような本がない事を知って、絵師や文士を集めて自分の知る昔話や童話を書き留めさせて、絵本を独自に作っていた。記憶の中で多少怪しい部分がある時は、勝手に創作も織り込んだりしたので、恐らく本物の話とは違うものもあると思われたが、姫君達はとても喜んで本を読みたがるようになった。

「かぐや姫、知ってるわ！　私大好き」

「そう、シェンファはかぐや姫が大好きなんだ」

「ええ、なんだかリューセーに似ているもの」

「オレに？」

「リューセーは、日本に帰りたい？」

小首を傾げながら尋ねてくるシェンファの顔が、少し不安そうだったので龍聖は微笑みながら首を振ってみせた。

「オレは日本には帰らないよ。ここにはフェイワンがいるし、シェンファやインファもいるからね。今はここがオレの祖国だよ」

龍聖はそう言って、二人の頬にキスをした。インファが嬉しそうにキャアと笑う。

「どうしてかぐや姫は月に帰りたかったのかしら」

シェンファが龍聖を見上げながら首を傾げて尋ねる。シェンファはとても賢くて、誤魔化しはきかないから、尋ねてくることにはきちんと答えてあげる事にしていた。

「……どうしてだろうね？　かぐや姫にも、オレみたいに愛する人や子供がいたら、帰りたいとは思わなかったかもしれないね」

「パパ大好き」

それを聞いてインファがニコニコと笑いながら言うので、龍聖も笑って頷いた。

「オレもフェイワンが大好きだよ」

「私もお父様大好きよ」

「インファはもっともっと好き！」

「オレはもっともっともっと好き」

「私はもっともっともっと……これくらい好きよ」

シェンファが負けずに、両手を大きく広げてみせた。それを見て、インファも龍聖の膝の上に立ち上がると、両手を大きく広げた。

「インファも！　インファもこれくらい好き!!」

二人の様子に龍聖はゲラゲラと笑い出した。

「じゃあ、オレはこれくらい好き！」

龍聖も両手を広げてみせたので、その大きさに二人の姫は目を丸くしてから、次に顔を真っ赤にして地団駄《じだんだ》を踏んだ。

「いやん！　インファの方が好きなの！」

「私の方がお父様の事が好きなの！」

「アハハハハハハ！　いやいや、これは譲れないな、一番好きなのはオレだよ」

「リューセー様……何を姫君達と争っていらっしゃるのですか？」

いつの間に来たのか、シュレイが腕組みをして呆《あき》れたような顔をしながら立っていた。

「ああ、シュレイ」

「シュレイ‼　聞いて聞いて！　リューセーがひどいの！　お父様を独り占めにするのよ⁉」

ピョンとシェンファは椅子から飛び降りると、シュレイに駆け寄りながら一生懸命に訴えた。それを見てインファも椅子からモタモタと降りると、チョコチョコと駆け寄って、シェンファの口調を真似していた。龍聖はそれをずっと笑いながら眺めている。

「大人気ないですね」

シュレイが肩をすくめて「やれやれ」と呆れながら龍聖をみつめて言うと、龍聖はペロリと舌を出してみせた。

「そんな大変な時に姫様達には申し訳ありませんが……陛下がリューセー様をお呼びです。執務室の方へおいでになってください」

シュレイの言葉に、二人の姫君が悲鳴のようなブーイングを上げた。

「は～い！」

龍聖が笑いながら元気に返事をして立ち上がったので、ワッとシェンファとインファが駆け寄って、龍聖の足にしがみついた。

「私も！　私も行く！」

「インファも行く！」

「ダメダメ……君達はここから出られないんだから……それにオレが呼ばれたんだからね。良い子で待っててね」

　龍聖は屈み込むと、二人を抱きしめて頬にキスしてから、シュレイと一緒に出ていった。二人のブーイングがしばらく聞こえていたので、龍聖はクスクスと笑っていた。

「インファが最近よくしゃべるだろ？　お姉ちゃんの影響だと思うんだけどさ、シェンファの真似ばかりするし……そしたら面白いよね。一人だとものすごく聞き分けが良くて、ちょっとオマセなくらいのシェンファが、インファと一緒だと急に甘えたり駄々こねたりするんだよ。特にオレの前だと最近ひどいかなぁ。まるで赤ちゃん返りしているみたいだよ？」

　楽しそうに話す龍聖を見て、シュレイも微笑みながら頷いた。

「嫉妬なさっているのですよ。今までは自分だけのお父様とお母様だったのに、インファ様に取られてしまうと思われるのでしょう。特にまだインファ様が赤ちゃんだった頃は、問題なかったのでしょうけど、今は何もかもインファ様がシェンファ様の真似をなさるので、ライバルのようになってしまわれているのではないでしょうか？」

「そうだね……シェンファも今が一番難しい年頃なのかな？　もうちょっとしたら、お姉さんとして落ち着くんだろうけどね」

「そのシェンファ様の事についてのようですよ」

「え？　フェイワンの用件の事？」

「はい」

「なんだろう……シュレイは知っているんでしょ？　用件の事」

「はい……でも陛下から直接伺った方がよろしいと思います」

澄ました様子でシュレイが言ったので、龍聖は「ちぇっ」と小さく舌打ちをした。

執務室へと着いて、龍聖の姿に見張りの兵士が深く礼をしてから扉を開けた。扉の側にいた従者が、龍聖を見て一度礼をして、フェイワンに告げに走った。

「ああ、龍聖、わざわざすまないな」

「何かあったのですか？　シェンファの事でと聞きましたけど」

「うん、まあとにかくかけなさい。シュレイ、連れてきてくれるか？」

「はい」

フェイワンは、龍聖を椅子に座らせて、シュレイに指示すると、シュレイは一礼をして再び部屋を出ていってしまった。龍聖はそれを見送ってから、不思議そうな顔でフェイワンをみつめた。フェイワンはニッコリと笑いながら、龍聖の隣に腰かけた。

「姫達と遊んでいたのか？」

「ええ、もう大騒ぎです。女の子二人だとやっぱり賑やかですね。日々インファがおしゃべりになっている気がします。インファはちょっとオテンバですね」

「そうか……誰に似たのかな？」

「貴方でしょ？　甘えん坊なところもそっくりです」

「甘えん坊？　オレが？」

フェイワンが驚いたように言うと、龍聖はクスクスと笑い出した。

「シェンファはどうだ？」

「シェンファですか？　貴方の前だと良い子にしていますけど……オレの前では最近ちょっと駄々を

こねたりしますね。インファのせいだと思うんですけど……」

「そうか、シェンファに養育係をつけようと思うんだ。乳母とは違って、これから色々な学問とか礼儀作法などを教育していく役目になる者だ。本格的な学問はまだ良いと思うが、そろそろ遊びだけではない部分を学ばせたいと思う」

「ああ……そうですね。シェンファももう小学校に入学出来るくらいの年ですよね」

「ショーガッコウ？」

「日本の学校の事です。勉強をするための施設です。国民は全員6歳になるとそこに行って学びます。この国にも小学校を作ってアルピン達に学問を習わせたいなって思っているんです」

「アルピンに学問か……」

「その前に、先生を教育しないといけないし、色々と準備が必要だとは思うんですけどね」

「考えておくよ」

フェイワンは微笑んで答えてチュッと龍聖にキスをした。

「まあとにかくそういうわけで、養育係は随分前から選んで、そのための教育をシュレイに任せていたのだ」

「ええ、以前シュレイから養育係の教育のために時々留守にすると……、それで時々タンレン様に竜に乗せてもらって、送り迎えをしてもらっていると……そのような話は聞いていました」

「それでぜひお前に先に会わせたいと思ってな」

龍聖は頷いた。シュレイも龍聖の側近になるために、専門の教育を何年もかけて受けたと聞いていた。姫達の養育係ならば、それもそれなりに専門の教育が必要なのだろうと思う。フェイワンはそういう先の事まで、随分早くから準備していたのだなと思うと感心してしまう。

その時扉が開いてシュレイが戻ってきた。

「陛下、お連れしました」

「ああ、中に入れ」

シュレイが連れて入ってきた人物を見て、龍聖は思わず驚きの声を上げていた。

「ユ……ユイリィ様!!」

ひざまずいて深々と礼をするその男性は、紛れもなくユイリィだった。肩まであった青い髪はとても短く刈られていて、少々痩せて面変わりしていたが、懐かしいユイリィであった。

「大変ご無沙汰《ぶさた》しています。リューセー様におかれましては、お変わりなく……リューセー様……」

ユイリィは続く言葉を失った。龍聖はユイリィに駆け寄ると、目の前に膝をついて座り、ギュッとユイリィの両手を取って強く握り締めた。

「お母様には大変辛い罰を与えてしまって……ユイリィ様も本当に随分長く苦しまれたと思います。どうかもう……もう何も苦しまないでください。お母様の事は、この国の法で定められた処罰。オレにはどうする事も出来ませんが、出来れば心穏やかに過ごせるようにと願っています。フェイワンから時々ユイリィ様の様子は伺っていたのですが……ずっと気がかりでした。ああ、ユイリィ様がお元気そうで……本当に嬉しいです」

「リューセー様……本当に……なんと申し上げればいいのか……」

ユイリィは、グッと歯を食いしばると目を閉じて、そのまま床につくほどに頭を下げて伏した。

龍聖は常々ユイリィの事を案じ続けていた。たびたびフェイワンに尋ねては、近況などを知りうる程度で、あの事件以来、長い間会う事がかなわなかった。

ユイリィは処罰(去勢手術)を受けた後、人里離れた郊外にある西の別荘で、10年の長きに渡り謹慎していた。その後許されて王宮仕えに戻ったが、元の位も職務も剝奪《はくだつ》されていたので、最下位の処遇で兵役に服し、西の砦《とりで》の見張りの任務を10年やった後、自ら王に願い出て、ミンファが幽閉されている『黄昏《たそがれ》の塔』の門番として長く仕えた。もちろん特別待遇などはなく、またユイリィ自身も決して母に会いたいという理由での志願ではなかった。『罪人を見張る役目』として自ら志願した。そのため15年勤めたその任務の間、一度も母に会う事はなかった。

「良かった……本当に良かった。フェイワン、ではユイリィ様が養育係に？　すべて許されたのですよね？」

龍聖が振り返って尋ねると、フェイワンは微笑んで大きく頷いてみせた。

「ああ、ユイリィはもう十分に罪を償《つぐな》った。そしてこれからも自らに課せられた贖罪《しょくざい》を忘れることはないだろう……だから新しき道を与える事にした。もう王族としての道は断たれているが、ユイリィにふさわしい仕事はある。それが養育係だ。元王族なのだから、儀式の仕来《しきた》りや王宮内のことはよく知っているし、ユイリィは人に教えるのに向いていると思った……それに何よりも、そうしてお前が喜ぶだろうと思ったんだ」

「ええ！　喜びますとも!!　本当に嬉しい……ユイリィ様、どうかシェンファをよろしくお願いします。最近少し情緒不安定で、わがままを言う事もありますが、根はとても賢くて物分かりのいい子です。ユイリィ様のように優しい子に養育してください」

龍聖の言葉に、ユイリィは何度も何度も深く頭を下げた。

「リューセー、但《ただ》し、ひとつだけ約束をしてもらわなければならない」

「なんですか？」

龍聖は振り向いて不思議そうに首を傾げた。

「ユイリィは、もう王族ではない。我々の親類でもないのだ。シュレイと同じ一介の家臣として扱う。だから今後一切そのように『様』付けで呼んではならぬ。それにユイリィの本当の素性も姫達に明かしてはならない……分かるな？　もしもそれらを言ってしまったら、シェンファ達にあの不幸な事件の事を語らねばならない。いずれ大人になれば、知る事もあるかもしれないが、幼い姫達に語るべき事ではない」

その言葉に龍聖は少しショックを受けた。言われてみれば確かにそうなのだが、娘達にユイリィがフェイワンの従兄弟なのだと語ってやる事が出来ないのは辛かった。フェイワンには兄弟がいない。だからこそ近しい身内が少ない事は、シェンファ達にとって悲しいことだと思っていた。

一度ユイリィをみつめてから、フェイワンを見て、シュレイを見た。皆が龍聖と視線が合うと黙って頷いてみせた。龍聖は少し辛そうに顔を曇らせて考え込んでから、黙って頷いた。

龍聖は立ち上がると、ゆっくりとフェイワンの下へと戻った。

「いつか……いつかそういう不幸な事も悲しい事も何もかもが許されて……皆が笑って幸せに暮らせる日が来ると良いですね」

フェイワンの前に立って俯いたままポツリと呟いた龍聖を、フェイワンは黙って抱きしめて頭を撫でた。

「お前がこの国を変えていく……きっとそんな日が来るのも、夢ではないだろう」

フェイワンの言葉に、シュレイとユイリィも深く頭を下げた。

深夜の城内、王族の居室の一角で、提燈《ランプ》を手にした侍従官が一人、とても深刻な様子で扉の前に立った。一瞬躊躇したように息を呑み、扉を叩くために拳を作った右手をみつめてから、決心したように息を吐いて、コンコンと扉を叩いた。

「ご主人様、ご主人様」

深い眠りを破る声に、タンレンは不機嫌そうな顔で目を擦った。部屋を見まわすとまだ暗く、朝ではないのだと認識してから、寝ぼけたようにぼんやりと体を起こした。

「ご主人様」

寝室の扉の向こうから、侍従官がまたタンレンを呼んだ。

「どうかなさいましたか？」

隣で寝ていたシュレイが目を覚まして尋ねたので、タンレンはその頰を撫でて唇に軽くキスをして

「なんでもないよ」と囁くと、ベッド脇にかけられたガウンを手に取り立ち上がった。一糸まとわぬ逞しい肢体の上にガウンを羽織りながら、ゆっくりと扉へと歩み寄る。扉を少しだけ開けて覗くと、タンレン付きの侍従官が一礼をする。

「何事だ？」

「あの……夜分に恐れ入りますが、シュレイ様はおいでになっていらっしゃいますでしょうか？」

「シュレイになんの用だ?」

タンレンは少し眉を寄せて聞き返すと、侍従官はチラリと後方を気にしてからまた頭を下げた。

「リューセー様がシュレイ様をお探しだと、使者が訪ねてきているのです」

「リューセー様が?」

タンレンの声にかぶるように、部屋の奥でシュレイが思わず声にしていた。タンレンはチラリとそちらを見てから「すぐに行くと伝えておけ」と侍従官に答えて扉を閉めた。

振り返ると立ち上がったシュレイの白い肢体が、薄暗い部屋の中でぼんやりと見える。タンレンはそれを黙って眺めていたが、服を着はじめたシュレイがそのタンレンの様子に気づいて手を止めた。

「タンレン様?」

タンレンは思わず笑みを浮かべてから、返事をせずにベッドの側まで戻ると、脇のテーブルに置いてある燭台に火をつけた。

「こんな夜中に何かあったのだろうか?」

タンレンが真面目な顔に戻ってそう言うと、シュレイは少し緊張した面持ちで再び服を着はじめた。

「分かりません……お子様達の事であれば、ユイリィもいる事ですし……何か悪い事ならば、もっと騒ぎになるはずですから……多分……大丈夫だとは思うのですが……」

ベッドの脇に落ちている服を拾いながら、「オレも行こう」と言って、タンレンもガウンを脱いで服を着はじめた。

「あの……申し訳ありません」

着替え終わったシュレイが、神妙な面持ちで深く頭を下げて言ったので、タンレンは不思議そうに手を止めた。

「ん？　いきなりなんだ？」

「このような事を知られてしまって……私が寝所にいるなど……タンレン様にご迷惑がかからなければ良いのですが……」

タンレンは黙ったままズボンを穿《は》いて、上着を着て、乱れた髪を乱暴に手櫛でかき上げてからフウとひとつ溜息をついた。ゆっくりと歩いてベッドの向こうにいるシュレイの元まで行くとその体を抱きしめる。

「何を今更……オレとお前の関係は、ウチの従者達は皆知っている。オレがお前に惚れている事は陛下やラウシャン殿にはもう前から話しているし、他のシーフォン連中だって薄々知っているだろう。オレの両親も多分知っているはずだ。別に今更困る事などない。第一、ずっと拒み続けたお前に片思いをして、しつこく追いかけまわしていたのはオレの方だ。どうしてオレが迷惑に思う？　ようやく手に入れる事が出来て、オレはとても幸せだ。むしろ愛人のようにしかお前の立場を作れないオレの方が、お前に申し訳なく思う」

タンレンの言葉に、シュレイは首を振った。じっとみつめてからゆっくりと視線を逸らして目を伏せた。

「タンレン様……私は……私は何も今の立場に不満などありません。私はもともと誰とも愛し合えるような立場ではありませんでした。生まれてきてはいけない存在なのだと思っていました。それにこのような体ですし……。それでもタンレン様に……こんな私でも良いと言っていただけるのならばそれだけで……」

タンレンは優しく微笑んでシュレイの顔を上げさせると唇を重ねた。ゆっくりと互いに求め合うように吸って唇が離れる。しばらくみつめてから微笑み合った。

「さあ、行こうか」

「はい」

二人が王の私室へ辿り着くと、奥の寝室へと通された。寝室の扉の前でしばらく待っていると、フェイワンが現れた。

「ああ、タンレンも来てくれたのか」

「何かあったのか？」

フェイワンが特に慌てている様子ではないので、不思議に思って先にタンレンが尋ねる。フェイワンは少し笑ってから首を傾げた。

「まあ、とにかくリューセーがシュレイを呼んでいるから行ってやってくれ」

フェイワンはタンレンに説明をする前に、シュレイを寝室の中へと通した。シュレイが小走りに奥へと消えていく。

「いや、それがまた身籠ったようなんだ」

「リューセー様がご懐妊!?　それはよかった。すばらしいじゃないか。これでまた王宮は賑やかになる……医師を呼ばなくていいのか？」

「うん、朝になってからで良いと言うんだ。三人目だし、リューセーも随分慣れたのだろう。平気だ。

平気だと言うのだが……ただしきりにシュレイをと言うのでな。夜中で悪かったが呼びにやったのだ。多分お前の所にいるだろうと思った」

フェイワンがそう言ってニヤニヤと笑うので、タンレンは少し眉を寄せてからフンッと鼻を鳴らした。


「リューセー様、いかがなさいました？」

「あ……シュレイ」

ベッドの上に上体を起こして座っていた龍聖だったが、シュレイの姿を見てとても安堵《あんど》したように深く息をつくと、ゆっくりとその場に体を横たえた。ベッド脇に置かれた燭台に灯《とも》る火に映る龍聖の顔は、ひどく上気していた。シュレイがそっと手を額に当てると、ひどく熱がある。

「また身籠ったみたいなんだけど……」

龍聖は言いながら、左の袖をまくってみせて腕の赤くなった文様を見せた。

「なんだかいつもと違って、ひどく具合が悪くて……急に熱が上がるし、目眩《めまい》がして……なんか吐き気までして気持ち悪くて……でもフェイワンに言うと心配すると思って平気なふりをしていたんだけど……夜中なのに起こしてごめんね」

「大丈夫ですよ。すぐに楽にしてさしあげますから……医者を呼びますか？」

龍聖はふるふると首を振った。それにシュレイは微笑んで頷いてみせると「少しお待ちください」と言ってその場を離れた。

扉が開いてシュレイが現れたので、扉の前で立ち話をしていたフェイワンとタンレンが、慌てて引き止めた。

「どうした？　リューセーは懐妊したんだろう？　何か問題でもあるのか？」

「いいえ、陛下、ご心配には及びません。確かにご懐妊されていますが、少し体調が思わしくないようで……リューセー様も三度目ですから慌ててはいらっしゃらないのですが……いいえ、むしろ慌てていないからこそ、騒ぎ立てたくないと私をお呼びになっただけです」

「具合が悪いのか？」

二人が心配そうな顔で同時に言ったので、シュレイはフッと笑った。

「陛下、おめでとうございます。今回のご懐妊は、おそらく竜王様のご懐妊かと思われます」

「竜王の懐妊……？　……それは……世継ぎが!?」

「はい」

「リューセー!!」

叫んで寝室へ飛び込もうとしたフェイワンの腕を、シュレイがギュッと強く摑んだ。驚いて振り返るフェイワンに、シュレイは立てた人差し指を口元に当てて「お静かに」と制した。フェイワンは「あっ」と言ってから、照れたように笑うとゆっくりと寝室の中へと入っていった。

「タンレン様は、大臣方にお知らせを願えますか？」

シュレイがタンレンにそう言うと同時に、ニヤリと嬉しそうな笑顔のタンレンが、ギュッと思いっきりシュレイを抱きしめた。

「タンレン様!!」

シュレイはとても驚きながらも、叫びそうになるのを押しとどめて、声を潜《ひそ》めて咎めるような口調で名を呼んだ。タンレンは気にせず、シュレイの体を強く抱きしめたまま、その肩口に顔を埋めてククククッと笑っている。

「タンレン様！　ふざけないでください！」

「シュレイ！　嬉しいな。こんなに嬉しい事はない。我らの竜王が……次の代が誕生するのだ。嬉しい、嬉しいよ」

「タンレン様……」

心から喜ぶタンレンの様子に、シュレイは少し心が揺れたが、ハッと我に返ると、グイイイッと思いっきりタンレンの体を押しのけて体を無理矢理に剝がした。

「リューセー様が待っていらっしゃいますから！」

シュレイは頰を上気させながら、くるりと背を向けて外へと出ていってしまった。それを見送りながら、タンレンはニヤニヤと笑って舌打ちをする。

「相変わらずつれないな～……オレの恋人は、いつまでもリューセー様が一番なんだから……」

「リューセー……具合はどうだ？　辛いのか？」

フェイワンはそっとベッドの脇にひざまずくと、横になっている龍聖に優しく囁きかけた。

「フェイワン……大丈夫です。もう慣れました。いつもの事ですよ。卵を身籠るとちょっと熱が出てしまうだけです」

龍聖はニッコリと笑ってみせたが、さっき見た時よりも顔が赤くなっていて、両目が熱っぽく潤んでいる。息遣いも少し荒かった。フェイワンはそっと額を撫でてやった。ひどく熱いので驚いたが、その大きな手で何度も撫でてやると、気持ち良いのか龍聖は安心したような顔で目を閉じた。

「シュレイに聞いた。今度は多分、男のようだ……つまり、オレの世継ぎが生まれるのだ」

「え？　世継ぎが？」

「ああ、なにしろ竜王だからな。シェンファ達を懐妊した時とは、体の具合も違うのだろう……あまり無理はするな」

「良かった……」

龍聖が大きく溜息と共に呟いたので、フェイワンは首を傾げた。

「どうした？」

「ん……やっと男の子が出来て……安心した。早く世継ぎを産まなきゃって思っていて……だけど二人女の子だったから、どうしようってすごく心配していたんだ」

「バカな事を……お前はそんな事を気にしていたのか？　まだ二人ではないか。言っただろう？　オレはいくらでもがんばれるし……お前だってたくさん産みたいと言っていたじゃないか。十人でも二十人でも……」

フェイワンは声のトーンを落として、静かに優しく囁いた。それを聞きながら、龍聖はクスクスと笑う。

「それとも世継ぎが産まれたら、もう終わりなのか？」

龍聖は笑いながら首を少し振ってみせた。フェイワンはそれを見てクスリと笑う。

「まあ……お前がもう産まないならそれでも良いが、だからといってオレは禁欲などするつもりはないぞ？　今まで通り、いや毎日だってお前を抱き続けたい……今はこれでも我慢している方だ」

わざと少しふざけたような口調で囁くフェイワンに、龍聖は嬉しそうにクスクスと笑う。その額を優しく何度も撫でてやった。

「オレは、お前さえいればそれで良いんだ。いつもそうやって、オレの側で笑っていて欲しい。他には何もいらないから……」

「フェイワン」

目を閉じた龍聖に、フェイワンは唇をそっと重ねた。

「陛下……失礼します。よろしいですか？」

戻ってきたシュレイが恐る恐る声をかけたので、フェイワンは頷いて立ち上がった。シュレイは一礼をすると龍聖の側に座り、持ってきた道具箱から薬を取り出して、龍聖に含ませた。

「すぐに楽になります。少しお休みになってください」

龍聖は大人しく頷いて目を閉じた。


「赤ちゃんが生まれるの？」

「ええ、そうですよ」

テーブルを挟んだ向かい側に座ったシェンファが、とても驚いたような顔をして聞き返したので、ユイリィは穏やかに微笑んで頷いた。

「だから今朝はリューセーが来てくれなかったのね？」

「そうです。しばらくはお会いになれません……シェンファ様は、インファ様がお生まれになった時の事は覚えていらっしゃいますか？」

「ん……卵をリューセーと一緒に抱っこしていたのは覚えているわ」

　ユイリィはそれを聞いて頷いた。

「はい、卵がお生まれになれば、また元のようにリューセー様ともお会いになれますし、リューセー様も元気になられます。5、6日ほどの辛抱です。シェンファ様はお姉様なのですから、それまで我慢出来ますね？」

「……はい。我慢します」

「次にお生まれになるのは、男のお子様です。シェンファ様には初めての弟君という事になります」

「男の子」

「はい」

「お父さまとかユイリィとかみたいな男の子？」

　シェンファの言葉に、ユイリィは思わずクスクスと笑ってから「はい」と言って頷いた。シェンファはしばらく考えてからニッコリと笑った。

「私、嬉しいわ。インファと三人で遊べるもの。二人で遊ぶより三人で遊ぶ方が、きっとずっと楽しいわ」

　ユイリィはシェンファの言葉に微笑んで頷いた後、急に真面目な顔になって少し身を乗り出したので、シェンファは小首を傾げてからユイリィの顔をみつめた。

「シェンファ様、これから大切な話をします。よくお聞きになってください」

「はい」

シェンファは慌てて背筋を伸ばしてみせた。

「この度お生まれになる弟君は、次の竜王になられる方です。陛下の世継ぎとなり、この国を治める王となられる方です。ですからシェンファ様にとっては、弟であって弟ではない方となります」

「弟であって弟でない方？」

シェンファには少し難しいようで不思議そうに首を傾げる。

「はい、つまりシェンファ様は、インファ様に対する時とは違う態度を取らなければなりません。もちろんそれはシェンファ様だけではなくインファ様も同じです。ですがインファ様はまだお小さいので、きっとお分かりにならないでしょう。ですからシェンファ様がしっかりとそれを理解して、インファ様を導かなければなりません」

「……私が、インファが間違った事をしないように教えてあげないといけないって事？」

ユイリィは微笑んで頷いた。

「シェンファ様は賢くていらっしゃるから、きっとお分かりになると思いました。これから私は竜王誕生までの間、シェンファ様に竜王の姉弟としての心構えをお教えいたします。私達シーフォンの事、竜王の存在の意味、リューセー様の事、アルピンの事……まだ難しいかもしれませんが、ゆっくり時間をかけて勉強してまいりましょう」

丁寧に説明するユイリィの言葉を、シェンファはじっと真剣な顔で聞いてからコクリと頷いた。それでもまだ何か考えているように、しばらくの間テーブルの上を眺めてから、やがて顔を上げて再びユイリィをまっすぐにみつめた。

「私は弟と遊んではいけないの？」

意外な質問にユイリィは少し驚いたような顔をしたがすぐに笑みを零した。

「いいえ、遊んでいただけますよ。ただ常に王への畏敬《いけい》の念を抱いて接する事を忘れてはいけません。姉弟もまた王の家臣なのです」

「王の家臣……」

「ゆっくりお勉強いたしましょう」

まだ幼き姫君に、そんな話は早すぎるようにも思われたが、すでにふた月の時を側で過ごして、なぜフェイワンが早くもシェンファの養育係としてユイリィを遣わしたのかを理解した。この幼き貴婦人は、普通の子供とは違う何かを持っているとすぐに直感した。

『黒髪の姫君……そして間もなく生まれ出る竜王……エルマーンが確実に新しき時代へと変わりつつある……誰もがフェイワンの代で終わると思っていたこの国が、救われる道が開かれる気がする』

ユイリィは心が浄化されるような満ち足りた気持ちになった。きっと自分もまた、その救いの道を拓いていくための布石として、必要とされているのだと……。

その日、シェンファとユイリィは、朝からずっと勉強に励んでいた。シェンファは新しい事を覚えるのが楽しいようで、決して嫌がる事もなく、進んで勉強をしたがったので、ユイリィもとても安堵していた。

しかし今日のシェンファは、なかなか勉強に集中する事が出来ず、何度もチラリチラリと後方の扉を気にしている。ユイリィもそれに気づいていたし、後方の扉の向こうで何が起こっているのかも分かっていたので、しばらくは素知らぬふりをしていたのだが、なかなか勉強が先に進まないので、諦めたようにフウと溜息をついて、パタンと本を閉じて置いた。

「シェンファ様、そんなに気になりますか？」

「う……うん」

シェンファは困ったような顔で頷いて、またチラリと後ろをみつめてから、顔を元に戻してユイリィをみつめた。

「だって……今日は随分ひどいわ……さっきからずっと泣きっぱなしだもの……乳母も手を焼いているのだわ」

気になる扉の向こうから聞こえてくるのは、子供の泣き声だった。それは紛れもなくインファの泣き声だ。

「シェンファ様がなだめてくださいますか？」

「……ダメかもしれないけどやってみるわ、かわいそうだもの」

シェンファはそう言って椅子から降りると、トコトコと泣き声のする扉へと向かった。ゆっくりと扉を開けると、溢れ出すように甲高い泣き声が聞こえてきた。

「ああぁ〜〜〜〜〜んん!!」

「インファ！」

「ああ、シェンファ様、お勉強中に申し訳ありません」

インファを抱いた乳母が、疲れたような途方にくれたような顔をしていた。腕の中では、顔をグシャグシャにして泣き喚《わめ》いて、バタバタと手足を激しく振りまわすインファがいた。

「インファ！　泣き止みなさい！　ほら！　お姉さまが遊んであげますから」

「いやあぁぁぁぁぁ〜〜〜〜！　ママの所にいくぅ〜〜〜〜！」

「リューセーには今は会えないって言ったでしょ？」

「……うっ……びぃあああああああ〜〜〜〜ん!!」

さらに激しくなった泣き声に、シェンファは顔をしかめて両手で耳を塞いだ。

「シェンファ様、仕方がありません、私がシュレイに尋ねてまいりますのでしばらくお待ちになってください」

ユイリィはシェンファにそう告げると、部屋を出ていった。


「ユイリィ……どうなさいました？」

「申し訳ありません。リューセー様のご容態はいかがですか？」

王の寝室の扉の前で、シュレイとユイリィが声を潜め合っていた。シュレイは一度視線を閉められた扉へと向けてから頷いた。

「順調です。容態が良いかと言われると、良くないとしか答えられませんが、それは一時的なものです。竜王懐妊の時に現れる症状なので、仕方がありません」

「……インファ様を中へ入れる事は出来ませんか？」

「インファ様を？」

ユイリィは頷いた。

「インファ様はまだ幼い……母親を恋しがって、ひどく泣いて痛々しい限りです。ひと目会わせてあげれば落ち着くと思うのです」

ユイリィの言葉に、シュレイはしばらく考えてから首を振ってみせた。

「それは無理です。会ってはいけないというわけではありませんが、今のリューセー様はほとんど眠ったままで、目を覚まされる事はあまりありません。それに高熱のせいで、見た目にも痛々しく見えるかもしれません。そんな様子を見せたら、それこそインファ様は驚かれてしまう事でしょう。どうせリューセー様に声をかけてもらえる事はないのですから、会わせない方が良いでしょう……あと3日ほどの辛抱です」

シュレイの言葉に、今度はユイリィが考え込んだ。

「ですが……乳母も手を焼いている状態で……シェンファ様も心を痛めていらっしゃいます」

「では私から、陛下にご相談申し上げましょう」

シュレイの提案に、少しだけ安堵したようにユイリィが頷いて「お願いします」と頭を下げた。


「誰だ、誰だ？　変な声を上げているのは？」

「お父さま⁉」

突然扉が大きく開かれて、フェイワンが現れたので、シェンファは驚いたように目を丸くした。インファまでもが驚いて一瞬泣くのを止めた。

「ん？　ここに奇妙な声で泣く生き物がいるようだな？　誰だ？　お前か？」

フェイワンが笑いながら、インファを高々と抱き上げると、インファはようやく泣き止んで、涙でグシャグシャな顔のまま、泣いているのか笑っているのか分からないような顔になった。

「美人が台無しではないか。小さき姫は、一体どうしたというのだ？　お前の泣き声に、国中の竜が驚いているぞ？」

「パパ……ヒック……インファね……ヒック……ママに会いたいの」

フェイワンは乳母から受け取った手拭いで、インファの顔を拭《ぬぐ》って、鼻を拭《ふ》き、一生懸命しゃくり上げながら話すインファの言葉に耳を傾けて、優しく微笑み、頷いてみせた。

「インファ、お母様は今、卵を産むために別の所にいるんだよ？　産んだら戻ってくるから、それまで良い子で待っていような？」

「やだ！　インファも行く！」

「インファ……卵が産まれたら、お前はお姉様になるのだぞ？　ほらシェンファを見てごらん？　ちゃんと大人しく待っているじゃないか。インファもシェンファを見習って良いお姉様にならなければいけないよ？」

フェイワンはインファを抱きしめて、優しく背中を撫でながら、なだめ聞かせた。インファはまだ鼻をグスグスとすすっている。小さな腕でギュッとフェイワンの首に抱きつきながら、返事をしなかった。フェイワンはチラリとシェンファの顔を見て、ニッコリと笑ってみせた。

「そうだな、ではお母様が帰ってくるまで、お父様が一緒にいてあげよう」

「本当？」

「ああ」

「お仕事は？」

「お仕事はなしだ。お父様が一日中一緒にいるから……それで良いだろう？」

フェイワンの発言に、側にいたユイリィとシュレイはギョッとした顔になったが、フェイワンは素知らぬ顔をした。

「本当！　わ～い!!　じゃあ、インファ、我慢する！」

インファは両手を挙げて、大喜びで笑った。

「ずるい!!　ずるいわ!!」

すると突然足下にいたシェンファが叫んだ。

「私はずっと我慢していたのに、インファだけずるいわ!!」

シェンファは余程悔しいのか、両手の拳をギュッと強く握り締めて、眉を寄せながら必死の形相《ぎょうそう》で訴えていた。

「よしよし、ではシェンファも一緒だ。しばらく勉強は休みだ」

「陛下！」

「良いじゃないか、ちょっとくらい」

フェイワンが笑いながらユイリィに言ったので、ユイリィは仕方なくハアと溜息をついて頷いた。

「分かりました。しばらくお勉強はお休みです」

それを聞いてシェンファも大喜びすると、フェイワンの足に抱きついた。

「フェイワン様、あまり甘やかすのはよろしくありませんよ？」

困った様子のユイリィの代わりに、シュレイが忠告をしたが、フェイワンはハハハと笑うだけだった。


フェイワンは、それから毎日姫達の相手をした。本を読んでやったり、フェイワンが他国で見てきた話を聞かせたりした。日頃長い時間を一緒に過ごす事が出来ない姫達は、それをとても喜んで、はしゃいでいた。

「あんまり興奮なさるので、日が暮れると、パタリとお休みになられます」

乳母が笑いながらフェイワンに言って、深々と頭を下げて礼を言った。

「いや、オレも姫達となかなか過ごす時間が取れないからな。僅かな間だがとても楽しいよ」

大臣達とラウシャンがひどく怒っているがな……という事情は口にはしなかった。


「あれ？　怒っていらっしゃらないのですね？」

王の執務室へ訪ねてきたタンレンが、王の代わりに書簡の整理をしているラウシャンの様子を見て、意外そうな顔でそう言った。ラウシャンはいつもと変わらぬ冷静な様子で、タンレンを一度見てから、少しだけ眉を寄せた。

「なんの事ですかな？」

「いえ、陛下が仕事をさぼっていらっしゃるから、ラウシャン殿が怒りまくっているのではないかと案じて、お見舞いにまいったのですが……」

タンレンが笑いながらそう言って、ラウシャンの側まで来たので、ラウシャンは手を止めて憮然《ぶぜん》とした様子でタンレンをみつめた。

「からかいに来られたのであればお引き取り願おう。こちらは忙しいのだ」

「ははは、冗談ですよ。オレも何かお手伝い出来る事があればと思ってまいったのです」

タンレンが首をすくめてみせたので、ラウシャンは小さく溜息をついてから、傍らの未整理の書簡の束をいくつかタンレンに渡した。タンレンはそれを微笑みながら受け取ると、空いている机の上に並べはじめた。

「まあ冗談とは言いましたが……愚痴のひとつでも言われるかとは思っていたのですよ？」

「君は何か誤解をしているようだ。オレはなんでもかんでも怒るほど浅はかではない」

ラウシャンが真面目に答えたので、タンレンはクスリと笑って頷いた。

「では今回の件は、怒る事ではないというのですね」

「当然だ……世継ぎが誕生するのだ。これより大事な事がこの国にあろうか？　それで陛下が政務に携われないのは止むなき事だ」

「姫達の子守をしていても？」

タンレンは分かっているが、あえてからかうように言ったので、ラウシャンはまた手を止めて真面目な顔でタンレンをみつめた。

「陛下にはご兄弟がいらっしゃらない。近親のいない陛下にとって、妻や子を大切に思う心は、一国の王としてとても大事な事だと私は思う。陛下自らが、姫君達に愛情を注がれる事は、政務よりも大切な事だ」

ラウシャンの思いがけない言葉に、タンレンは嬉しそうに笑って頷いた。

「だがそれを陛下に言うと、調子に乗られて今後も政務をさぼってしまわれるからな……陛下の前では口うるさく怒らなければならない」

ラウシャンは小さく溜息をついてから、再び書簡をひとつひとつ開いて読みはじめた。

「気苦労が絶えませんね」

タンレンは笑ってそう言うと、書簡の整理の手伝いを始めた。


「こうしてシンデレラは、王子様と幸せに暮らしました……おしまいっと」

フェイワンが龍聖手作りの本を読み終わると、膝の上に並んで座っている二人の姫が、ニコニコと笑いながらフェイワンの顔を見上げていた。

「この話は好きか？」

「うん、好き」

シェンファがニコニコと笑いながら頷く。

「シェンファの王子様は誰だろうな？」

フェイワンが微笑みながら尋ねると、シェンファはニコニコ顔のまま「もちろんお父さまよ！」と答えた。

「ほお、オレか？」

フェイワンが笑って聞き返すと、シェンファはうんうんと頷く。それを真似してインファも「お父さま！」と答えた。

「二人ともお父様なのかい？」

フェイワンが笑いながら聞き返すと、また二人は満面の笑顔で「そう！」と答えた。

「シェンファ、お父さまが一番好き！　大好きなの！」

「インファも！　インファも一番好き!!」

二人は競い合うように、「好き、好き」と連発した。それをフェイワンは嬉しそうにニコニコ顔で眺めている。

「ねえ、お父さまは？　お父さまはどっちが一番好き？」

シェンファがムキになって尋ねると、フェイワンはハハハハハと笑った。

「そうだな、一番好きなのはリューセーだな」

「いや〜〜〜ん!!」

フェイワンの答えに、二人の姫は悲鳴を上げると、ジタバタと地団太を踏むので、フェイワンはいつまでもハハハハハと楽しそうに笑っていた。

「んっ……ふっ……」

龍聖はフェイワンの腕に摑まって、顔を苦痛に歪めながら必死にいきんでいた。今まで二度卵を産んだが、こんなに苦しんだのは初めてだ。シュレイや医師が薬を飲ませてくれたり、楽になるように色々な処置はしてくれたのだが、産み落とすのは龍聖自身の力でしかなく、ベッドの上に膝立ちになって、駆けつけたフェイワンの腕にしがみついて、卵を産み落とそうと下腹部に力を入れる。

「大丈夫か？　しっかりしろ」

フェイワンは励ましながら、龍聖の背中を擦った。

「リューセー様、あと少しです。卵が見えています」

シュレイに励まされて、龍聖は最後の力を振り絞り、卵を産み落とした。

ポロリと産み落とされた卵を、医師が受け取る。卵はそっと大切に扱われて綺麗に湯で洗われた。

ガクリと体の力の抜けた龍聖が、ハアハアと肩で大きく息を吐きながら、フェイワンにしがみつき抱きしめられる。

「よくがんばったな、リューセー」

フェイワンは抱きしめて、背中を撫でたり、頭に口づけたりして龍聖を誉め称えた。女性が味わう本物の出産に比べれば、１００分の1の辛さだったかもしれないが、今までで一番大変だった今回の出産に、龍聖はぐったりとした。時間からするとほんの30分くらいだったと思う。苦しかったのはいつもの倍ほどの下腹部の痛みと、いくらいきんでもなかなか出てきてくれなかった事だった。

大仕事だ。そんな気分だ。

「リューセー様、さあご覧になってください、竜王の卵です」

シュレイに声をかけられて、ようやく息の整った龍聖が顔を上げると、ふかふかの布で包まれた卵が差し出された。それは今まで産んだ卵よりも一回り以上大きく見えた。こんなに大きいのならば、産むのが大変だったはずだ。

卵は今までの卵と明らかに違っていた。チラリと見えた時は、真っ白に見えた。光の加減で表面が虹色に光り、真珠のように輝いていた。手元に抱いてよく見ると、卵の中央に真っ赤な模様があるので驚いた。その模様は見た事がある。フェイワンの指輪と同じ形だ。竜の頭の形に見える模様だった。

「これが竜王……」

「そうです。お世継ぎです……リューセー様がいくつお産みになっても、その卵はたったひとつだけです」

龍聖は無意識にその卵に頬を寄せていた。頬に触れるプルンと柔らかなその表面は、とても温かだった。

「シィンワン……よく来てくれたね」

龍聖の言葉に、フェイワンとシュレイは少し驚いた様子で顔を見合わせた。そしてフェイワンは龍聖の肩をそっと抱きしめて、頬にキスをした。

「シィンワンとは、世継ぎの名前か？　お前が考えたのか？」

優しく囁かれて、龍聖はハッとして顔を上げた。

「あ……ごめんなさい、勝手に呼んで……本当はオレがつけたらダメですね？　次の王様の名前なのに」

「いや、そんな事はない。誰がつけたってかまわない。リューセーがつけたというのなら、尚更に良い事だと思うぞ？　シィンワンか……良い名だ。良い名だ」

フェイワンは微笑みながら何度も何度もそう言った。喜びに溢れるフェイワンの様子に、龍聖も本当に嬉しくて幸せだと思った。


シュレイは塔の螺旋《らせん》状に長く続く階段を登りきり、最上部の広々とした部屋へと辿り着くと、辺りを見まわした。天窓が大きく開いていて、明るい日差しが差し込み、心地良い風が吹き込んでいて、締めきれば密室となるその巨大な部屋が、良い具合の空間になっていた。

中央にはその部屋の主である黄金の巨大な竜が、長い首を丸めるようにして眠っていた。

入口に立ち尽くしたまましきょろきょろと部屋の中を見渡して、シュレイは小さな溜息をついた。

ここに龍聖がいるものだと思って、一気に階段を駆け上がってきたのだ。しかしシーンと静まり返ったその部屋には、龍聖の気配はなかった。いつもであれば、龍聖にじゃれつくように甘える巨大な竜という不思議な光景が見られるはずなのだが、目の前の光景にはそれはなかった。

竜王は静かに眠っている。

龍聖は自室にはいなかった。合気道の道場にもいなかった。姫達の部屋にもいなかった。ここ以外には考えられないのだが……。

シュレイは数歩歩み出て、竜王へと少し近づいた。

「ジンヨン……ジンヨン……お前、リューセー様を知りませんか？」

無理を承知で、竜王に話しかけてみた。竜王はその半身であるフェイワンの言葉しか聞かない。龍聖は特別で、すべての竜を統治出来る能力があると言われている。だがシュレイの知る限りでは、過去の文献にもひとつとしてリューセーが竜達と交流を持ったという記述はなかった。だから竜王と仲良しのリューセーなど、歴史に残るほどの珍事なのだ。

「ジンヨン、急用なのです。とても困るのです」

シュレイはもう一度声をかけてみたが、まったく反応のないジンヨンの様子に、諦めたように溜息をつくと、ほとほと困ったような顔になってその部屋を後にする事にした。

これだけ長く側にいれば、誰よりも龍聖とは信頼関係にあるとシュレイには確信があった。だから龍聖が無断でこの城を出ていくとは思えない。なによりその理由がない。誰かに攫《さら》われたというような嫌な感じもしない。必ずどこか城の中にいるはずなのだ。もう一度探し直そう……と思って歩き出した時、背後で気配がしたので足を止めて振り返った。

するとと竜王が目覚めていて、ゆっくりと頭を持ち上げてシュレイをみつめていた。

「ジンヨン？」

ジンヨンは、持ち上げた頭をゆっくりと下へと向けて、何かをみつめるように視線を落とした。視線の先は、折り曲げて組まれた両の前脚の部分で、シュレイは不思議に思いながらも、そのジンヨンの視線の先を追った。大きな前脚の上に、龍聖が横になって寝ていた。

「リューセー様！」

シュレイが驚いて駆け寄り、リューセーを覗き込むと、リューセーは少し体を丸めるような格好でスヤスヤと安らかな寝息を立てていた。

「リューセー様……」

シュレイはただ眠っているだけだと確認すると、ホッと安堵してからクスリと笑った。そっと肩を揺らして龍聖を起こす。

「リューセー様、リューセー様」

「ん……あ……シュレイ……どうしたの？」

「探していました……まさかこんな所でお休みだとは思いませんでしたが……どこか具合でもお悪いのですか？」

龍聖は子供のように目をゴシゴシと擦って起き上がると、フルフルと首を振った。

「昼寝していたんだよ……結構以前から、こうしてジンヨンと時々一緒に寝てたんだよ？　ほら、ここだと誰も来ないし、みつからないし……一人になれるからさ」

「お一人になりたかったのですか？」

シュレイが少し心配そうな顔になって尋ねた。

「ん〜……心配しないでね、シュレイだから言うけどさ……」

龍聖はちょっと考えてから、困ったようにペロリと舌を出して笑った。

「嫌だとかなんだとか、そういう事じゃなくて……ただ、独りになる時間が欲しくなる時があるだろ？　リューセーって立場だと、いつも誰かの目があるし、今は子供達もいるし……毎日バタバタと一日中忙しくしているからさ。ちょっとだけ……たまに息抜きがしたいんだ。ジンヨンはね、誰にも邪魔されないように隠してくれるから……ね？　ジンヨン」

龍聖が上を見上げて笑いながら言うと、ジンヨンは目を細めてグルグルと喉を鳴らした。

「お疲れなのではないですか？　姫様達の相手や、卵を抱く事や、兵士達に合気道を教えたりとか、リューセー様はお忙しすぎます」

「違う違う、大丈夫、こんなの銀行員時代の仕事に比べたら、全然忙しいうちになんか入らないよ。合気道だって教えるのは楽しいし……シュレイ、実はね、合気道を教える事を発案したのは、自分のためでもあるんだよ」

「リューセー様のためですか？」

「うん」

龍聖は頷いて、少しボサボサになってしまった髪を、手櫛で乱暴に整えた。

「『魂精』を鍛えないといけないなって思ったんだ。ほら、以前シュレイが『魂精』は生命力というよりも、精神的な力で、『大和魂《やまとだましい》』みたいなものだって教えてくれた事があっただろう？　卵を育てたり、フェイワンに与えたり、オレの『魂精』は本当に大切なもので、必要なものだろう？　だけどこの国では、みんながオレを甘やかすからさ……精神的に弛《ゆる》んじゃう気がしてね。それに子供を育ててるうちに、母性が芽生えて女っぽくなってしまいそうで、それも怖くてさ……だから合気道で精神を鍛え直そうと思ったんだ」

「リューセー様」

「だからね、今は本当に毎日が充実していて楽しいんだ。むしろ『一人になりたい』なんて思えるのは贅沢《ぜいたく》っていうか……わがままっていうか……。だけどそんな事を言ったら、今のシュレイみたいに心配をかけてしまうだろ？　だからここでこっそりとジンヨンに匿《かくま》ってもらっていたんだ。本当にたまにだよ？」

微笑みながら話す龍聖の様子に、シュレイはとても安堵して聞き入っていた。その表情には嘘偽りはなく、そういう心遣いも龍聖らしいと思った。

「分かりました。それではこれからも息抜きをなさってください。私は知らなかった事にいたします」

シュレイがニッコリと笑って言ったので、龍聖も嬉しそうに笑って頷いた。

「ああ、ところでオレを探していたって、何かあったの？」

「ああ、そうでした。大事です……竜王の卵が硬化を始めました」

「じゃあもうすぐ孵るんだね！」

龍聖は目を輝かせて嬉しそうに叫ぶと、ピョンッとジンヨンの脚の上から飛び降りた。

「ジンヨン！　竜王が生まれるんだよ!?　君の跡継ぎも生まれるんだ」

龍聖が上を見上げて大きな声で言うと、ジンヨンは頷くように頭を振ってグルグルと唸った。

「ちょっと行ってくるね！」

龍聖はジンヨンに手を振ってから、シュレイと共にその場を足早に去った。それをジンヨンはグルルッと唸って見送った。


「赤ちゃんは？」

インファが龍聖の耳に口をくっつけるようにして囁いたので、龍聖は微笑んでから抱っこしているインファの頬にキスをした。

「シィーッ……ほら、見てごらん、卵が動いているだろう？　中の赤ちゃんが殻を割ろうとしてがんばっているんだよ」

龍聖がインファに分かるように説明をした。そのすぐ隣には、シェンファを抱いたフェイワンも微笑みながら見守っている。

大きく育った卵は、硬い殻に包まれていた。時折グラグラと動いたかと思うと、一部にピシリとひびが入る。またグラグラと揺れて、ひびが大きく広がったかと思うと、パリッと小さな音がして、殻が割れて小さな足が少し現れる。

それを見て、龍聖はインファを下へと下ろすと、モゾモゾと動く小さな足が、割れた殻で傷つかないように、急いで破片を取り除き、殻を割る手伝いをした。下へと下ろされたインファは卵が乗せられた台の端に手をかけて、一生懸命見ようと背伸びをする。

フェイワンもシェンファを下へ下ろすと龍聖を手伝い、シェンファはインファを抱えるように抱きしめて、邪魔にならないように台から少し離れた。

「シィンワン」

龍聖は半分取り除いた殻の中から現れた中の赤子の姿に、目を細めて愛しそうに笑った。フェイワンと同じ真っ赤な髪の小さな赤ん坊がいる。体を丸めてうずくまるようにしているその腕の中には、もうひとつ卵を抱いていた。赤ん坊の体の半分くらいの大きさのある金色の卵を、抱え込むように抱きしめている。

「あぁ……ぁあああ～～～んんっ」

赤ん坊は、卵を抱いたまま足をバタバタと元気に動かして、顔も体も真っ赤にして泣きはじめた。

龍聖がそっと抱き上げると、フェイワンが赤ん坊が抱く金の卵を取り上げた。するとそれまでアンアンと泣いていた赤ん坊は、火がついたようにギャアァと大声で泣き出したので、龍聖は驚いてフェイワンをみつめた。

「ずっと共にいた半身だ。いなくなって心細くなったのだろう」

フェイワンが微笑みながらそう言って、手に取った卵を掲げてみせた。

「では……一緒にしてあげたら良いのに」

「これにはこれから行かなければいけない所があるんだ」

「行かなければいけない所？」

龍聖が不思議そうに首を傾げると、フェイワンは微笑んだまま頷いた。

「ジンヨン、お前の跡継ぎだ」

フェイワンはジンヨンの所へと来ていた。龍聖も一緒についてきた。子供達はここへ来られないので置いてきた。

フェイワンが卵を高く掲げてジンヨンに見せると、ジンヨンは首をまっすぐに伸ばして、じっと上から見下ろす。

「大事にしろよ」

フェイワンが笑って言うと、ジンヨンは答えるようにググッと唸ってパカリと口を大きく開けた。

ゆっくりと頭を下ろしてきたので、フェイワンは迷う事なくその口の中へ卵を持った手を差し入れる。

ゴクリ。と音がした。

確かに音がした。

龍聖は驚いた顔のまま、呆然《ぼうぜん》とその光景を眺める。

「フェイワン……今……ジンヨンは卵を飲み込まなかった？」

驚いた顔のまま龍聖が呟くと、フェイワンは掲げていた手を下ろして笑いながら振り返る。その手にはもう卵はない。

「ああ、飲み込んだよ」

ジンヨンは口を閉じて、ゆっくりとまた頭を上げた。

「飲んだよって……え？　なんで!?　なんで!?」

「これからはジンヨンが竜王の卵を育てるのだ」

「は？」

「腹の中で」

「は？」

龍聖はポカンとした顔で、フェイワンとジンヨンを交互にみつめた。

「心配するな、腹の中で卵は消化されたりはしない。ジンヨンが物を食べないのは知っているだろう。ジンヨンもオレを通して、お前の魂精で命を永らえている。竜王の卵は孵るまでにとても時間がかかるのだ。だからこうして、現竜王が腹の中で大切に守り育《はぐく》む。時代の替わりまで」

「時代の替わり？」

フェイワンは頷いて、龍聖の元へと歩み寄るとその肩を抱いてジンヨンを見上げた。

「我らの寿命が尽きる時、オレもジンヨンも自分の後継者に跡を譲る。前にも話しただろう？　人の姿の方の次期王は、１００歳まで成長した後、まだ現王の治世が長く続く時は、自分の代が来るまで眠りにつく。だから新しき王は、常に若き王なのだ。若き王と若きリューセーが新しき国を作る。ジンヨンも同じだ。黄金の竜王は、同じ時代に2頭は存在出来ない。竜王の力は強大で、竜達への影響力が大きすぎる。次の竜王は卵の形で眠ったまま、自分の世が来るまで待つのだ。ジンヨンの腹の中で、卵は大きく育つんだ」

フェイワンの説明を聞きながら、龍聖はポカンとした顔でずっとジンヨンをみつめていた。

「じゃあ……その時が来たら、ジンヨンは卵を産むの？」

「いや、卵は産まない」

フェイワンはクスリと笑って、ただ一言否定の言葉を吐いただけで、次の言葉は何も言わなかった。

龍聖は待っていたが、フェイワンが何も言わないので、不思議そうに隣にいるフェイワンの顔を仰ぎ見た。

しかしフェイワンはそれに気づいてこちらに顔を向けて微笑むだけで、やはり何も言ってくれなかった。

龍聖はなんとなく聞かない方が良いような気がして、何も聞かずにまたジンヨンを見上げた。

ジンヨンの所から戻ってきた龍聖は、すぐにシィンワンの元へと行った。すっかり落ち着いたのか、産着に包まれて安らかに眠っている。

龍聖はシィンワンをみつめながら、その小さな手に指で触れた。何を一生懸命に摑んでいるのだろう？　というくらいに、強くこぶしを握っている小さな手。

「さっきの泣き声を聞いただろう？　とても元気な子だ」

フェイワンが後ろから覗き込むようにして囁いたので、龍聖も笑って頷いた。

「貴方にそっくりです。ほら見て？　赤い髪は竜王の証だから当然かもしれないけれど、頭の形とか、この額の形とか……眉の形までそっくり」

「そうか？　オレはよく分からない」

「似ていますよ……あ～あ、すぐにヤンチャな男の子が二人になってしまうな」

龍聖はクククッと声を殺して笑いながら言った。

「ヤンチャな男の子二人とはなんだ？　一人だろう？」

「二人ですよ……貴方とシィンワンと二人」

「男の子？　ヤンチャな男の子だと？　オレが？」

「オレの前では、時々ひどくわがままになったり、子供っぽくなったりするではないですか……貴方が二人になるのは、きっと大変だけど楽しそうです……そうだ。シィンワンにも合気道を教えよう」

眠るシィンワンの頰を指でプニプニと押しながら楽しそうに語る龍聖を、少し複雑そうな顔になってフェイワンはみつめていた。

「そんなにかわいいか？　王子が……姫達よりかわいいか？」

「え？　かわいいのは、どの子も同じですよ。ただ初めての男の子だから、色々と楽しそうだなってワクワクしているだけです。ほら、やっぱり同じ男同士だし……貴方に似ているのもかわいいし」

「オレはオレだ」

ポツリと呟いたフェイワンに驚いて、龍聖は振り返ってフェイワンの顔をみつめた。不機嫌そうな顔のフェイワンを、驚いた顔でしばらくみつめてから、思わず龍聖は吹き出した。それからアハハッと大きく声を出して笑いかけて、慌てて口を手で塞いで恐る恐るシィンワンに視線を送ると、シィンワンは安らかに眠っている。それを見届けてから、龍聖はフェイワンの体を少し押すようにしてベッドから離れると、クククッとまた肩を震わせて笑い出した。ひとしきり笑ってから、目に浮かぶ涙を拭ってハアッと一息ついた。

「貴方のそういうところが、子供っぽいっていうんですよ……分かってます。貴方は貴方です」

龍聖は微笑みながら言うと、フェイワンの服の胸元を少し引っ張って体を屈めさせて、チュッと唇を重ねた。

第17章　継がれる未来

　廊下にまで賑やかな声が聞こえていた。それは最近ではすっかり聞き慣れたもので、エルマーンの王宮の奥が、これほどに賑やかになったのは、随分久しぶりの事だと思われた。しかしその変化は、誰にとっても喜ばしい変化でもある。

　扉を開くとワアッ！　と大きな声が溢れ出る。

「一体、なんの騒ぎだい!?」

　龍聖は目を丸くして、扉を開けたまま立ち尽くしていた。

　そこは子供達の部屋で、目の前ではインファが大声で泣いていた。その隣には、赤い顔をして、口をへの字にして、眉も八の字にして、仁王立ちに立ち尽くしているシィンワンがいる。二人の間には、困った顔のユイリィが立っていた。

「リューセー様……」

　ユイリィは龍聖を見て、少し安堵したような顔になった。

「インファ……何を泣いているんだい？」

　龍聖が歩み寄りながら声をかけると、インファはダッと駆けてきてギュッと龍聖に抱きついて、さらにワアワアと泣き出した。龍聖はそれを受け止めると、しゃがみ込んでインファを抱きしめながら頭を撫でた。

「二人がいつものようにふざけ合った後喧嘩を始めたんです。あんまりいつまでもやめないから、ユイリィがインファを叱っただけです」

状況説明をしたのは、近くのテーブルで勉強中のシェンファだった。すっかりこの状況に慣れているのか、二人の騒ぎもおかまいなしに、落ち着いた様子で椅子に座ったままで穏やかな口調で説明してくれた。龍聖はちょっと驚いてからチラリとユイリィに視線を送ると、ユイリィは苦笑して黙って頷いた。

「インファも、シィンワンも、ここで騒いではシェンファの邪魔になるだろう？　インファも勉強中じゃなかったのかい？」

「シィンワンが……ヒックヒック……シィンワンが邪魔するんだもん……ヒックヒック」

インファが泣きじゃくりながら訴えるので、龍聖がシィンワンに視線を向けると、シィンワンはまだ口をへの字に固く閉じたまま、少し俯き加減に仁王立ちで立ち尽くしていた。それを見て、龍聖は小さく溜息をつく。

「インファはお姉さんなんだから、シィンワンと同等に喧嘩なんかしちゃダメだろ？　君も本当は勉強に退屈していたんじゃないのかい？　相手をするから、シィンワンもインファにばかりちょっかいを出すんだよ？　さあ、ユイリィの言う事を聞いて、ちゃんと勉強をしなさい」

龍聖は少し厳しい韻を含めながらも、優しく諭《さと》すようにインファに言って、袖で涙を拭ってやりながら額にチュッとキスをした。立ち上がると、インファの背を押してユイリィに預け、今度はシィンワンに歩み寄りしゃがみ込んで、険しい顔のシィンワンの顔を覗き込んだ。

「シィンワン、お姉様達の勉強の時間を邪魔してはいけないって、何度も言っているだろう？　午前中だけなんだから、どうしてそれが出来ないんだい？　弟のヨウチェンも生まれて、君はもうお兄様になったんだよ？　いつまでも赤ちゃんみたいだとおかしいよ？」

「僕は……悪くないもん」

シィンワンは一言呟いて、また口をへの字に曲げてキュッと固く閉ざした。

「じゃあ誰が悪いんだい？」

龍聖が少し厳しい口調で聞き返すと、シィンワンは黙ったままで口を固く閉ざして何も答えなかった。男らしく形の良い眉が、その意志の強さを表している。一度こうなると、頑《がん》として聞かなくなる頑固さがあった。

「私は何もしていないわよ⁉　邪魔をしてきたのはシィンワンなんだから！」

ユイリィに宥められて、再び勉強をするべく椅子にかけたばかりのインファが、口を尖らせながら言った。

「インファ、いいから勉強をしなさい。シィンワンはまだ何も言ってないだろう？　インファが悪いなんて一言も言っていない。君はお姉様なのにそういう事を言うものじゃないよ！」

龍聖に叱られて、インファはさすがに大人しくなった。唇を噛んで俯くインファに、シェンファは小さく溜息をついて、手を伸ばしてインファの頭を撫でてから、解けかけているリボンを結び直してやった。

「シィンワン……インファがお勉強中で遊んでくれなくて寂しいからって邪魔をしてはいけないよ？　それは何度も言っているから分かっているはずだろう？　人の迷惑になる事はしてはいけないんだよ？　良い事と悪い事の区別がつかなくてどうするんだい？」

諭すように言う龍聖の言葉を聞きながらも、シィンワンはまだ眉を寄せて俯いていた。

「シィンワン……ごめんなさいは？」

それでも頑《かたく》なな態度のシィンワンに、龍聖は小さな溜息をついて、「シィンワン!?」ともう一度強い口調で名前を呼んで、ギュッと拳を握り締めているその手を握った。瞬間、ハッとした顔になり、慌ててシィンワンの額に手を当てた。

「熱がある」

龍聖は小さく呟くと、周りに悟られないようにそっとシィンワンを抱き上げて、奥の寝室へと運んだ。


龍聖はベッドにシィンワンを寝かせると、赤い顔をして眠るシィンワンの額をそっと撫でた。シィンワンはよく熱を出した。酷くなる事はあまりなかったが、こうして寝込む事はたびたびだ。

『竜王は育ちにくいのです』と以前シュレイが言っていた。最初は龍聖も心配していたが、最近では随分と慣れて、気持ちに余裕が出来てきた。慌てず騒がず、こういう時は添い寝して、そっと抱きしめてやり、龍聖の魂精を与える。するとやがてシィンワンは元気になるのだ。

龍聖はいつものように、シィンワンを抱きしめて添い寝した。しばらくして腕の中のシィンワンの少し速かった呼吸が、次第に穏やかになってきたのを感じて、龍聖はホッとすると額や頬を撫でてキスをする。

「お母さま……」

「目が覚めた？」

腕の中のシィンワンが、まだ少し潤んでいる目でみつめて呼んだので、龍聖は微笑んで答える。額を撫でてやった。

「もう大丈夫だね？」

龍聖の問いかけに、シィンワンはコクリと頷いた。顔色も良くなっている。

「さっきは具合が悪くて、ちょっと悪い子になっちゃっていたんだろ？　シィンワンが悪かったって反省する？　後でインファお姉様にちゃんと謝ろうな」

龍聖が優しく言うと、シィンワンはコクリと素直に頷いた。龍聖は微笑みながら、シィンワンの眉間を指でグイグイと押すように撫でた。そしてクスクスと笑う。

「もう眉間のシワはなくなったね」

「ごめんなさい」

シィンワンが素直に謝ったので、龍聖はニッコリと笑って、眉間にチュッとキスをした。

「シィンワンは、インファお姉様が好きなんだね？」

「好き……インファお姉さまは、いっぱい遊んでくれるから好き。シェンファお姉さまも優しいから好き」

「そう、そういう事はちゃんと本人に言わないと分からないよ？　今度言ってみてごらん。お姉様達もきっとシィンワンが好きだって言ってくれるよ」

シィンワンはまた素直に頷いたので、龍聖は微笑んで額にキスをした。

「お母さま、僕も一緒にお勉強したい」

「そうだね、もうちょっとしたらね。シィンワンはこうやってすぐにお熱が出ちゃうから、しょっちゅうオレから魂精を貰ってないといけないんだ。シィンワンはまだ小さくて、オレから貰った魂精を、体の中で安定して保てないからなんだって……もうちょっとしたらきっとちゃんと出来るようになるよ。そうしたら長い時間一人で遊ぶ事も、勉強したりする事も出来るからね」

シィンワンは龍聖の話を、じっと大人しく聞いていた。

「お父さまみたいに強くなれる？」

「ああ、なれるよ。シィンワンはお父様にそっくりだもの……シィンワンは大きくなって、強くなって、立派な王様になって、シェンファやインファやヨウチェンや、この国の民達を守っていかなければいけないんだよ」

「守る」

「そう……良い子だ」

龍聖はその強い意志を持つ金色の瞳をみつめて微笑んだ。

「じゃあ、良い子にしているご褒美に、ヨウチェンの竜の卵が孵るところを見せてあげよう」

「竜の!?　本当？」

「ああ、本当だよ、そろそろ生まれる頃だ。本当はそれを知らせに来たんだよ？　なのにあんな騒ぎを起こしていたから、やめようかな？　って思ってたんだ」

「僕、良い子にする」

キラキラと瞳を輝かせながらシィンワンが言ったので、龍聖はクスクスと笑って起き上がると、シィンワンを抱っこした。

「まだ生まれていないと良いね」

シィンワンを抱いた龍聖は、最近生まれたばかりの末の王子ヨウチェンの部屋へと来ていた。ベッドを覗き込むと、紫の髪をしたプクプクと色艶のいい赤子が、大きな卵に寄り添うように眠っていた。赤子の頭ほどの大きさの茶色の卵は、時々ユラユラと動いている。

「よかった。まだ生まれていないね」

龍聖が小声でシィンワンに囁くと、シィンワンも嬉しそうに頷いた。

カッカッと小さな音がしていた。表面には小さなひびがたくさん入っている。二人は息を潜めて、随分長い時間卵を見守っていた。卵の中から、時折小さな泣き声まで聞こえるようになって、そのたびにシィンワンが嬉しそうな顔で龍聖を見た。

「それにしてもヨウチェンはよく寝てるなぁ……自分の竜が孵るというのに、のんき者なのかなぁ」

龍聖が呆れたように言うので、側にいた乳母がクスクスと笑う。

「お母さま！　ほら！」

シィンワンが少し声を大きく上げた。見るとポカリと穴が空いて小さな長い口がそこから覗いていた。それは紛れもなく『竜』だった。卵はユラユラと大きく揺れて、穴も次第に大きくなって、やがて小さな竜が頭を出した。

「チィィィ」

子竜は口を大きく開けて一声鳴いた。それを見て龍聖とシィンワンは嬉しそうに笑った。

「わあ……生意気に竜の形だ」

殻をすべて取り去ってやって、龍聖は子竜を手に抱いて笑いながら呟いた。大きさは鶏ほどだがその姿は紛れもなく竜で、小さな翼をパサパサと動かしている。子竜は元気に「チィィチィィ」と鳴いていた。

「アハハハ……本当にこれがあんなにデカくなるの？」

龍聖は楽しそうに笑って、子竜に頬ずりをした。シィンワンも嬉しそうにニコニコと笑いながら、龍聖の手の中の子竜を撫でた。


情事の後のけだるい余韻に浸りながら、ぼんやりとベッドの天蓋を見上げていた龍聖は、ふと頭に浮かんだのが、子供達の事だと気づいて苦笑した。

フェイワンの逞しい腕が、龍聖の腰を抱き寄せたので、顔をフェイワンへと向ける。フェイワンは優しい眼差しで愛しそうに龍聖をみつめていた。この眼差しは何年経っても変わる事はない。フェイワンは龍聖の前では、いつでも一人の男で、情熱的な眼差しを向けてくる。恥ずかしくなってしまうほどに。

しかし子供達の前では、優しい父親の眼差しに変わるのだ。子供の話をする時のフェイワンの顔は大好きだと思った。

「子供達って面白いですね」

龍聖は思わずそう話を切り出していた。

「子供達？　ウチの子供達か？」

「ええ、もちろんです」

龍聖がクスクスと笑ってチュッとフェイワンにキスをした。フェイワンは龍聖の体を抱きしめると、肩口に顔を押しつけて首筋にキスをした。

「四人がこんなに性格が違うとは思いませんでした」

「ヨウチェンは生まれたばかりだろう」

フェイワンは少し驚いたように顔を上げてそう言ったが、とても嬉しそうに微笑んでいる。優しい父親の顔だと龍聖は思った。

「あの子は、どんなに騒がしくても起きないんですよ。今日だって、自分の半身が卵から孵ったのに、グウグウ寝ているんですから」

「ああ、生まれたか」

「はい生まれました。名前をつけてあげないといけませんね。竜の子は初めて見ましたが、本当にかわいいです」

「竜をかわいいと言うのはお前くらいだよ」

フェイワンはクスクスと笑いながら、龍聖の肌を撫でて鎖骨にキスをした。

「シィンワンは頑固で意志が強いです。でもとても優しい子です。インファはオテンバで、気が強いです。明るい性格で男の子みたい……シィンワンの遊び相手をいつもしてくれる良い子です」

「でもよく喧嘩をしているだろう」

「仲が良いから喧嘩するんですよ」

龍聖がクスクスと笑うと、フェイワンも笑いながら鎖骨から脇にかけて肌を舐めた。

「フェイワン……まだ足りないんですか？」

龍聖は情事の後の火照りがようやく静まったばかりだったので、まだスキンシップを試みるフェイワンに呆れたように問いかけた。

「足りない」

フェイワンはニヤリと笑って、チュウッと片方の乳首を吸い上げた。

「んっ……フェイワン……話を……聞いてください」

「話？」

「子供達の事……いえ、シェンファの事です」

そこでようやくフェイワンは、上がけの中から頭を出した。

「シェンファの事？」

龍聖はコクリと頷いた。

「あの子は……よく分かりません」

「分からない？　賢くて優しくて良い子だろう」

「ええ、もちろん。もちろんそうです。とても賢くて、年よりもずっと聡《さと》くて落ち着いている子です。あの子は不思議な力を持っています。何か特別な子なのではないかと思うんです」

「不思議な力？」

「……ユイリィが言っていたのですが……どうやらシェンファは竜達の言葉が分かるみたいなんです」

「竜の⁉」

これにはフェイワンも驚愕したようだった。ユイリィからも聞いたので、それがとても驚くべきことなのだと、龍聖も今は理解していた。竜の言葉は、その半身である者にしか分からないらしい。フェイワンもジンヨンの言葉は分かるが、他の竜の言葉は分からない。ユイリィも同じだ。

「シェンファがテラスに立つと、竜達が集まってくるそうです。ちょうどオレに竜が集まってくるみたいに……それでシェンファは竜達を相手に話をしていたそうです」

龍聖の言葉に、フェイワンはしばらく言葉を失っていた。

「ねえ、フェイワン……これはどういう事でしょうか？　これからの未来のために、シェンファのその能力が必要だという事でしょうか？　シェンファが竜達と話が出来ると……何か良い事があるのでしょうか？」

フェイワンは難しい顔になってしばらく考え込んだ。それを龍聖は心配そうにみつめていた。

「オレにもよく分からないが……例えば……最悪の事態を考えた時に……少しは役に立つ事があるかもしれない」

「最悪の事態？」

龍聖が不安そうな顔で聞き返したので、フェイワンは頷いて言葉を選ぶように少し考え込んだ。

「もしも……もしもだ。シィンワンがオレと同じ運命になってしまったら……いや、もっと悪い状況になったら……つまりシィンワンのリューセーが現れず命を落とすような事になったら……竜王が弱れば、竜達が獰猛《どうもう》化していく……また混乱が起きる。シィンワンの命が尽きる前に、次の竜王を決めねばならない。順番からするとヨウチェンになるが……新しき王が新しきリューセーを異世界に探しに行き、新しき契約を交わさねばならないだろう。それまでは混乱は治まらない……。だがシェンファのその力があれば……混乱が起きずに済むかもしれない。竜王不在の間、シェンファが竜達を静めておく事が出来るかもしれない」

「シェンファが竜王の代わりになれるの？」

「いや、それは分からない。竜達と話が出来る以外に、どれくらいの能力があるかは分からないから、竜王の代わりになれるとまでは思わないが……少なくとも竜達を静める事は出来るだろう」

フェイワンはそこまで言って深く考え込んだ。やがて首を振って溜息をついた。

「いや、それは考えすぎだな……そもそも新しい竜王の話はあくまでも我々の望む仮定の話だ。オレが衰弱してしまった時に、仮にオレが死んだらどうなるかと、皆で考えた話だ。神が我ら竜族の存続を許して、新しいリューセーの契約をするために、異世界に行かせてくれるとは限らない。シィンワンのリューセーがもしも来なかったら、そこで我らは滅びてしまうだろう」

フェイワンは溜息と共にそう告げると、龍聖を抱き寄せた。龍聖はフェイワンの体に身を寄せながら、暗く沈んでしまったフェイワンを気遣った。

「フェイワン、そんなに悪い方向に考えないでください。シィンワンのリューセーはきっと来てくれますよ。シェンファの能力はきっとそのために役立つ何かだと思います」

一生懸命に励まそうとする龍聖の様子に、フェイワンは少しだけ笑みを浮かべてみせた。

「そうだな……すまなかった」

龍聖は話を変えようとしばらく考えて、思いきった様子で口を開いた。

「そういえばシェンファは、何か隠し事があるみたいなんです」

「隠し事？」

「最近よく神殿に通っているようなのですが、何をしに行っているのか言いません……一度あとをつけてみたのですが、シェンファは神殿で、しきりに何か祈っているみたいでした」

シェンファは今年で74歳になる。ずっと王宮の奥で大切に育てられる王子や姫君も50歳を迎えると、他のシーフォン達に正式にお披露目されて、城の中ならば自由に出歩けるようになる。

シェンファはとても美しい貴婦人に成長していた。まだ子供ではあるが、もう10年もすれば立派な淑女の仲間入りが出来るだろう。

廊下を歩くシェンファを見かけたシーフォン達は、誰もがその美しさにみとれて傅《かしず》く。

「好きな男が出来たのではないだろうな」

フェイワンがひどく憤慨《ふんがい》した様子で言ったので、龍聖はクスリと笑った。

「まさか……そりゃあそろそろシェンファだってそういう年頃なんだろうけど、そんな感じではないですよ……第一、シェンファにそう易々《やすやす》と声をかけられる殿方はいません」

「シェンファはまだ子供だぞ」

「そうですか？　オレ達の国だと、シェンファくらいの年の子達は、もうとっくに好きな男の子の話ばかりしたり、早熟な子だったら彼氏がいたりしたものです。ちょうど中3か高1くらいの年頃でしょ？　14～15歳の日本の女の子は、もう立派に女性ですよ」

龍聖に言われて、フェイワンはムッとした顔で首を捻《ひね》った。

「チューサンとかコウイチとかはよく分からないが……まだまだ早いだろう」

龍聖はそれを聞いてクスクスと笑った。

「はいはい、そうですね。まあとにかく……もう少し、シェンファの様子に気をつけてみようと思います」

フェイワンは真顔になって頷いた。

「そうしてくれ、多分そういうのはオレじゃなくて、リューセーの方が良いと思う」

「はい、分かりました」

龍聖も真面目な顔で頷いた。


シェンファの美しさは類《たぐい》まれなるもので、『一人前の女性』として認められる年頃にはまだ少し幼いというのに、シーフォンの男性達の話題はシェンファの事ばかりになっているほどだった。これほどの美姫は、エルマーンの歴史上にもいないだろうという者まであった。廊下でシェンファの姿を見かければ、誰もがその美しさにみとれた。

誰かがシェンファに花を贈ったという噂が立つと、あっという間に次々に贈り物が届けられ、文までもが届くようになった。


「ユイリィから聞いたよ？　すごいんだってね」

龍聖はシェンファに習字を教えながら、ふと思い出してクスクスと笑う。シェンファは、書きかけの筆を止めて、少し驚いたような顔で龍聖をみつめた。

「なんの話ですか？」

「ここは止めね。そしてここまで続けて書いて、ハネる」

龍聖は何事もなかったかのように、習字の書き順を教えながら筆を動かした。

筆は龍聖が特別に作らせたものだ。この世界には竹がないので、柄の部分は木製だ。毛は馬の毛を使った。

この世界の馬は、龍聖達の世界の馬に酷似《こくじ》しているので、代用になるかと思ったが少しばかり毛が硬く太いので、特に細めのものばかりをより集めた。

墨は、作り方を知らなかったので、職人と一緒に試行錯誤の末に、なんとか似たようなものを作り上げた。

龍聖は子供達に日本語を教えていた。言葉だけではなく、文字も教えた。この国の未来のために役立つ日が来るかもしれないと思っての事だった。

「リューセー……誤魔化《ごまか》さないでください。さっき言いかけた話……すごいってなんの事ですか？」

文字を書き終えて、筆を置いてからシェンファが改めて聞いてきた。

「ああ、ごめんごめん……たくさん殿方からラブレターとかが来るんだってね。ユイリィが取りまとめてくれているみたいだけど……モテモテですごいじゃないか」

龍聖がニコニコと笑いながら言うので、シェンファは呆れたような顔になると、ハアと溜息をついた。

「リューセーは怒らないの？」

「怒る？　なぜ？　誰に？」

「ユイリィが、こんな事陛下に知られたら激怒されますって言っていたからよ……父親は怒るものなのでしょ？」

「ん～……そうだね。でもフェイワンはこれくらいの事では怒ったりしないと思うよ。そりゃあ、父親の気持ちとしては、娘を手放したくないというのはあると思うけど……そういう事よりも、シェンファの気持ちの方が大事なんじゃないかな？」

「私の気持ち？」

「どんなにモテモテで、たくさんラブレターを貰っているかって事よりも、シェンファに好きな人がいるかどうかって事の方が、フェイワンには大事《おおごと》だと思うよ」

龍聖は言ってクスクスと笑った。立ち上がり「お茶にしようか」と言って、側に用意してあった茶器に湯を注いだ。

「リューセーは？　リューセーはどうなの？」

「オレ？　オレは……そうだね。オレも男だから、母親のような気持ちとはまた違うかもしれないし、でも父親の気持ちともちょっと違うかな……よく分からないけれど、思っていたほど焦ったり驚いたりはしていないかな……。ただ女の子の気持ちが分からないから、シェンファがもしも恋で悩んだとしても、オレは他の母親みたいにシェンファの相談には乗ってあげられないかもしれない……でもシエンファがそういう年頃になったんだなっていうのは嬉しいよ。それにモテるのも嬉しい」

龍聖は茶の注がれたカップを両手に持って、ひとつをシェンファの前に置いた。シェンファは書道道具を脇に寄せた。

「好きな人いるの？」

龍聖がニヤニヤと笑って言いながら向かいに座り直したので、シェンファは眉頭を上げながら、カップを手に取って「いません」と澄まし顔で答えた。

「タンレンの事を以前から慕っていたじゃないか……てっきりタンレンが好きなのかと思った」

龍聖はまたからかうように微笑みながら言ったので、シェンファは肩をすくめてみせた。

「それはインファですわ。タンレンと結婚したいなんて言っているのはインファです」

「へえ～……そうなんだ」

龍聖はアハハハと笑った。

「でもインファの場合は移り気だから……ちょっと前まではユイリィと結婚するって言っていたし、メイファンとも結婚したいとか言っていたり……お父様みたいな人が現れないかな？　って毎日言っているし……」

「シェンファは誰も？　タンレンの事も全然なんとも思ってないの？」

「まあ！　リューセーはそんなに私とタンレンをくっつけたいの？」

「アハハハ……そういうわけじゃないよ。タンレンの弟のシェンレンだって良いと思うし、メイファンだって良いと思うし、他の殿方でも良いと思うんだけど、ただ、さっきも言ったように、君はタンレンを慕っていたから、そういう風に好きなのかと思っていただけだよ」

龍聖の言葉を聞きながら、シェンファは一口茶を飲んでフウと息を吐くと、カップを静かに置いた。

「私……結婚するならば、私だけを愛してくれる人が良いです。生涯、私だけを愛してくれる人。お父様とリューセーのような夫婦が理想なの」

「ありがとう」

龍聖はニッコリと笑うと、コクリと茶を飲んだ。嬉しいと同時に、その言葉は少し意外でもあった。

龍聖が考えている以上に、シェンファは大人になっているのだと思ったからだ。

「だからタンレンはダメなんです」

「でもタンレンは浮気をするような人ではないよ。結婚したらきっと一生愛し続けてくれると思うよ」

「ええ、私もそう思います。でもタンレンの中には、生涯シュレイがいるわ……タンレンは生涯シュレイを忘れない。どんなに愛してくれたとしても、きっとシュレイには敵《かな》わないと思うから私は嫌だわ」

シェンファの言葉に龍聖はハッとした。そしてしばらく考え込むように黙って茶を飲んだ。シェンファも黙っていた。

「私の言っている事は、とても望みの高い事だって分かっているの……」

「え？」

ぼんやりと考え事をしていた龍聖は、シェンファの言葉に我に返って聞き返していた。

「シーフォンはもともと雌雄《しゆう》同体の生き物で、太古の昔にその身を三つに分けられた。竜と人、それも男女に……男は竜と人の半身ずつ、でも女は人の身だけ……だから女は男よりも短命だし、生殖能力も低下していて繁栄が難しいのだと……そう歴史の時間に学びました。シーフォンの男は、世継ぎを残す義務があり、子を多く望めないうちに妻が先立てば、次の妻をすぐに迎えるのだと……生涯一対の夫婦は、ほとんどありえないのだと……。その点で言えば、タンレンが愛していたのはシュレイで、男だし結婚していたわけではないのだから、きっと次に妻として選ばれる者は、生涯ただ一人だと思います。でも私は嫌……誰かの後も嫌だし、私が死んだ後に誰かを妻にされるのも嫌……これってわがままでしょうか？」

シェンファはそう言って、その美しい顔を少し歪めたので、龍聖は真顔でじっとみつめ返した。そして柔らかく微笑んでみせると、ちょっと困ったように首を傾げた。

「わがままではないと思うよ。シェンファの言い分は当然だ。だけどオレは、本当はそんな風に言ったらいけない立場なのかもしれない。リューセーとして、この国の王妃としての立場から、娘に『そんな事を考えてはいけません。あなたにはシーフォンの姫としての役割があるはずです』って諭さないといけないのかもしれない……。だけど……この世界に75年も住んでいるのに、オレはどうしても『人間』で、シーフォンの気持ちは分からないから、同調出来ないんだ。どんなに知識として学んだとしても、シーフォンが生きるためには仕方のない事だという風には理解出来ても、それが正しいんだよ、とは、娘に語る事は出来ない。オレはやっぱり女じゃないから、本当の『母親』にはなれない。だから母親らしい言葉も言えない。シェンファが結婚したい時に結婚すれば良いんじゃない？　……としか言えないよ。すごく無責任だよね。ごめんね」

龍聖の言葉に、シェンファは首を振った。

「そんな事ない。今のリューセーの言葉、すごく嬉しい。私、まだまだ結婚したくないの……やりたい事がたくさんあるし」

「シェンファは何がやりたいの？」

「色々、竜達の事をもっと知りたいし……。私、竜と話が出来るの。だからたくさんたくさん話を聞いていけば、何か出来る事があるような気がして……。竜同士は会話が出来るみたいだけど、下級の竜はたくさんの言葉は知らないの。それに半身との会話もままならないみたいなの……。そういうのをもっと知って研究して、下級のシーフォンや竜が、もっと能力を発揮出来る方法はないかとか……ジンヨンと竜達の関係ももっと知りたいし……」

「シェンファは、この国を変えていけるかもしれないね」

龍聖が誉めると、シェンファは恥ずかしそうにはにかんで笑った。

「でも……」

すぐにシェンファが顔を曇らせて目を伏せたので、龍聖は不思議そうに首を傾げて続く言葉を待った。

「ラウシャンは、私がそういう事をするのを嫌っていて、怒っているみたいなんです。だから私がしているのはいけない事なのかな？　って……」

「ラウシャンが？　何か言われたの？」

龍聖が驚いて少し声を大きくした。シェンファは首を振って溜息をついてから少し口を尖らせた。

「何も言わないけれど、いつもすご～く怖い顔で私を見ているわ。ラウシャンの竜とだけは、まだ一度も話をした事がないし、そもそも来てくれないんです。スジュンが……タンレンの竜が言っていたけど、ラウシャンから私の所に行ってはダメだって言われているみたいだって……ラウシャンはきっと私の事が嫌いなんだわ」

「そんな事はないと思うけど……」

龍聖は困ったように苦笑して、カップを両手で持ってチビチビと茶を飲みながら考えた。

「ラウシャンってどうしていつもあんな苦虫を嚙み潰したような顔をしているのかしら？　昔からそうなの？」

「ラウシャンは良い人だよ？　……ちょっと頑固で生真面目なところはあるけど、とても優秀だし、フェイワンを助けてくれているし……」

「それは分かっています。リューセー……でもそれって全然私の質問に答えていないわ……どうしてあんなにいつもしかめっ面《つら》をしているの？　って聞いているの」

「オレの前ではそんな事ないけどなぁ……よく笑ったりするし……あっ」

そこまで言って龍聖はハッとして口を手で押さえた。しかしそれは遅く、龍聖の言葉を聞いて、シェンファは口を尖らせて、眉を八の字にした。

「やっぱり私だけなんだわ……私の事が嫌いなんだわ……」

「そ、そんな事……ああ、そうだ。きっとラウシャンは子供が嫌いなんだよ」

「インファには一度微笑んでくれたって言っていたわ。それにシィンワンにも」

「まあ、良いじゃないか。それともシェンファはラウシャンが好きなの？」

「嫌いよ」

シェンファはプイッとそっぽを向いて言ったので、龍聖はおかしくて笑いを堪えた。

「私は別にあんなおじさんに好かれようと、嫌われようと、どうでも良いんです。だけど私が竜達とこれからやっていきたいと思っている事を否定されているのがショックなだけです」

シェンファは眉を寄せながら、カップの中の茶をみつめるように目を伏せて、ポツリと呟いた。その様子をみつめながら、龍聖は小さく溜息をついて頬杖をついてから少し考え込んだ。

「何かをしようと思ったら、それをすべての人に簡単に理解してもらえるなんて思ったらダメだよ。どんな事だって、必ず否定的な考えを持っている人はいる。それでも自分がやっている事が正しいと思うのならば、どんな事を思われても続ければ良いと思うし、もしも不安があるのならば、否定する人と話し合って何がいけないのかを知る必要もあると思うよ。シェンファは、ラウシャンがシェンファの事を嫌っているからすべてを否定しているって思っているのかもしれないけれど、ラウシャンは個人的な感情で、そんな事をする人ではないと思うし、ラウシャンがシェンファを嫌う理由もないと思うんだ。それでもそんな風に、本当にシェンファが竜と話をする事を否定しているようならば、理由を聞いた方が良いと思うよ」

シェンファは龍聖の話を黙って聞きながら、ずっと沈んだ様子で目を伏せていた。

「フェイワンはね、良い事だって言っていたよ。シェンファが竜と話が出来る事……きっとシィンワンのためになるだろうって……」

「シィンワンのため？」

そこでようやく顔を上げたシェンファに、龍聖はニッコリと微笑んでみせた。

「シェンファはもう分かっていると思うけど……もしもシィンワンのリューセーが、オレの時みたいに、なかなか来てくれなかったら、きっと混乱が起きるから、その時にシェンファが竜達を静めて束ねてくれるだろうって……未来のために……」

龍聖が少し寂しそうな顔で微笑んで言ったので、シェンファは真面目な顔になって背筋を伸ばした。

「リューセー……一緒に来て欲しい所があるんですけど……」

「シェンファ？」

龍聖はシェンファと一緒に、神殿へと向かっていた。向かう間、シェンファは一言も話さないので、龍聖も何も尋ねなかった。シェンファが神殿へ通っていた事は知っていた。だからこれからその秘密を明かしてくれるのだろうと思っていた。

二人が神殿に入り奥へと進むと、バイハンが奥から出てきて二人の姿に少し驚いて、深々と頭を下げた。

「こんにちは。バイハン」

龍聖が挨拶をすると、バイハンは頭を下げたまま挨拶に応えた。シェンファはすぐ側まで歩み寄ると会釈をしてから「お願いします」とバイハンに言った。バイハンは顔を上げると、龍聖の顔とシェンファの顔を何度か見比べてから「かしこまりました」と答えた。バイハンは立ち上がると、祭壇の前へと行き、懐から鍵を取り出して、中央にある美しい細工の施された金色の箱型の物の扉を開けた。中から取り出した丸い鏡を見て、龍聖はハッとした。

それは見覚えがある。守屋の蔵にあった桐箱の中に入っていた鏡とよく似ていた。あれはこの世界に来るきっかけとなった鏡だ。

分厚く重そうな銀製の鏡は、裏に見事な竜の彫刻が彫られていた。表は妖《あや》しいほどに美しく磨かれていて、曇りひとつなくすべてを映している。

バイハンはそれを講壇の上に置くと、専用の衝立《ついたて》に立てかけた。

「リューセーと試すのは初めてだから……成功するかどうか分からないけれど……」

シェンファはポツリと独り言のように呟いて講壇の前に立つと、両肘をつくようにして鏡の前で祈るような仕草をした。

「リューセーも同じようにしてください」

「は……はい」

龍聖は慌ててシェンファの言う通りにした。並んで祈るようなポーズを取る。

「リューセーの生まれ育った家の事を強く念じるように思い出してください」

これから何が始まるのか分からなかったが、龍聖はシェンファの言う通りにした。守屋の家を心に思い浮かべる。古い古い家。でもとても懐かしい家。目を閉じて無心に祈った。どれくらいの間そうしていただろうか？　ほんの一瞬のようでもあり、長い時間が経ったようにも思えた。

「リューセー……鏡を覗いてみてください。何か見えますか？」

「え？」

シェンファから声をかけられて、ハッと我に返り目を開けた。言われて恐る恐る鏡を覗き込んだ。磨かれた鏡に龍聖の顔が映った。

「見えるって……」

自分の顔が……と言いかけたが、一瞬映っているはずの自分の顔がぼやけたように見えた。

「家が見えませんか？　私には、部屋の中が見えているんですけど……やっぱりリューセーには見せるのは無理なのかしら……」

「家？」

龍聖は不思議そうに聞き返す。『家』と言われた瞬間、さっき思い出していた守屋の家の事が脳裏に浮かんだ。すると不思議な事に、鏡に懐かしい守屋の家の仏間《ぶつま》が映った。

「あ……」

龍聖は驚いて思わず声を漏らした。鏡には龍聖の顔は映っていない。まるでテレビでもみつめるように、鏡には和室が映っていた。懐かしい光景。それは守屋家の仏間で、襖《ふすま》の柄《がら》も、部屋の形も、縁側へ続く障子の上の欄間《らんま》彫刻も、すべて見覚えがあった。

「オレの……家だ……」

「良かった！　リューセーにも見えるのですね。良かった。待って、話が出来るかどうか……試してみます」

シェンファは安堵したような顔で微笑んでから、目を閉じて再び何か熱心に祈りはじめた。龍聖はチラリとシェンファを見てから、また鏡へと視線を向けた。鏡に映る部屋の中央に、男性の姿がある事に気がついた。向こうも手を合わせて、こちらに向かうようにして祈っているようだ。男は顔を上げてこちらを覗き込んできた。50代くらいの中年の男性だ。だがその顔を見て、龍聖は驚いた。死んだ父親によく似ていたからだ。

「父さん？　いや……まさか」

男はしばらくぼんやりとした顔でこちらを見ていたが、何かに気づいたような顔になって目を大きく見開いた。

「兄さん!!　龍聖兄さん！　龍聖兄さんだろ!?」

「え？」

「オレだよ！　稔《みのる》だよ!!」

「稔!?　お前……稔なのか？」

鏡に顔をくっつけるほどの勢いで、その父に似た中年の男性は、目に涙を浮かべながら何度も「龍聖兄さん」と呼んでいた。

「稔……稔……」

龍聖は信じられないという顔で、両手で口を押さえながら鏡の中をみつめていた。

シェンファは、落ち着いた様子で説明をする。

「向こうの世界とこちらでは、時の流れが違うのです。稔さんの話では、リューセーが消えてから、30年の月日が流れているそうです」

「30年……」

龍聖は呟いて鏡をみつめる。龍聖はこの世界で75年の月日を過ごした。同じくらいの時間が流れていても仕方ないと思っていた。もう家族はみんな死んでしまっただろうと思っていた。30年の月日は長いけれど、それでも半分で良かったと少し安堵する。こうして弟と生きて会えたのだ。信じられないが、鏡に映る光景は守屋の家だし、この男性も父によく似ていて、言われると弟の面影がある。弟は父の子供の頃にそっくりだと、亡くなった祖母がよく言っていた。

そういえばエルマーンに来たばかりの頃、大切にしていたスマホの時計の事を思い出した。あれも時間の流れが違っていた。

「兄さん、あんまり変わっていないね。若いままだ。別れた時のままの兄さんだ」

「これでも年は取ったよ、多分……。稔……みんなは？　みんなは元気なのか？　母さんは？　守屋の家は？」

「みんな元気だよ……あ、母さんは今入院しているんだ」

「入院？　どこか悪いのか？」

「大丈夫だよ、ちょっと風邪をこじらせたので、用心のために1週間くらい入院しているだけだよ。もう年だからね、母さんは84歳だもん」

「そんなに……そうだよね。30年経っているんだもんね」

「家は大丈夫だよ。兄さんが突然いなくなって……みんな悲しんでいたけれど、不思議な事に、その後から良い事ばかりが続いて……父さんが亡くなる前に、貸し倉庫の金庫に預けていたって物が見つかって、その中に有名な画家の絵とか、すごく高値のついた株券とかがあったりして、弁護士の飯沢《いいざわ》さんに整理してもらったら、すごい額になってさ。税金もたくさん取られたけれど、この家を保てるくらいのお金になって、オレ達すごく助かったんだ。姉さんも良い人と結婚して……今や社長夫人。オレもね、実は今会社社長なんだよ」

「稔が⁉　社長？」

「ああ、オレ、大学出てから地元の食品会社に就職して営業として働いていたんだけどさ。……ほらエンゼルフーズって、ファミレスのチェーン店やってたりする会社。それでそこの娘と結婚してさ。養子じゃないよ？　ちゃんと普通に恋愛結婚したんだけど、たまたま社長の娘で……彼女にはお兄さんがいたから、会社はお兄さんが継いだんだけど、オレも色々と任されて……それで運の良い事にオレが出した企画が当たってさ、別会社を立ち上げさせてもらって、それからはものすごく調子良くて……今やオレの会社も、県内ではかなりの大会社になったんだぜ？」

一生懸命に話してくれる稔の話を、龍聖は何度も何度も頷いて聞いていた。守屋の家はあれから繁栄を取り戻したのが分かった。

龍聖が消えてから、すべてを知っていた母が鏡と指輪を仏壇に祀《まつ》ったのだそうだ。母はこの儀式について知っている限りの事を、妹と弟に語って聞かせたという。龍聖は竜神様の生贄《いけにえ》になる運命だったのだと……消えたのもそのせいだと……だからこの鏡と指輪を粗末に扱ったら、龍聖の身に災《わざわ》いが起こってしまうかもしれない。龍聖が戻りたくても戻ってこられなくなるかもしれない。母はそう信じて、ずっと鏡を大切に祀ってきたそうだ。

こうしてこちら側と話が出来るようになったのは最近で、もちろんそれはシェンファのおかげだった。

稔は日課となっている仏間の掃除をしていた時、突然鏡から女性の声がして驚いたそうだ。『竜神様の鏡』と教えられていた稔は、鏡の中に現れた黒髪の美しい女性を、『竜の女神様』だと思ったらしい。最初は信じられなくて、恐々であったが、何度か会ううちにどうやらそれは夢ではないようだと分かり、また彼女の口から、兄・龍聖の話を聞けるようになって、熱心に信じはじめたらしい。

「兄さんが、そっちの国でとても幸せに暮らしているって聞いて安心したんだ。オレ、まだ異世界だとかなんだとかそういう事は信じられないんだけど、『生贄』って儀式で、兄さんが死んだわけではないって事が分かっただけでも嬉しいんだ。それに今オレ達も、守屋の家もとても豊かになった。母さんが言っていた『守屋家のしきたりのおかげで繁栄する』って話は本当だと思った。ウチがずっと不幸続きで貧乏だったのも、儀式をしなかったせいだって……兄さんがいなくなってから幸せになったし……だけど母さんはずっと心配して悲しんでいて……兄さんの犠牲で、自分達が幸せになるなんてってすごくまだ後悔していて……だけど兄さんもちゃんと幸せだというのならば良かったと思っている」

稔は涙声で切々と語った。龍聖も何度も頷いた。

「オレは幸せだよ。とても幸せだよ。こっちの国はとても良い所だよ。犠牲なんかじゃない。オレはこっちに来て幸せだから……大丈夫だから」

龍聖の言葉に、稔も何度も頷いた。

「そんな綺麗な人がいる世界なら、オレも行ってみたいよ」

稔がそう言って笑ったので、龍聖も笑った。涙が溢れそうになりながら笑った。

「稔、お願いだ……守屋に伝わるその儀式の事、ずっとちゃんと伝えて欲しい。稔の孫か、曾孫の時代になるかもしれないけれど、またきっとオレと同じ『リューセー』の証を持って生まれてくる子が現れる。体のどこかに『竜の三本爪』の形をした痣《あざ》を持った子だ。その子がこの国に来るように、ちゃんと儀式をするように伝えて欲しい。守屋の家のためでもあるし、このエルマーンの国のためでもあるんだ。オレにとって、守屋家は大事だよ。母さんも稔も香奈《かな》もみんな幸せになって欲しい。それと同じように、今はこっちの世界にもオレの家族が出来ていて、その家族の幸せも願っているんだ。繁栄とか、そんな事はどうでもいいんだ。ただオレは、二つの世界のオレの家族の幸せを願っているだけだよ。すごく身勝手で傲慢《ごうまん》なのかもしれないけれど、それが正直な気持ちだよ。だからオレの家族のためにも、稔、お前達のためにも守屋の儀式は続けて欲しい」

龍聖の必死の訴えに、稔は力強く頷いてみせた。

「兄さん……本当に幸せ？　こっちに戻りたくない？　兄さんの部屋はそのまま残してあるんだ」

稔の問いかけに、龍聖は一瞬言葉に詰まったがすぐに柔らかく微笑んでみせた。

「帰りたくないか？　って聞かれて、帰りたくないなんて言ったら嘘になるけれど……そっちに帰って、二度とこの世界に戻れなくなるようならば、帰らなくて良いよ。それくらいオレはこの国で幸せなんだ。今はここがオレの国だよ。ここには愛する人がたくさんいるんだ」

龍聖は言ってからシェンファの肩を抱き寄せた。

「そうだ稔、お前がずっと欲しがっていたイチロー選手のサインボールをやるよ。オレの部屋の天袋に黒い正方形の革のバックがあるから、その中に入っている。カバンの鍵は、机の上の貯金箱の中。ダイヤルキーは『５１３１』歴代の背番号だ」

龍聖に言われて、稔はワハハと笑った。

「そんなところにあったんだ。探してもないと思った。ありがとう。すごい宝物だ」

稔はとても嬉しそうに笑いながら何度も頷いていた。その両目からみるみる涙が溢れて流れ落ちていた。まだ半信半疑だった想いが、『確かに兄だ』と実感させられたからだろう。

「兄さん……兄さん……」

稔は泣き笑いしながら、手を伸ばして鏡の面を何度も撫でた。まるで龍聖に触ろうとしているかのようだった。甘えん坊だった弟。いつも龍聖の後ばかりをついてまわっていた弟。

「稔……」

龍聖も鏡を触ろうとした。しかしフッと映っていた映像が消えて、龍聖の顔が映るただの鏡になってしまった。

「あっ……」

龍聖が思わず声を上げて鏡を掴もうとした時、隣にいたシェンファの体が崩れるように講壇から落ちようとしたので、龍聖は慌ててその体を抱きとめた。

「シェンファ!?」

シェンファは青い顔をしてぐったりとしていた。

「シェンファ!!」

「医者を連れてきます！」

バイハンが慌てて駆け出そうとしたが「待って」とシェンファが声を出したので、足を止めた。

「シェンファ……大丈夫か？」

シェンファを胸に抱いて、龍聖は真っ青になってシェンファの額や頬を撫でた。シェンファは目を開けて、ハアと息を吐いた。

「ごめんなさい。大丈夫。これをやると、とても力を使うから疲れてしまうの……特にいつもはそんなに長くはやらないんだけど……今日はリューセーにも見えるようにしたし……嬉しくて力を使いすぎたみたい。でも大丈夫よ。休めばすぐに良くなるから」

シェンファは微笑んでみせた。少しだけ顔色が戻ったように見えたので、龍聖は安堵してシェンファの頬を何度も撫でた。

「シェンファ……ありがとう。いつもこんな事をしていたんだ。どうして？　いつからこんな事が出来るようになったの？」

「分からないけれど……よく夢に見ていたの。夢の中に、あの家が出てきて……そのうち、そこに出てくる人達が『龍聖』って言っているから……不思議な風景だし、家の形も不思議だし、きっと大和の国だろうって……ただの夢じゃないんだろうなって思うようになって、もしかしたら私には向こうの世界を見る力があるのかもしれない……。それで色々やってみて、神殿に行く事を考えついたの。

あそこはリューセーを呼ぶ儀式をする場所だから、この国で、一番大和の国に近いのかもしれないと思って……それで神殿に通ううちに、バイハン様に相談をするようになって……そしたらこの鏡を出してくれて……」

すると側にひざまずいていたバイハンが、床につくほど頭を下げた。

「申し訳ありません。本当は竜神鏡は、儀式以外で使ってはいけないのですが……シェンファ様ならばと思って……」

龍聖は微笑んで、手を伸ばしてバイハンの肩をそっと叩いた。

「バイハン、大丈夫だよ、多分誰も咎めたりしないよ……ありがとう」

龍聖は何度も、バイハンとシェンファに礼を言った。とても不思議な気持ちだった。しかしこれほど嬉しい事はないと思った。

守屋の家は無事だった。母も弟達も元気でいるのだと分かった。そして何よりも、儀式の事を頼む事が出来た。それが嬉しい。

これで本当に次のリューセーが来てくれると確約出来たわけではないし、稔が理解してくれたとしても、孫や曾孫の代までそんな古いしきたりを守り抜いてくれるかどうかは分からないが、それでもこんな事を嬉しいと思ってしまう自分に驚いたりもしていた。

シィンワンのために、リューセーが来てくれるかもしれない……それを一番に考えてしまうのは、自分も『親』なんだなぁと思う。

「シェンファ、ありがとう。でももう無理しないで欲しい。君のその力は、こういう事をするためなのかもしれないけれど、だからといってそれを使命だなんて思わないで欲しい。オレはね、こういう事をしてくれるシェンファに感謝しているし、すばらしいと思う、とても偉いと思う……。だけど親として、シェンファが普通の娘のように遊んだり恋をしたりして欲しいんだ……。シェンファがやりたいと思っている竜達との事も、すばらしいと思うけれど……どうか責任を感じたり、使命と思ったり、この国のための重責は負わないで欲しい」

龍聖はシェンファを抱きしめて、髪を撫でながら優しく語った。シェンファは素直に頷き返した。

「タンレン！」

呼びかけられて振り向くと、ラウシャンが険しい顔でこちらに歩いてきていた。

「ラウシャン殿……どうかしましたか？」

「やっと捕まえた。君を探していたんだ」

「すみません、色々と忙しくて……これからまた出かけなければならないので、ゆっくりと話せないのですが……」

「話はすぐ済む……タンレン、シェンファ様が竜達を集めて話をしたりしているのを知っているな」

「はい、知っています。ウチのスジュンも何度か話をしたといっていました。すごいですよね」

「感心している場合か!?」

ラウシャンに叱責されて、タンレンは目を丸くした。ラウシャンはひどく怒っているようだ。

「何か、マズイ事でも」

「マズイなんてものではない。すぐにでもやめていただきたいものだ。陛下に申し出ようと思うから、君の同意を求めたいと思っていたのだ」

「オレの……ですか？」

タンレンは困惑したような顔になって腕組みをした。タンレンはシェンファの行為について、特に懸念は持っていなかった。だからラウシャンの怒りも分からないし、それを辞めさせるために、王に進言する同意を求められても困る。

「説明していただきたい。急に同意を求められても、オレにはなんとも……なぜシェンファ様が竜と仲良くしてはいけないのですか」

「仲良くしてはいけないなどとは言っていない……ただ今の状況はとても困るから辞めさせたいだけだ。シェンファ様に悪意がない事は分かっている。だが悪意のない無知な行為ほど、迷惑なものはない。シェンファ様は何も分かっていないのだ。むやみに竜達を呼び寄せては、竜達は混乱する。支障が出る。休みで遊んでいるもの達はいい。だが職務中の竜達が呼ばれては、大変な事になるだろう。国内警備中の竜が突然城に向かって飛びはじめたらどうする？　関所の番の竜が、突然城へ飛んでいったらどうする？」

ラウシャンに言われて、タンレンはようやく納得した。確かに……と思う。

「確かに、オレも警戒中に突然スジュンが命令を聞かなくなって慌てた事があります。強く指示をしたので、なんとか留まりましたが……」

「竜達は、もともと聖人の力に近づきたいと思っているものだ。だからリューセー様は、あまりテラスや外に出られる事はない。自分が外に出ることで、竜達が集まってくる事を知っているからだ。混乱が起きる事を把握していらっしゃる。だからリューセー様が外へ出て、竜達に声をかける時は、必ずジンヨンと一緒だ。竜王の勢力下では竜達も制御が利き、むやみにリューセー様に惑わされる事はない。聖人の力は、麻薬のようなものだ。オレ達の竜のように、半身の力で制御出来るものはいいが、下級のシーフォンの竜は、半身の力が弱いから竜を制御出来ない。竜達は勝手に動くようになる。職務中でもシェンファ様の下へ飛んでいってしまう。これが頻繁になると、半身の命令を聞かなくなってしまわないとも限らない……。もう少し自重して、むやみに遊びで竜達を呼び寄せないようにしてもらう必要がある。ご自分の立場を理解していただかなければ困る」

タンレンは難しい顔になって腕組みをして考え込んだ。確かにラウシャンの言い分はもっともだ。タンレンの竜・スジュンも、仕事のない時はシェンファの所へ行っているが、戻ってくるととても浮かれていて興奮状態になったりしていた。楽しんだのならば良いと思っていたが、調子に乗って仕事がある日も行きたいと言い出したりして、わがままになった。タンレンがひどく叱責して強い念で制御したので大人しくなったが、確かにシェンファが他の竜達にも同じような影響を与えているのかと思うとただ事ではない。

「でも……シェンファ様がただの遊びで竜を呼び寄せているとも思えないんだが……」

「だから陛下に進言するのだ。シェンファ様に何か目的があるというのならば、正しい方法に導いていただかなければ困る。下級の竜達がすでにおかしくなりはじめているとしたら、ジンヨンに制御してもらわなければ困る……。オレひとりの意見だけではなく、君の国内警備大臣としての意見も必要なのだ。君の部下達の竜の様子を調べてもらった上で、君の判断を聞きたい。そして出来るだけ早いうちに陛下に進言したいのだ」

タンレンはしばらく考え込んでから「分かった」と頷いた。ラウシャンは厳しい表情のまま「頼む」と言って、クルリと背を向けると去っていった。


テラスに立つその人を、竜達は目指していた。長い黒髪の巻き毛が、風に煽られてフワフワと揺れていた。両手を伸ばして笑みを浮かべるその人は、竜達にとっても女神であった。

リューセーとは違う憧れ。

あの人は、自分達の言葉を聞いてくれる。話を分かってくれる。それは新しい喜びであった。竜達はその人に夢中になっていた。

シェンファ姫。

竜達は歓喜の歌を歌いながら、それを目指して集まってきていた。

「みんな、元気？　何か変わった事はない？」

シェンファの呼びかけに、我も我もと竜達が集まり、口々に話を始める。

「そう、南の関所でそんな事があったのですか……ああ、今年はサウサの実が豊作なのですね、まあ、おチビさんが飛べるようになったの？」

シェンファは竜達の話を聞きながら、笑ったり驚いたり頷いたりしてみせた。シェンファの前では、竜達は争う事はなかった。1頭が話し終われば次の竜に場所を譲り、皆が仲良くしていた。だが集まる竜の数は、10頭20頭と次第に増えはじめた。

「お姉様、インファの事を紹介して！　約束よ！」

今日は待ちきれずに、インファまでもがテラスに出てきていた。群がる大きな竜達を、物珍しそうにワクワクとした顔でみつめながら、シェンファのドレスの裾を引っ張ってせがみはじめた。

「ああ、そうだったわ……みんな、彼女が妹のインファよ。どうぞよろしくね」

シェンファの紹介に、竜達が一斉にインファを見て、グウグウと喉を鳴らすので、インファは目を丸くしながら、竜達の顔を見渡した。

「よろしくって言っているわ」

「よろしくね」

インファはニッコリと笑っておじぎをした。

テラスへと続く大きな窓はしっかりと閉じられていた。ガラス越しに、シィンワンがその光景をじっとみつめていた。

「シィンワン様は外へ出てはいけません」

ユイリィにきつく言われて、シィンワンはつまらなそうな顔で唇を噛んだ。竜達と楽しそうにしている姉達を、うらやましげに眺めるだけだった。

「え？　乗っても良いの？　……でも……怖いわ」

シェンファが竜に向かってそんな事を言ったので、インファは不思議そうに首を傾げた。

「どうしたの？」

「竜達が背中に乗せてくれるって言っているのだけど……なんだかちょっと怖くて……」

「ステキ!!　私は乗りたいわ！　ね？　ちょっとだけ!!　二人で乗るなら大丈夫よ」

「でもユイリィに叱られるわ」

シェンファはチラリと後ろを気にして言った。

「大丈夫よ……ちょっとだけ、ちょっと乗ってすぐに降りれば大丈夫よ……ね？　乗りましょうよ!!」

オテンバなインファはかなり乗り気だった。シェンファはその言葉に押されるように頷いた。

「じゃあ……少しだけよ？」

シェンファは言って、竜達に話をした。竜達は喜んで、首を伸ばしてテラスの手すりの上に頭を乗せた。シェンファは手すりによじ登ると、竜の頭の上に乗って、首を跨ぐように座った。

「どお？」

インファが尋ねると、シェンファはあたりをキョロキョロと見た。シェンファが乗ったので、竜は一度体勢を立て直すように羽ばたいて、フワリと宙に浮かび上がった。

「ちょっと怖いけれど……空の上は気持ち良いわ」

シェンファが笑いながら答えたので、インファは目をキラキラと輝かせた。

「私も！　私も！」

「インファも乗せてあげて」

シェンファの言葉に、シェンファを乗せた竜が再び頭をテラスの手すりへと乗せた。

「あっ！　ユイリィ……あれ……」

それを見ていたシィンワンが声を上げたので、書き物をしていたユイリィが顔を上げてテラスの方を見た。

「シェンファ様!!」

ユイリィは驚いて立ち上がると、慌ててテラスへと駆け寄った。窓を勢い良く開けて飛び出す。

「シェンファ様！　インファ様！　いけません！」

それはちょうどインファが乗ろうとしている時だった。ユイリィが飛び出してきたので、インファは急いで飛び乗った。

「いけません!!　女性は竜には乗れないのですよ!!」

ユイリィがインファを止めるため駆け寄ろうとした時だった。二人を乗せた竜は一度羽ばたいて飛び上がろうとしたが、突然咆哮《ほうこう》を上げると、首を振って暴れはじめた。

「キャアア!!」

シェンファとインファは悲鳴を上げて、夢中で竜の首にしがみついた。突然暴れ出した竜に、周囲の竜達も驚いて興奮したように唸り声を上げた。二人を乗せた竜は、羽ばたいて上昇しながら、首を振って乗っている二人を振り落としそうな勢いだった。

「静まれっっ!!」

その叫び声は空に響き渡った。凛とした声だった。ハッとしてユイリィが振り返ると、そこには真っ赤な髪をたてがみのように逆立てて、金色の瞳を大きく見開き光らせているシィンワンの姿があった。ユイリィはゾクリと背筋が痺れるような感覚に襲われて立ちすくんだ。『竜王』の力だと思ったからだ。まだ幼いが、それは紛れもなく『竜王』の制御する力で、ユイリィの身がすくんだのもそのせいだった。竜達は静まった。暴れていた竜も大人しくなった。

「キャアアアア！　助けて!!　ユイリィ！　助けて！」

しかし頭上からの悲鳴に、ハッと我に返りユイリィが空を見上げると、上空に上がっていた二人を乗せた竜の首から、インファが落ちそうになってもがいていた。シェンファが必死で片手を掴んでいる。

「シェンファ様！　落ち着いて！　竜に下へ降りるように命令するのです」

「ダメ！　間に合わないわ!!　インファが落ちちゃう!!　助けて!!」

シェンファの悲鳴とインファの泣き叫ぶ声だけが聞こえた。

「ホウポウ!!　ホウポウはいないか！」

ユイリィは咄嗟《とっさ》に、竜の群れの中に自分の竜を探したが、姿は見つからなかった。今から呼び寄せても間に合わない。

「もう……ダメ！　インファ……」

シェンファは顔を真っ赤にして、必死で掴んでいるインファの手が離れそうになるのを、なんとか留めようとしていた。ズルズルとインファの体はずり落ちていく。インファも泣きながら必死になって手を掻いたが、子供の力ではどうにもならなかった。

「インファ様！」

ふいにすぐ側で声がした。

金色の髪。

シェンファが一瞬そう思った時、インファを掴んでいた手が離れた。「あっ」と叫んだが、落ちたはずのインファは、一瞬視界から消えた後、ゆっくりと目の前に上がってきた。

「ラウシャン……」

「さあ、シェンファ様もこちらへ」

竜の背に乗るラウシャンが、インファを片腕に抱いたまま、もう片方の手をシェンファに向かって差し出していた。


力を使ったシィンワンは、ひどく熱を出して寝込んでしまった。インファも知恵熱を出して寝込んでしまった。龍聖は二人の世話をするために奥へと籠り、シェンファは一人部屋に残されていた。

ユイリィはフェイワンの元へ謝罪のために行ってしまった。ラウシャンは、難しい顔をしたまま、シェンファには何も言わずに去っていった。

シェンファは椅子に座って項垂《うなだ》れていた。

どれくらいの時間が経ったのか、ユイリィが戻ってきた。

「ユイリィ……ユイリィ、ごめんなさい。貴方には関係ないのに……お父様に叱られたの？」

シェンファはユイリィに駆け寄ると、その手をギュッと握りながら必死に謝った。ユイリィは優しく微笑んで首を振った。

「いいえ、私は大丈夫です。お咎めはありませんでした。ただ今後の事について、話し合いがありました。話し合いにはラウシャン様とタンレン様もいらっしゃいました」

「ラウシャンとタンレンが……？」

「陛下がお呼びです。シェンファ様、参りましょう」

「はい、分かりました」

シェンファは大人しく頷くとユイリィと共に部屋を出た。連れていかれたのは、王の執務室だった。

中に入るとラウシャンとタンレンはもういなかった。フェイワンだけが待っていた。

「シェンファ、そこに座りなさい」

シェンファは言われた通りにした。椅子に座ると、フェイワンも向かいに置かれた椅子に座った。

ユイリィは一礼すると部屋を出ていってしまった。

「お父様……ごめんなさい。今回の事は反省しています。まさか……こんな事になるなんて……突然なぜ竜が暴れ出したのかは分からないのですが……」

「シェンファ、竜というものは、ペットではないんだ。姿はあのようにしているが、我々の半身……同じ血族の民なのだよ」

言いかけているシェンファの言葉を遮るように、落ち着いた様子でフェイワンが言った。

「わ……分かっています。私は別に……ペットだなんてそんなつもりはありません」

シェンファは驚いたような顔になって、ブルブルと首を振った。フェイワンは真面目な表情のままで、ゆっくりと語りはじめた。

「竜はとてもプライドの高い生き物だ。自分の半身以外は、決してその背に他の者を乗せる事はない。リューセーは唯一の例外だが、リューセー以外にかつてそのような試しはなかった。半身がその背に乗り、半身の命令で他の者を同乗させる事は出来るが、それは我々ロンワンにしか出来ない業《わざ》だ。能力の弱い下級のシーフォンには、そこまでの制御力はないから、たとえ半身が命令しても、他の者を同乗させる事は出来ない。それほど竜に乗るという事は難しい事なのだ。それに……女性は決して竜の背には乗れない。ジンヨンは別だが……」

「どうしてですか？」

「分からないが、そういう昔からの決まりだ。この身がこのような姿に分かれた時に、呪われたのかもしれないな……女性が背に乗ると、竜は狂ってしまうのだ。その時だけだが……」

「だからあんなに暴れたのですか？　でも私が乗った時は平気だったのに……インファがダメなのですか？」

「そうだな……原因はインファを乗せた事だろうが……本当はお前も乗ってはいけなかったのだ。平気だったと言ったが、本当に？　ちゃんと制御出来たと思うか？」

「分かりません。だって、そんな事知らなかったのですもの……」

シェンファは泣きそうな顔になって俯いた。それでもフェイワンは表情を崩さなかった。いつも優しい父の、その厳しい様子に、シェンファは事の重大さを理解していた。

「お前は特別な力を持った子だと思う。竜と話が出来るのも、お前がやりたい事があるのだとリューセーから聞いていたから、何も言わずに放っておいた。オレも親バカだから、思慮が足りなかったのだ……。今回の事件だけではなく、お前が竜を呼び寄せる事に、問題があったのだと気づかなかった……。今日ラウシャンとタンレンから話を聞いて気づくなど、オレも悪かったのだ」

「問題……？」

フェイワンは、ラウシャン達から進言された問題について説明をした。シェンファはひどく驚き、そしてひどくショックを受けた。何度も何度も謝りながら項垂れて、今にも泣きそうなシェンファの様子に、フェイワンは一度溜息をついた。

「シェンファ……お前のその力は、お前自身でもまだよく分からないのだろう？　よく分からない力は、むやみに使うものではない。その力がなんのためのものなのか、どうすれば役立つのか、よくよく考えながら使わなければいけないものだ。お前は竜達を集めて何をやりたかったのだ？」

フェイワンに尋ねられて、シェンファはすぐには答えられずに、唇を噛んで俯いていた。自分のやった事が、大変な問題を起こしてしまったという事実に、大きなショックを受けていたのだ。フェイワンはシェンファが話し出すのを待った。

「竜達の話を聞いてやりたかったのです」

「竜達の話を聞いてどうするつもりだったのだ？」

「どうする……分かりません」

問い詰められてシェンファは俯いたまま首を振った。フェイワンは穏やかな顔で、すっかり打ちひしがれてしまった娘の姿をみつめていた。

「ただ話をしたかったわけではないのだろう？　いいから言ってみなさい」

フェイワンに優しく促されて、シェンファは俯いたままギュッと膝の上で拳を握りしめていた。

「下級のシーフォンは、自分の竜と話が出来ないと聞いて……私がその橋渡しが出来たらと思ったのです。昔は皆、自分の半身と意思の疎通が出来たのだと習いました。ロンワンの血族から遠ざかってしまった庶家に、竜族本来の力を取り戻す原因が分かればとも思いました。私と話をする事で、最初は片言しか話せなかった下級の竜達も、少しずつ自分の意志を話せるようになってきて……何か解決の糸口が見つかるような気がしたのです。研究すれば何かに役立てると……。でもそれを忘れて、竜達と遊ぶ事に夢中になっていたのかもしれません……申し訳ありませんでした」

再び頭を下げるシェンファをみつめて、フェイワンは少しばかり驚いたような感心したような表情になっていた。誰も思いつかなかった事を、シェンファはやろうとしていたのかと驚いたのだ。シェンファ自身も、まだそれを具体的な考えにはしていないようだが、フェイワンにはとても興味深いものに思えた。

「シェンファ、下級の竜が半身と会話を出来るようになると思うか？」

問われてようやくシェンファが顔を上げた。フェイワンが優しく微笑んでいるのを見て、少しばかり安堵したようで、暗かった表情が和らいだ。

「分かりません。でもそうなれば良いと思います」

「お前はまだ子供だ。だがとても賢い……皆の力を借りながら、お前がやりたいと思う事が出来るのかどうか考え、これから思慮を持ってゆっくりと行えばいいのだよ。お前の周りには、知恵を貸してくれる者がたくさんいるだろう」

「はい、お父様」

フェイワンは立ち上がると、ようやく笑みを浮かべてシェンファの体を抱きしめた。

「シィンワンのために、その力を役立てておくれ……お前達の未来のために」

「はい、お父様、ごめんなさい」


それからシェンファと竜達との交流はパッタリとなくなった。竜達の間では、しばらく残念がって不満を言うものもいたらしいが、すぐにいつもの日常へと戻った。

シェンファは竜達との交流を止めた代わりに、時々ジンヨンの下を訪れるようになった。そしてジンヨンと竜達の事について色々と話をしたり、相談をするようになっていた。

それはフェイワンに言われたように、自分がやりたいと思っていた事を実現するための一歩でもある。


その日シェンファは、王宮と神殿を繋ぐ廊下の途中で、柱の陰に隠れて人を待っていた。

この廊下は、一般のシーフォン達も通る廊下で、シェンファが自由に出入り出来る場所の中では、一番シーフォン達に会う機会を作れる場所でもあった。

ちょうど今の時間は、皆が仕事に出かけているのか、いつもよりも人の姿がなかった。シンと静まり返った廊下に、時折遠くにひとつ、ふたつ、足音を聞くくらいであった。

シェンファは柱に身を隠すようにして、その人が通るのを待っていた。身を隠しているのは、シェンファを慕う男性のシーフォン達に出会うと面倒だと思ったからだ。

やがてカツカツカツという軽快な足音が聞こえてきた。そっと顔を覗かせて、相手を確認すると、近くまで来たところでゆっくりと柱の陰から姿を現した。シェンファが姿を見せたので、足音がピタリと止まる。

「シェンファ様」

「ラウシャン……貴方が通るのを待っていました」

シェンファはそう言うと、優雅に礼をした。

「私を……ですか？」

ラウシャンはちょっとだけ眉間を寄せてから、不思議そうに首を傾げた。

「はい、あの時のお礼と謝罪をまだ言っていませんでしたから……遅くなってしまいましたけれど、どうしても言いたくて待っていました」

「あの時？　はて……」

「忘れてしまわれたのですか？　忘れるほどには時間は経っていませんわ。私とインファを助けてくださってありがとうございました。そしてお父様から聞きました。私の無責任な行為のために、竜達に迷惑をかけてしまって申し訳ありませんでした」

シェンファはそう言うと、深く頭を下げたので、ラウシャンは驚いて頭を下げるシェンファの前にひざまずいてみせた。

「そのように改めて、私に頭を下げていただく事はありません。姫君の危機をお助けするのは当然の事ですし、シェンファ様の誤りが、正されたのであれば、それ以上そのように謝罪される必要もありません。私が進言したのは、臣下としての務め……たとえシェンファ様ではなくとも、陛下ご自身の事であっても、忠告すべき事があれば、私はなんでも進言いたします。どうかもうお気を煩《わずら》わせられませぬよう……お願いいたします」

真面目な様子でそう告げるラウシャンを、シェンファはじっとみつめてから、くすりと微笑んだ。

「ラウシャン様は、私の事がお嫌いなのかと思っていました」

「私が……シェンファ様をですか？」

ラウシャンは驚いた顔になってから、心外というように少し眉を寄せて立ち上がると、困ったように首を捻った。

「ラウシャン様はとても真面目な方なのですね」

シェンファがクスクスと笑って言うので、ますますラウシャンは困った顔になった。

「年寄りをからかわないでください」

ムッスリとした顔で答えると、シェンファはニッコリと微笑んだ。

「ねえ、ラウシャン様、貴方……私と結婚なさいませんか？」

「……はぁ!?」

ラウシャンはひどく驚いたらしく、口をあんぐりと開けて思わず大きな声を上げていた。

「ね？　そうしてください」

「な、な、何を……そんな冗談……」

ラウシャンは口をパクパクとさせながら、目を大きく見開いて、顔を真っ赤にしてうろたえていた。

「私の事は嫌いですか？」

「べ、別に……そういうわけでは……姫！　冗談が過ぎますぞ！　年寄りを驚かして殺す気ですか!!」

「年寄り年寄りって……ラウシャン様は、まだまだお若いと思いますわ。今回の事のように、私の行いをちゃんと見ていて、悪い事は悪いと諭してくださるような方はラウシャン様しかいらっしゃいません。それに私、先日ラウシャン様に助けていただいた時、私の王子様だと思ったんです」

シェンファの告白に、ラウシャンは真っ赤になってから、目を白黒とさせて、とうとう何も言えなくなってしまった。今にも気を失いそうだと思った。

「私達、似合いの夫婦になれると思うんです。ラウシャン様、私の夫になってください」

ラウシャンは目眩を覚えながら、まっすぐな瞳でみつめてくる美しい姫君を見下ろして、混乱する頭で何も考えられなくて、気がついたら頷いていた。


薄暗いその部屋には、窓から月明かりが差し込んでいた。真っ赤な長い髪が、その月明かりで、ぼんやりと暗闇に輝きを放つ。荒い二人の息遣いだけが絡み合うように部屋の中に響いていた。時折甘い喘ぎが漏れて、互いの名前を呼び合った。

逞しい筋肉を蓄えた体が、上下に揺れるたびに、その背中を隠すほどの豊かな赤い髪も揺れていた。

「あ……あぁ……あっ……フェイワン、フェイワン……フェイワン……」

せつない声を上げてその名を呼ぶと、赤い髪が大きく揺れて、腰が激しく動いた。

「リューセー……」

やがて激しい熱情は、高まりまで上り詰めると静かにおさまり、二人は寄り添うように体を合わせた。

何度も何度も啄むようにキスを重ね合い、互いに愛しみ合う。

「一体……何人子供を作るつもりなんですか?」

龍聖がクスリと笑って、甘い吐息と共にそう囁いた。フェイワンは笑って、龍聖の唇を軽く吸う。

「お前が産んでくれるというのならば、何人でも……そして産んでくれなくても、何度でも抱くぞ」

龍聖はクスクスと笑った。

「このままでは、歴代で一番の子だくさんになってしまいそうです」

龍聖が溜息混じりに呟く。先日5つ目の卵を産んだばかりだった。

「上の子供も大分大きくなっているというのに……いい年して恥ずかしいです」

「お前はここに来た時と少しも変わらないぞ……美しいままだ」

「まさか……年を取りましたよ」

「いや、全然変わらない」

フェイワンは龍聖の顔を覗き込みながら、頬を撫でて甘く囁いた。龍聖がうっとりと目を閉じると、唇を重ねてその柔らかな龍聖の唇を味わうように緩く噛んだり吸ったりした。チュッチュッと湿った音が鳴るほど、唇を何度も吸ってからゆっくりと離す。

「初めてお前を見た時の事は鮮明に覚えている。今と少しも変わらない」

「貴方は初めて会った時から随分変わりましたよ……まだ小さな子供でした。随分大人びていましたけれど」

「生意気な？」

「そう生意気な」

二人は額をくっつけ合ってクククククッと笑った。

「……幸せです」

龍聖はハアと息を吐いてポツリと呟いた。

「幸せか？」

「はい、幸せすぎて怖いくらいです。こんなに良い国で、たくさんの良い人達に囲まれて、かわいい子供達に囲まれて、そして貴方に愛されて……貴方に愛される事が何より幸せ」

龍聖は囁いて、フェイワンにキスをした。

「ひとつだけ残念な事があるとすれば……シィンワンが王になった姿を見られない事と、シィンワンのリューセーを見届けられない事……」

「ああ、この世界に、竜王とリューセーは二人存在出来ないんだ。シィンワンは100歳になったら眠りにつく。オレ達が死んだ後に目覚め、新たなリューセーを迎える」

「でも死ぬ時はオレ達一緒なんですよね？　貴方だけ先に逝ってしまう事はないんですよね？」

「ああ、死ぬ時は一緒だ。お前を残して逝かない」

「良かった……」

「まだまだ先だぞ？　オレはまだまだ愛し足りないんだから」

「それはオレもです」

二人は微笑み合い、唇を重ね合った。


フェイワンとリューセーの時代は、後に『復活期』と記された。再びの繁栄をエルマーンにもたらし、その治世は200年も続いた。二人は、四人の王子と四人の姫君に恵まれ、その子宝の影響で、シーフォンにもたくさんの子供が生まれ、激減していた人口も200年の間に倍近く増加していった。

龍聖の行った新しい試みは、エルマーンに新たな文化をもたらし、シーフォンとアルピンの新しい関係も作りつつあった。

豊かな国エルマーン……諸外国は、活気を取り戻したその国に羨望《せんぼう》の眼差しを送った。


彼が目を開けると、そこには見慣れない天井があった。正確に言うとそれは天井ではなくて『天蓋』なのだが、とにかく知っている光景ではない。不安になって頭を動かしてあたりを見回そうとした。どうやら自分がベッドに寝かされている事だけは、瞬時に理解して、動かした視線の先には人の姿があったのでビクリとした。

「お目覚めになられましたか？　リューセー様」

話しかけられたので、視線をゆっくりと動かしてその相手の顔を見る。優しい微笑を浮かべる異国の若い男性だった。明るい茶色の、男性にしては少し長めの髪をしていて、顔立ちは美形というほどではないが優しげな面立ちで、どう見ても日本人ではなかった。

「あの……ここは……」

「ここは、エルマーン王国です。リューセー様、貴方は儀式により、大和の国よりこの国へと参られたのです」

「じゃあ……ここが竜神様の国なんだ……」

彼はぼんやりとした顔で、それでも驚きを隠せないという様子で体を起こした。それを側にいた男性が手を添えて手助けした。

「貴方が竜神様？」

「いえ、私は貴方の側近のツォンです。これからずっと貴方のお側で、貴方を何者からもお守りいたします」

「ツォン……あれ？　あ、そういえば日本語……」

「はい、この国の言葉は違う言語ですが、私は日本語を話す事が出来ます。お体の具合は大丈夫ですか？　この国の事は、理解していらっしゃいますか？」

優しく尋ねられて、龍聖は少し戸惑いがちの表情をしながらも、ゆっくりと頷いた。彼は学ラン姿だった。まだ18歳の初々《ういうい》しさの残る若者で、短く刈られた髪が、さらに幼く見せているようだ。涼しげな目元の綺麗な青年だった。

「守屋家は、代々江戸時代より前から、竜神様との契約で、龍聖の証を持つものが、竜神様の生贄になるのだと教わりました。オレも、そのしきたりに従って、18歳の誕生日に儀式をしました。オレは……竜神様をお慰めするために来たのでしょう？」

「リューセー様、それは……」

ツォンが諭すように言いかけた時「それは違う」という声がした。二人は同時に声のする方へと顔を向けると、テラスに人が立っていた。窓を開いてゆっくりと部屋の中へと入ってくる。ツォンは立ち上がり、うやうやしく礼をすると脇の方へと少し身を引いた。龍聖はその人の姿を、驚きの表情でみつめていた。

真っ赤な髪。燃えるような赤い髪だ……そう思ってゴクリと唾を飲み込んだ。腰に届くほどの長さの真っ赤な髪が、風でサラサラと揺れていた。精悍《せいかん》な顔立ちのハンサムな青年だった。まだ若くて、龍聖よりも少しばかり年上のようにも見える。背がとても高くて、とにかく圧倒されるような良い男だ。

「貴方は……」

「オレが、竜神……この国の王、シィンワンだ」

「貴方が……」

「リューセー、お前が来るのを心待ちにしていた」

「あ、あの……オレは……」

龍聖が慌てたようにベッドから降りようとしたので、シィンワンが片手をまっすぐに突き出して静止するようなポーズを取った。龍聖は驚いて動きを止めると、そのままベッドの端に座るような形になる。

「いい、そのままで……それに訳あって、我々は今は近づく事が出来ないんだ。そこにいてくれ」

シィンワンは優しく微笑を浮かべながら言ったので、龍聖は少しばかり安堵したような顔になった。凜とした様子だが、それでいてとても穏やかな口調で話してくれる。龍聖を気遣っているのを感じた。おかげで龍聖は、その初めて見る不思議な髪の色の王に、圧倒されながらも落ち着きを取り戻して、向き合って話を聞く事が出来た。

「リューセー、お前は確かにオレのためにこの国に来た。だがそれは慰み者としてではない。オレの伴侶となるためだ。本来ならば、お前はこの国の事をツォンより数日かけて教えられた後、オレと婚姻の儀を結ばなければならないのだが……オレは、それよりもしばらく時間をかけて、お前と話をして知り合いたいと思う。まずは友達になりたい」

「え？　……あの……」

「嫌か？」

「え……いや、あの……いえ、嫌じゃないです」

龍聖は困ったように少し赤くなって俯いた。

「まだこの国に来たばかりで混乱しているだろう。聞きたい事があればなんでも聞いてくれ、オレも聞きたい事がたくさんある……オレの母も、大和の国の人だった。母から聞いていた大和の国の話と、今のお前のいた世界とでは、随分変わってしまっただろうか？　たくさん聞かせてくれないか？」

シィンワンは微笑みながらそう言って、側にあった椅子に腰をかけた。随分優しげな親しみやすいその若き王に、龍聖は好感が持てそうな気がした。ハア……と大きく深呼吸をしてから、背筋を伸ばして若き王をみつめ返す。

その時不思議な鳴き声のようなものがいくつも聞こえてきて、龍聖は不思議そうな顔でキョロキョロと辺りを見まわした。

「今のは……なんですか？」

龍聖の問いに、シィンワンはクスリと笑った。

「竜の歌声だよ」

「竜？　……竜ですか？」

「そう、竜達がお前が来た事を喜んで歌っているのだ。この国は、竜達が空を舞い、喜びの歌が空に響き渡る、そんな豊かで平和な国なのだよ。リューセー」

「竜が……歌う国……」

遥か太古の昔、その世界には残虐で獰猛な恐ろしい『竜』という生き物が、空を支配し、世界を支配していた。

それは遥か遥か昔の話。

神々の怒りを買った恐ろしい『竜』達は、天罰を受けて世界の空から姿を消したという。

時が過ぎ……世界のどこか……とある険しい岩山に囲まれた国の空には、たくさんの竜達が舞っている。優しい顔をした竜達が、歌を歌いながら人々と共に平和に暮らす……そんな国があるという。

END

木漏れ日の中で

エルマーン王国の王城は、険しい岩山の斜面を削り、そこに嵌め込まれたように建っている。

最上部には、国王一家が住んでおり、その下の階層にはロンワンを含めたシーフォンが住んでいた。

かつては寂しいくらいに静かだった王城の最上部も、今では毎日とても賑やかだ。あたりに響く子供達の声に、誰もが微笑み、煩《うるさ》いなどと言う者はいなかった。

ただ一人を除いて……。

「こら！　シィンワン待ちなさい！」

「やだー！」

インファが逃げるシィンワンを追いかけていた。まだ5～6歳ほどに見える赤い髪の幼い王子は、キャッキャと笑いながら、部屋の中をグルグルと走り回っていた。後を追いかける桜色の髪の少女も、言葉は怒っているが顔は楽しそうに笑っている。

しかしテーブルの上にいくつもの本を開いて、真面目に勉強をしている長女のシェンファは、眉根《まゆね》を寄せて我慢していた。

「ほら、捕まえた！」

インファがようやくシィンワンを捕まえると、シィンワンがきゃあ！　と大きな悲鳴を上げて、そのままの勢いで二人とも床に転がると大声で笑い合う。

「インファ様！　シィンワン様！　いいかげんになさいませ！」

そこに大きな雷が落ちた。驚いたインファとシィンワンが顔を上げると、とても怖い顔で佇《たたず》む教育係のユイリィの姿があった。

「あ……」

インファはさっと顔色を変えると、マズイというような表情になり立ち上がった。シィンワンも驚いた顔のままで立ち上がる。

「私がちょっと席をはずしている間にこれですか？　インファ様、お勉強はどうなさったのですか？」

ユイリィは怖い顔のままで続ける。

「だ、だってシィンワンが邪魔をするんですもの！　私の筆記帳に落書きをしたりするのよ！」

インファがむきになって言い訳をすると、シィンワンが少し赤くなって頬を膨らませた。

「でも前にインファお姉さまが、書いてもいいって言ったもん！」

「それはお勉強の筆記帳のことではなくて、お絵かきしてもいい帳面を作ってあげるって話をしただけだわ！」

「でもっ……でもっ、ペンを貸してって言ったら貸してくれたからっ……ぼく……」

シィンワンもむきになって言い訳をした。

「インファ様はなぜ我慢出来なかったのですか？　幼いシィンワン様にいたずらをされたとしても、我慢して構わなければいいのです。インファ様が勉強をしたくないから、すぐ気持ちが浮ついてしまうのではないのですか？　これが初めてではありません。今まで何度も私から注意をされているはずです。もう勉強をしたくないのでしたら、しなくても結構ですよ？」

いつになく厳しく叱るユイリィに、インファは驚いて今にも泣きだしそうになっていた。その様子にシィンワンも驚いて、インファとユイリィの顔を何度も交互にみつめた。

「ユイリィ、ユイリィ、ぼくが悪いのです。ぼくがインファお姉さまにいたずらをしたのが悪いのです。どうかインファお姉さまを叱らないで！」

シィンワンがユイリィとインファの間に入って、両手を広げながら一生懸命に庇った。そんなシィンワンを見て、一瞬ユイリィの表情が崩れそうになったが、ぐっと拳を握りしめると、眉根を寄せて厳しい表情でシィンワンをみつめた。

「めずらしくユイリィを本気で怒らせたのは誰だ？」

そこへヨウチェンを抱いた龍聖が現れた。

「お母さま！」

インファとシィンワンが、安堵したような表情になる。龍聖は微笑みながら、側のソファにヨウチェンを下ろして座らせると、三人の所へ歩み寄り、それぞれの顔を順にみつめた。ユイリィは何か言おうとしたが、龍聖がウィンクをしてみせたので、少し驚きつつ口を噤《つぐ》んだ。

「二人はなんでユイリィがこんなに怒っていると思う？」

二人はチラリとユイリィを見た後、龍聖をみつめながら少し困ったような顔になる。

「それは私が何度叱られても、シィンワンと遊んでしまうから……」

「ぼくが……ぼくがお姉さまにいたずらするから……」

龍聖は二人の口を塞ぎ、わざと大きく溜息をつくと、急に眉間にしわを寄せてギロッと二人を睨みつけた。

「こらぁ！　いい加減にしろー!!　お尻を叩くぞ!!」

突然大声で龍聖が怒鳴ったので、それまで傍観していたシェンファまで驚いて、ペンを落としそうになった。ユイリィもとても驚いている。怒鳴られたインファとシィンワンは、目を大きく見開いてから、みるみるその目に涙を貯めていく。

「ご……ごめんなさい」

二人は泣きそうになりながら、ようやくそう言った。龍聖は途端にニッコリと笑ってみせる。

「怒られたらまずは謝らないとダメだ。インファとシィンワンは、ユイリィに怒られたとき、最初に言い訳ばかりをして謝らなかっただろう？　だからユイリィが怒ったんだよ。オレが言っている事は分かるね」

龍聖に問われて二人はコクリと大きく頷いた。龍聖は笑って二人の頭を撫でる。

「さあ、インファ、シィンワン、君たちが何をすべきか分かるよね？」

龍聖に促されて、インファとシィンワンは立ち上がると、ユイリィの方を向いて頭を下げた。

「ユイリィ、ごめんなさい、これからは言いつけを守ります」

「ユイリィ、ごめんなさい。もうお姉さまたちのお勉強の邪魔はしません」

神妙な面持ちで謝罪する二人に、ユイリィは微笑んでみせた。

「お分かりになられたのならば良いのです」

和解した三人をみつめながら、龍聖が嬉しそうに頷いた。


「ラウシャン様」

ラウシャンが廊下を歩いていると、後ろから声をかけられた。振り返るとタンレンがこちらに歩いてくるところだった。

「どちらへ行かれるのですか？」

「陛下の執務室だ」

「ああ、やはり……実はオレも呼ばれているもので……ラウシャン様をお見かけしたので、もしやと思ってお声をおかけしました」

タンレンの言葉にラウシャンは頷くと、二人で執務室へと向かった。

「陛下、失礼いたします」

二人が中に入ると、そこにはフェイワンだけではなく龍聖の姿もあったので、二人は少し驚いた。

「呼び立ててすまなかった。リューセーが相談したいことがあるので、二人を呼んで欲しいというものだからな」

フェイワンがそう言うと、龍聖がペコリと頭を下げた。

「お忙しいところ申し訳ありません。どうぞおかけください」

龍聖は二人をソファに座らせ、その向かいに座った。フェイワンも龍聖の隣に座る。

「我々でお力になれることでしたら、なんでもご相談ください」

ラウシャンが言うと、タンレンも頷いた。

「そんな難しい相談じゃないんだよ……あれ？　うーん……やっぱり難しいかな……」

龍聖は言いかけて、首を傾《かし》げながら苦笑した。フェイワン達は龍聖の言葉を待つ。

「実は……ピクニックに行きたいんですけど、無理かな？　という相談なんですけど……」

「ぴくにっく……とはなんだ？」

フェイワンは初めて聞く言葉に、ラウシャン達に尋ねたが、もちろん二人が知る由《よし》もなく首を振ってみせたので、フェイワンは不思議そうな顔で龍聖を見た。

「あ、ごめん、ごめん……ピクニックというのは、草原とか森とか湖とか、景色の良い所を散歩したり、お弁当食べたりして、自然の中で遊ぶことです……オレ達の家族でピクニックに行きたいなって思ったんですけど……ダメかな？」

「家族でとは……陛下とリューセー様とお子様達で、という事ですか？」

ラウシャンが驚いたように、少し声を張って言うので、龍聖は目を丸くしながら頷いた。

「そ……そうですけど……その反応からすると、やっぱりまずいってことですよね？」

龍聖はそう答えてから頭をかいた。

「リューセー……子供達が成人するまでの間、王宮の中……それも我らが住まいとしている最上階以外には、滅多に出さないことは知っているだろう？　その理由も」

フェイワンに問われて龍聖は頷いた。

「もちろん知っているよ、この国の歴史で習ったから……子供達は攫《さら》われる危険があるんでしょ？　だから卵を育てる部屋も厳重なんだって……知っているけど……それでもなんとかならないかと思って相談しているんです」

龍聖は三人に向かって言ったが、ラウシャンは難しい顔をして腕組みをし、フェイワンも困ったように頭をかいている。

「どうしてそこまでピクニックに行きたいと思われるのですか？」

タンレンが尋ねたので、龍聖は小さく溜息をついてから三人を見回した。

「この国の長い歴史の中で培《つちか》ってきたしきたりがあるのは分かります。子供達が大事だという事も分かります。だけど成人するまでの１００年近くの間、王宮から一歩も出られないなんて、やっぱりおかしいと思う……シィンワンは次期竜王だし、他の子達もロンワンとして国政の中心となるのでしょう？　自分の国の中を見たことがないなんて……書物で学ぶだけではなく、子供の頃に経験しておいた方が良い事はいっぱいあると思うんです」

龍聖が懸命に話すのを、三人は腕組みをして難しい顔で聞いている。

「本当は城下町に連れていって、アルピン達の暮らしとかを見せたいけど、それは無理だと思うから、畑を見せるとか……いや、せめてエルマーンの美しい自然の中で思いっきり遊ばせてあげたい……インファとシィンワンがよく部屋の中を駆け回って、騒いだりしてしまうのでユイリィに叱られます。勉強を放り出して走り回るのはダメな事だと思うけど、でも本当は子供だから仕方ないって思っています。外を自由に走れないのに、部屋の中で走ってはいけないなんて叱れません。オレは子供達に、もっと思いっきり外を走らせてあげたいし、転んで擦り傷くらいは作って欲しいと思います……そういう経験も必要だと思う……どうしてもダメですか？」

少し前のめり気味に訴える龍聖に、ラウシャンとタンレンは困ったように眉根を寄せる。

「分かりました……なんとかしましょう」

ひとつ溜息をついてからそう答えたのはタンレンだった。隣に座るラウシャンが驚いた様子でタンレンをみつめた。

「タンレン様、本当ですか？」

「国内警備は私の管轄です……皆様が安心してピクニックが出来るように計らいます」

「ああ……ありがとうございます」

龍聖が嬉しそうに満面の笑顔で礼を述べたので、タンレンは苦笑しながらも頷いてみせた。それを驚いた顔のまま見つめていたラウシャンが、聞こえないくらい小さく舌打ちをして溜息をついた。

「一日……陛下が公務を休めるように手配いたしましょう」

「ああ……ラウシャン様……ありがとうございます！　ね、フェイワン、良いでしょう？」

龍聖がギュッとフェイワンの腕にしがみついて言ったので、フェイワンは困ったように苦笑する。そんなに嬉しそうにされては、今更反対など出来るはずもなかった。

「二人が協力してくれると言っているのだ……そのピクニックとやらに行くしかないだろう」

「やったー！」

龍聖は万歳をして喜んだ。


タンレンとシュレイは、郊外にあるタンレンの別荘の側まで来ていた。ピクニックの場所に、タンレンの別荘周辺を提案したからだ。周囲には人家がなく、知っている地形のため警備がしやすいと思って提案した。近くには小高い丘があり、草原が広がっている。丘の上に立てば、少し離れた所にあるパンポック（綿花のような植物）の広い畑を眺めることが出来た。

タンレンは綿密に警備計画を練り、地図を作って兵士の配置図も作った。シュレイにも相談をして、当日の経路や、子供達が遊んでも安全な場所などを、何度も選定しては話し合った。今は最終的な確認をするために、二人で下見に来ていたのだ。

二人は丘の上に立ち、タンレンは地図を片手に、周辺の兵士の配備を考えていた。シュレイは一緒に相談しながら、タンレンが指示する警備の内容を、帳面に細かく書き留めていく。

「リューセー様は、アルピンの暮らしを教えたいと言っていたから、ここから見える畑を喜ばれるだろうか」

遠くを眺めながら嬉しそうに呟いたタンレンの横顔を、シュレイはしばらくみつめていた。

「ありがとうございます」

不意にシュレイがそう言ったので、タンレンは不思議そうにシュレイをみつめた。

「一番にタンレン様が快く承諾してくださったので、ラウシャン様や陛下も承諾するきっかけになったのだと、リューセー様が嬉しそうに申されておいででした」

「ああ」

タンレンは、なんだそんな事かというような表情で笑ってみせた。

「それでなくてもお忙しいのに、このためにさらに何倍も仕事が増えてしまって……申し訳ありません」

「君がこうして感謝してくれるのだから、仕事が増える事など容易《たやす》い事だよ」

タンレンが笑いながら言うので、シュレイは微笑んでみせた。

「それにこうして君と二人で準備をするのも楽しいし……この後別荘に寄らないか？」

「そんな時間はございません」

シュレイがあっさりと却下したので、タンレンは「ええ！」と声を上げる。

「少しくらい良いじゃないか、お茶を飲むくらい……ね？」

「ラウシャン様が日程を調整してくださるのですから、それに合わせて準備をしなければならないのですよ？　タンレン様もですが、私も忙しいのです」

「ちょっとだけだから……それこそ忙しくて、当日まで二人きりで過ごす時間もなくなるだろう？な？　ちょっとだけ」

何度も頼み込むタンレンに、シュレイは根負けしたように小さく溜息をついた。

「お茶を……一杯飲むだけですよ？」

「ああ、もちろんだよ」

タンレンは嬉しそうにシュレイの腰を抱き寄せて、頬に軽く口づけた。


その日、王宮の一部の者たちは、夜明け前からバタバタとしていた。国王一家が外出するという事実は、国民にはもちろん秘密にされていたので、王や龍聖付きの侍女達には口止めがされている。シーフォンにも全員には知らされず、極々一部の間でだけ準備が粛々《しゅくしゅく》と進められていた。

タンレンは５００人の兵士を警備に配したが、兵士達には「訓練」と称して、事実は伏せられた。龍聖や子供達が気兼ねなく楽しめ、警備の気配を知られないように遠巻きに配さなければならず、兵士にも国王一家が外出している事を悟られないようにしなければならないため、タンレンに課せられた役目は大変なものだった。

ラウシャンもまた、国王の公務を丸１日何もなくすための調整に苦心させられ、２日ほど徹夜しなければならなかった。

そしてシュレイも、龍聖に頼まれた物を用意するために、かなり苦心させられた。

そんな周囲の苦労を知ってか知らずか、当日は朝から龍聖も子供達もはりきっていた。特に子供達は、初めて乗るジンヨンの背中の上で、大興奮状態にあった。

ジンヨンは上機嫌で、エルマーンの上空を大きくぐるりと2回旋回してから、目的地へと龍聖達を運んだ。

「わざわざジンヨンに乗せていってもらうほどの距離ではないのにって思ったけど、子供たちがこんなに喜んでくれて良かったよ」

「本来女性は竜に乗れない。だが竜王であるジンヨンは別なんだ。姫達には、数少ない機会になると思ってな。それにジンヨンが一緒の方が、他の竜達が騒いで寄ってこないから都合がいいんだ。何しろお前は竜達の人気者だからな」

フェイワンが笑いながらそう言ったので、龍聖も嬉しそうに笑った。

ジンヨンがゆっくりと降下して、広い草原に静かに降り立つ。

「さあ、到着したよ」

龍聖が大きな声でそう言うと、シェンファもインファもシィンワンも大喜びで歓声を上げた。龍聖は両腕に、ヨウチェンと生まれたばかりの三女ナァーファを抱いて、フェイワンはインファとシィンワンを抱いて、ジンヨンから降りた。先に降りたフェイワンが、インファとシィンワンを下に下ろすと、再びジンヨンの背に登り、シェンファを抱き上げて戻ってきた。

子供達は初めて立つ地面の上で、高揚した表情でただ辺りをきょろきょろと見まわしている。

「あ、シュレイとユイリィだ」

シィンワンが、大きな木の下でこちらに手を振る二人の姿をみつけた。

「シェンファ、インファ、シィンワン、あそこまで誰が一番早く着くか競争してごらん。おもいっきり走るんだよ」

龍聖がそう言うと、子供たちはきらきらと顔を輝かせて、だっと勢いよく走り出した。その様子を嬉しそうに笑いながら眺めていると、フェイワンが側に来て、龍聖の腕からヨウチェンを抱き上げ、空いている腕を龍聖の腰に回して抱き寄せた。

「あんなにはしゃぐ子供達を見るのは初めてだ」

「うん、ここならどんなに走っても、大声を出しても叱られないからね」

龍聖はクスクスと笑う。

「フェイワン、ちょっとナァーファもお願い」

龍聖はそう言って、ナァーファもフェイワンの腕に預けると、「オレも走ってくる」と言って駆け出した。

「リューセー！　ったく……仕方ないな……ジンヨン、ここで見張っておくれ」

フェイワンは楽しそうに走る龍聖の背中をみつめながら、ゆっくりと後を追って歩き出した。


「シュレイ、良い場所をみつけたね」

龍聖が巨木を見上げながら言った。広い草原に一本その木は立っていた。太い枝が大きく広がり、豊かに茂る緑の葉が、丁度良い木陰を作っている。樹木の下に広い敷布が幾重かに敷かれている。

「はい、ここならば日除けの幕も張らずにすみますから」

シュレイが微笑みながら答えた。そこへフェイワンも辿り着いた。

「シュレイ、ユイリィ、すまないな」

「いえ」

シュレイはフェイワンに一礼すると、ナァーファを受け取り、用意された籠のような小さなベッドに寝かせる。

「お父様、リューセー、またその辺りを走ってきても良い？」

シェンファが頬を上気させながらそう尋ねたので、龍聖もフェイワンも笑いながら頷く。すると嬉しそうにインファ達を伴って駆けていった。

「シェンファ！　鬼ごっこという遊びを教えてあげるよ」

龍聖が子供達に向かってそう言いながら後を追いかける。フェイワンはシュレイにすすめられて、敷布の上に腰を下ろすと、陽の光の中で楽しそうに笑い声を上げて遊ぶ龍聖と子供達を、眩しそうにみつめていた。

「リューセーに言われた時は、とんでもない事を言い出したと思ったが……ピクニックというものが、こんなに良いものだとは思わなかった。子供達があんなにはしゃいでるなんて……シェンファなどは、いつも大人しくしていると思っていたが、やはりまだ子供だな。あんなに喜んで」

「龍聖様が一番はしゃいでいるように見えますが……」

「ああ、嬉しそうだ」

シュレイが苦笑して言ったが、フェイワンは何度も頷いて笑った。

「ユイリィ、お前は子供の頃あんな風に走りまわった事はあるか？」

「まさか……母が許すはずがないでしょう」

ユイリィが呆れたような顔で答えたので、フェイワンは大声で笑った。子供達の笑い声も聞こえる。シィンワンが何度か転んだが、平気な顔で笑いながら立ち上がるので、心配そうにしていたユイリィも、シュレイと顔を見合わせて微笑み合う。

「あー、疲れちゃった」

龍聖が子供達を連れて戻ってきた。

「お水をどうぞ……お腹空いちゃった」

「そうだね、お腹空いちゃった」

「ではご用意いたします」

シュレイは頷くと、幹の側に置かれているいくつかの箱のような物をユイリィと二人で運んできた。

「え!?　重箱を作ったの？　すごい！」

「はい、リューセー様から伺った話を元に、急遽お作りいたしました」

そう言って四段に重ねられている重箱を二つ敷布の上に置くと、蓋を開けて並べはじめた。美味しそうな料理が詰まっている。子供達が覗き込んで歓喜の声を上げた。

「お母様、これは何？」

「お弁当だよ……重箱と言って、たくさんの料理を詰めて、外出先に運べるんだ……さあ、みんな行儀良く座って食べるんだよ」

子供達を敷布の上に座らせて、龍聖も胡坐《あぐら》をかいて座った。

「シュレイとユイリィも座って一緒に食べよう」

「いえ、私共は……」

「ピクニックは、みんなでお弁当を囲んで食べるから美味しいんだよ……ね、一緒に食べよう」

シュレイとユイリィは困ったように顔を見合わせた。

「そうだな、リューセーの言う通りだ。みんなで一緒に食べよう」

フェイワンにも促されて、シュレイ達は仕方なく座った。

「いただきます」

龍聖が手を合わせて言うと、子供達も真似をして「いただきます」と手を合わせる。

手に持った皿に、重箱の中の料理をよそって食べるなど、子供達には初めての経験だった。最初は遠慮していたが、龍聖が皿によそってくれるのを見ながら、次第に自分が食べたいものを取って食べるようになった。子供達はいつも以上に、パクパクとたくさんの料理を食べた。

やがてお腹がいっぱいになると、シェンファとインファが「あっちにお花が咲いていたの……見てきていい？」と言うので、ユイリィが一緒に付いていった。シィンワンは龍聖が抱っこをして、魂精を与えていたが、はしゃぎすぎたせいか疲れたようで、そのまま眠ってしまった。

フェイワンは草の上に座り、ヨチヨチと歩くヨウチェンを遊ばせている。龍聖はそれを微笑みながら眺めていた。時折心地良い風が草原を撫でるように吹き、巨木の葉がサワサワと揺れて、敷布の上に光の模様が揺れる。籠の中で眠るナァーファの上にも、柔らかな光が降り注いでいる。

それはとても幸せな光景だった。重箱を片付けながらシュレイも微笑んでみつめる。

「シュレイ、ごめんね。準備とか大変だったでしょ？」

振り返って龍聖がそう言ったので、シュレイは首を振ってみせた。

「初めての事でしたので、確かに最初は戸惑いましたが、段取りが分かればそれほどではありません……それよりも、シェンファ様達のあのような姿を拝見いたしましたら、苦労などは大した事ではないと思えます」

「うん、ありがとう……オレも無理を言って来て良かったって思う」

「はい」

シュレイは微笑んで頷いた。

「お父様！　お母様！　見て！」

しばらくしてシェンファ達が、たくさんの花を抱えて戻ってきた。

「綺麗でしょ？」

「たくさん摘めたね」

「すっごくたくさん咲いていたの、辺り一面がお花だったのよ」

「たくさん摘んでもまだまだいっぱい咲いてたの」

興奮した様子で頬を上気させながら、シェンファとインファが交互に語った。

「花冠を作ると良いね……オレ、作れるかなぁ？　ちょっと貸して……」

龍聖はシェンファから花を受け取ると、花冠を作り始めたが、作り方が怪しくて上手く作れない。

「リューセー様、私がお作りいたします」

見かねたシュレイが声をかけた。

「シュレイ作れるの？」

「作った事はありませんが……リューセー様が作られる様子を見ていましたら、なんとなく……編んで輪っかを作ればよろしいのですよね？」

シュレイはそう言いながら、あっという間に花冠をひとつ作り上げた。

「わあ！　すごいすごい！」

龍聖は出来た花冠を受け取ると、シェンファの頭に載せた。

「わあ！　すてき！」

シェンファが嬉しそうに笑って、くるくると回ってみせる。

「私も！　私にも作って！」

インファが強請《ねだ》るので、シュレイはもうひとつ花冠を作った。

「お父様、見て！　見て！」

シェンファとインファが嬉しそうにフェイワンの元へと駆けていく。

「おお、綺麗だな。とても似合っているよ」

フェイワンが褒めると、二人は嬉しそうに笑いながら、くるくると回ってみせる。

「んん……お母さま？」

「あれ、シィンワン、起きちゃった？」

龍聖の腕の中で、シィンワンがもぞもぞと動いたので、龍聖は笑いながらシィンワンの額に口づけた。

「もう起きても平気？」

「うん……お姉さま、それはなあに？」

「シュレイに、お花で冠を作ってもらったのよ」

シィンワンの問いに、シェンファが答えると、シィンワンは目を丸くして花冠をみつめた。

「僕も！　シュレイ、僕にも作って！」

「シィンワン、男の子なのに欲しいの？」

「欲しい！　作って！」

だだをこねるシィンワンに、龍聖は呆れたように笑った。シュレイは黙って花冠を作ると、それを龍聖に渡す。龍聖は花冠を持って苦笑しながら、目の前で期待に瞳を輝かすシィンワンをみつめた。

「竜王シィンワン陛下にこの冠を授けます」

龍聖はわざとうやうやしく頭を下げてから、花冠を掲げてシィンワンの頭の上に冠を置く。シィンワンは頬を上気させて恥ずかしそうに笑った。


「陛下……シィンワン陛下」

何度か呼ばれて、ハッと我に返る。見ると龍聖の側近のツォンが立っていた。

「どうかなさいましたか？」

ツォンが心配そうな表情をしたので、シィンワンは微笑んでみせた。

「いや、なんでもないよ……ちょっと昔を思い出していたんだ」

シィンワンはそう答えて、ツォンが差し出したお茶の注がれたカップを受け取った。少し離れた野原で、龍聖と幼い息子のレイワンが楽しそうに笑いながら、野に咲く花を摘んでいる。

「リューセー様があんなにはしゃがれるなんて……レイワン様も」

「うん、母が初めて家族でピクニックに行こうって言い出したんだ。それから毎年一度、家族でピクニックに行くことが恒例になって……本当に楽しかったんだ。だから龍聖とレイワンも連れていきたいと思って……レイワンももう走り回れる年になったからね」

シィンワンはそう話しながら、緑の中で幸せそうに笑う龍聖とレイワンの姿に、母と自分の姿を重ねているかのような遠い目をしてみつめている。

「同じ場所なのですか？」

ツォンの問いに頷いて、上を見上げる。青々と生い茂る葉の間から、木漏れ日がキラキラと光って降り注いでいるようだ。

「この木の下だ。この木も長生きしてくれて良かった」

目を閉じればいつでも鮮明に思い出せる。あの日、この木の下で母が花冠をくれた。見上げたシィンワンの目には、木漏れ日と同じくらいにキラキラと輝く母の笑顔があって眩しかった。幸せな思い出。

シィンワンはカップを置くと立ち上がった。ゆっくりと龍聖達の元へと歩き出す。

「リューセー、レイワン……花冠を作ってあげるよ」

あとがき

以前からご存知の方も、はじめて読まれた方も、改めてはじめまして、作者の飯田実樹です。

この作品は私の個人サイトにて、以前発表した作品です。その後同人誌という形で、外伝をシリーズとして発表させて頂いており、細々とではありますが、読者の方々の応援のおかげで、随分長い間ライフワークのように書いてきた作品です。

私は子供の頃からファンタジーが大好きで、海外のファンタジー小説をたくさん読んできました。趣味でBL小説を書くようになってから、「敷居が高い」イメージがあったファンタジーを「異世界トリップなら主人公の現代人視点で物語を進められるから、ファンタジーでも受け入れやすいのでは？」と思って書いたのが、この『空に響くは竜の歌声』という作品です。

ドラゴン好きの編集担当のY様と、出版社の皆様には本当に感謝しています。

イラストのひたき様には、「私の頭の中を見られているのでは？」と思う程、すべてのキャラをイメージ通りに描いて頂き(特にラウシャン)、作品の世界観が更に広がったと思います。本当にありがとうございます。

重厚で素敵な本にデザインしてくださった内川様にも本当に感謝しています。

そして長い間変わらず応援してくださった読者の皆様には、なんとお礼を述べればいいか分かりません。本当にありがとうございます。

新しい読者の皆様は、ぜひファンタジーを好きになって頂き、これからどうぞよろしくお願いいたします。

飯田　実樹

『空に響くは竜の歌声　竜王を継ぐ御子』をお買い上げいただきましてありがとうございます。
この本を読んでのご意見・ご感想をお待ちしております。

〒162-0825　東京都新宿区神楽坂6-46 ローベル神楽坂ビル 5F
株式会社リブレ内 編集部

アンケート受付中 >>> リブレ公式サイト　http://libre-inc.co.jp

初出
空に響くは竜の歌声　竜王を継ぐ御子
＊上記の作品は「G×G BOX ゲンキニナルクスリ」
（http://www.ggbox-bl.com）
掲載の「空に響くは竜の歌声」を加筆修正したものです。

木漏れ日の中で ……… 書き下ろし

空に響くは竜の歌声
竜王を継ぐ御子

著者名　飯田実樹

発行日　2016年 6月20日　第1刷発行
2016年10月20日　第4刷発行

発行者　太田歳子

発行所　株式会社リブレ
〒162-0825 東京都新宿区神楽坂6-46　ローベル神楽坂ビル
電話　03-3235-7405（営業）　03-3235-0317（編集）
FAX　03-3235-0342（営業）

印刷・製本　株式会社光邦
装丁・本文デザイン　ウチカワデザイン
企画編集　安井友紀子

Printed in Japan
ISBN 978-4-7997-2983-0